RICHARD CŒUR DE LION

*

L'OMBRE DE SALADIN

DU MÊME AUTEUR
CHEZ LE MÊME ÉDITEUR

Le Lit d'Aliénor, 2002

Le Bal des louves, 2003
* *La Chambre maudite*
** *La Vengeance d'Isabeau*

Lady Pirate, 2005
* *Les Valets du roi*
** *La Parade des ombres*

La Rivière des âmes, 2007

Le Chant des sorcières, tomes 1 à 3, 2008-2009

La Reine de Lumière, 2009-2010
* *Elora*
** *Terra incognita*

Aliénor, 2011-2012
* *Le Règne des Lions*
** *L'Alliance brisée*

DU MÊME AUTEUR

Les Tréteaux de l'enfance, 2004, Elytis

Mireille Calmel

Richard Cœur de Lion

*

L'Ombre de Saladin

Roman

XO
EDITIONS

ISBN : 978-2-84563-579-1

Les possessions d'Henri Plantagenêt

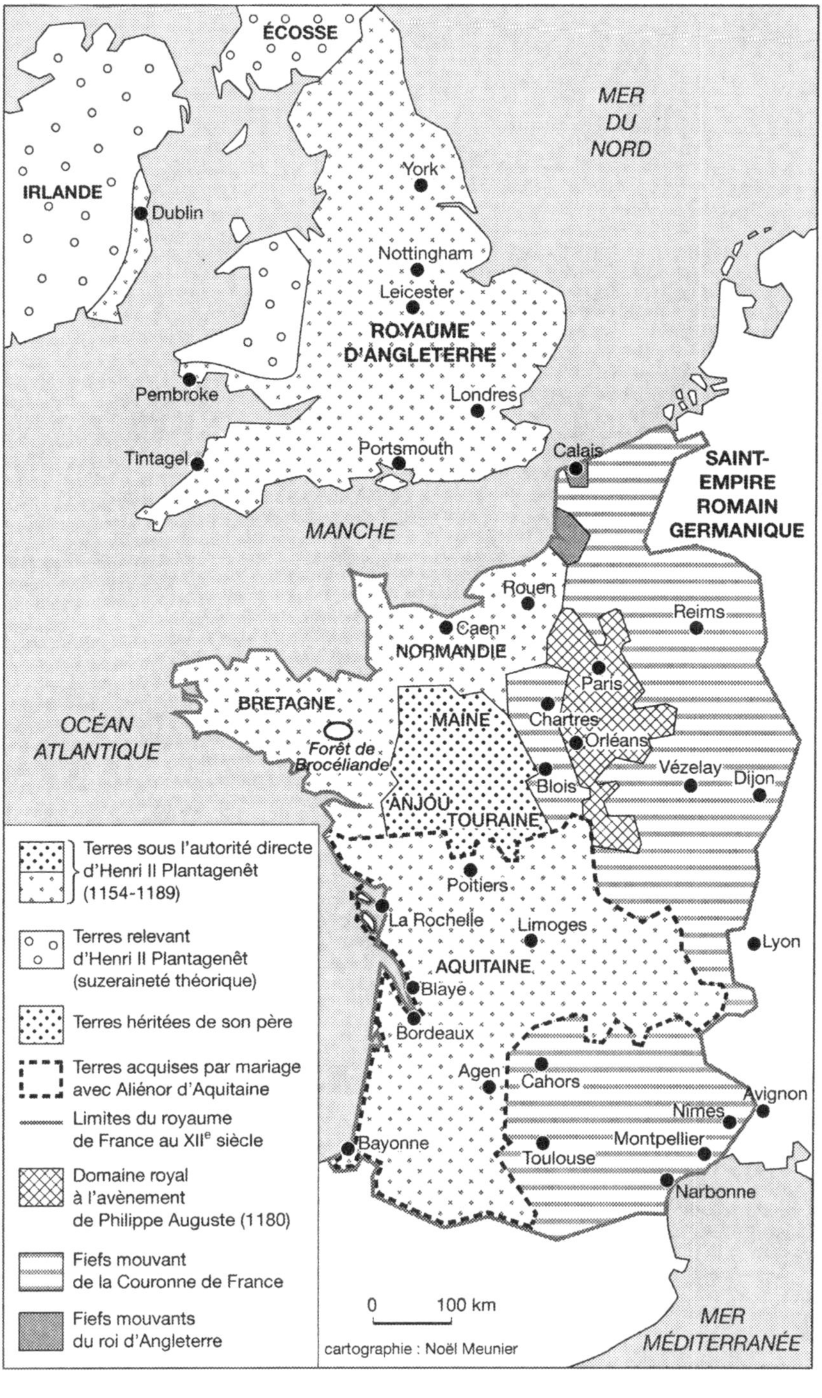

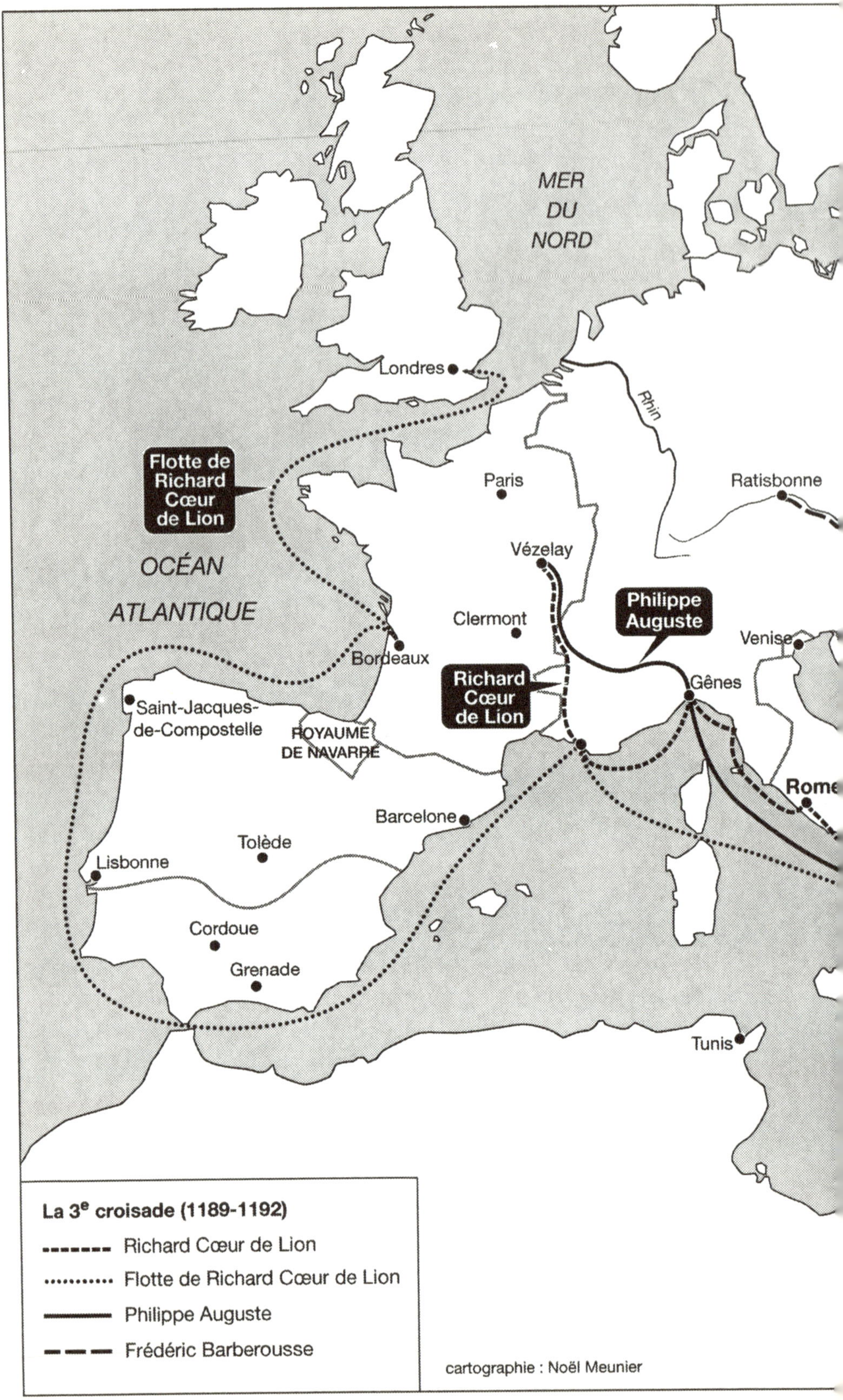
MER
DU
NORD
Londres
Rhin
Flotte de Richard Cœur de Lion
Paris
Ratisbonne
OCÉAN
ATLANTIQUE
Vézelay
Philippe Auguste
Clermont
Venise
Bordeaux
Richard Cœur de Lion
Gênes
Saint-Jacques-de-Compostelle
ROYAUME DE NAVARRE
Rome
Barcelone
Tolède
Lisbonne
Cordoue
Grenade
Tunis
La 3e croisade (1189-1192)
Richard Cœur de Lion
Flotte de Richard Cœur de Lion
Philippe Auguste
Frédéric Barberousse
cartographie : Noël Meunier

Kiev
Vienne
Frédéric Barberousse
MER NOIRE
Danube
Constantinople
Nicée
Bari
Brindisi
Édesse
Antioche
Messine
CHYPRE
Tripoli
Limassol
Damas
Acre
MER
MÉDITERRANÉE
Jérusalem
Alexandrie
Le Caire
Nil
MER ROUGE
0
500 km

ARBRE GÉNÉALOGIQUE ARRÊTÉ EN 1189

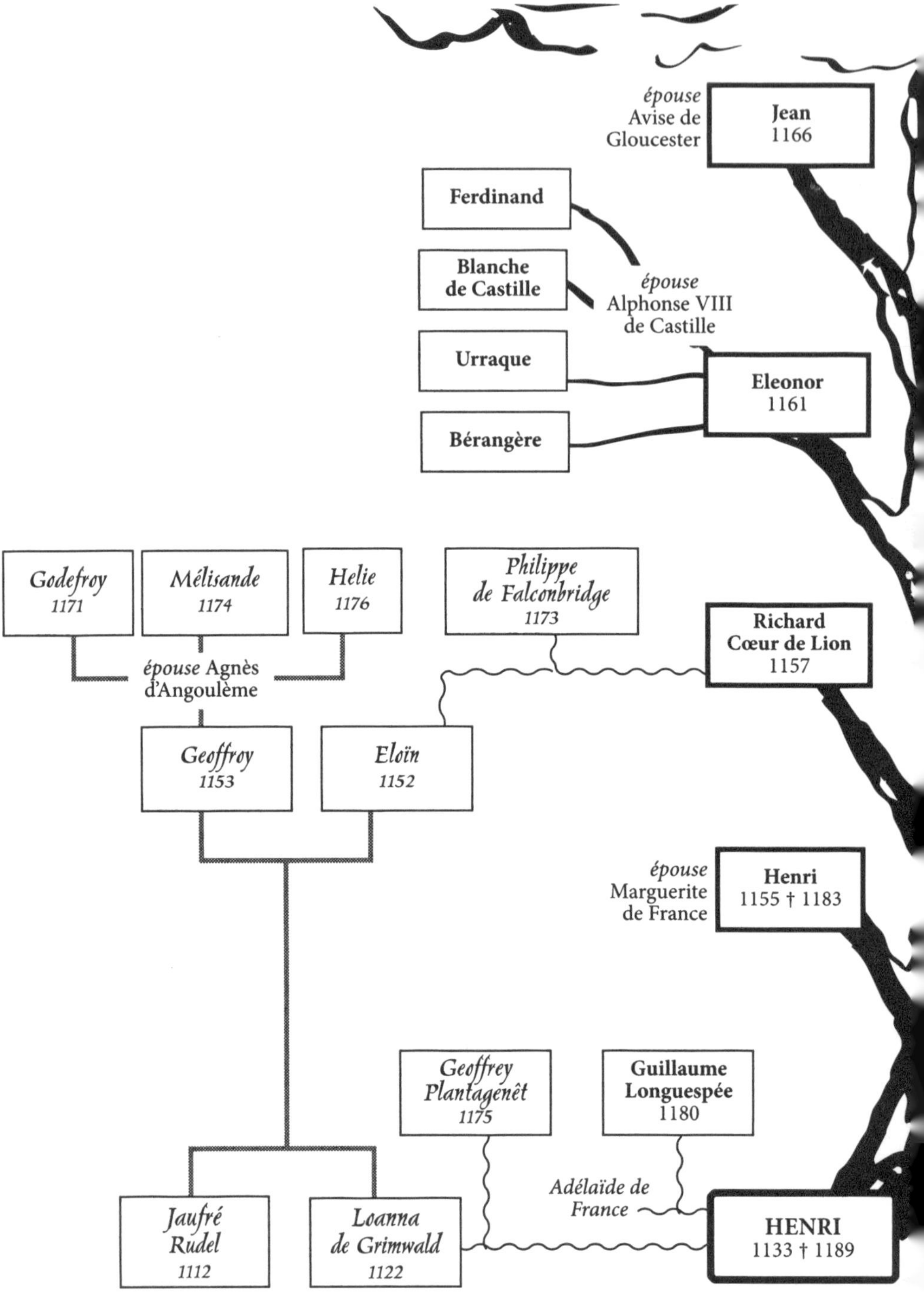

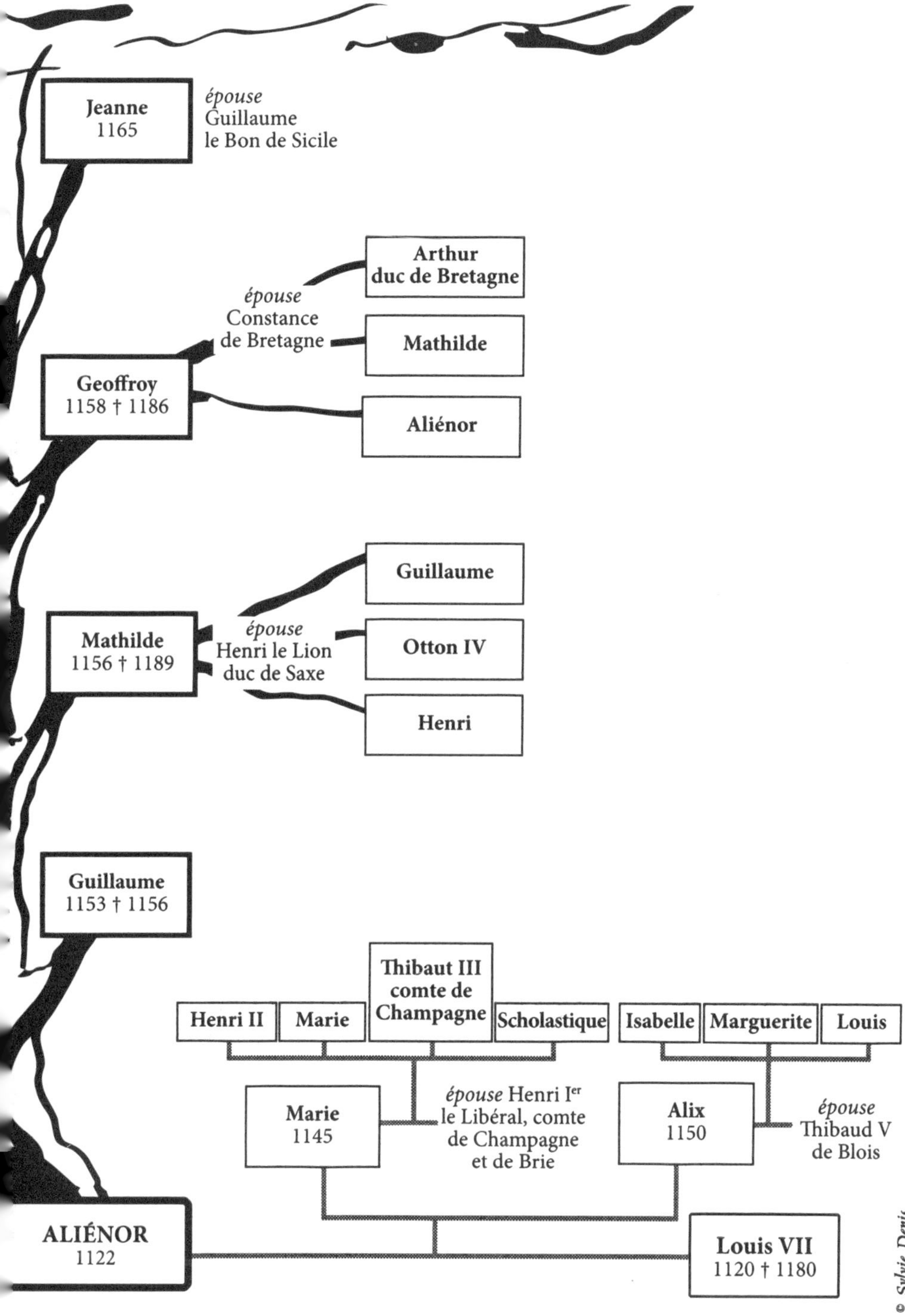
Jeanne
1165
épouse
Guillaume
le Bon de Sicile
Arthur
duc de Bretagne
épouse
Constance
de Bretagne
Mathilde
Geoffroy
1158 † 1186
Aliénor
Guillaume
Mathilde
1156 † 1189
épouse
Henri le Lion
duc de Saxe
Otton IV
Henri
Guillaume
1153 † 1156
Thibaut III
comte de
Champagne
Henri II
Marie
Scholastique
Isabelle
Marguerite
Louis
Marie
1145
épouse Henri Ier
le Libéral, comte
de Champagne
et de Brie
Alix
1150
épouse
Thibaud V
de Blois
ALIÉNOR
1122
Louis VII
1120 † 1180

Le premier fut intitulé *Le Lit d'Aliénor.*

Le second, scindé en deux parties, fut d'*Aliénor, Le Règne des Lions* puis *L'Alliance brisée*.

Le troisième fut abandonné et perdu en 1179 aux portes de Tibériade.

Le quatrième commence ce 4 août de l'an de grâce 1189 en la cité de Tripoli.

Il est, comme les précédents, le livre d'heures de Loanna de Grimwald, descendante de la lignée d'Avalon par Merlin l'Enchanteur et, comme les précédents, complété par son époux Jaufré Rudel, illustre troubadour.

1.

L'homme était fatigué. Harassé sous le poids d'un fardeau qui ne le quittait que par brefs moments au cours desquels il poussait un soupir bruyant. Par-dessus son haubert à triples mailles, la chlamyde à la croix rouge de l'ordre des chevaliers du Temple s'était voilée de la poussière des chemins. Il avait abandonné son mantel à côté de son épée sur le tabouret de bois où il s'était assis à peine entré dans l'Auberge des Preux. Posés devant lui, un cruchon de vin épicé à sa droite, un gobelet d'étain à sa gauche. Dans la douce clarté d'une lampe à huile, le chevalier vidait l'un en remplissant l'autre, secouant par instants une tête aux cheveux d'un noir luisant qui lui tombaient sur les épaules.

Il n'était pas le seul à éprouver un tel épuisement. Depuis que le sultan Saladin s'était emparé de Jérusalem en 1187, après la bataille de Hattin qui avait vu la mort ou l'emprisonnement des plus illustres chevaliers chrétiens, nombre de places fortes stratégiques, dont Acre, Jaffa, Ascalon et Beyrouth, étaient tombées aux mains des musulmans. Jugeant, à tort, que son principal adversaire, Guy de Lusignan, roi de Jérusalem, ne constituait plus une menace pour lui, Saladin venait de le libérer après deux années de captivité. À l'heure où le chevalier Gontran de Hautefort goûtait à la tranquillité de cette auberge, Guy de Lusignan reconstituait une armée dans le dessein de reprendre Acre. Depuis plus d'un an déjà trois royaumes s'étaient alliés pour prêter main-forte aux chrétiens de Terre sainte. La France sous le commandement de son jeune roi Philippe Auguste, l'Angleterre sous celui d'Henri Plantagenêt et le Saint Empire germanique avec l'empereur Barberousse à sa tête. Mais les semaines avaient succédé aux mois et les monarques, empêtrés dans des luttes intestines, tardaient toujours à se mettre en branle.

Le chevalier de l'ordre du Temple leva un œil sombre à mon approche. Il m'adressa néanmoins ce sourire avenant qu'il me réservait à chacune de ses visites, lorsque le soir survenait. J'achevai de me sécher les mains à un torchon de toile.

— Vous arrivez bien tard, messire Gontran. Il me reste seulement quelques cuillerées de cette sauce de pois chiches que vous affectionnez.

Les pattes-d'oie de ce regard profond, d'un noir de jais, s'étirèrent un peu plus en oblique.

— Je m'en contenterai, dame Louane, si vous y ajoutez quelques tranches dorées.

Il s'agissait de petites galettes sur lesquelles je tartinais un mélange de blancs neige, de sucre et d'épices avant de les faire griller. Une recette du vieux Mauray de Brocéliande, en terre bretonne, où j'étais née. Une recette que j'avais ressortie du passé en prenant cette auberge avec mon époux Jaufré, huit ans plus tôt, quand nous dûmes admettre que notre exil durerait bien plus longtemps que nous ne l'avions imaginé. Ces fameuses tranches dorées avaient contribué à notre nouvelle renommée. Par manque de denrées, je ne pouvais en cuire que rarement, aussi marquai-je un instant la surprise devant la requête du chevalier, absent de la place depuis quelques jours. Avant de comprendre.

— J'imagine que vous avez croisé le sire de Beaufort en remontant la venelle…

Il s'autorisa un petit rire d'enfant pris sur le fait.

— … qui m'a conseillé de me hâter à moins d'en être privé. Et ma foi, après semblable journée, j'avoue que la perspective de vos pâtisseries m'a fait, quelques minutes durant, le pied plus léger.

— Eh bien soit, mon cher, vous en aurez. Mais guère plus que la platée précédente. Tous se sont rués dessus dès que leur parfum les eut annoncées. Voulez-vous un second pichet ?

Repris de gravité, il secoua son menton glabre.

— L'envie ne m'en manque point mais plus que jamais la prudence me l'interdit.

Mon cœur s'emballa de curiosité. La salle était vide, l'heure tardive, et, de fait, nous nous apprêtions à fermer lorsque l'homme s'était installé, m'arrachant de l'office où je nettoyais mes ustensiles de cuisine. Les sourcils froncés, je me rapprochai de la table, une parmi la douzaine que l'établissement accueillait.

— De méchantes nouvelles ?

Les épaules massives de l'homme se voûtèrent légèrement.

— Je crains que l'arrivée en Terre sainte des grands rois chrétiens ne soit retardée par la succession du Plantagenêt et que Saladin n'en ait été, avant nous, inform...

Il suspendit son verbe devant le trouble qui m'avait saisie.

— Vous sentez-vous bien, dame Louane ?

Je demeurai un instant l'esprit ailleurs, en ces terres du royaume d'Angleterre que j'avais quittées contrainte et forcée douze années plus tôt, puis je reposai sur lui un œil ranimé d'un espoir oublié.

— La fatigue de la journée. Rien qui mérite qu'on s'y attarde. Vous parliez du roi d'Angleterre. Serait-il défunt ?

Il hocha la tête, rasséréné par mes couleurs regagnées.

— Le 6 juillet. C'est un marchand vénitien qui me l'a appris à Antioche d'où je reviens. Il venait d'accoster et s'étonnait que nous n'en ayons pas été avertis. Je suppose que les mamelouks de Saladin ont intercepté le courrier.

Son soupir me ramena de nouveau au présent. Un présent dans lequel dansait soudain, parmi les ombres d'hier, la lumière de demain. Je m'efforçai néanmoins de les tenir en cette cage dans laquelle ma raison les avait si longuement enfermées. D'un geste ample destiné à me donner une contenance, j'accrochai mon torchon sur l'épaule gauche. Le chevalier ne fut pas dupe. Tout en moi transpirait l'émotion. Son œil s'en fit témoin. Sa voix, léger reproche.

— Pardonnez mon indiscrétion, dame Louane, mais il me semble que cette annonce vous trouble plus que de raison.

Un sourire flotta sur mon visage que, malgré mes soixante-sept ans, le temps s'obstinait à ne pas marquer, comme si la lignée des grandes prêtresses d'Avalon me nourrissait d'immortalité. Je n'étais pas la seule à bénéficier de cet avantage. Par le serment qu'il avait prêté autrefois de servir mes ancêtres, Jaufré qui courait sur ses soixante-dix-sept ans en semblait trente de moins d'allure et de force.

Mon œil accrocha un tabouret à une table voisine. Je l'attirai d'une poigne décidée et m'attablai devant le chevalier Gontran de Hautefort.

— Il serait bien trop long de vous confier mes secrets, messire, et votre souper en serait gâté. Sachez seulement que la mort d'Henri Plantagenêt amène en mon cœur autant de tristesse que de joie, pour des raisons semblables. À la reine Aliénor, son épouse, je fus autrefois dévouée.

Un sourire en coin illumina furtivement ses traits.

— Ainsi donc mon intuition ne m'avait pas trompé.

— Votre intuition, messire Gontran ?

— Votre discrétion, vos manières, votre parler, comme celui du sieur Jaufré dont je me suis laissé dire qu'il s'étirait parfois en chanson lorsque le couvre-feu s'installait... J'ai douté plus d'une fois que vous soyez tous deux de simples aubergistes.

Je fus touchée qu'il ne l'ait jamais souligné. Cela faisait bien quatre années qu'il s'attablait en notre établissement et nous confiait ses impressions, ses sentiments face au joug musulman qui se resserrait. J'avais plus d'une fois mordu ma langue pour ne pas lui révéler à quel point nous y avions été liés aux premiers temps de notre arrivée en Orient, avant de nous faire oublier sous ces habits de taverniers. Il se resservit une rasade de vin, la but d'un trait avant de reposer le gobelet.

— Elle va bien.

— Plaît-il ?

— La reine Aliénor va bien. La captivité en laquelle le Plantagenêt la tenait depuis fort longtemps a cessé avec l'annonce de la mort de ce dernier.

Mon cœur sembla vouloir exploser dans ma poitrine. Douze années. Douze années sans nouvelles d'elle, de mes enfants, des siens, sinon par recoupement des grands événements de l'Histoire qui nous parvenaient. La mort du premier époux d'Aliénor, le roi Louis de France, en 1180, celle d'Henri le Jeune, l'aîné du couple Plantagenêt, emporté par une maladie foudroyante fin 1183, celle de Geoffroy de Bretagne, leur quatrième fils, au cours d'un tournoi en cour de France trois ans plus tard. À chacune de ces nouvelles, j'avais ressenti plus fortement cette épine en mon âme de n'être pas aux côtés de ma reine pour les pleurer. Combien de fois me suis-je retournée dans ma couche, prisonnière du sentiment d'un danger pour les miens, jusqu'à sentir leur présence autant que leur manque et m'en arracher le cœur, au point de planter mon visage dans mes mains pour y étouffer mes sanglots ? Combien de fois mon époux, éveillé de même, m'avait-il étreinte pour mêler sa souffrance à la mienne ? Combien de nuits à vivre du souvenir d'eux, à les imaginer vieillissant, heureux ou malheureux ? Tant et tant d'angoisse qui nous souda plus encore, si cela était possible, l'un à l'autre, jusqu'à reconstruire ici un quotidien harassant pour y perdre, lui le souvenir du troubadour, moi celui de la druidesse de Brocéliande.

Gontran de Hautefort le mesura-t-il ? Sans doute, car il porta une main flétrie par le soleil au-devant de la mienne qui s'était mise à trembler sur la table. Il la pressa doucement, sonda mes yeux, puis la relâcha en hochant la tête.

— Peu importe d'où vous venez, dame Louane. Et les raisons qui vous obligèrent à porter ce masque. Chacun de nous est en exil ici, d'une manière ou d'une autre. Chacun de nous a emporté avec lui un fardeau secret.

Je n'y échappe pas, mais je devine qu'il s'achève pour vous. M'autorisez-vous à y voir une chance pour notre communauté ?

Je revins à moi, à lui, frottai d'un revers de manche mes paupières un instant baissées sur une larme, puis affermis ma voix.

— Une chance, messire Gontran ?

— On m'a chargé de gagner la France pour convaincre mon roi Philippe Auguste de la précarité de l'initiative de Guy de Lusignan. Sans l'appui d'une armée de coalition, il sera quasi impossible à ce dernier de reprendre Acre. De plus, vous le savez comme moi, nous avons besoin de solides renforts pour protéger nos dernières places fortes. Celle-ci tout particulièrement. J'avoue que votre voix et celle du sieur Jaufré me seraient bien utiles pour défendre notre cause auprès du roi Richard.

Le roi Richard. C'est dans sa bouche, à cet instant, que je compris enfin que nous n'avions plus à nous cacher de l'ire de son prédécesseur à notre encontre et que nous venions, mon aimé et moi, de regagner notre liberté. Mon visage mangé de taches de son se fendit d'un sourire tel que les traits du chevalier s'en illuminèrent.

— Messire Gontran, rien, non rien en ce monde ne pourrait davantage nous combler. Nous partirons dès que vous serez prêt.

Il s'égaya à son tour, pencha la tête de côté puis me cueillit d'un regard de biais, taquin.

— Pas tant que je ne serai pas rassasié de vos délicieuses tranches dorées…

2.

Gwalf dansait d'un pied sur l'autre, un ongle en bouche, tant rongé depuis quelques minutes qu'il en ressentait à présent douleur et goût de sang. Il ne pouvait pourtant se décider à franchir cette porte qui lui barrait le passage. Non qu'il fût couard, il ne l'avait jamais été. Non plus qu'il doutât de l'accueil qu'on lui réserverait, il avait en douze années pu vérifier en quelle grande estime on le tenait. N'avait-il pas tout partagé de cet exil avec ses maîtres ? Il arracha un coin de peau supplémentaire, mettant la chair à vif. Ses maîtres. Voilà bien le souci. S'il ne les nommait pas ainsi de crainte de les peiner, il ne s'était jamais résolu à les considérer autrement. Ce n'était pas faute d'avoir essayé. À leur demande. En raison de l'affection qu'ils lui portaient. N'avait-il pas chambre aussi agréable que la leur en l'auberge ? Ne partageaient-ils pas équitablement avec lui les revenus qu'elle générait ? N'avait-il pas toute leur confiance ? N'était-ce pas lui qui avait choisi les tâches qui lui incomberaient ? Souvent il s'était répété ces arguments. Malgré son attachement aux Rudel, son ancien serment lui demeurait accroché au cœur comme une vieille malédiction. En était-ce une pourtant ? Un honneur en vérité ! Garder l'épée flamboyante du druide Kelchw après sa mort en l'île des Bannis, au large de l'Irlande. Un personnage que ce druide ! lui avait raconté son père qui lui-même tenait l'information de son père et ainsi de suite jusqu'au tout premier, celui qui avait reçu des lèvres violacées du vieux sage la mission de veiller, d'attendre l'héritier de la lame des Anciens.

Oui, un personnage, qui pour défendre ses croyances n'avait pas hésité à pourfendre d'une collée quelques-uns de ses anciens amis, convertis au christianisme et prêts à éradiquer les anciens rites. C'était pour ces crimes que Kelchw s'était retrouvé incarcéré là, seul et misérable. On ne lui avait consenti de visite qu'à quelques heures de sa fin. Son valet, un des derniers nains de l'île de Mona, était venu, avait hoché la tête sur sa dernière volonté, puis il avait accédé à la fonction de gardien de l'île. Une fois seul dans le sinistre donjon enroché au milieu de l'océan, sa première action avait été de dissimuler l'épée Marmiadoise à l'endroit même où son maître avait trépassé.

Gwalf connaissait cette histoire transmise de père en fils avec la charge afférente. Il s'était fait à l'idée de sa servilité. Il était né avec elle. Jusqu'à ce que Loanna de Grimwald s'installe dans l'ancienne prison, qu'elle découvre la lame et s'échappe du joug du roi d'Angleterre avec son époux venu l'en délivrer[1]. Alors ce jourd'hui, tandis que derrière ce battant aux ferrures opulentes ses « maîtres » préparaient leur départ de terre sainte, comment leur dire qu'il avait décidé de rester ? Il savait bien qu'ils s'en chagrineraient, comme lui d'ailleurs puisqu'ils étaient somme toute sa seule famille, mais qu'ils s'accorderaient à son choix. Il était libre. Libre. Libre. Combien de fois le lui avaient-ils répété ? Seulement voilà. Gwalf ne savait pas ce qu'était la liberté.

Il avança d'un pas, recula d'autant, fit un tour sur lui-même, secoua sa main douloureuse d'un mordillement de trop. Son cœur était tellement partagé : d'un côté, il lui commandait de les suivre, eux et l'épée Marmiadoise, mais de l'autre, hurlant son amour pour la nouvelle servante de leurs voisins, il lui dictait l'inverse. Que choisir sans regret ?

---

1. Voir *Aliénor*, t. II, *L'Alliance brisée*, XO Éditions, 2012.

La porte s'ouvrit sur Jaufré alors que Gwalf ne s'était toujours pas décidé. Jaufré ne marqua aucune surprise à sa présence, tout au contraire. S'immobilisant sur le seuil, il eut pour lui un de ces regards chaleureux qui l'avaient rassuré dès leur première rencontre.

— Gwalf, vous venez à propos, j'allais vous quérir. Nous avons à vous parler.

Le petit homme cacha ses mains derrière son dos et, voyant Jaufré s'effacer pour le laisser entrer, trouva enfin le courage qui lui manquait.

Je devinai aussitôt son tourment aux sillons de son visage mangé de rides plus creusées qu'à l'ordinaire. Il était mon ami depuis si longtemps. Depuis notre départ de l'île des Bannis, il avait été de tous nos périples hasardeux, de toutes nos aventures, compagnon infatigable, découvrant sans cesse des astuces pour nous tirer d'un mauvais pas. L'affection que nous lui portions était profonde.

Tandis que Jaufré refermait la porte, je m'arrachai à cette écritoire devant laquelle j'étais occupée à mettre nos affaires en ordre, pour venir me planter devant lui.

Je lui souris avec tendresse.

— Vous dodelinez, Gwalf...

Il s'immobilisa aussitôt, rosit tel un enfant pris en faute. Il se troubla plus encore lorsque Jaufré, resté derrière lui, posa un doigt sur ses poings serrés.

— Et vous saignez...

Je tiquai, affichai un air sévère.

— Montrez-moi vos mains, Gwalf...

Il soupira à fendre l'âme mais s'exécuta. Les yeux emplis d'excuses, il brandit son index mutilé. Je m'accroupis légèrement à sa hauteur.

— La dernière fois que j'ai vu semblable plaie, c'était au moment où nous avons acheté cette auberge. Vous aviez craint qu'il n'y ait plus de place pour vous à nos côtés. Mais ce n'est pas ce que vous pensez ce jourd'hui, n'est-ce pas mon ami ?

— Non, dame Loanna. Je sais bien que vous voulez me garder.

Je lui pris les épaules.

— C'est vous qui nous avez gardés jusqu'à ce jour et non l'inverse, me faudra-t-il une fois de plus vous le répéter ? Fi donc, mon vieil ami, je sais ce qui vous pique le cœur. Elle a pour nom Clothilde et sa petite taille en fait la compagne idéale à cette solitude d'homme que vous avez bien assez longtemps supportée. Nous ne voulons pas vous en priver.

— Vous m'accordez de rester ?

Le ton de sa voix accusait autant de détresse que de satisfaction. Je secouai la tête.

— Faudrait-il que pour retrouver les nôtres nous vous abandonnions à la merci de Saladin ? Que nous tremblions pour vous comme nous avons tremblé pour nos enfants, nos amis laissés en Aquitaine ? Vous avez pris une place bien trop importante dans nos vies, Gwalf. Que deviendrions-nous sans vous ?

Jaufré vint se planter à mes côtés, un sourire léger aux lèvres. Gwalf avait croisé ses mains pour étouffer le sang qui les souillait. La lippe tremblante, les yeux levés vers nous, il semblait se demander quelle option, en ce cas, il pouvait bien lui rester. Mon époux enroula son bras autour de ma taille.

— Nous avons vu nos voisins ce matin, tandis que vous alliez au marché.

Les sourcils épais et broussailleux se mirent à tressauter, compensation de ces pieds qu'il s'interdisait de bouger. Je refusai de le torturer davantage.

— Entendons-nous bien, Gwalf, nous vous laissons le choix. Mais sachez que nous avons racheté sa charge et que, désormais, Clothilde est libre. Libre comme vous et avec vous de continuer à faire tourner cette auberge ou de nous suivre et de demeurer à nos côtés. Dans les deux cas, vous n'y perdrez rien tous deux. Cette liberté vous est acquise ainsi qu'à vos descendants et nous trouverons le moyen de vous nantir assez pour l'apprécier.

Je vis son visage s'illuminer autant que cette fois où, en l'île des Bannis, je l'avais invité à ma route. Jaufré modéra son ardeur.

— Prenez le temps de la réflexion. Ou tout au moins celui d'en discuter avec votre aimée. Quelle que soit votre décision, nous nous y accorderons. Le Vénitien lève l'ancre d'Antioche dans huit jours. Nous devrons nous mettre en route dans quatre. Vous en avez deux. Est-ce assez ?

Il se précipita dans nos jambes et, comme le faisait notre fils Geoffroy en ses petites années, nous enserra de ses bras trop courts. Son nez en trompette s'immisça entre nous dans le vide creusé par nos tailles accolées. C'était la première fois que le petit homme nous enlaçait. Mon cœur s'en poignit. Celui de Jaufré aussi. Le temps de vouloir l'étreindre à notre tour et il s'était déjà écarté. Son regard délavé nous balaya avec tendresse.

— Deux jours ? Mais c'est bien trop, sieur Jaufré ! Je vais de ce pas lui demander sa main. Ensuite ? Eh bien nous ferons nos bagages et vous nous unirez en chemin !

Jaufré éclata de ce rire clair dont j'avais trop longtemps été privée. C'est sur cette bénédiction que Gwalf quitta la pièce d'un pas qui dansait.

Quatre jours plus tard, après une dernière fournée de mes tranches dorées qui avait épuisé la farine des réserves de la cité, nous barrions les fenêtres et les portes de l'Auberge des Preux et faisions nos adieux. Au nombre de personnes entassées dans la cour et jusqu'en la venelle qui remontait du port, nous prîmes conscience de la place qui avait été la nôtre en cette cité de Tripoli. Je refusai de m'en laisser émouvoir. J'avais de nouveau une mission d'importance à remplir. Convaincre le nouveau roi d'Angleterre de se mettre en branle pour refouler Saladin. Cette ville qui nous avait accueillis et protégés ne devait pas tomber entre les mains de cet homme, respectable au regard des siens mais que je savais sans pitié.

Ce 9 août, sous un soleil qui brûlait nos fronts enroulés de turbans, déguisés en marchands et juchés sur nos mules qui s'accordaient au pas du destrier de Gontran de Hautefort, nous quittions enfin l'enceinte fortifiée de Tripoli pour longer la côte en direction d'Antioche.

Une galée nous y attendait. Si le temps demeurait clément, nous serions bientôt de retour chez nous, en Aquitaine.

3.

Tandis qu'on achevait de la parer, Aliénor s'examinait sans complaisance dans la psyché qui lui faisait face. Elle portait avec d'autant plus de panache ses soixante-sept ans qu'elle en paraissait quinze de moins, preuve que ce sang de la lignée de Merlin qui l'avait sauvée à la naissance de son dernier fils, Jean, continuait de ralentir en elle les outrages du temps. De fait, si l'on exceptait la tentative d'empoisonnement de Rosamund Clifford, l'ancienne maîtresse de son époux[1], elle n'avait depuis pas même eu le nez coulant. L'or de sa chevelure lourde et opulente avait à peine blanchi, ses paupières légèrement alourdies adoucissaient le coin d'un œil qui n'avait rien perdu de sa vivacité. Sa vision était la même qu'autrefois, aussi aiguisée que celle de ces aigles qu'elle aimait porter au gant lors des chasses. Elle le pourrait encore, dès que ses bras amollis par son inactivité forcée auraient regagné suffisamment de force. Elle s'était déjà reprise de vigueur ces dernières semaines tandis que, au côté de son fils Richard, elle parcourait l'Angleterre à cheval, libérant sur son passage les captifs du feu roi, recrutant de nouvelles têtes pour le gouvernement, séduisant les anciens fidèles de son époux avec l'idée de son retour. Pouvait-elle leur reprocher d'avoir soutenu jusqu'au bout la cause du Plantagenêt ? Elle préférait cette constance aux girouettes qui,

1. Voir *Aliénor*, t. II, *L'Alliance brisée*, XO Éditions, 2012.

au gré des vents, se créaient des amitiés de fortune. Elle l'avait lu dans le regard de tous : elle en imposait encore. Elle éblouissait encore. Même si elle jugeait avec sévérité les ridules à ses lèvres, simples traits de plume pourtant, ces parenthèses de part et d'autre de sa bouche à peine affinée, ces deux plis en travers de son front et cet imperceptible double menton. D'autres, bien plus jeunes, ne pouvaient prétendre à visage plus frais, plus tendu. Néanmoins, elle eût voulu remonter les ans, rattraper le temps perdu, le partager avec les siens, enfants, amis, qu'elle ne reverrait plus.

Par la fenêtre grande ouverte, les parfums des chèvrefeuilles montaient avec la clameur de la ville. Sa ville. Poitiers. Elle y était arrivée la veille, en grande pompe, Richard couronné roi depuis quelques jours à ses côtés. Elle n'avait rien laissé paraître de l'émotion qui l'avait saisie en reconnaissant les fortifications, les toitures surmontées des flèches de la cathédrale qu'autrefois elle avait décidé de construire, le paysage alentour, bercé du doux chant de la rivière, quelques moulins de plus sur les buttes. Elle était demeurée droite et fière sur sa jument, consciente que le seul affaissement des épaules la ferait s'effondrer devant tous l'instant d'après. En quatorze années de captivité, elle avait appris à contrôler ses émotions, à ne rien offrir au Plantagenêt qui pût le réjouir. Elle avait tout enduré. La fin des cours d'amour, l'interdiction de revoir l'Aquitaine. La liaison que son époux avait imposée à Adélaïde de France, la promise de Richard, la souillant d'un enfant qu'elle avait dû, elle, Aliénor, élever. Le conflit entre ses fils, Henri le Jeune et Geoffroy, ligués contre Richard par la plume assassine du troubadour Bertrand de Born, sordide affaire d'intérêts et de jalousies croisées. La réconciliation de ses quatre fils. La mort prématurée d'Henri le Jeune peu de temps après, mort dont elle ne parvenait toujours pas à se remettre et qui pourtant, en rapprochant Richard de la royauté, lui avait valu de voir sa captivité adoucie. Celle de Geoffroy, trois ans plus tard, ce grand gaillard blond dont le rire hantait sa mémoire. Puis la perte de son sénéchal, Saldebreuil de Sanzey. La dernière tentative de Richard pour arracher le trône à son père, miné par la maladie, vieilli de trop d'amertume et de chères et qui, par pur esprit de vengeance, avait voulu imposer son cadet, Jean, à sa succession.

Jean. Jean le fourbe, l'hypocrite, l'ambitieux, le cupide, le cruel, l'irréfléchi. Jean qui malgré tout lui avait offert son ultime revanche en prêtant allégeance à Richard. Le manque, le manque de ses filles, Marie, Alix, Éléonore, Jeanne, et de leur descendance. Et pour finir, alors qu'enfin la liberté lui ouvrait ses bras, la nouvelle de la fin de Mathilde, sa petite Mathilde, mariée au duc de Saxe. Sa Mathilde qui avait fini par s'accommoder de son mariage et avait tenu le serment fait à l'emperesse, sa grand-mère défunte, de marquer l'Empire de sa présence, de sa beauté, de sa générosité, de sa culture au point de raviver les cours d'amour, de devenir la muse de quelques troubadours et de laisser à l'histoire de nombreux enfants. Aliénor avait même assisté à la naissance de l'un d'eux, Guillaume, dont sa fille avait accouché à Windsor du temps qu'elle y était incarcérée.

Une grande satisfaction avait néanmoins adouci ces longues ténèbres, la fin de Rosamund Clifford, l'ancienne maîtresse du Plantagenêt, qui n'avait jamais quitté le couvent de Godstow, où Loanna de Grimwald, sa chère Loanna, l'avait fait incarcérer après qu'elle eut tenté de l'assassiner[1]. Pour le reste, privée de musique en tous les endroits où Henri l'avait forcée à séjourner sous la garde de Ralph Fitz-Stephen puis celle de Raoul de Glanville, elle vécut en comptant les jours, refusant l'abattement, la désillusion, la rancœur, gardant ses forces comme la branche protège sa sève en plein cœur de l'hiver. Fidèle à la promesse qu'elle avait faite à son époux en la sinistre tour de Salisbury : au soir de la mort d'Henri, les bourgeons avaient refleuri et elle était toujours là pour en cueillir les fruits.

Elle recula d'un pas pour juger de sa mise. La mode avait à peine changé en Aquitaine. Les manches se portaient

1. Voir *Aliénor*, t. II, *L'Alliance brisée*, XO Éditions, 2012.

toujours tels des lys inversés, les bliauds traînaient derrière mais laissaient voir la pointe des chausses, la taille était marquée, la poitrine gainée et finement échancrée pour inviter les regards aux parures de pierres précieuses. Les coiffes étaient à peine plus courtes. Non, rien n'avait changé, sinon elle. Aliénor portait en elle le sceau de la captivité, celui de la souffrance aveugle et muette d'une mère orpheline de ses enfants, aux amours défuntes, à la terre mutilée. Mais elle s'était remise debout, chaque fois, puisant sa force dans le déclin d'Henri. Et voici qu'en ce jour où elle voyait enfin ses attentes s'accomplir, son fils couronné, où elle retrouvait la ville ducale, les senteurs d'Aquitaine qui lui explosaient au nez sous les assauts de cette fin d'été, elle n'était qu'une boule d'émotions. Un nœud de vipères qui, depuis son nombril, tendait ses gueules ouvertes vers ses bras, ses jambes, son cou, la piquait de ce venin contre lequel, toutes ces années, elle s'était efforcée de lutter. Elle redressa la tête, tenta de se prémunir encore en crispant les mâchoires pour les empêcher de trembler. Elle était, pour la troisième fois, à la naissance d'un règne. De nouveau elle en était le pilier. Et en tant que tel, elle se devait d'être droite, forte, indestructible. Elle se devait au bonheur comme elle s'était due à l'attente. Mais comment être heureuse alors que tant de ceux qu'elle avait espéré voir célébrer ce jour à ses côtés, oui, tant des siens, s'étaient éteints ?

La porte s'ouvrit dans son dos, alors que sa dame d'atour lui présentait deux écrins pour qu'elle choisisse une parure. Les négligeant, elle pivota vers Richard qui venait d'entrer. Il possédait cette beauté sauvage des Plantagenêts, mais ses traits avaient hérité de la finesse de ceux de sa mère. Son regard de ciel d'orage s'ambrait sous l'auréole sanglante de sa chevelure bouclée. Il était aussi grand que l'avait été Henri, la dépassait d'une tête et demie, mais la couvrait toujours de sa tendresse enfantine. Il s'approcha d'elle de ce pas félin qu'elle aimait entre tous. Des hommes qu'elle avait chéris, il était le seul auprès duquel elle éprouvait semblable sentiment de sécurité, de chaleur, de fierté. La servante s'était baissée en une révérence. Elle avait déposé les coffrets à son approche, le voyant nanti d'un autre qu'il ouvrit devant sa mère. Aliénor sentit de nouveau sa lèvre inférieure tressaillir. Un pendentif reposait sur un lit de velours blanc. Un rubis taillé en forme de cœur cerclé d'argent et enchâssé entre deux lions debout. Elle n'eut pas besoin de lui demander ce qu'il signifiait. Elle le lut dans ses yeux, brûlants de cette émotion partagée. Lui et elle. Clefs de voûte d'un royaume que l'amour, et l'amour seul d'une mère à son enfant, avait façonné. Elle lui tourna le dos, muette toujours dans ce contrôle d'elle-même qu'elle désespérait malgré tout de conserver, le laissa passer la chaîne à son cou, boucler le fermoir sur sa nuque, puis la prendre par les épaules et s'accoler à elle.

— À vous et à jamais, mère, ce royaume et mon attachement, murmura-t-il à son oreille avant d'y déposer un baiser.

Elle n'eut qu'un gémissement avant de se retourner d'un bloc et de se nicher contre sa poitrine, soulevée de sanglots longs, aussi profonds que le gouffre dans lequel elle avait trop longtemps refusé de sombrer. Il enroula ses bras autour d'elle et se mit à la bercer.

4.

Je ne saurais décrire mon émotion face aux remparts de la cité de Poitiers. À peine le pied posé en Aquitaine, déjà, je n'étais qu'embrasement continu, tirée par une main invisible qui pressait le chevalier de Hautefort, le nain Gwalf et Clothilde, sa jeune épousée, dans notre sillage. Jaufré était comme moi, avide du moindre souffle dans les ramures, de ces trilles disparus de nos oreilles, du chant des ruisseaux, du sifflement des pales des moulins. Nous reconnaissions tout mais ce tout nous sembla plus rieur, plus léger. N'avions-nous pas laissé une terre dévastée par la guerre ? Cette guerre fratricide qui avait opposé Aliénor et ses fils à Henri, cette guerre qui avait provoqué l'emprisonnement d'Aliénor et notre exil[1] ? Ce jourd'hui les routes étaient encombrées de lourds charrois, de négociants de toutes sortes, les villes et les villages s'étaient élargis sous l'influence de Richard, en ces dernières années où il s'était dévoué à son duché.

Comme Jaufré, sitôt que nous fûmes débarqués d'un périple sans histoire, mon premier réflexe fut de me tourner vers Blaye et notre châtellenie. Mais partout, la rumeur annonçait le retour d'Aliénor et de Richard en Poitiers, le branle des troubadours et des seigneurs aquitains vers eux. L'évidence nous apparut que nos enfants ne manqueraient pas cet appel.

---

1. Voir *Aliénor*, t. II, *L'Alliance brisée*, XO Éditions, 2012.

Le chevalier avait décidé de nous escorter à la cour poitevine pour plaider la cause du roi de Jérusalem, avant que d'aller la défendre en terre de France. Certes, se serait moqué mon vieil ami défunt Thomas Becket, le Dieu des chrétiens n'avait jamais éveillé foi en moi. J'étais trop habitée par les croyances païennes de l'île d'Avalon. Mais j'avais appris à cohabiter avec ce monde en mouvement, cet élan religieux qui peu à peu avait avalé les anciens rites. Même mes enfants et petits-enfants, pourtant nourris de magie blanche depuis leur naissance, s'agenouillaient dans les églises pour prier. L'essentiel, m'avait appris le druide Merlin, mon aïeul, n'était pas la nature des dieux, mais l'énergie cosmique dont ils étaient issus. Nul n'avait de prise sur cela. Dès lors aucune guerre religieuse n'avait de sens. Si j'avais décidé de m'impliquer dans celle-ci, c'était parce que je savais que Saladin ne s'arrêterait pas aux portes des citadelles chrétiennes. Une fois balayés les monarques et leurs armées de Terre sainte, il élargirait ses conquêtes au-delà des mers. Il fallait l'arrêter avant. Car je n'étais pas certaine qu'il ne possédait plus les moyens d'annihiler la civilisation chrétienne tout entière. Ces moyens qu'autrefois, par manque de courage, moi, la dernière descendante d'un monde oublié, je lui avais donnés. Auquel cas aucun des miens ne serait en sécurité.

J'avais encore sur moi la bague, sauf-conduit frappé de ses armes, que m'avait offerte feu le roi Louis VII de France. Nul doute que son successeur et fils, Philippe Auguste, m'écouterait si je m'inclinais, moi aussi, devant lui. L'idée de m'arracher aux miens à peine arrivée me brisait le cœur, mais j'étais prête à m'y résoudre lorsque Gontran de Hautefort m'en avait dissuadée. Il connaissait trop les lenteurs de la diplomatie et m'estimait plus utile près de Richard. J'en étais convenue, un peu trop vite en vérité.

Le gué de la Boivre franchi, Gontran de Hautefort tourna vers nous son visage réjoui, dans l'attente de Gwalf et de Clothilde qui avaient peiné à le traverser. Parce que nous lui avions tout confié de notre passé, il savait l'intensité du sentiment qui nous étreignait. Et le partageait.

*

Les yeux bassinés d'eau de mélisse, les traits fardés, Aliénor se sentait soulagée, comme si un vent puissant avait balayé ses craintes. Richard s'était effacé pour la laisser se reprendre et elle jouissait enfin d'un battement plus régulier en sa poitrine. Elle porta la main à son cou, enserra comme une promesse le bijou puis, se jugeant enfin capable d'affronter cette déferlante qui l'attendait, sortit de la pièce d'un pas altier. Elle sut qu'elle peinerait à contenir son émotion sitôt que, lui faisant haie d'honneur, les trompettes des hérauts saluèrent son arrivée devant les lourdes portes de la salle de réception. Les battants s'écartèrent sur son nom crié, comme autrefois, lorsqu'elle s'annonçait, royale, au-devant de ses gens. Combien resterait-il de visages connus ? d'amis d'autrefois qu'Henri avait épargnés ? Le cœur suspendu, elle releva le bas de son bliaud puis pénétra dans la pièce par cette allée centrale que la foule, agglutinée de chaque côté, y avait ouverte.

Le silence n'était troublé que par la clameur des petites gens sous les fenêtres. Les regards bienveillants s'attardaient sur elle malgré les révérences que son avancée déclenchait. Lors, face à ces êtres qu'elle reconnaissait tour à tour et qui refusaient de cacher leur émotion, elle comprit qu'elle en serait dévastée de nouveau avant d'avoir atteint ce trône que Richard lui avait conservé à ses côtés. Ils étaient tous là, ces troubadours tant regrettés auxquels Henri avait interdit sa porte. Recueillis, silencieux, l'œil brûlant et humide, ceux qui avaient vanté son courage en sa geôle, ceux qui avaient tenté par leur chant d'infléchir le roi, ceux qui avaient pleuré pour elle, souffert avec elle, s'étaient languis d'elle, ceux qu'elle avait autrefois arrachés à l'anonymat, ceux qu'elle avait soutenus, inspirés. Bernard Marti, Peire Rogiers, Rigaud de Barbezieux, Raimbaud d'Orange, Azalaïs de Porcairagues, Marie de France, Bertrand de Born, Gaucelm Faidit, Élias d'Ussel, la comtesse de Die, Raimbaud de Vaqueiras, en première ligne de cette haie d'honneur, leurs instruments en main. Elle inclinait la tête pour réprimer l'envie de les étreindre. Derrière eux, parmi quelques fidèles d'autrefois, elle avisa Wace, son romancier préféré, les cheveux blancs, les traits usés. Près de lui, un autre : Chrétien de Troyes, victime d'une calvitie totale ! Et là aussi, Benoît de Sainte-Maure qui lui avait écrit autrefois *Le Roman de Troie.* Et tout au bout de l'allée, près de l'estrade... Bernard. Son cher Bernard de Ventadour, le sourire jusqu'aux oreilles, les yeux brouillés de rides et d'affection. Il avait à peine changé et son cœur dansa la carole. Son amour pour lui était toujours là, oui. Elle s'arracha à la promesse de son œillade pour embrasser du regard ce qui lui restait de famille assise en demi-cercle aux pieds de Richard. Jean au côté de son épouse, la fille héritière du comte de Gloucester, que Richard lui avait donnée le 20 août précédent, avec les Cornouailles, le Devon, le Dorset et le Somerset ainsi que des terres en Irlande. Puis, à côté d'eux, Adélaïde de France, Eloïn Rudel avec son fils Philippe, seuls autorisés, à quelques exceptions près, à la visiter durant sa captivité. Son frère Geoffroy avec son épouse Agnès. Leur fils ? Oui, leur fils Godefroy qui ressemblait tant à Jaufré, son grand-père. Et là ? Son frère ? Sa sœur ? De toute évidence puisqu'ils lui rappelaient les traits de sa chère Loanna... Elle sentit les larmes affluer à ses joues, troubler son regard insatiable tandis qu'elle continuait d'avancer sur un nuage. À gauche, ses filles avec leurs époux et leur progéniture respective, y compris celle de Mathilde, élevée en Angleterre. Marie de Champagne, Alix de Blois, les deux filles qu'elle avait eues du roi Louis de France. Seigneur Jésus, était-ce bien son Éléonore, cette dame habillée de mode castillane qui était son portrait au même âge ? et là sa petite Jeanne, reine de Sicile ce jourd'hui, qu'elle avait quittée enfant ? Fol avait été Richard de lui taire leur présence, de laisser sa carapace se briser aux yeux de tous. Qu'allaient penser ses vassaux d'un tel débordement d'émotions ? Rien, rien que de compréhension et de bonheur, disaient ces visages tout aussi bouleversés. Elle leur sourit, de ce sourire de l'intérieur qui avait fait d'elle, déjà, une reine de légende. Elle les presserait contre elle, tous, dans quelques heures. Dès lors que seraient tombées les barrières du protocole et de la bienséance. Pour l'heure, Richard, descendu d'une marche, lui tendait la main. Elle s'en saisit avec grâce, illuminée par cet amour qui pesait sur ses épaules en vagues bienfaisantes. Un amour empreint de reconnaissance, de respect, de ferveur ou de tendresse. Rayonnante et dépourvue de ce masque qu'elle s'était crue obligée de composer, elle s'assit sur le trône qu'elle occupait autrefois et les couvrit tous, enfin, d'un regard circulaire avant de s'éclaircir la voix.

— Dames et damoiseaux, chevaliers et troubadours, mes amis, mes enfants, point n'est besoin de discours. Je sais. Vous savez. Nourrissons-nous les uns les autres de cet instant et qu'il soit de musique. Qu'il soit de musique parbleu ! J'en ai bien trop manqué ! C'est pourquoi je déclare ouverte céans la cour d'amour de ce 29 septembre de l'an de grâce 1189. Que le premier d'entre vous veuille bien s'avancer.

La porte s'ouvrit à cet instant. Pur hasard. Mais Jaufré la passa, avec moi à ses côtés. Sa citole était en main, et, se voyant accueilli par ces mots, il lança dans l'air de notre renaissance et de celle de ma reine cette canso que l'exil avait composée :

> Ma terre est de feu, ma terre est de sang
> Et fort malheureux, je vis de vent.
> Je suis comme l'aube en embrasement
> Prisonnier d'une ode et de serment.
> Ma cause est la vôtre dame d'un jour
> Ma cause est la vôtre et règne d'amour.
> Ma cause est la vôtre et j'attends le jour
> Où mes patenôtres seront de cour.
> Mon cœur se languit de mes enfants
> D'une reine aussi qui se repent
> Mais aucune geôle ne pourrait garder
> Ces mots en obole qu'il me faut porter

L'Ombre de Saladin

Ma cause est la vôtre dame d'un jour
Ma cause est la vôtre et règne d'amour.
Ma cause est la vôtre et voici le jour
Qui devant les nôtres voit son retour.

Il termina un genou à terre devant sa reine et son roi. J'étais à ses côtés et je pleurais, comme elle, comme lui, comme nos enfants. D'un bonheur tel qu'il n'existe pas de mots pour l'exprimer.

5.

Visiblement prévenus que nous approchions de Poitiers par la prescience de notre fille Eloïn, c'est d'amour que les nôtres nous accueillirent à défaut de surprise. Tous les autres, nous croyant morts depuis longtemps, sitôt qu'ils eurent reconnu la voix particulière de Jaufré et nos traits burinés par le soleil d'Orient, lancèrent dans le silence retombé des « noëls » à nous bouleverser. Et je n'eus soudain pas assez de bras pour enlacer mes enfants et ma reine, trop bouleversée pour s'accorder encore au protocole. Se refusant à rétablir le calme, Richard vint s'ajouter à la mêlée. Lors, ce fut le signal d'un élan jusque-là contenu par la solennité royale, tant la joie coulait des rires et des accolades. Durant quelques minutes, nous nous y abandonnâmes puis, jugeant que cela suffisait, Richard ramena sa mère, épuisée d'émotion, à son siège. Une fois installé sur le sien, il adressa un signe aux hérauts qui levèrent aussitôt leurs cuivres pour les porter en bouche. L'agitation s'apaisa sous leur salve. Chacun reprit sa place. Les proches sur les coussins qui adoucissaient les marches de l'estrade de part et d'autre des deux trônes placés sous un dais aux couleurs de l'Aquitaine ; les invités, une centaine au moins, sur les bancs latéraux qu'ils avaient désertés à l'entrée d'Aliénor puis pour nous saluer.

Dans ce calme empreint de gaîté, je vis enfin Gwalf et Clothilde, demeurés jusque-là sur le pas de la porte, s'avancer par la travée centrale, attirant curiosité et sympathie autant par leur petite taille que par la noblesse de leur attitude. Puis le chevalier de Hautefort vint, comme eux, s'incliner devant le nouveau roi d'Angleterre. Je les présentai tous trois avec l'importance que revêtait pour nous leur amitié avant de réclamer audience privée sitôt cette cour d'amour achevée. Moins qu'une autre j'aurais voulu l'interrompre plus longtemps. J'en avais autant manqué que ma reine ! Le comprenant d'instinct, Richard nous désigna son parterre familial d'un geste ample du poignet.

— Installez-vous. Le temps pour nous tous d'effacer les douleurs du passé et je vous entendrai.

— Rien ne saurait nous combler davantage, Votre Majesté, lui assurai-je tandis que nous nous asseyions entre Eloïn et son frère Geoffroy.

Mon regard accrocha un jouvenceau et une jouvencelle qui me fixaient avec respect, non loin d'un chevalier dont mon cœur, déjà, avait admis l'identité.

— Ce sont mes enfants, Hélie et Mélisande Rudel. Et le grand, c'est Godefroy, mais vous l'aurez déjà reconnu à l'épée Durandal accrochée à son flanc, me murmura mon fils à l'oreille.

Je ne sus que hocher la tête, sotte d'émotion, tandis que Marie de France, forcie de taille et de traits, s'avançait pour nous donner ses lais.

Il nous fallut bien les deux heures de musique qui suivirent et les mains de nos enfants pressant les nôtres par intermittence pour que Jaufré et moi soyons enfin certains que notre rêve était devenu réalité.

Ce ne fut qu'ensuite seulement, dans une pièce voisine et en comité restreint, que nous racontâmes notre installation à Tripoli, réservant à plus tard le détail des aventures qui, si elles nous avaient permis de regagner assez de fortune pour acquérir l'Auberge des Preux, nous avaient confrontés à Saladin. Écoutant à notre tour, nous comblâmes aussi nos lacunes quant aux événements de l'histoire, pleurâmes les fils défunts de la reine et celle qui resterait à jamais pour moi la « petite Mathilde », puis, regagnés par la chaleur du présent, finîmes par nous réjouir des naissances et des alliances consommées ou à venir.

Plus que tout pourtant, nous nous imprégnâmes de ces visages tant et tant esquissés en nos nuits de détresse. Eloïn, qui ne paraissait pas davantage ses trente-sept ans que son frère ses trente-six et avec eux Agnès, ma chère Agnès, l'épouse de mon fils, épanouie par les années et les naissances. Je pus enfin découvrir de plus près ces petits-enfants qu'elle nous avait donnés. Hélie, qui, du haut de ses treize ans, s'affichait au côté de sa promise, Géraude de Gensac, aussi menue et aussi noire de chevelure qu'il était, lui, gaillard, le front roux et les yeux mordorés. Près d'eux se tenait la timide Mélisande, âgée de quinze ans, qui ressemblait à s'y méprendre à sa mère. Elle restait accolée à mon petit Godefroy dont la naissance fut enveloppée de magie. Godefroy qui portait désormais ses dix-huit ans avec le panache de son père, des cheveux auburn et, comme moi, des yeux d'un gris verdâtre semblables à ces mousses accrochées au tronc des chênes. S'inclinant devant nous, il nous présenta, comme l'avait fait auparavant Hélie, la douce Mabilie de Mirambeau avec qui il venait de se fiancer. Dans leur sillage se tenait Philippe, seigneur de Falconbridge, né de l'amour qu'éprouvaient l'un pour l'autre ma fille et le roi Richard. Philippe qui liait par le sang mon propre attachement à ma reine. Il possédait de son père et de son grand-père Henri Plantagenêt la même carrure imposante, la même flamboyance de chevelure, le même regard de ciel d'orage. Mais ses traits réguliers et fins, sa mâchoire aux angles adoucis, son nez légèrement plongeant et ses lèvres dessinées à la perfection étaient un mélange heureux d'Aliénor et d'Eloïn. Il attirait l'attention autant par cette beauté impérieuse que par l'aura bénéfique qui se dégageait de lui. Nous l'étreignîmes Jaufré et moi avec la même ferveur que les autres, dans cette communion de tendresse qui nous empêchait de profiter de chacun pour nous nourrir de tous. Et si la fatigue de notre long voyage pesa sur mes épaules, je l'oubliai à la faveur de ce bonheur simple, du regard regagné de lumière que ma reine et mes enfants attardèrent régulièrement sur moi tout au long de la soirée et du banquet royal auquel Richard nous convia.

6.

— Viens… Raconte-moi…

Trois mots. Trois mots simplement dans la bouche de ma reine après que Richard eut déclaré le couvre-feu, que les troubadours eurent offert révérence et que nos enfants, nos amis proches nous eurent étreints sur la promesse généreuse d'un lendemain. Viendrait avec lui l'audience que le roi nous avait promise avant de passer à table, de retrouver en bouche la saveur parfumée des mets et des vins aquitains, le rire, la joie, la légèreté des mots d'esprit.

Demain.

Pour l'heure, dans cette chambre où je l'avais suivie, où par le passé tant et tant de fois j'avais caressé son épaule, recueilli ses serments, ses doutes, ses ambitions, ses colères, ses peurs, Aliénor, assise de profil dans l'abandon du moelleux des coussins regonflés contre la tête du lit, les jambes repliées sur elles-mêmes, m'offrait ce regard complice qui me sondait l'âme.

D'un geste je ramenai sur le côté puis relevai la courte traîne du bliaud d'apparat qu'elle avait mis à ma disposition pour le dîner, en remplacement de mes vêtements de voyage. Gardant l'étoffe moirée en main pour ne pas marcher dessus, je m'avançai jusqu'à la couche aux rideaux relevés. M'aidant d'un pied pour déchausser l'autre, j'abandonnai mes escharpins à côté des siens sur le parquet ciré.

Je m'assis près d'elle sur la courtepointe.

— Le temps fut long, ma reine...

Elle eut ce petit rire que les drames n'avaient jamais réussi à briser. Ce rire de connivence dans le malheur, d'espoir dans la pénombre.

— À qui le dis-tu, ma douce ! Je n'aurais jamais imaginé, à l'heure où nous nous quittâmes dans cette sinistre tour d'Old Sarum[1], que je parviendrais à demeurer digne tant de temps alors que l'ennui et la morosité me servaient de soupe !

Elle allongea sa main pour, impérieuse et délicate, la poser sur mon bras. Je fus envahie par le sentiment de l'avoir abandonnée à son sinistre destin pour faire face au mien, pour, dans l'exil, me protéger et mes enfants avec moi de la vengeance d'Henri. Le contact de ma reine m'avait manqué souvent. Nous nous pelotonnâmes l'une contre l'autre, amies de cœur et de corps depuis les derniers sursauts de l'enfance. À la faveur de la lampe à huile posée sur le chevet du lit, sans nous quitter des yeux, l'émotion nous étreignant la gorge, mes doigts défirent sa tresse, les siens la mienne. Oubliés, les désirs charnels d'autrefois. Ne restaient que la tendresse, le besoin de s'approprier l'instant, d'effacer les marques de l'absence.

La minute d'après, j'étais à sa place, adossée aux oreillers, la tenant de dos contre ma poitrine, les bras serrés autour de son buste délacé, le menton dans son cou dénudé de la masse soyeuse. Sereine. Malgré ce que je m'apprêtais à lui révéler de notre périple en Orient et de l'homme qui m'y avait torturée. Comme chaque fois, à l'instant de prononcer son nom, un frisson me parcourut l'échine. Je le retins, le temps de me rassasier de ce soupir de contentement qui échappa à ma reine, hésitant à briser cette plénitude, hésitant à ternir ces retrouvailles.

Alors que je m'apprêtais enfin à rompre le silence, curieusement ce fut elle qui, d'un timbre curieux, le nomma.

— Saladin. Parle-moi de Saladin.

---

1. Voir *Aliénor*, t. II, *L'Alliance brisée*, XO Éditions, 2012.

Perçut-elle l'accélération des battements de mon cœur, cette oppression dans ma poitrine, cette contraction de mon ventre ? Elle se durcit, retint son propre souffle avec le sentiment, j'en fus certaine, d'avoir touché une part de souffrance en moi. Je relevai le front pour qu'elle ne sente pas aussi la tension de mes mâchoires. Peine perdue.

— Cela fait des mois que ses exploits guerriers alimentent les cours d'Europe, soulèvent la colère des princes et des rois chrétiens, mobilisent les pèlerins, les chevaliers, tous disposés à l'imminence d'une guerre sainte, alors qu'au moment de la prise de Jérusalem il s'est montré plus miséricordieux et meilleur envers la population que les conquérants chrétiens de la première croisade. Je pensais que tu pouvais m'en dire davantage sur lui, m'éclairer sur ce paradoxe. Je n'imaginais pas que la seule évocation de son nom te glacerait d'effroi, Loanna. Qu'as-tu vécu là-bas ? Henri ne suffisait-il pas à ton tourment ?

— Si, ma reine. Mais…

Je resserrai mon étreinte autour d'elle, la gorge sèche soudain comme si le vent du désert avait de nouveau tari ma salive.

— Raconte-moi, insista-t-elle.

— C'est une longue histoire.

Elle eut un nouveau rire. Bref. Sec comme un coup de trique, une branche fauchée par un vent de noroit.

— Douze ans, Loanna… Alors oui, je le conçois…

Je souris malgré moi, avant de me caler confortablement. La nuit serait longue à bercer nos confidences.

Ma voix se fit murmure.

— Tout commença par un choix. Celui, au lendemain de mon évasion de l'île des Bannis dans laquelle Henri me laissa, de gagner Antioche avec Jaufré et Gwalf[1]…

Comme je m'y attendais, elle sursauta, rattrapée par le souvenir de Raymond, son oncle tant aimé, son amant de jeunesse que par jalousie le roi Louis de France avait abandonné à l'aube d'une bataille lors de la précédente croisade. Faute de renforts, Raymond y avait trouvé la

1. Voir *Aliénor*, t. II, *L'Alliance brisé*, XO Éditions, 2012.

mort. Aliénor n'avait jamais pardonné sa perte à Louis et, avec mon appui, ce fut une des raisons de leur séparation. La question fusa :

— Pourquoi Antioche ?

— Nous y avions vécu des jours heureux avec Constance et Raymond lors de la croisade. Comme toi, je la savais remariée avec Renaud de Chastillon, ce jeune effronté qui avait aidé Jaufré et Denys de Châtellerault à me tirer des griffes du basileus Manuel Comnène[1]. J'espérais leur aide, leur soutien, leur protection.

— Ce ne fut pas ?

— Si, mais pas comme nous l'avions imaginé. Constance était morte depuis près de quatorze ans et Renaud de Chastillon venait seulement d'être libéré d'une geôle musulmane dans laquelle il avait croupi seize années durant. C'est Bohémond, le fils de Raymond et Constance, qui nous accueillit.

Sa voix se fit caresse, soupçon de nostalgie à traquer des traits affadis par le temps.

— Le petit Bohémond... Il devait avoir moins d'une trentaine d'années à ton arrivée...

Sa voix se brisa sur une douleur ancienne. L'âge de Raymond à la veille de sa mort.

— Lui ressemblait-il ?

Je ne me dérobai pas. À quoi bon ? Aliénor avait vaincu bien d'autres assauts de tristesse au long de notre tumultueuse vie.

— Oui. Il m'a semblé en m'inclinant devant lui revoir Raymond, retrouver ses intonations. Sans doute Bohémond le devina-t-il, car il fut avide, dans les jours et les semaines qui suivirent, de parler de son père dont il n'avait que quelques bribes de souvenirs. Mais nous ne restâmes pas dans la douceur d'Antioche. Deux mois plus tard, nous retrouvions Renaud de Chastillon venu en visite, apprenions que ses affronts au basileus, de mésalliances en batailles, lui avaient finalement valu son emprisonnement. Notre amitié s'en trouva renforcée. Sans doute parce que

1. Voir *Le Lit d'Aliénor*, XO Éditions, 2002.

harceler Manuel Comnène, rançonner et piller ses terres comme Renaud l'avait fait malgré la cruauté qu'on lui avait reprochée, apaisait d'une certaine manière en moi la douleur de la perte de Denys en Constantinople[1]. Rendu plus fougueux, plus belliqueux, plus intrépide par sa captivité, Renaud nous convainquit de la nécessité de refaire fortune, nous qui, comme lui, avions tout perdu et qui ne survivions que grâce à la générosité de notre hôte. C'est ainsi que je me servis de Marmiadoise, l'épée que j'avais découverte en l'île des Bannis.

Elle noua ses bras aux miens contre sa poitrine.

— Oui, Eloïn m'a raconté. Votre dernière réunion de famille en Brocéliande, vos choix d'exil, Gwalf, l'épée... mais continue, ma douce, continue.

— Avec Renaud qui s'y employait depuis plusieurs mois déjà, nous nous mîmes à rançonner les caravanes qui passaient dans les environs de la forteresse templière du krak de Moab, dont sa nouvelle épouse était châtelaine. Dans le même temps, grâce à mes potions et à mes onguents à base de savon d'Alep, j'étais devenue indispensable au jeune roi Baudouin, le quatrième du nom, rongé par la lèpre. Ajoute à cela notre amitié avec le nouveau grand maître du Temple, Eudes de Saint-Amand, notre influence à tous trois se mit à grandir dans le royaume de Jérusalem, couvrant nos rapines, agaçant d'autant plus Saladin que sa visée sur les territoires chrétiens devenait évidente. Le 25 novembre de l'an 1177, un an à peine après notre arrivée, Renaud de Chastillon livrait une bataille qui coûta la plus cuisante des défaites au sultan.

— Celle de Montgisard dont les chansons de geste se repaissent ?

— Oui. Celle-là.

— Tu y étais ?

— Pas telle que tu me revois aujourd'hui, Aliénor. Par le contact de Marmiadoise, en peu de temps j'étais devenue une guerrière redoutable, cuirassée de mailles, invincible. Qui croisait mon fer croisait la mort et, peu à peu, sans

1. Voir *Le Lit d'Aliénor*, XO Éditions, 2002.

que je m'en rende compte, Saladin eut vent de mes razzias. Et de l'intrépidité de Renaud qui, ce jour-là, à Montgisard, le rabattit jusque dans ses contrées égyptiennes.

— Les blessures d'orgueil sont les plus redoutables, j'en sais quelque chose, soupira-t-elle comme si, déjà, elle anticipait la suite.

Je la lui livrai, les yeux perdus dans la lueur dansante de la lampe.

— Saladin ne pardonna pas ce revers, la déroute de son armée, la mort de ses mamelouks, de son état-major d'émirs, la faim, la soif, la solitude qui accompagnèrent sa fuite de longues semaines durant. Après une année de trêve due à une épidémie de peste, il prépara son offensive. Sur nos conseils, le roi Baudouin avait décidé de bâtir une forteresse au gué de Jacob, près de Tibériade. Outre qu'elle devait permettre de contrôler le flot quotidien des marchands qui allaient de Safed à Damas en passant par Kuneîtra, si Saladin décidait une attaque contre Jérusalem, comme nos espions nous l'indiquaient, il ne trouverait pas d'autre endroit pour traverser le Jourdain supérieur. En quelques mois seulement elle s'érigea, imposante et altière. Mais cela ne suffit pas...

Mon cœur s'accéléra dans ma poitrine, face aux souvenirs qui reprenaient leurs droits. Mon débit se fit plus rapide.

— Le 10 juin 1179, l'host accusait défaite à Marj Ayoun et Eudes de Saint-Amand était capturé avec bon nombre de ses Templiers, privant la forteresse d'une armée considérable. Lorsque Saladin se dressa devant elle avec ses mamelouks le 29 août suivant, je me trouvais à l'intérieur. Je ne te brosserai pas le récit du siège, de l'acharnement de Saladin à saper les murailles, du manque de renfort des chevaliers du Temple partis, eux, guerroyer plus loin. Sache seulement que le chastellet fut pris, abattu, incendié et avec lui plus de la moitié des nôtres. À mon poing, au mitan des murs éventrés, Marmiadoise ruisselait du sang de nos assaillants. J'étais en nage sous ma cotte de mailles, les yeux brûlants de fumée, le visage agressé par les projections incandescentes, fauchant les mamelouks tour à tour et sans la moindre pitié, lorsque Saladin parut. Écartant impérieusement ceux qui me faisaient face, il se rua sur moi, son cimeterre à la main...

Pendant quelques secondes, seul le raclement furtif d'un insecte contre la vitre de la chambre troubla le silence. Au frisson qui me parcourut, Aliénor répercuta le sien. Instinctivement nous nous resserrâmes l'une contre l'autre. Mon menton retrouva l'arrondi de son épaule. Mes paupières tombèrent. Mon souffle enveloppa son oreille. Dur. Impitoyable, comme la main qui me brisa.

— Je fus capturée par lui ce jour-là. Alors non, Aliénor... Personne, mieux que moi, ne peut te parler de Saladin... personne...

7.

31 août 1179, campement de Saladin,
devant les ruines fumantes du chastellet du gué de Jacob.

La quarantaine superbe, il tournait autour de moi tel un fauve s'apprêtant à dévorer sa proie. Les mains croisées sur les reins, sa tunique rayée balayant le sol sableux, la barbe drue, les lèvres serrées, le front étroit sous le turban descendu bas sur une nuque bouclée de jais, il m'observait en silence, moi, sa captive qu'il avait crue homme jusqu'alors. Moi qu'il avait vaincue sans la moindre blessure puisque à l'instant de nous battre mon poignet s'était brisé sous le choc d'une pierre lancée violemment par un de ses émirs. Marmiadoise était tombée entre nous. Il aurait pu me décapiter d'un geste, dans sa propre lancée. Il avait baissé sa garde. Moi les yeux. J'étais déjà encerclée.

Agenouillée de force, solidement ligotée sous sa vaste tente, je le sentais osciller entre la convoitise et l'exaspération, entre la curiosité et l'incompréhension, entre le respect et le désir d'humiliation. Marmiadoise posée au sol devant moi pour mieux me renvoyer à ma défaite. La douleur rongeait ma main enflée, remontait le long de mon bras, enflammait mon épaule. La gorge me brûlait d'une soif intense, conséquence du vent chaud qui s'était mis à souffler, attisant plus encore le brasier en la forteresse. J'avais entendu ses ordres pour l'après, lorsque seules les ruines témoigneraient de notre fierté vaincue : combler les puits, jeter les cadavres dans les eaux du Jourdain afin qu'ils flottent, s'échouent sur les rives, imprègnent le regard des chrétiens de l'évidence de son courroux. Saladin exultait de revanche. Malgré cela, je n'avais pas peur. Il avait pour réputation de ne tuer gratuitement ni les femmes ni les enfants, affirmant en cela sa différence avec ses ennemis, martelant ainsi la splendeur de sa religion face à la nôtre dont les massacres inutiles n'étaient, hélas, pas que légende. Je songeai à Jaufré et à Gwalf demeurés en Tibériade. Jaufré qui avait retenu mon bras prêt à s'élancer sur l'ordre du roi Baudouin et face à l'attaque imminente de Saladin. « Mauvais pressentiment, avait-il murmuré. Reste. » J'avais ri. Caressé sa joue, baisé sa bouche. Guerrière. Sauvage. Comme chaque fois que Marmiadoise devenait le prolongement de mes doigts. Il s'était résigné. Je savais que depuis les remparts de Tibériade il avait assisté à notre défaite, vu les flammes lécher les murs du chastellet, disjoindre les pierres, fragmenter les tours, entendu le hurlement des soldats embrasés. Imaginé le pire pour moi. Sans, une fois de plus dans notre histoire, pouvoir intervenir. Mais au lieu de m'abattre, autant que cet élancement en ma chair meurtrie, je m'en trouvais plus forte. Bien décidée une fois encore à trouver le moyen d'être rendue à lui.

— Baisse les yeux.

Le timbre était clair bien qu'impérieux, me renvoyant au fait. Crayonnés de défi, je les avais braqués sur mon geôlier.

— Non.

La main, baguée de saphirs, s'envola, marbra ma joue, déchira ma lèvre inférieure dans son sillage. Le temps de ramener ma nuque vers l'avant, de percevoir le goût du sang dans ma bouche, mon regard se tendit de nouveau vers le sien.

— Non.

Il leva de nouveau la main. Je ne bougeai pas. Face à mon courage, à cette lueur d'indomptable inconséquence, il hésita. Une fraction de seconde de trop. La gifle partit malgré tout. Avec plus de violence encore, comme s'il avait voulu compenser sa faiblesse passagère. Elle me coucha de flanc sur le sol de terre battue, me broyant plus encore le poignet, m'étouffant de poussière soulevée. Je cherchai mon souffle. Ne le trouvai pas. Ma vue se brouilla.

Lorsque je repris conscience, j'étais nue sur sa couche, ligotée de ma main valide à un des piliers de la tête du lit, mon poignet cassé savamment rajusté, pétri par une vieille femme aux traits parcheminés et au front tatoué. J'avais été lavée de la tête aux pieds, ma douleur avait disparu, vaincue par l'onguent aux fragrances de girofle qu'elle utilisait. Je refermai les yeux sur un sourire. Il m'aurait suffi de saisir la guérisseuse à la gorge pour me débarrasser d'elle puis de ce lien symbolique. Et ensuite ? Par cette nudité imposée qui m'interdisait le passage au travers de ses gens, Saladin m'enfermait mieux sous cette tente que par un tour de clef. Qu'importait. Le message était clair. Avant longtemps je serais libre. Baudouin paierait ma rançon puisque, de toute évidence, compte tenu des soins qu'on me prodiguait, Saladin était en train de la décider. Oui, il paierait. Le jeune roi lépreux avait besoin de moi près de lui pour dompter les poussées aléatoires de sa maladie, lui garder ce courage, cette force de caractère et de nature qui amenait le respect, y compris chez ses ennemis, malgré ce masque de métal qui leur cachait ses chairs à vif.

Je me mis à attendre, bercée par le savoir-faire de cette inconnue. Somnolente. Au soir venu, elle partie, des eunuques vinrent me porter pitance. Je fus détachée, couverte. Je dévorai, presque sereine. À cette heure, Jaufré devait savoir que j'étais en vie et de quelle manière on me traitait. Quant à Saladin, je ne craignais pas son approche. On ne lui prêtait aucun viol à l'inverse du basileus Comnène. C'était un guerrier farouche mais un homme d'honneur.

Il ne parut pourtant qu'à l'aube, m'éveillant en soulevant le rabat de toile de la tente. Une lampe dans une main, Marmiadoise dans l'autre. M'aidant des cordes qui liaient mes poignets aux deux piquets de tête de lit, je m'assis pour l'accueillir, plissant les yeux sous l'éclat de la lumière qu'il promena au-dessus de moi. Il demeura debout. Piqua la pointe de l'épée sur la couverture à quelques pouces de mon ventre.

— Elle ne chante pas, dit-il. Avec moi elle ne chante pas. Pourquoi ?

Je tiquai. Comment savait-il que Marmiadoise chantait ? Seuls ceux qui ferraillaient contre elle entendaient sa voix avant de mourir. Il m'avait moi-même fallu plusieurs semaines avant de comprendre que cette mélopée appelait la camarde, préparait le passage de l'âme vers l'après. Là était le secret de la lame, ce qui rendait son maître invincible.

L'œil de Saladin s'assombrit.

— Une vieille légende égyptienne parle de trois épées qui chantent et qui flamboient. Trois épées aux pouvoirs divins qui assurent l'invulnérabilité et la puissance absolue à qui les détient. Jusqu'à ce jour, je n'y ai prêté que la foi des enfants face au conte. Mais j'ai entendu le chant de celle-ci à l'instant de fondre sur toi. Il s'est brisé lorsqu'elle t'a été arrachée de la main par le jet de pierre. De plus, un des mamelouks à l'agonie dans les bras de son frère lui a affirmé l'avoir capté aussi avant que tu ne le transperces. Si tu avais été un puissant guerrier j'aurais douté encore, mais tu es femme et jamais je n'ai vu une femme défier cinq hommes et les terrasser avec autant de facilité que tu en montras. Alors j'ai voulu vérifier cette nuit. J'ai combattu plusieurs de mes prisonniers avec ta lame. Je n'ai récolté que des victoires dues à ma maîtrise des combats. Rien d'autre. Aucun n'a ouï la voix d'Allah. En désespoir de cause, j'ai contraint deux de mes mamelouks à me faire face...

Je ne pus m'empêcher de sourire.

— Tu les as sacrifiés bien inutilement. Marmiadoise n'obéit qu'à moi.

Il enfonça plus profondément la pointe acérée dans le matelas. Ses yeux s'étrécirent d'incompréhension.

— Qui es-tu en vérité ?

— La descendante d'un monde perdu. Un monde où fut forgée cette arme. Il se nomme Avalon.

— Déesse ? Djinn réincarné ?

Je le couvris d'indulgence.

— Non. Simple mortelle, mais je te l'ai dit, cette épée choisit son maître et ne sert que celui-là. Elle ne chantera que pour moi.

Il me jaugea quelques secondes puis, concluant sans doute à ma sincérité, retira la pointe et recula d'un pas.

— Soit. Je l'admets. Je ne peux accéder aux pouvoirs de cette épée.

— Ce constat témoigne d'une noble modestie. Elle t'honore, puissant sultan. Puis-je espérer recouvrer mon bien à ma libération ?

Il éluda ma question. En posa une autre.

— Quels seraient les effets de ce chant sur une armée entière ?

— Les mêmes sans doute que sur un seul homme. Mais je ne possède que deux bras et une seule lame.

— Tu me vaincrais si tu combattais contre moi avec elle ?

— En doutes-tu ?

— Non.

Il recula encore.

— Un muezzin va prendre ma place auprès de toi. Avant que le jour ne tourne, tu lui auras donné le chant...

— Je ne comprends pas...

— Si, femme, tu comprends. Je veux le chant qui tue. Qu'il s'exprime par la voix des hommes ou par celle de l'épée, il reste l'arme absolue. Je la veux.

Son timbre s'était affûté. Mon sang se mit à pulser dans mes veines.

— Et si je refuse ?

Un masque de cruauté déforma ses traits.

— Aucun chrétien n'a jamais refusé à Saladin quoi que ce soit. Tu plieras...

8.

Palais ducal de Poitiers, salle du trône, 30 septembre 1189.

Autour de moi les visages, rieurs à notre entrée dans la pièce, s'étaient peu à peu refermés en écoutant le récit de ma rencontre avec Saladin. Bouleversée, Aliénor avait tenu à ce que je le répète dès l'aube devant Richard, quelques-uns de ses proches amis ou chevaliers, dont nos enfants. Gontran de Hautefort, Gwalf et Jaufré m'encadraient tels les trois piliers piqués dans le sable du désert, dont l'ombre, trop rare, n'avait pas éteint le feu du soleil sur ma peau cette année-là. Face à leur silence plombé, je dus prendre sur moi pour continuer, soutenir le regard douloureux de ma fille, ce regard qui, pourtant, à des milliers de lieues du campement de Saladin, me sauva.

— Au soir de l'ultimatum du sultan, je n'avais pas plié. Je restais convaincue au fond de moi qu'il comprendrait l'absurdité de sa requête. Ce chant ne lui donnerait pas l'avantage au combat. Il n'épargnerait personne. Pas plus ses hommes que les chrétiens qu'il visait. Lorsqu'il se présenta à moi de nouveau, je tentai de lui faire entendre raison, l'assurant de ne plus prendre part de mon côté à cette guerre sainte, de ranger Marmiadoise au fourreau et de l'y laisser. J'ajoutai que le roi Baudouin se fendrait d'une rançon importante pour moi qui le soulageais de ses souffrances. Le sultan ne répondit rien. Il se contenta de tourner les talons. La nuit qui suivit fut peuplée de hurlements effroyables. On torturait dans le campement. Probablement les prisonniers. Je ne pus dormir. Au petit jour, deux mamelouks pénétrèrent sous la tente, me détachèrent et me poussèrent dehors...

Je déglutis, rattrapée par ces images d'hier, le corps noué d'un même effroi, les poils hérissés sur mes avant-bras. Celui de Jaufré se noua au mien pour m'interdire de chanceler. J'y puisai la force de continuer, la force d'avouer ma lâcheté ce jour-là. Je couvris un à un les visages de mes enfants, de mes amis, de ma reine, de mon roi, de ce regard perdu qui fut le mien face à l'horreur que Saladin m'imposa. Ma voix trembla dans le silence religieux de leur attente.

— Près des ruines noircies de la forteresse, sur la grève du fleuve, Saladin avait fait piquer les poutrelles qui avaient survécu à l'incendie. Les Francs y avaient été cloués par le front, nus face au levant. Pantins désormais immobiles, les traits déformés encore par l'inhumaine souffrance, ils avaient, selon toute vraisemblance, été dépecés vivants. Je détournai les yeux malgré moi, le ventre broyé, le souffle court. L'avertissement était clair. Tel serait mon sort si je ne cédais pas. Les visages des miens tournoyèrent devant mes yeux. En se plantant devant moi, Saladin les balaya. « Je veux le chant », dit-il, le regard consumé par son obsession. J'ai baissé le mien. Et j'ai chanté.

— Vous ne devez en éprouver aucune honte, mère. Votre courage n'a jamais été pris en défaut jusque-là, affirma haut et clair mon fils, bouleversé.

Je ne sus lui renvoyer qu'un maigre sourire. J'avais depuis longtemps réparé mes torts et mes faiblesses, mais je n'étais pas guérie de l'impact qu'avait eu cet homme-là sur moi. Un impact qu'encore aujourd'hui je ne comprenais pas.

— Est-ce ainsi que vous fûtes libérée, dame Loanna ? s'enquit Richard, la gorge rugueuse.

Je plantai mon regard de mousse dans le sien, regagnai un timbre clair depuis la prison de mes souvenirs.

— Non, sire. La peur au ventre, cette peur que Saladin savait faire naître et grandir dans son sillage, cette peur que je n'avais jamais éprouvée auparavant ne me sauva pas. Mon sort était déjà décidé depuis longtemps. Vive, je demeurais un danger pour cet homme. Morte, il pouvait espérer récupérer pour lui les pouvoirs de Marmiadoise. Trois piliers avaient été plantés dans le sable, à une centaine de pas de là. J'y fus menée de force. On me contraignit sur celui du mitan, me lia les bras aux deux autres. « Ton courage mérite le châtiment d'Allah », annonça calmement Saladin. Deux seaux emplis dans le Jourdain furent vidés sur ma tête. Un autre fut déversé dans une rigole qui cerclait le pilier central, à quelques pouces de mes pieds nus. Il contenait des scorpions. Repoussés par l'eau qui ruisselait de mon corps, ils se refuseraient l'ombre des piliers, s'éparpilleraient peut-être pour se perdre plus loin. Ou reviendraient lorsqu'elle serait évaporée. Tandis que, satisfaisant à ses ordres, ses hommes pliaient le camp, Saladin demeura immobile sous le soleil qui embrasait peu à peu l'azur. Jusqu'à ce que plusieurs piqûres enflamment mon mollet. Ensuite seulement il me salua avec déférence et m'abandonna. Il fallut le reste de la matinée aux mamelouks pour vider les lieux, Saladin à leur tête. Il me laissa là, brûlante autant de fièvre et de souffrance que des rayons solaires, la langue épaissie par la soif et le poison qui se répandait en moi. Certain de ma mort prochaine.

Je me tournai vers ma fille.

— C'est alors que tu fus devant moi, Eloïn, évanescent mirage dans mon désert.

— Ce n'était pas un mirage, mère. Vous m'avez appelée avec tant de force que je vous ai entendue...

Quittant Richard près duquel elle se trouvait assise, elle s'avança vers moi pour nouer ses mains aux miennes, glacées. Je l'attirai dans mes bras. Quelques secondes durant, l'émotion nous emporta tous, asséchant nos gorges. Nous nous berçâmes mutuellement tandis que Jaufré prenait le relais.

— À moi aussi Eloïn apparut, me criant de me hâter. Je me rongeais les sangs depuis la prise du chastellet. Je savais au fond de moi que Loanna était toujours en vie, je la sentais palpiter dans ma poitrine. J'aurais voulu m'élancer, briser l'interdiction du roi de Jérusalem de quitter la place, mais des hommes de Saladin avaient été aperçus sous les remparts de Tibériade, ombres furtives que les guetteurs n'avaient pu atteindre de leurs flèches. Ouvrir la moindre porte signifiait la perte de tous. Lorsqu'on nous signala le départ de l'armée ennemie, j'étais prêt à enfourcher cheval, à le poursuivre jusqu'en ses territoires si besoin était. Pour retrouver votre mère, mes enfants. Et la ramener.

— Une fois de plus, commenta notre fils Geoffroy.

La remarque arracha un soupir à son père.

— Qu'aurais-je été sans elle ?

Je me décollai de ma fille.

— Qu'aurais-je été sans lui ? Et sans toi Eloïn dont la voix m'enveloppa, me donna la force de lutter contre l'étourdissement qui me gagnait. Jusqu'à ce que Jaufré et Gwalf paraissent, me détachent et me ramènent en Tibériade.

— Je croyais qu'il n'existait pas d'antidote au venin de scorpion, s'étonna Philippe de Falconbridge, le fils d'Eloïn et de Richard, notre petit-fils.

Un sourire élargit mon visage regagné de couleurs.

— Saladin aussi. Il ignorait l'étonnante constitution de la lignée de Merlin. Abreuvée, le corps humidifié régulièrement pour vaincre le feu du soleil, je mis moins d'une semaine pour tuer la fièvre et le poison, même si jamais ne s'éteignit en moi le souvenir de la souffrance qu'il m'infligea.

— Et Marmiadoise ? Saladin ne l'avait-il pas gardée ? s'enquit Aliénor, aussi blême qu'après mon récit de cette nuit.

— Si. La peste sévissant partout, deux années durant il ajourna ses projets de conquête. Nous en profitâmes pour rechercher l'épée. Nous finîmes par apprendre qu'elle avait été mise au secret près de Médine. Renaud de Chastillon projetait depuis longtemps de lancer une offensive contre La Mecque, dans le dessein de déstabiliser le monde musulman. Nous décidâmes d'en profiter. Si son armée fut défaite, nous parvînmes, nous, à notre but. Nous récupérâmes Marmiadoise et le parchemin sur lequel avait été retranscrit le chant. De son côté, sur la route du retour, Chastillon croisa une riche caravane. Son avidité naturelle le poussa à s'en emparer, offrant ainsi le prétexte qu'espérait Saladin pour marcher sur Jérusalem, et d'autant mieux que le roi Baudouin venait de mourir et qu'il cédait place à son beau-frère, Guy de Lusignan, grand ami de Chastillon.

— Et vous, dame Loanna ? demanda le roi.

— Nous nous étions attiré irrémédiablement les foudres du sultan. Les temps ayant changé, les esprits aussi, je jugeai qu'il valait mieux remiser Marmiadoise, trop convoitée, et nous réfugier en Tripoli où l'on ne savait rien de nous. Nous achetâmes une auberge et je devins Louane, épouse de sieur Jaufré. Si nous nous tînmes régulièrement informés des progrès conquérants de Saladin, il n'entendit plus parler de la guerrière à la lame qui chante.

Pendant quelques secondes, un lourd silence pesa sur nos têtes. Ce fut le chevalier Gontran de Hautefort qui le brisa, un genou à terre devant Richard.

— Des illustres chevaliers qui se dressèrent contre Saladin pour protéger Jérusalem, il ne reste personne aujourd'hui sinon Conrad de Montferrat qui tient la cité de Tyr et Guy de Lusignan qui, à notre départ, s'apprêtait au siège d'Acre. Certains sont morts, tels Chastillon ou le grand maître de l'ordre du Temple, Eudes de Saint-Amand, d'autres croupissent dans les geôles musulmanes. À son entrée dans la Ville sainte, Saladin a ainsi pu se montrer magnanime en permettant aux femmes, aux enfants, aux vieillards, et même aux Templiers de racheter leur liberté pour une somme symbolique ; il ne se trouvait plus devant lui armée, roi ou ordre religieux militaire assez organisés pour le contrer. Seul son orgueil démesuré l'a poussé à la clémence. Faire mieux, davantage et plus que tous ceux qui l'ont précédé sur cette Terre. Incarner Mahomet. Il se veut le chef du djihad contre la chrétienté tout entière et n'aura de cesse que de l'éradiquer. En cela, sire, j'en appelle à votre serment de croisé. Reprendre la cité d'Acre, sauver Jérusalem, c'est frapper le cœur de Saladin.

— J'en ai bien conscience, mon ami, mais pour l'heure, malgré les engagements que j'ai pris en ce sens auprès des autres monarques chrétiens, je ne peux rien. Il me faut l'avouer avec tristesse, les caisses du royaume sont vides.

— Votre père n'a-t-il pas levé impôt ? s'étonna le chevalier.

— Si, pressurant autant le clergé que la noblesse, mais les fonds furent utilisés de manière peu glorieuse en banquets, en tournois, en...

La main de Richard balaya l'air de son agacement.

— Bref... l'inconséquence de feu le roi d'Angleterre ne doit pas faire manquer de parole au nouveau. Je vendrais jusqu'à mes biens personnels, jusqu'à Londres elle-même pour mener croisade. Mais il me faut du temps. Relevez-vous, chevalier, et portez ce message à votre roi, mon cher ami Philippe Auguste de France. Avant qu'il ne soit long je chevaucherai à ses côtés, la bannière d'une main, l'épée dans l'autre et la croix brodée sur mon surcot.

Demeuré silencieux jusque-là, le front soucieux et les mains jointes sur son habit austère, Jean avança d'un pas pour faire face à Richard.

— Un détail m'étonne, Votre Majesté, dans le récit que nous fit dame Loanna. Puis-je ?

— Faites, mon frère, faites...

Jean se retourna vers moi.

— Saladin a évoqué trois épées flamboyantes. Trois épées qui chantent. Une semblable légende court en Irlande. Vous en détenez une. Que sont devenues les deux autres ?

— Votre père perdit Caliburnus en Tintagel, au cours d'un tournoi mémorable qui fit se briser le roc et disparaître la lame dans les flots. Quant à Durandal, elle se trouve ici même, au flanc de mon petit-fils Godefroy Rudel.

Jean sursauta. Pivotant d'un bloc sur lui-même, il glissa une œillade de convoitise en direction de la lame sortie du fourreau.

— Durandal avait été dissimulée à Blaye, dans le sarcophage de son ancien maître le sieur Roland, neveu du roi Charlemagne et mort à Roncevaux. Elle flamboya le jour de la naissance de Godefroy[1] et lui fut remise lors de son adoubement par notre bon roi Richard, alors duc d'Aquitaine, précisa mon fils Geoffroy avec fierté.

Un frisson me parcourut l'échine devant le regard de Jean braqué avec insistance sur l'épée. Sans doute Godefroy en fut-il gêné lui-même, car il la rechaussa sans attendre. Déjà le chevalier de Hautefort s'était éclairci la voix d'un toussotement léger.

— Dois-je en déduire, dame Loanna, que si Caliburnus était retrouvée et choisissait son maître parmi les proches du roi d'Angleterre, les croisés jouiraient d'un avantage certain ?

— En effet.

La voix de Jean monta dans les aigus.

— En ce cas qu'attendons-nous, sire ?

Mon sang se mit à pulser plus violemment dans mes veines. Je ne connaissais que trop cette convoitise. J'avais vu briller la même dans les yeux de Saladin. Désormais duc de Cornouailles, Jean s'imaginait déjà l'épée au poing, ses pouvoirs servant ses desseins. S'il était resté tel qu'en ma mémoire, enfant pervers et cruel devenu homme, alors nous aurions deux ennemis à craindre au lieu d'un. Richard sembla n'en prendre pas conscience. À en juger par la flétrissure brutale de ses traits, Aliénor si. Je ne m'opposai pas néanmoins lorsque le roi, se levant à son tour, un sourire regagné sur ses

1. Voir *Aliénor*, t. I, *Le Règne des lions*, XO Éditions, 2011.

lèvres, annonça qu'il était peut-être temps pour la cour de retourner en Angleterre. Depuis longtemps je savais au plus profond de moi que les trois lames devaient être réunies.

Pour le meilleur. Ou pour le pire.

9.

Si l'on exceptait son mur d'enceinte en partie éboulé, Tintagel avait recouvré sa superbe. Le castel tenait désormais toute l'esplanade de la petite île que la brèche dite « de Merlin » avait créée. Pour l'atteindre, une bonne centaine de marches en suivaient la déclivité. Les chevaux n'y pouvaient monter, de sorte que tout ravitaillement se faisait à dos d'homme, dans de vastes paniers et par temps clair, les bourrasques risquant de déséquilibrer les porteurs et de les précipiter sur les rochers en contrebas. Alors que nous venions d'atteindre ses abords, je sentis mon cœur se serrer.

Après ma disparition de l'île des Bannis dans laquelle je m'étais emmurée pour échapper à la concupiscence de mon roi, Henri avait transformé le berceau du roi Arthur en un lieu de perdition. Il y avait organisé moult fêtes et tournois au cours desquels les nobles dames avaient cédé place à des catins déguisées en fées. Il avait de même ressuscité Caerleon, le château d'Arthur, pour en faire le triste repaire de ses bacchanales. Richard avait assisté à l'une d'elles en compagnie de ses frères. N'osant briser le retour à la concorde après deux ans d'une rébellion qui s'était soldée par la dévastation du royaume, la captivité de leur mère et mon propre exil, Henri le Jeune et Geoffroy de Bretagne s'étaient saoulés plus que de raison pour plaire à leur père.

C'était pour trancher avec cette idée de sabbat associée au nom des Plantagenêts que Richard avait interdit les femmes au banquet de son couronnement à Londres, puis écarté les Cornouailles de sa route alors qu'il avait parcouru toutes les autres provinces anglaises avant de regagner l'Aquitaine. Il ne voulait revenir à Tintagel sans une raison susceptible de laver de sa mémoire l'image du feu roi, avachi sur la copie du trône d'Arthur, le vit branlé tandis qu'il lampait goulûment la bière que deux valets déversaient directement d'un tonnelet au-dessus de son visage. À l'inverse de ses frères qui s'étaient mis à trousser leur content au mitan des soudards, Richard avait discrètement quitté la grande salle du banquet pour se réfugier en la chapelle et prier pour que les forces bénéfiques du lieu le préservent de jamais leur ressembler. Au matin, les mémoires étaient suffisamment brouillées pour que personne ne se souvienne de l'avoir vu s'éloigner. Son père non plus. Il avait enfourché son destrier, le teint défait, le crâne emporté de migraine, désireux malgré tout de s'en tenir au programme fixé qui les voyait tous deux, en première manche du tournoi, s'opposer de face et à la lance. Richard, certain d'une victoire sans éclat, avait retenu sa force et sa rancœur. Il s'était vu désarçonné de sa monture le premier, malgré le poids de la vieille armure qu'on l'avait contraint à enfiler. Il avait chu lourdement sur le sol. Sa seule blessure avait été d'orgueil, une fois encore, lorsque son père, de son rire tonitruant, avait pris l'assemblée de ses baladins, jongleurs et catins à témoin, affirmant que, même saoul comme un goret, il demeurait le roi le plus habile de la chrétienté. Richard ne le lui avait pas pardonné et avait toujours trouvé prétexte pour ne jamais remettre les pieds dans ce lieu de débauche proclamée.

À l'issue de l'audience qui avait décidé de notre départ imminent de Poitiers, mon fils et ma fille avaient jugé opportun de nous confier cette anecdote, révélatrice d'une fin de règne sans gloire. Comme Jaufré et Gwalf, mes enfants avaient ressenti l'intérêt trop marqué de Jean pour les lames d'Avalon. Ils jugèrent préférable de nous informer des débordements d'Henri pour que nous soyons à même de contrer ceux de Jean. Le voyage qui nous mena du Poitou en Cornouailles me fit mesurer la valeur de leurs confidences. À présent qu'Henri n'était plus, tous s'accordaient à le décrire comme un despote, de plus en plus instable, irrévérencieux, parjure, épris de châtiments cruels qui pouvaient aller jusqu'à la mutilation pour un simple délit de chasse, obsédé enfin par la légende arthurienne. Au point d'avoir enrôlé des Brabançons sachant nager pour plonger en les eaux sombres cernant Tintagel et rechercher Caliburnus. Aucun des routiers n'était remonté sur la berge, tous furent broyés par les remous au pied de la falaise. Henri s'était éteint seul à l'âge de cinquante-six ans, après plus de trente-quatre ans de règne dont les derniers mois furent mis à profit pour faire de Jean son successeur. Comme s'il avait voulu empêcher que les paroles d'Aliénor au jour de l'accouchement – effroyable – de son dernier-né ne deviennent réalité. Henri n'avait-il pas alors espéré qu'elle meure en couches pour, ensuite, imposer sa maîtresse sur le trône ? Ayant découvert ses sinistres intentions, Aliénor avait contraint son époux à lui arracher du ventre cet enfant qui, mal positionné, refusait de sortir par les voies naturelles. Je me souvenais encore de la froideur de son timbre, alors que Jean s'époumonait dans les bras d'Eloïn, à nos côtés :

« Ce fils, né de votre épée, en a ensanglanté la lame, avait-elle craché. Je vous le prédis. Comme vous m'avez trahie, il vous trahira. Comme vous avez espéré ma fin, il espérera la vôtre. Cet enfant sera ma vengeance, Henri. Il vous tuera.[1] »

S'en était-elle souvenue en apprenant que Jean avait finalement rallié Richard, successeur légitime, et qu'Henri, au soir de sa vie, après avoir décacheté la lettre de ses espions dénonçant les traîtres à la Couronne, avait vu le nom de son cadet en tête de liste ? N'avait-elle pas même induit cette trahison, depuis sa geôle ? J'eusse pu le lui demander, mais raviver le souvenir d'Henri m'en avait ôté

1. Voir *Aliénor*, t. I, *Le Règne des Lions*, XO Éditions, 2011.

le courage. À quoi bon remuer ce purin ? J'avais mis des années pour passer de mon affection pour mon roi à la haine, puis, après mon départ de l'île des Bannis, de la haine à l'indifférence.

Malgré cela, alors que nous cheminions sur les routes anglaises en direction de Tintagel, un mal-être s'était peu à peu glissé dans mes veines, comme si, malgré tout, au fond de moi, demeurait une part de ma servitude et de mon attachement. À cause de ce fils qu'il m'avait fait tandis que, prisonnière de lui, il me maintenait sous l'emprise de la liqueur d'opium[1] ? Cet enfant prénommé Geoffrey dont, sevrée du breuvage, j'avais acquis la quasi-certitude qu'il n'était pas le mien, sans doute mort-né, mais celui d'une servante engrossée par Henri ? Je l'avais abandonné à son père sur cette confortable certitude, mais, parfois, durant mon exil en Orient, mes pensées s'étaient tournées vers lui et mon cœur s'était serré de culpabilité et de doute.

À l'occasion d'une halte à Glastonbury, sur le tombeau de mon cher ami et martyr Thomas Becket, je demandai à Aliénor si elle savait ce qu'il était advenu de cet enfant. Elle m'avoua d'un air gêné que son éducation avait été confiée à des abbés de l'archevêché d'York. Il était toujours de leur communauté, de sorte qu'elle ne l'avait pas croisé. Tout ce qu'elle pouvait affirmer, c'était l'affection profonde dont Henri l'avait couvé avant de découvrir que, comme Jean, il figurait sur la liste des félons. Devais-je en conclure que cet amour signait ma maternité ? Elle m'en dissuada. Henri avait eu un second enfant illégitime en 1180, prénommé Guillaume, auquel il avait prodigué les mêmes soins et attentions qu'à Geoffrey, par compensation sans doute, affirma-t-elle. Henri était seul. Tragiquement seul en ses dernières années. La situation pathétique de mon roi, recroquevillé sur sa fin prochaine et sa détresse, m'avait autant poignardé le cœur que le récit de ses excès. Ces deux aspects, comme nombre de ses actes passés, révélaient une blessure profonde que j'avais,

1. Voir *Aliénor*, t. II, *L'Alliance brisée*, XO Éditions, 2012.

autrefois, refusé d'admettre, de panser, de guérir : l'amour exclusif qu'il m'avait toujours porté.

Le cri d'une mouette rasant nos têtes me ramena brutalement au présent. Nous venions de mettre pied à terre sur l'esplanade de la falaise de Tintagel, dans la cour intérieure d'un petit châtelet de garde qui s'ouvrait face au gouffre qu'il fallait franchir à pied pour rallier le castel. La marée basse révélait en contrebas une grève assombrie par les galets. Il suffisait de se pencher légèrement pour deviner l'entrée de la grotte de Merlin, celle dans laquelle, autrefois, Geoffroy de Monmouth avait découvert de quoi alimenter sa *Vita Merlini*. Malgré le ciel clair, un vent vif dérangeait nos coiffes. Laissant les écuyers rassembler les montures et les conduire à l'abri, je me rapprochai d'Eloïn qui, voulant combler le vide laissé par notre séparation forcée, n'avait eu de cesse que de chevaucher à mes côtés, me nourrissant d'anecdotes, de détails tristes ou gais, mais composant le bilan de ces douze dernières années. Nous étions une quarantaine dans le sillage du roi, ceux qu'il avait choisis pour l'accompagner dans cette quête de l'épée flamboyante, ceux qu'il avait estimés les plus à même de mériter et donc de recevoir l'héritage du feu roi Arthur. Jean, bien évidemment, et à mon grand déplaisir, n'étant pas le dernier à s'imaginer élu.

À quelques pas de nous, Jaufré s'était approché d'un homme qui venait de rejoindre notre équipage. Ce dernier ne fut pas plus tôt descendu de cheval que mon époux lui donna l'accolade. Visiblement ces deux-là se connaissaient depuis longtemps. Or, je ne me souvenais pas de l'avoir déjà vu. Un rire échangé, un hochement de tête. Une nouvelle tape sur l'épaule de Jaufré, un peu trop appuyée à mon goût pour ne rien signifier... J'en demeurai perplexe.

La voix d'Eloïn, bravant le souffle du vent et les cris des oiseaux de mer, s'éleva à mon côté :

— Venez, mère...

Détournant les yeux des deux hommes, je la suivis vers l'abri d'une tourelle à l'angle d'un rempart. Nous ne pouvions passer la brèche tous à la fois, l'escalier s'avérant trop étroit, glissant et muni d'une seule corde à laquelle s'accrocher pour se prémunir des rafales soudaines.

Sans préambule, ma fille répondit à mes interrogations :

— L'homme qui vient de nous rejoindre se nomme Merchadier. Il fut un des compagnons de père, à l'heure où, vous sachant retenue par Henri, il vous cherchait. J'imagine que vous ne l'aviez jamais rencontré.

— Jamais en effet.

— Père lui avait demandé de rester à proximité de la tour d'Old Sarum, à Salisbury, où était détenue Aliénor. Il avait pour mission de signaler à Richard la moindre occasion qui se serait présentée pour la délivrer tandis que leurs autres acolytes, Petit Jean et Robin de Loxley, continuaient d'agacer Henri en mettant à mal, autant que possible, ses projets. Bien évidemment l'occasion ne se présenta jamais. Mais sa fidélité à la parole donnée valut à Merchadier d'être rappelé par Richard et d'entrer à son service. Il est, depuis quelques semaines, le chef de sa garde rapprochée. Richard lui confie parfois de basses besognes. L'une d'elles l'a contraint à demeurer en Angleterre du temps que nous gagnions Poitiers. Certaines émeutes contre les Juifs de Londres ayant entaché les cérémonies du couronnement, il convenait d'en découvrir les vrais coupables et non ceux que l'évidence désignait.

— Je vois…

— Je ne crois pas, mère, non, ajouta Eloïn en posant la main sur mon épaule, les yeux plantés dans les miens. Je doute que père vous apprenne jamais la teneur du serment qui le liait à Merchadier ; pourtant, il me semble important que vous sachiez ce que je sais…

Mon cœur s'affola dans ma poitrine. Que pouvait donc m'avoir caché Jaufré qui vaille lueur inquiétante dans cet iris violet pailleté d'or ?

— Je t'écoute, ma fille…

— Cela concerne la mort d'Henri.

Malgré la fraîcheur de l'air, une bouffée de chaleur m'embrasa le sang.

— Richard s'est précipité à Fontevraud dès qu'on y eut rapporté la dépouille de son père. Malgré leurs guerres incessantes, malgré ce qu'il nous avait fait, un chagrin sincère me tenait. Peut-être parce que je suis, de par vous, l'héritière d'Avalon et qu'Avalon avait œuvré à l'empire Plantagenêt. Richard, lui, ne manifesta rien. Pas la moindre émotion, comme si cet homme n'avait rien signifié pour lui. Il est demeuré là, quelques secondes, immobile, et puis un flot vermillon s'est mis à couler des narines d'Henri.

Je sursautai. Face aux interrogations qui m'assaillaient, elle poursuivit :

— Il fallut l'éponger à plusieurs reprises J'ai pris son pouls, j'ai cherché en lui le moindre sursaut de vie, sans le trouver. Beaucoup ont interprété ce signe comme le témoignage de la douleur que la trahison de Jean lui avait infligée mais il a cessé lorsque Richard a quitté la pièce. Je suis restée quelques minutes encore pour m'en assurer.

Un battement sourd pilonnait mes tempes.

— En déduirais-tu que sa mort ne fut pas naturelle ?

— Ils étaient nombreux à la désirer, mère. Y compris certains de ses courtisans. Sitôt son dernier souffle rendu, quelques-uns se jetèrent sur ses biens comme des charognards, allant même jusqu'à le déshabiller pour récupérer son manteau orné de pierres précieuses. Si Guillaume le Maréchal ne le leur avait fait lâcher en les menaçant de son épée, ils auraient quitté Chinon sans un regret.

— Poison ?

— Hellébore, à doses progressives. J'en ai reconnu la vibration, confirma ma fille.

Elle soupira.

— Avant de gagner l'île des Bannis avec l'espoir de vous en arracher, père confia une autre mission à Merchadier. Celle d'assassiner Henri dès que l'occasion s'en présenterait. Il l'avait promis à Aliénor. Il se l'était promis à lui-même pour nous venger des affronts et des tourments passés. Après l'inhumation d'Henri, sans manifester plus de remords ou de regret, Richard m'a avoué que Merchadier s'était exécuté.

J'eus l'impression, fugace, que mes pieds se dérobaient. Je m'adossai au mur de pierre, contemplant ces deux hommes qui s'étaient écartés l'un de l'autre mais dont la connivence m'apparaissait totalement désormais.

Ma voix ne fut qu'un murmure :

— Je le savais. Je crois que j'ai toujours su que tôt ou tard Jaufré le tuerait. C'était dans l'ordre des choses. Qu'il ait été la main ou le commanditaire ne change rien. Ton père nous a vengés.

Le bras d'Eloïn s'enroula autour de mes épaules.

— Oui, mère. Il nous a vengés. Je voulais que vous le sachiez, car, de l'apprendre, moi, c'est de fierté et d'amour pour lui qui s'est tant et tant sacrifié pour nous, que mon cœur s'est gonflé.

— Et que le mien continuera de battre, Eloïn. Jusqu'à mon jour dernier.

10.

La soirée promettait d'être joliment animée à l'intérieur du château de Tintagel qui offrait au rez-de-chaussée de belles salles de réception. Richard, Aliénor, Jaufré, Geoffroy, son épouse, nos petits-enfants et nombre de familiers du roi nous avaient déjà précédés dans la première, baignée d'une lumière mordorée que la déclinaison de l'astre renvoyait. Des cuisines montait un fumet délicat de rôts et d'épices et dans les cheminées aux conduits frappés des armes des Cornouailles brûlaient des quartiers de tronc noueux qui, par instants, dispensaient des gerbes d'étincelles. Descendant du conduit ou trompant la fermeture des quatre fenêtres, le discret sifflement du vent rappelait à chacun l'attention qu'il avait dû fournir pour descendre, enjamber puis gravir l'autre versant de la « brèche de Merlin ». Ayant conservé pour ma part le souvenir du pont de fortune suppléant l'effondrement de la roche dans l'océan, j'avais trouvé bien plus sécurisantes ces marches taillées directement dans le granit, même si le souffle me manquait encore après cet effort. Il me fallait bien l'admettre, je récupérais moins vite qu'à quarante ans... À moins que ce ne fût ce lieu, qui réveillait tant de souvenirs.

Après avoir abandonné nos pelisses entre les bras d'un valet habillé de vair, nous nous approchâmes de la table parsemée de bougeoirs illuminés. Taillée selon les indications de Geoffroy de Monmouth, elle était à l'image de celle d'Arthur et de ses chevaliers, ronde, et occupait le centre de la salle. Elle était entourée de trente chaises aux dossiers hauts et d'un trône aux accoudoirs faits d'un entrelacs d'or et de bois précieux. L'ensemble était somptueux. L'image d'Henri soulageant sa goulue ici même m'en fit détourner le regard. Je l'arrêtai sur Richard vers lequel, m'abandonnant d'un sourire, Eloïn venait de s'élancer avec grâce.

À l'écart des autres, offrant son profil de conquérant, il s'était planté devant une des fenêtres rehaussées de tentures garance. Vêtu d'un bliaud crème et d'un mantel aux manches resserrées par des bandes de fourrure, la barbe galonnée, la chevelure traversée d'éclats sanglants, le nouveau roi d'Angleterre avait fière allure. Cœur de Lion. Richard Cœur de Lion, l'avait surnommé Eloïn dès sa naissance. S'il possédait toujours cette impulsivité héritée de son père, cette capacité à changer plusieurs fois d'avis en quelques heures pour contrebalancer le cours des événements, c'était surtout sa promptitude à défendre la justice et les valeurs de chevalerie qui lui valait d'être ainsi désigné à présent. Je ne pus m'empêcher de songer à ses deux frères défunts, porteurs des mêmes qualités. Combien leur disparition avait dû être douloureuse pour lui ! Il me suffit de suivre son œil, un instant détourné de l'océan en direction de Jean qui devisait avec son aimable épouse, pour deviner qu'en cette heure où Caliburnus devenait un enjeu majeur pour le royaume il regrettait, et moi avec lui, d'avoir cet être de vilenie pour unique fratrie.

— Vous rêvassez, dame Loanna ?

Je pivotai avec élégance vers cette voix amie. Pierre de Blois. Une dizaine de grands barons du royaume conviés à la quête nous avaient ralliés à Londres. Fidèles au roi d'Angleterre jusqu'à son dernier souffle, ils s'étaient inclinés devant le nouveau, l'assurant d'une même fidélité à la Couronne. À l'inverse de quelques-uns que Richard avait lourdement taxés et enferrés à Winchester comme Étienne de Marsay, le sénéchal d'Anjou qui avait refusé de lui remettre les trésors de son père, il s'était attiré l'amitié de la plupart des autres par des terres ou des privilèges. Je les regardais aller et venir. Raoul de Diceto, pour avoir scrupuleusement notifié sans parti pris les grands événements du royaume, Maurice de Craon, Baudouin de Béthune et Guillaume le Maréchal pour leurs actes chevaleresques, Pierre de Blois, enfin, le secrétaire d'Henri, qui, nombre de fois, avait tenté d'adoucir la captivité de la reine, tempéré les élans colériques d'Henri à l'égard de ses enfants, de son épouse ou des autres monarques auxquels ses missives étaient destinées. Sans lui, leurs rapports auraient été plus difficiles encore, la paix bien moins longtemps préservée.

— Le lieu s'y prête, répondis-je à ce dernier avec un sourire.

Il me le rendit avec affabilité.

Aliénor et Eloïn venaient de rejoindre Richard près de la croisée. Jaufré s'était de même rapproché de notre Geoffroy et de ses petits-fils qu'il ne quittait quasiment plus, comme s'il voulait rattraper le temps perdu. En grande conversation, nul ne se souciait de moi. Les uns, je le supposais, échangeant autour de Caliburnus, les autres, à en juger par les éclats de rire, autour d'aventures masculines. Pierre de Blois avait choisi son moment pour m'approcher, compris-je.

Autour de nous les valets allaient et venaient dans un impeccable ballet de plateaux surchargés de hanaps. L'un d'eux s'arrêta devant nous. Pierre de Blois s'empara de deux récipients pour m'en tendre un. Le parfum suavement épicé qui s'en dégageait annonçait un hypocras chauffé, sans doute pour nous ragaillardir du voyage en attendant le dîner. Je l'acceptai d'un remerciement, aussitôt perdu dans le joyeux brouhaha de la salle que des laquais commençaient à éclairer de lampes à huile. Pierre de Blois me laissa me régaler du breuvage, avant de rompre le silence dans lequel, égoïstement, je m'étais enfermée.

— Le roi Henri s'est souvent demandé comment, pour le fuir, vous aviez déjoué les récifs de l'île des Bannis. Moi aussi en vérité. Me le confieriez-vous ce jourd'hui ?

Je sursautai avec une telle violence que je faillis verser le mielleux liquide sur mon bliaud. Je rendis grâce à la gourmandise qui m'avait déjà fait vider le hanap à moitié.

— Plaît-il ?

Son regard marron se teinta d'excuses.

— Pardonnez-moi ma brusquerie, dame Loanna, mais le silence me pèse depuis votre retour en Angleterre sans qu'une occasion me soit offerte de le briser. Le vieux roi savait. Il a toujours su que vous en aviez réchappé, vous comme votre époux.

Devant ma pâleur, il me prit le bras. Je le laissai me guider vers une autre fenêtre, à une vingtaine de pas d'Aliénor qui continuait, à voix basse, de converser avec son fils et Eloïn. Je sus gré au vieil homme de m'avoir isolée des regards. Profondément troublée, je terminai mon vin chaud. Des nuages rongeaient peu à peu un ciel fauve, roulant de l'ouest, épais et menaçants. Faudrait-il un autre orage sur ce promontoire pour, dans une fulgurance, redonner vie à mon cœur en suspens ? Pierre de Blois soupira face à ce plomb mordoré qui marbrait l'horizon.

— Je devine vos questions, dame Loanna, même si vous n'osez les formuler. Pourquoi ne s'est-il pas retourné contre les vôtres, pourquoi ne vous a-t-il point fait rechercher ?

Je sortis enfin de ma réserve.

— Comment... ?

— Il vous aimait, dame Loanna. Profondément, j'en puis témoigner. J'étais du voyage sur l'île lorsqu'il découvrit l'intérieur calciné, l'espace battu par les vents, la porte dégondée. Sa première réaction, comme la mienne, fut celle que vous aviez sans doute prévue. Il imagina qu'une tempête avait ouvert les vitres, brisant une lanterne au sol de votre chambre. Qu'avivées par le vent les flammes s'étaient emparées des tentures puis des planchers, ruinant l'édifice tout entier. Et que, finalement, vous vous étiez jetée dans l'océan avec l'espoir d'atteindre le rivage. Nous allâmes même jusqu'à supposer que le petit homme avait tenté de vous secourir et que c'était ainsi qu'il s'était lui aussi noyé...

— Une barque de pêcheur, dissimulée dans une grotte souterraine. Jaufré m'y attendait et Gwalf s'est fait son complice.

— Je vois...

— Quand Henri a-t-il compris ?

Pierre de Blois haussa les épaules.

— Le même jour. Durant quelques heures, il est demeuré dans cette tour vide, empuantie de fumée, espérant que ses hommes envoyés pour en faire le tour rapporteraient la preuve de votre fin. Aux premières lueurs du crépuscule, je remontai à ses côtés sur le navire. Nous n'avions pas atteint le continent qu'il s'était ressaisi et avait éclaté d'un rire triste. « Mon bon Pierre, me dit-il, l'oiseau s'est envolé mais point n'est mort, j'en puis jurer à ce battement d'ailes que je sens en mon cœur. – Sire, ai-je répondu, n'est-ce point celui d'un ange que plus sûrement vous avez capté ? » Il s'est retourné, m'a contraint à fixer mon regard sur cette tour qui disparaissait à l'horizon puis a ajouté : « Elle reviendra. Au soir de ma mort, elle reviendra. J'en puis jurer. »

Une boule étranglait ma glotte. Pierre de Blois posa une main soignée sur mon avant-bras.

— Le hasard fit le reste quelques années plus tard. Par l'intermédiaire d'un des chevaliers du Temple qu'il entretenait en Terre sainte. De retour dans ses domaines après une méchante blessure, ce dernier croisa son roi et, à sa demande, lui fit le récit de son épopée. L'homme raconta donc les fourberies de Saladin, Antioche, Jérusalem tant convoitée. Avant d'avouer que rien ne lui manquait, sinon les délicieuses tranches dorées de l'Auberge des Preux en Tripoli.

Mes épaules s'alourdirent sous le poids de la fatalité. Toutes ces précautions inutiles, ces courriers que j'avais refusés à mes enfants... Trahie. J'avais été trahie par ces pâtisseries de Brocéliande qui avaient fait là-bas notre renommée. Pierre de Blois m'offrit un sourire.

— Je me souviens de sa jubilation soudaine à l'évocation de leur aspect, de leur goût inimitable, plus encore à celle de votre nom, à peine transformé, lorsqu'il eut demandé qui tenait cette auberge. J'ignorai qu'il en avait mangé enfant et que leur souvenir était en lui comme la survivance d'heureux moments.

— Ma mère adoptive, Guenièvre de Grimwald, les lui préparait.

— Oui, il me le confia. Après. Dès lors, il s'enquit de vos nouvelles chaque fois que l'occasion lui en fut donnée. Vous reçûtes sans vous en rendre compte la visite de ses espions, dame Loanna.

— Alors pourquoi ? Pourquoi son silence ?

Pierre de Blois reposa son hanap vide sur le plateau d'un valet, puis, tandis que j'en faisais autant, fouilla dans une poche latérale de son mantel d'apparat. Il brandit un pli, scellé aux armes d'Henri.

— J'en connais chaque ligne, mon amie, pour les avoir rédigées, selon ses termes, alors qu'il usait ses dernières forces. Prenez le temps de les lire, vous et Jaufré, dans la discrétion de votre chambre. Vous saurez tout. Mais si un doute subsiste encore, vous me trouverez pour le lever.

Un éclair zébra le front noir de l'horizon. Ma paume tremblante se referma sur les derniers mots d'Henri, et je demeurai là, face à ce spectacle alors que, sur une dernière pression amicale à mon épaule, Pierre de Blois se retirait. Entre l'envie de les découvrir et celle de les déchirer.

Je finis par m'arracher à ce duel lorsque les premières gouttes s'écrasèrent, épaisses comme des larmes, sur les vitres. Un héraut venait de sonner le repas. La lettre s'enroula autour de mon avant-bras, sous le chainse et, la tête haute, masquant l'émotion qui me tenait, je vins prendre place entre ma reine et mon roi.

11.

« Amour de terre lointaine, tout mon cœur est dolent », chantiez-vous, Jaufré. C'est avec ces mêmes mots que je vous dis adieu. J'eusse pu vous quitter sans les prononcer mais, tôt ou tard, si ce n'est déjà, toi Loanna de Grimwald, tu aurais compris que je savais, que j'avais délibérément choisi de vous laisser en paix. Pourquoi, vous demanderez-vous, alors que j'avais en moi tant de colère, alors que l'espoir de la mort de Jaufré me ronge le cœur depuis ma petite enfance, depuis qu'il me fut un obstacle à cet amour qui me portait vers toi, Canillette ? Si cet exil que vous vous êtes imposé vous-mêmes, vous privant de tout jusque de vos enfants, n'était pas déjà en soi réponse, il me faudrait y ajouter l'acceptation, enfin, de ce lien qui vous unit et que rien, visiblement, ne pourrait rompre. Alors à quoi bon s'acharner ? Je suis un roi seul quand il me fut tout donné pour être le mieux aimé. Comme cet enfant d'autrefois, j'ai abîmé un à un mes jouets, mes gens, mes amis, ma famille. D'aucuns diront que ce fut de déraison, d'impulsivité ou d'orgueil. Ils diront vrai. Mais toi seule, Nillette, en devineras la vérité, car toi seule sais le poids de ce fardeau que furent les espoirs de ma mère, l'emperesse, à regagner l'Angleterre, à me voir venger sa lignée et à faire d'un royaume un empire. Nul autant que moi n'y fut mieux préparé. Nul autant que moi ne respecta mieux cette destinée, sinon toi. Je possédais tout pour qu'il perdure, sauf la seule personne avec laquelle j'eusse voulu le partager, la seule *pour qui il avait un sens. Je crois bien n'avoir jamais cessé d'espérer que tu viendrais, jusqu'à ce jour où les pierres mortes de l'île des Bannis m'ont frappé d'évidence. Là où j'avais cru réincarner Arthur, je n'avais été qu'un Plantagenêt. D'une légende, je suis redevenu un homme. Giflé par la conscience de mes erreurs passées. M'efforçant de briser l'image d'hier, j'ai tenté ces douze dernières années de me corriger, mais le mal était fait. Et bien plus sournois que je ne l'imaginai. Vous accuser encore, toi, Jaufré, Aliénor, Richard, ou mes deux fils défunts, eût été vain. Le serpent était dans le nid et je fus seul responsable de l'œuf duquel il est né.*

Jean. Jean sans Terre, Jean le maudit, Jean que j'ai accordé à une femme que je désirais, pour tuer celle que j'avais épousée et ouvrir la porte à la seule que j'aie jamais aimée. Folie. Comment ai-je pu penser un seul instant que dans cette toile d'araignée, telle que toi se laisserait prendre ? Fallait-il que je sois aveuglé par ma propre puissance ? Fallait-il que j'aie oublié cet enseignement premier ? Tout se transforme, rien ne se crée. J'ai transformé l'amour en haine. La force de ton combat à mon côté en renoncement. Ton soutien en trahison. Ton espoir en désillusion. Ton existence en exil. Triste constat. Sombre bilan lorsque j'y songe. Que retiendra l'histoire ? L'obstination d'un roi à refuser de céder place au point d'avoir laissé ses fils se compromettre en alliances douteuses, s'entretuer ou mourir d'attendre ? Balayeront-ils le conquérant que je fus au profit d'un être d'orgueil ?

La vérité ne s'inscrira nulle part, Canillette, sinon dans cette lettre. Elle porte ton nom. Elle a ton visage, ton sourire, ton souffle. En demeurant vissé à ce trône que ton sacrifice de druidesse m'avait préparé, c'était à une part de toi que je restais lié, malgré toi, malgré tout. Une part de toi que, sans réserve, je pouvais continuer d'aimer. Je vous en demande pardon. À tous deux. À Richard. Et même à Aliénor qui, jamais autant que ces dernières années, dans cette captivité que je lui ai imposée, ne mérita mieux mon respect et mon admiration. Oui, je le confesse avant que de mourir pour qu'elle en jubile sans retenue, elle m'y éclipsa. Ses actes, ses propos, sa noblesse d'âme et son abnégation pour nos enfants justifient que tu lui sois demeurée fidèle. Comme toi, Canillette, comme vous, Jaufré, elle n'a jamais démérité au trône qu'elle servait. Je ne peux en dire autant et m'en remets désormais au jugement de Dieu. À celui d'Avalon que j'ai bafoué. Puisse l'amour d'Eloïn pour Richard, cet amour dont j'ai été jaloux dès le premier instant, racheter mes déviances et sauver notre œuvre, Canillette. La sauver de Jean. Toute terre a sa plaie. Lui n'est qu'une plaie. Il la comblera en ensevelissant tout. Je vous le demande, Loanna de Grimwald, Jaufré de Blaye, puisque à l'Angleterre vous reviendrez. Soyez à elle de nouveau. Et protégez-la tous deux. Comme vous l'avez toujours fait.

C'est ma dernière, ma toute dernière volonté.

Henri Plantagenêt, comte d'Anjou, du Maine et de Touraine, duc de Normandie et roi d'Angleterre, ce 6 juillet 1189, avant que de trépasser. »

La lettre me tomba des mains. Assis à mes côtés sur la courtepointe du lit à baldaquin, Jaufré l'avait lue par-dessus mon épaule, les mâchoires crispées.

— Viens, me dit-il en m'attirant à lui.

Bouleversée par l'aveu de cette fin de règne désespérée, je me blottis dans les bras de mon troubadour. En sanglots. Face à mes contradictions, face aux souvenirs d'Henri qui affluaient : l'enfant que j'avais choyé, l'homme-roi que j'avais porté, l'époux irrespectueux que j'avais sermonné, le père despote que j'avais guerroyé, l'amant que j'avais caressé, le geôlier que j'avais quitté. Explosait en moi cet amour devenu haine, cet amour pour lui que je m'étais toujours interdit d'éprouver parce qu'il volait une part de moi à Jaufré, cet amour dont j'avais entrevu la puissance lorsque j'avais fait taire les éléments déchaînés au-dessus de sa tête, près de cette brèche que Caliburnus avait ouverte devant ses pieds, ici même en Tintagel[1]. Oui, je l'avais aimé. Autant qu'Aliénor. Autant qu'autrefois Denys de Châtellerault. Et si l'attachement exclusif qu'il me

1. Voir *Aliénor*, t. I, *Le Règne des lions*, XO Éditions, 2011.

vouait n'avait été pour Jaufré une menace sournoise, une menace pressentie puis enfin exprimée, sans doute aurais-je été autre à ses côtés, ma rancœur à son égard se serait-elle adoucie au lieu de s'exacerber. J'avais vécu ces années d'exil avec le désir de sa fin chevillé au corps, parce que c'était pour moi, pour nous, le seul moyen de rentrer au pays, près de ma reine, de nos enfants. Certaine de n'en éprouver aucun remords, aucun regret. Seulement du soulagement. Il s'était même mué en fierté tantôt, de savoir que Jaufré avait, depuis longtemps, commandité son assassinat. M'étais-je donc tant menti à moi-même pour n'avoir pas compris à quel point j'étais restée liée à cet homme ?

Lors je laissai s'échapper de moi ce gâchis de sentiments, de vie, de non-dits ou de faux-semblants. Sachant que rien pourtant n'aurait pu être changé. Je n'étais la sœur d'âme que d'un seul. Jaufré. Jaufré qui me berçait, muet face à mes sanglots, mais dont la chanson silencieuse s'accordait à ma musique intérieure. Celle qui, de deux corps défunts, en fait un qui renaît.

La nuit qui suivit nous épuisa de caresses comme le crépuscule m'avait épuisée de douleur. Nous finîmes par nous endormir blottis l'un contre l'autre, bras et jambes enchevêtrés, aux premières lueurs du jour sur l'océan. Neufs par ce pardon qu'Henri nous avait accordé.

Dans quelques heures seulement, le pouvoir des Anciens, ce pouvoir qui m'avait placée autrefois dans l'ombre des rois d'Angleterre, ressurgirait, je ne pouvais plus en douter. Caliburnus attendait son nouveau maître.

Quelque part.

Sous nos pieds.

12.

« *Qui affronte sa peur est digne de la table ronde, qui cherche le Graal sans crainte de ne le jamais trouver est à même de me succéder, car celui-là sera juste et valeureux, preux et vénérable. Celui-là est un chevalier. Celui-là sera à l'épée.* »

Ainsi avait été gravé le fourreau de Caliburnus, des paroles mêmes d'Arthur mourant. Je les avais déchiffrées lorsque Henri, trente ans plus tôt, avait brandi l'arme, arrachée au sarcophage du monarque légendaire. L'épée perdue, sa gaine de fils d'argent avait été archivée à Londres, pièce de choix dans le trésor royal. Richard l'avait caressée plus d'une fois, détachant chaque syllabe du texte, suivant du doigt les quelques runes dessinées dessous. Il l'avait récupérée à notre arrivée sur le sol anglais, espérant que sa présence augmentée des pouvoirs des deux épées jointes réveillerait Caliburnus. Je n'avais pas voulu le décevoir, mais je savais que cette dernière ne répondrait qu'à un seul. Celui qu'elle choisirait.

Si tant était que celui-là fût des nôtres en ce 27 octobre de l'an de grâce 1189.

Un ciel de traîne drapait nos fronts courbés, longue procession attentive à la dénivelée des marches qui menaient à la grève. En se retirant, l'océan avait découvert la crique que formait la pince des falaises à cet endroit de la côte des Cornouailles, nous offrant le spectacle de ses grottes. Celle de droite, trop vite refermée sur elle-même malgré sa large béance, celle de gauche, sous le château de Tintagel et dans laquelle mon aïeul Merlin s'était, plus d'une fois, retiré pour méditer. Le fauteuil de calcaire dans lequel il s'asseyait pour se fondre aux éléments tournait le dos à l'entrée principale. J'avais pu en juger par moi-même, la grotte était fermée, avant que le pont naturel qui reliait Tintagel à la côte ne s'effondre. Dès le lendemain de ce jour qui vit disparaître Caliburnus dans l'éboulis, une plaie déchirait la paroi de granit côté est, laissant l'œil se perdre entre ciel et océan. La lumière du matin pénétrant l'ancien sanctuaire était telle qu'il scintillait par endroits, révélant les filons de quartz affleurant la roche.

— Souvent, me confia Pierre de Blois, glissé à mon côté pour la rallier, Henri venait s'installer dans le siège de l'Enchanteur, les yeux rivés sur cette béance, quand il ne foulait pas son seuil, à marée basse, cherchant inlassablement la rutilance de la lame dans le ressac des flots. Des Brabançons en ont retourné chaque pierre après qu'il eut jugé en avoir noyé assez dans les fosses marines qui encerclent l'éboulis. Était-il fou, dame Loanna ? Je l'ai longtemps pensé, je l'avoue... Jusqu'à cette lettre qu'il me demanda de rédiger pour vous.

— Son aveu pèse encore sur mon cœur, mon ami, mais n'y change rien. Je l'ai prévenu en ce jour où il jubilait de sa découverte, brandissant Caliburnus comme l'étendard de sa toute-puissance[1]. On ne profane pas un tombeau. On ne se gargarise pas de la magie d'Avalon. On s'incline devant sa puissance, avec humilité et pardon. Il a fallu que la mort approche pour qu'Henri les ressente enfin. Mais en ce temps-là ! Quelle prétention ! Il eût pu remiser Caliburnus à sa place, auprès d'Arthur, gardant l'espoir de voir surgir son nouveau maître dont il se serait fait l'allié. Au lieu de quoi, vous l'avez vu par vous-même, il n'a su que parader, s'enorgueillir d'un trésor qui ne lui était pas

1. Voir *Aliénor*, t. I, *Le Règne des lions*, XO Éditions, 2011.

destiné. Il en a payé le prix. Et les siens avec lui. Tout ce que j'espère ce jourd'hui, c'est qu'en choisissant l'un de nous l'épée pardonne. Que la malédiction attirée par Henri sur l'empire Plantagenêt s'achève enfin. Sans quoi, sieur Pierre, si Caliburnus ne se montre pas, ou si elle venait à être usurpée une seconde fois...

La menace mourut sur mes lèvres, avalée par un trouble plus prégnant encore. Pierre de Blois suivit mon regard. Jean nous avait précédés sur la plage. Il se tenait en lisière de l'onde, à quelques pas de l'ouverture de la grotte de Merlin, près d'un amas de rochers. Il était en compagnie d'un jouvenceau d'une quinzaine d'années et dont les traits, d'emblée, me furent familiers. Mon cœur s'emballa tandis que s'effaçait le doute qui s'y cachait jusque-là. Ce regard tourné vers moi en même temps que celui de Jean, ce regard de mousse de chêne était le mien. La chevelure rousse, celle d'Henri Plantagenêt. Au rictus accroché au visage de Jean devant ma pâleur soudaine, je compris qu'il savait. Comme Pierre de Blois dont la main retint mon coude, autant pour soutenir mon pas que pour m'empêcher de flancher. Il me contraignit à un quart de tour pour me soustraire à leur vue.

— Il est bien celui auquel je pense, n'est-ce pas ? murmurai-je, vaincue déjà par l'évidence.

— Oui, dame Loanna. Henri ne vous a pas menti. Vous lui avez bien donné un fils, même si lui continue d'ignorer de quel ventre il a été enfanté.

Avant que j'aie pu comprendre d'où il avait surgi, Jaufré était à nos côtés, un sourire masquant la gravité de son regard. Enroulant son bras autour de mes épaules, il me fit pivoter vers l'escalier que nous venions de descendre, m'obligeant à fixer les yeux sur nos enfants qui s'avançaient. Il se pencha à mon oreille. Sa voix se fit dure :

— Reprends-toi, Loanna. Souviens-toi des paroles d'Henri dans sa lettre. Jean le fourbe, Jean l'envieux, prêt à tout pour, tôt ou tard, régner. À tout, y compris à nous détruire comme son père lui-même l'aurait fait. Ne lui donne pas le sentiment d'une quelconque victoire.

Je tressaillis. Fouillai son visage fermé. Il hocha la tête.

— Plus tard Loanna. Nous en parlerons plus tard.

Derrière nous, déjà, la voix de Jean s'élevait :

— Quelle belle journée, ne trouvez-vous pas ? Dame Loanna, sire Jaufré, permettez-moi de vous présenter mon demi-frère Geoffrey Plantagenêt, arrivé au petit jour du comté d'York.

Une inspiration, discrète. Un souffle de chaleur récupéré dans la tendresse du regard d'Eloïn qui approchait en compagnie de son fils Philippe. Encadrée d'autorité autant que d'affection, je me retournai de nouveau vers eux. Prête à affronter mes choix d'hier.

— C'est un plaisir pour nous, chantait déjà le timbre adouci de mon troubadour.

Il porta une main sur l'épaule du jouvenceau. Avec une chaleur qui soulagea la plaie de mon âme.

— Il est heureux que Jean vous ait convié à nous rejoindre. Je me suis laissé dire par Guillaume le Maréchal que votre autre demi-frère, Guillaume, était arrivé dans la nuit avec son précepteur. Ainsi donc, la lignée masculine des Plantagenêts est au complet, ajouta mon époux, affable.

— En effet, sire Rudel, même si je doute que nous puissions être, lui ou moi, l'élu de cette fameuse lame ! s'exclama Geoffrey avec modestie.

Jean rajusta un des pans de son mantel avec lequel le vent jouait.

— Qui sait, Geoffrey, qui sait ? Bon sang ne saurait mentir. N'est-ce pas, dame Loanna ?

L'allusion était claire. Oui, il savait. Par deux fois déjà la lignée d'Avalon avait ranimé les épées flamboyantes. Par le lien particulier qui nous unissait au royaume d'Angleterre, cet enfant que j'avais conçu d'Henri pouvait fort bien être l'héritier de Caliburnus. Jean avait-il anticipé cette possibilité pour avoir noué des liens affectifs si évidents avec son demi-frère, quand il eût dû le considérer, bien que reconnu par leur père, comme un bâtard ? Je ne lui en laisserais pas la jouissance. Je ne laisserais plus un seul Plantagenêt m'arracher aux miens : ceux que j'avais choisis, ceux que j'avais élevés. Je relevai le menton.

De défi. De fierté. De détermination.

— Jusque-là, mon cher Jean, ce sang dont vous parlez a bouilli à fort peu d'escient. La brèche que nous venons de franchir en reste le témoin. Puisse-t-il entendre le chant de Merlin et non plus jamais le grondement de sa colère.

— Loin de moi l'idée de vouloir la provoquer, dame Loanna. Et moins encore la vôtre dont mon père m'assura qu'elle pouvait être redoutable, se mit à rire le jeune Geoffrey.

— Vraiment ?

Je coulai un bras autour de son coude pour l'entraîner vers la grotte, à nos côtés. Formant bloc autour de moi, Eloïn, Philippe, Agnès, Geoffroy de Blaye et leurs enfants empêchèrent Jean, blême, de s'approcher. Il demeura loin derrière, habilement happé par Pierre de Blois, tandis que je renchérissais :

— Est-ce la seule chose que vous ait dite le roi Henri à mon sujet ?

— Non point, dame Loanna. Il me conta tout, de votre engagement à ses côtés dès son plus jeune âge, à votre départ pour Tripoli. J'ai cru comprendre qu'il n'était pas étranger à ce dernier fait, mais je n'ai jamais osé le questionner davantage.

Visiblement, Henri avait agi avec prudence. Pour me laisser la possibilité, un jour, de renouer avec cet enfant ? avec lui ? avec mon passé ? Je choisis pour réponse une part de vérité.

— Disons... qu'à la cause de la reine Aliénor j'étais restée liée.

— Oh !... je comprends. Mon père était assez rancunier. Pourtant, je vous l'assure, jamais il ne me dit du mal de vous et je crois bien, oui, je crois bien qu'il vous avait pardonnée.

Je hochai la tête, la voix claire mais le ventre noué par cet appel insidieux en ma chair. Cet appel qu'autrefois, devant le berceau de Geoffrey, je n'avais pas éprouvé. L'envie de le prendre dans mes bras.

Elle fut tuée par la salve des trompettes.

— Oyez, oyez, claironna la voix du héraut.

L'heure était venue.

Henri l'avait-il espérée ?

Quoi qu'il en soit, elle était déjà de vérité.

13.

Le silence n'était troublé à présent que du souffle du vent qui portait le ressac. Formant demi-arc de cercle dans la crique, la quarantaine que nous étions noua ses mains en prière, le front bas, le cœur battant. Outre mes enfants et petits-enfants, Aliénor et ses deux fils, leurs demi-frères Geoffrey et Guillaume qui nous avaient rejoints, la fine fleur de la chevalerie du royaume nous entourait. Ceux en qui Richard avait toute confiance, ceux qui avaient prouvé leur fidélité à la Couronne, et quelques autres comme Merchadier, s'étaient agenouillés devant leur roi, à l'aube, reconnaissants du privilège qui leur était donné de recevoir, peut-être, l'héritage d'Arthur.

La voix de Richard s'éleva, altière et ronde au pied des éboulis.

— Chacun de nous, rassemblés ici, est digne de Caliburnus. Chacun de nous l'a prouvé. Par ses actes ou par sa lignée. La légende raconte qu'un jour une lame jaillit des flots, brandie par la grande prêtresse d'Avalon qui l'avait forgée. Elle fut confiée à Merlin, piquée au roc dans l'attente de son maître et finalement arrachée par le jeune Arthur, ainsi que les Anciens d'Avalon l'avaient décidé. Cette lame appelait la justice, l'équité, mais aussi la puissance. Quel que soit celui ou celle qu'elle choisira ce jourd'hui, si tant est qu'elle le choisisse, il en deviendra le maître et servira sa cause. Nul ici ne devra contester ce choix, ou tenter de les séparer. Sans quoi, mon père nous l'a enseigné, la magie d'Avalon ruinera l'Angleterre aussi sûrement qu'elle l'a dotée. L'acceptez-vous ?

Nos voix s'élevèrent sous le cri strident des mouettes et le ronflement du vent.

— Oui, nous l'acceptons.

Richard nous fit signe d'approcher, Godefroy et moi. Nous laissant côte à côte il rejoignit le rang des humbles qui, désormais, nous fixaient.

Godefroy me décocha un clin d'œil complice.

— Prête, mère-grand ?

Je lui rendis un sourire que contredisaient les battements désordonnés de mon cœur.

— Prête, mon fillot.

Depuis un moment déjà, nous le sentions tous deux à la chaleur dégagée contre nos cuisses, Marmiadoise et Durandal réagissaient à la magie du lieu. Il nous suffit de les dégainer pour qu'elles s'illuminent d'une aura bleutée et s'attirent irrésistiblement l'une l'autre. Elles se croisèrent par la pointe dans un flamboiement.

Instantanément l'horizon disparut dans une brume évanescente qui étouffa les bruits et les visages alentours. Les voix perdues d'Aude et de Guenièvre de Grimwald vinrent chanter à mes tympans.

— Souviens-toi, Loanna. Avalon ne renaît pas du cœur des Hommes. Elle est le cœur des Hommes.

J'ignore si autre que moi vit l'île prendre forme au-delà des crocs de granit, laiteuse forme oblongue piquée sur les flots. J'ignore si autre que moi perçut la sérénité qui s'en dégageait comme une promesse pour des jours meilleurs. Elle me parcourut en vagues bienfaisantes. Lorsqu'elle disparut, la terre trembla. Traversé par le rai de lumière qui jaillissait des lames jointes, l'azur se ramassa, métallique, au-dessus de nos têtes. Les traits de Merlin s'y dessinèrent. Visage aux yeux grondants, prêt à sonder l'âme des êtres en attente dans cette crique. Il tournoya sans que je puisse savoir sur lequel il s'arrêtait, aveuglée par l'éclat des lames. Cela me sembla durer indéfiniment et, tout à la fois, la légèreté qui m'enveloppait me portait à l'espoir que cela perdure encore et encore. Je percevais le souffle chaleureux des défunts. Les miens, ceux de ce lieu, Arthur, Uther Pendragon, d'autres qui turent leur nom, mais qui semblaient danser et festoyer ensemble. Étions-nous dans la réalité ? entre deux mondes ? Je l'ignorais et n'en avais cure. Jamais, même en Brocéliande, la magie n'avait autant parcouru mon être, autant pénétré mon âme. Et puis soudain la musique traversa l'espace, cette musique si particulière qui naît de la caresse des âmes défuntes sur le cœur des vivants. Elle emplit chaque pouce de mon être, me fit lever les yeux vers la trouée qui grandissait dans le plomb des nues. La lumière semblait y danser, volubile et aveuglante jusqu'à repousser les ombres, jusqu'à dorer les traits de Merlin et rabattre son reflet sur l'océan, au-dessus de la ligne d'horizon, dans cette brume de plus en plus légère qui courait sur le remontant.

Au moment où son sourire affleura la surface, l'eau bouillonna. Je devinai les regards de tous, pénétrés d'émerveillement, suivre le mien et celui de Godefroy. Lorsque Caliburnus émergea des flots, ils tombèrent à genoux, mains jointes pour saluer le miracle, le front tendu vers leur quête désormais solitaire.

L'instant du choix.

Portée par le geste de Merlin jusqu'à ce cercle humain, l'épée passa lentement devant chacun d'eux. Elle s'immobilisa entre Philippe de Falconbridge, le fils d'Eloïn et Richard, et Geoffrey Plantagenêt.

L'instant du choix.

L'influençai-je par les battements désordonnés de mon cœur, par la peur de retrouver le joug d'Henri sur ma vie ? Après de longues secondes d'hésitation, la pointe se piqua au sol, dans la grève humide, devant mon petit-fils Philippe.

Il tendit la main.

Et l'épée d'Avalon flamboya.

Des minutes qui suivirent, je ne retins que la déchirure du ciel au-dessus de nos têtes, tant la puissance des trois épées foudroya l'azur. Une pluie drue, anormalement chaude, nous lava, sans qu'aucun de nous trouve seulement la force ou l'envie de bouger d'un pouce. Elle nous aveugla presque autant que ce jet de feu qui lui résistait. Peu à peu pourtant, la pluie décrut, la lumière s'adoucit, jusqu'à ce que le fer redevienne fer, et l'azur bleu. Alors seulement, Richard se détacha du groupe. Profondément troublé, Philippe s'était redressé, la poignée de l'épée façonnée à sa main comme Marmiadoise s'était faite à la mienne et Durandal à celle de Godefroy. En quelques enjambées le roi fut près de lui. Tournant le dos à l'océan, face à ce demi-cercle partagé entre la déception et l'émerveillement, il enroula son poing autour de celui de son fils et brandit avec lui l'épée d'Arthur.

— Ici est l'élu ! Ici est l'héritier d'Avalon ! Ici sera après moi le futur roi d'Angleterre !

En place de l'acclamation attendue par le roi, un cri jaillit. Un seul.

— Là... Là, regardez !

Tous suivirent le doigt tendu du jeune Guillaume Plantagenêt. Le rocher près duquel, tantôt, s'étaient tenus ses demi-frères Jean et Geoffrey avait changé d'allure. Sculptée dans le granit, une tête de lion surplombant un aigle protégeait désormais l'entrée de la grotte de Merlin.

Redressée, les traits rajeunis par la fierté, ce fut Aliénor qui brisa le silence. Pivotant avec grâce vers ses vassaux stupéfaits, elle désigna la sculpture.

— Ainsi l'avait prédit Merlin : l'aigle de l'alliance brisée se réjouira en sa troisième nichée. Cœur de Lion. Voici le fils qui protège la mère. Voici le roi qui protège l'Angleterre. Voici le symbole de la résurrection d'Avalon. Jurez ! Jurez tous, ici, fidélité à cet empire ! Fidélité aux flamboyantes ! Fidélité à l'héritier !

— Fidélité ! s'époumona mon troubadour.

— Fidélité ! chanta ma voix mêlée à celle d'Eloïn.

La seconde suivante, un chœur s'élevait.

Un seul jura du bout des lèvres, des lèvres si pincées qu'elles ne formaient plus qu'un rictus d'amertume. Jean.

Lorsque nous quittâmes la crypte, Richard et Philippe en tête de cortège, dans l'allégresse et les commentaires qui fusaient, chacun se réjouissant du somptueux banquet qui nous attendait autant que des bienfaits promis par la réunion des épées, Jean se glissa à mes côtés, vif, sournois tel qu'en mon souvenir.

— Nous n'en resterons pas là, Loanna de Grimwald. Non. Nous n'en resterons pas là, grommela-t-il discrètement.

Il ne me laissa pas le temps de lui répondre. Aussi vitement écarté il s'en fut enrouler son bras autour des épaules de Geoffrey Plantagenêt qui me devançait. Mon cœur se serra. Henri avait vu juste. Le serpent était dans le nid. Quoi que je fasse ou dise, cela n'y changerait plus rien. J'avais donné un fils à l'Angleterre mais je l'avais renié. Comme Aliénor avec Jean. Complices dans le rejet, voilà ce que ces deux-là étaient. Trop proches l'un de l'autre pour que le temps puisse être rattrapé.

Trop proches pour que le royaume lui-même n'en soit pas menacé.

14.

Au petit matin suivant, Jean avait quitté la place, offrant escorte à son demi-frère. Il était attendu en Irlande, Geoffrey dans le comté d'York, plaida-t-il avant de renouveler son affection à Richard et à leur mère tout juste levés. Tous deux le virent partir avec soulagement. Pas moi. Les yeux cernés par une nuit d'insomnie, je ne leur dissimulai pas ma crainte. Assis sur le trône d'Arthur, présidant cette ronde assemblée de familiers, le roi l'affronta, selon son habitude.

— Je connais les travers de mon cadet, dame Loanna, et me méfie de lui autant qu'il se peut. Ses sourires sont félons, sa langue, vipérine. Bien qu'il ait cherché la soirée durant à dissimuler son dépit et sa rancœur, ils brillaient avec trop d'insistance dans son œil pour que je n'en aie pas été alerté.

— Je crains qu'il ne profite de notre départ en croisade pour briguer la Couronne, renchérit mon fils Geoffroy, un des chevaliers les plus chers au cœur de Richard.

Aliénor tapota des ongles sur le bois de la table.

— Il a prêté serment de croisé. Il partira avec l'host. Je veillerai sur le royaume. Je l'ai déjà fait. Gare à qui voudra le contester.

La main du roi recouvrit la sienne.

— Nul ne s'y risquera, mère. (Il se tourna vers le nouveau chancelier du royaume :) vous connaissez bien mon frère, sire Longchamp, j'en appelle à votre discernement.

L'homme s'inclina, la main sur le cœur.

— C'est grand honneur, Votre Majesté, et je comprends vos inquiétudes conjointes. Toutefois, esseulé, votre frère ne peut rien. Et je doute fort qu'il trouve allié assez puissant pour renverser la Couronne, d'autant que la rumeur s'étend d'heure en heure concernant les flamboyantes. Qui, sur cette Terre, serait assez fou pour défier Avalon une nouvelle fois ?

— Jean l'est, affirmai-je.

Aliénor soupira, un sourire crispé sur ses lèvres affinées par les années.

— Oui, Loanna. Jean l'est. Mais tu l'as dit toi-même. Un autre ennemi est aux portes de la chrétienté. Saladin reste notre priorité. Dès demain, en quittant Tintagel, nous allons nous employer à remplir les caisses du Trésor. Philippe Auguste a sollicité une rencontre pour fixer les modalités de notre alliance contre le sultan. L'empereur Barberousse est déjà prêt à partir de son côté. Dès demain, oui, et à plus forte raison parce que les pouvoirs d'Avalon nous sont rendus, nous concentrerons nos efforts sur la guerre sainte. Sans pour autant quitter Jean des yeux, je te le promets.

— Cela me sied, ma reine. Oui, cela me sied.

Elle me rendit mon sourire, tout en sachant pertinemment que je mentais.

Le déjeuner achevé, elle me prit en aparté, me ramenant au pied des marches de la crique que l'océan venait frapper. Son bras s'enroula autour du mien, sa tête recouverte par le capuchon de son mantel se tourna vers mon visage tendu.

— Il ne s'agit pas seulement de Jean, n'est-ce pas ?

— Non. Nous avons eu une longue discussion cette nuit avec Jaufré. À propos de ce fils qu'Henri m'a donné.

Elle resserra plus fort son étreinte, complice de ma détresse intérieure.

— Il a tes yeux, c'est une évidence.

— Jaufré voulait que nous l'allions trouver et que je lui révèle la vérité.

— Et pas toi...

Je m'assis sur le granit mal taillé de l'escalier, resserrant les pans du mantel de laine ainsi que la courte traîne de mon bliaud autour de mes genoux relevés. Mon œil s'évada vers la ligne d'horizon.

— Je ne sais, Aliénor.

Elle s'installa à mes côtés, se gardant comme moi du flot qui atteignait les premières marches. Ses doigts trouvèrent les miens.

— Que te souffle ton cœur, Loanna de Grimwald ?

— Que l'amour est seul guide. Et c'est là tout mon dilemme. Est-ce de l'amour que j'éprouve pour cet enfant ou de la culpabilité ? Je me souviens à peine de sa conception, plus du tout de son avènement. La liqueur d'opium que m'a fait ingérer Henri pour me plier à son désir, à son affection... Est-ce la seule cause de cette indifférence qui m'a tenu le cœur si longtemps ? Est-ce la conséquence de mon dénuement d'aujourd'hui ? Pierre de Blois a eu la délicatesse de combler les blancs de ma mémoire. Sevrée de la liqueur et de la manipulation mentale d'Aristophane Bec après la naissance de Geoffrey, j'ai découvert que sa nourrice avait accouché la même nuit que moi, d'un fils conçu dans la violence par Henri et prétendument mort-né. Elle était si maternelle avec Geoffrey. Il hurlait dans mes bras, s'apaisait dans les siens. Je me suis convaincue qu'il y avait eu échange. Que cet enfant, en réalité, était le sien, que la liqueur avait tué l'œuf dans mon ventre[1].

— La vérité est tout autre, n'est-ce pas ? Je suppose que mon cher époux l'a engrossée pour que votre fils ait son content de lait et qu'il ne prenne qu'une part infime du tien...

— Oui. Même diluée par mes fluides, qui sait ce que la liqueur d'opium aurait pu engendrer de troubles chez Geoffrey ?... Chaque fois que je l'ai mis au sein, il s'est agité. Ai-je voulu, inconsciemment, en refusant son

1. Voir *Aliénor*, t. II, *L'Alliance brisée*, XO Éditions, 2012.

contact, le protéger du poison ? Ai-je été une bonne mère, Aliénor, quand j'ai seulement cru le rejeter ?

Un sanglot troubla ma voix. Jaufré m'avait bercée cette nuit, m'assurant qu'il m'épaulerait dans mon choix comme il l'avait toujours fait. Que je devais suivre mon instinct. Seulement mon instinct. J'avais fini par m'endormir au point du jour, appelée depuis ma fenêtre par le ressac des flots et le chant, lointain, de mes aïeux. Sans réponse.

— Tu as toujours été une mère bienveillante. Prends le temps.

— En avons-nous ? Je crains sur lui l'influence de Jean.

— Elle existe depuis trop long pour que tu puisses la contrarier. Un aveu précipité est parfois plus préjudiciable qu'un mensonge. Henri n'a pas médit sur toi. Ce jouvenceau saura t'écouter lorsque le moment viendra. Je te le redis. Prends le temps, Loanna. De retrouver ta terre, les tiens, ce royaume qui, de nouveau, a besoin de toi contre Saladin. L'host ne partira pas avant plusieurs mois. Rentrez en Aquitaine, donnez, puisque Richard l'autorise, la seigneurie du Vitrezais à Gwalf et à son épouse. Apprends-leur à aimer ton Blayais comme hier tu as su me le faire aimer. Revis. Revis, s'il te plaît.

— Et si Jean lui révélait la vérité ?

— Tu apporterais la tienne en retour. Et la tendresse de tes bras pour la plaider.

Je laissai ma tête trouver l'arrondi de son épaule.

— Eloïn et Geoffroy m'ont donné le même conseil. Jaufré s'y est rendu lui aussi.

— Alors quoi, ma douce ?

— Alors rien, ma reine. Rien qui vaille la peine que l'on pleure...

— ... sinon le temps perdu et jamais rattrapé, trembla sa voix.

Je me sentis soudain petite. Infiniment petite face à ses propres enfants défunts, à cette solitude de mère éventrée. Avais-je le droit de me plaindre, moi, d'un que la vie me ramenait ? Mes yeux s'embrouillèrent de larmes. Nous

nous serrâmes l'une contre l'autre, le menton défiant le vent de mer qui s'était levé.

— Sinon le temps perdu et jamais rattrapé, répétai-je, vaincue.

Il n'y avait pas d'autre vérité.

15.

Ce fut quelques heures à peine avant notre départ de Tintagel que Richard manda Gwalf et Clothilde pour leur remettre titre de seigneurs du Vitrezais. Abasourdis, ils ne surent que répondre. Gwalf n'avait rien possédé d'autre que sa charge de gardien de Marmiadoise. Lors, une châtellenie ! Il s'excusa de ne pas s'en montrer digne, dodelina comme à son habitude, rongea quelques ongles. Nous rîmes, le serrâmes sur notre cœur et le rassurâmes. Pendant notre exil, notre fils avait redressé ce fief voisin du nôtre. S'il était toujours sous le contrôle d'un régisseur, il lui manquait un seigneur qui ne chercherait pas comme les précédents à assiéger Blaye, à nous chercher misère. Qui mieux que le petit homme était assez grand pour nous préserver du malheur ?

— Est-ce à dire que je ne partirai pas avec vous en croisade ? s'enquit-il, le visage soudain assombri.

— Oui, Gwalf, répondis-je. Votre rôle est désormais en Vitrezais, à lui donner des héritiers et à protéger vos gens. Mais plus encore. À protéger Agnès et Blaye. Ils nous sont chers. Infiniment. Et vous aussi, ajoutai-je, le regard plongé dans le sien, les mains sur ses épaules.

Un soupir, un tassement sous mes paumes, puis un torse bombé d'importance devant la confiance que je lui renouvelais. S'il ne parvenait pas encore à se représenter les charges et privilèges qui, avec ce titre, lui incombaient, il se rassura d'avoir vu flamboyer les épées d'Avalon, d'en avoir ressenti près de lui la puissance. Les lames des Anciens se suffisaient désormais à elles-mêmes. Et toutes trois réunies suffisaient à leurs maîtres.

Alors, à quoi bon lutter contre l'œil langoureux de Clothilde ? l'attrait de ses formes généreuses et son envie de fonder famille ? Il se mit en route dans notre sillage, le cœur léger et l'âme neuve, en direction du Blayais où, partis trois jours plus tôt, Geoffroy et Agnès devaient nous précéder.

Durant notre exil en Terre sainte, combien de fois avions-nous rêvé de Blaye, Jaufré et moi ? Nostalgiques de ses parfums de tourbe chaude, de l'estay aux reflets de bronze, de ce castel, surplombant le fleuve, que nous avions, pierre après pierre, rebâti après le grand incendie.

Parvenus à l'orée de la ville, sur le pont qui surplombait la rivière Saugeron, nos regards se croisèrent. C'était ici que Jaufré m'avait attendue après la naissance d'Eloïn pour me conduire en son fief et m'épouser devant les siens. Trente-sept ans. Trente-sept années déjà que ce lieu m'avait accueillie. Cinquante-deux que, dans la salle de musique du palais de l'Ombrière à Bordeaux, Jaufré m'avait offert sa vie. Et toujours cette même lumière dans ses yeux, cette même flamme à la croisée des miens. Âmes sœurs. Voilà ce que nous étions. Parfois me revenait en mémoire l'anathème que nous avions prononcé en la crypte du château de Vendrennes près de la dépouille de ma mère, Aude de Grimwald[1]. Cet anathème qui nous éloignerait dans nos vies futures jusqu'à ce que je trouve le moyen d'empêcher la mort injuste de ma mère et la malédiction qu'elle avait lancée sur son geôlier. Parfois, oui, je pensais à ces années qui filaient entre nos doigts, même si la magie de Brocéliande nous avait dotés tous deux, et par là même notre lignée, d'une santé et d'une longévité exceptionnelles. Lors, la peur me nouait les entrailles. La peur d'autres existences sans lui, sans le goût de ses baisers, sans la douceur exceptionnelle de ses caresses, de sa peau sur la mienne ; d'autres existences

1. Voir *Aliénor*, t. II, *L'Alliance brisée*, XO Éditions, 2012.

sans le son de sa citole, de ses mots, de son humour, de son rire. Dans ces moments-là, je me resserrais contre lui et je suppliais Merlin de me laisser encore du temps. Le temps de me nourrir assez intensément de chaque seconde à ses côtés pour ne jamais les oublier. Pour les réinventer lorsque l'heure sonnerait de nos retrouvailles, sous un autre nom, dans une autre vie, dans une nouvelle ère. Pour jouir encore, comme en cet instant où nous franchissions le pont-levis, de ce lieu et de lui.

Lorsque nous posâmes pied à terre dans la cour du castel, Gwalf et Clothilde, repris d'appréhension, se mirent à frissonner sous leurs vêtements de voyage. Sortis de la bâtisse, Agnès et Geoffroy vinrent les serrer dans leurs bras pour leur souhaiter la bienvenue. Les deux nains y tombèrent en retenant à grand-peine leur émotion.

Moi, nouée à Jaufré, j'inspirai à pleins poumons les senteurs retrouvées, portées par la fraîcheur de ce début décembre. Piqués par un vent vif, mes yeux furetaient partout, sur le liseron des façades, sur la margelle du puits, sur l'entrée rabattue du souterrain près de ce dernier. Rien n'avait vraiment changé. Comme si le temps s'était arrêté pour nous attendre. Nous étions de retour chez nous. Même si nous avions transmis patrimoine à notre fils. Nous étions de retour chez nous. Mon sourire grandit. Mon sang se remit à battre à l'unisson avec cette terre. Avant que j'aie pu m'en imprégner davantage, pris d'une même impression, Jaufré m'enlaça, d'une étreinte aussi fougueuse que l'étaient ses sentiments pour sa ville, pour moi. Sa bouche impérieuse trouva la mienne, brûlante.

J'entendis à peine le rire des nôtres dans notre dos, réponse à la voix faussement courroucée de Camille, ma chère amie Camille, ma première chambrière[1], à laquelle nous offrions spectacle par la croisée ouverte.

— Oh ! sire Jaufré ! dame Loanna ! vous ne changerez donc pas ?

Non, Camille, non. Nous ne changerons pas.

---

1. Voir *Le Lit d'Aliénor*, XO Éditions, 2002.

Nous nous aimions à ciel ouvert, à cœur ouvert. Nous avions payé bien assez cher ce droit-là.

Ensuite seulement, je m'étonnai qu'elle fût là, près de maître Patelin et de son épouse qui gouvernaient encore la maisonnée, aidés par leur jeune fils Claude. Camille avait perdu son mari. Quant à ses deux fils, nous les avions vus dans le sillage de Merchadier, au service du roi Richard. Tous deux étaient mariés, pères à leur tour, adoubés chevaliers par Henri Plantagenêt qu'ils avaient longuement servi. Esseulée, Camille avait été invitée par mon fils à vivre au castel. Elle avait vu grandir Geoffroy. Il lui était profondément attaché. Bien que voûtée par l'âge, elle faisait toujours montre d'une énergie généreuse et illuminait de sa présence ce lieu qu'elle avait, de ses mains et à nos côtés, aidé à ranimer.

Passé la festoie en famille, sans toutefois nos petits-enfants – les garçons étant au service de Richard, et notre dernière, Mélisande, auprès de sa tante Eloïn à la cour –, nous reçûmes l'hommage des nobles, des artisans, des marchands et du clergé.

Ces formalités accomplies, nous reprîmes monture pour battre chemins.

Si au premier abord rien ne nous avait paru différent, nous fûmes vite détrompés. À l'est de la rivière Saugeron, dans le faubourg de l'abbaye Saint-Sauveur, de nouvelles habitations avaient fleuri, repoussant la forêt vers le sud, ouvrant des jardins, des champs à perte de vue, de seigle, de froment, d'épeautre, de millet ou d'orge. Des aubarèdes[1] et des vimiers[2] descendaient en pente douce au milieu des vignes, vers le fleuve et la paroisse de Plassac. Le tout salué çà et là sur les buttes par la rotation continue des pales des moulins. Le nombre des échoppes qui longeaient la rivière

1. Plantations d'aubiers et de saules, destinés à l'entretien de la vigne.

2. Oseraies. L'osier sert à la confection des liens pour relever grappes et rameaux.

jusqu'au port embouché sur l'estay avait doublé. Au pied des remparts de la ville haute et du castel, à l'ouest du Saugeron, l'abbaye Saint-Romain s'était agrandie d'une nouvelle absidiole et d'un faubourg cossu.

Au sein de l'une des douves asséchées, un potager avait été créé dans le limon puis donné aux manants qui se relayaient pour cultiver et partager ensuite les récoltes avec d'infimes taxes à reverser. Agnès m'annonça que c'était son initiative. Pour que la faim ne torde plus jamais le ventre d'un seul Blayais. Qu'il suffisait, en cas de siège ou de menace, de briser les digues qui retenaient l'eau pour inonder la place et retrouver la protection des fossés. D'autres lieux identiques avaient été créés dans le fief, pour satisfaire aux besoins des plus pauvres. Les abbés avaient tordu le nez, l'évêché s'était indigné du manque à gagner, mais Geoffroy les avait mouchés en rappelant que ces terres étaient son apanage et non celui de l'Église, et qu'il était libre d'en user comme bon lui semblait. De surcroît, mon fils avait aboli certaines interdictions. Là où Jaufré, autrefois, fermait les yeux sur le braconnage dans les palus[1] de la Comteau, Geoffroy avait accordé le droit à tous d'y ramasser du bois, de pêcher ou de chasser à la condition qu'il vienne ensuite faire état de ses prises et laisser aux cuisines un des gibiers. Une manière de vérifier la bonne santé de chacun et de recenser les espèces tuées sans pour autant déroger aux coutumes. La brande cultivée rapportait des subsides, le bétail, en nombre, y pâturait librement. Geoffroy et Agnès se montrèrent intarissables sur le sujet. Les comptes étaient nets, la gestion parfaite, les caisses emplies par les paiements réguliers des impôts et des taxes, le peuple visiblement joyeux. Seuls quelques bourgeois, comme se faisaient désormais appeler certains artisans, marchands ou maîtres de barque, voyaient d'un mauvais œil ces largesses aux petites gens qu'ils continuaient d'exploiter. Ces dernières années et à plusieurs reprises, Geoffroy avait dû intervenir en apprenant qu'une veuve ou un vagabond, privés de

1. Marais.

terre et entrés à leur service, avaient été sauvagement et injustement rossés. Pour éviter ces excès, il avait réuni son conseil de défense et convié quelques viguiers[1] à y siéger au milieu des nobliaux et des abbés. Leur confiant petits pouvoirs pour régler justice, il les avait ainsi contraints à surveiller leurs pairs. Chacun d'eux briguant de plus hautes sphères, les manants y avaient gagné.

À les écouter nous raconter leur dévouement à cette terre et à ses gens, Jaufré et moi avions le cœur empli de fierté. Quant à Gwalf et Clothilde, ils prenaient des airs studieux, dodelinaient de la tête, conscients d'heure en heure des charges qui leur incomberaient.

Nous les accompagnâmes dans leur fief. Enclavées en bordure du fleuve par les marécages de la Comteau, ses paroisses hérissées de nouvelles églises suivaient la voie romaine. En lisière des palus la terre était plus meuble, limoneuse et riche. Point de vignes ici, mais des champs semés de blés, des forêts plus touffues et giboyeuses, des potagers verdoyants, emplis de fèves, de pois, d'herbes et de racines[2]. Les moines de l'ordre de Prémontré avaient agrandi l'abbaye de Pleine-Selve située dans une clairière proche de la voie romaine. Comme d'autres paroisses, hospitaux ou chapelles, ils y accueillaient un grand nombre de pèlerins qui payaient tribut et contribuaient à l'économie locale par l'achat de chausses, d'habits, de nourriture ou de services nécessaires à la poursuite de leur voyage. En Vitrezais aussi, Geoffroy et Agnès avaient instauré de nouvelles règles, des taxes plus justes, fait bâtir des moulins à eau, asséché quelques parcelles pour cultiver les céréales. De sorte que c'était un pays aux solides fondations, rendement et gens que nous offrions à nos amis en cadeau d'épousailles.

Devant le castel de Saint-Ciers, bâtisse quadrangulaire flanquée aux angles de grosses tours carrées, je vis Gwalf serrer la main de Clothilde, leurs regards s'échanger.

---

1. Administrateurs des paroisses.
2. Dénomination ancienne des légumes par opposition aux simples qui sont médicinales.

— Nous y sommes, mes amis, annonça gaîment Geoffroy en se retournant sur sa selle.

— Chez nous ? demanda Clothilde, incrédule.

— Chez vous, affirma Jaufré, les traits heureux.

Averti de notre arrivée, le régisseur nous attendait au mitan du pont-levis abaissé. Il s'écarta pour nous le laisser franchir, mettre pied à terre dans la cour intérieure. Devant les façades fleuries, les gens de maisonnée étaient alignés, mains au dos, souriants, le front incliné.

— Vois, Clothilde, vois ! trembla d'émotion la voix de Gwalf tandis que son doigt rongé se tendait vers une des fenêtres.

Une bannière y avait été déroulée selon les ordres de Geoffroy. Leur nouveau blason était d'azur, à la porte de ville ouverte d'argent, issante à la pointe de l'écu. Une épée haute d'or garni d'argent était posée en pal sur le tout.

— Les portes d'un château sur fond bleu avec Marmiadoise dressée au milieu, résuma Clothilde en pressant ses deux mains sur son cœur. Et tout ce monde. Seigneur Marie Joseph... Tout ce monde...

— Pour vous accueillir, mes seigneurs. Votre renommée vous a précédés et tous sont fiers d'être désormais à votre service, moi le premier, s'inclina le régisseur avec déférence avant de laisser une fillette tendre un bouquet de roses à Clothilde.

La naine l'accepta en rougissant avant d'embrasser ce jeune visage à hauteur du sien.

— Chez nous. Oui. Nous sommes chez nous, dodelina Gwalf à ses côtés, comprenant enfin.

La fillette avait eu à peine le temps de reculer qu'il pivotait d'un bloc sur lui-même et enlevait Clothilde, saisie de surprise et de confusion, dans ses bras d'homme-enfant.

— Mais enfin Gwalf Letors ! Que fais-tu donc ? s'époumona-t-elle d'un timbre haut perché, en serrant plus fort les tiges galonnées qu'elle avait failli lâcher.

— Je me fais seigneur, ma dulcinée, répliqua-t-il en redressant le menton, des étoiles dans ses yeux aux ridules marquées.

Un rire monta. Le leur. Le nôtre. Tandis que grandissaient les sourires respectueux des valets, cuisiniers, gardiens, auxiliaires de justice et petites mains à qui l'on avait présenté le sire Gwalf comme celui qui, depuis sa petite stature, avait à nos côtés défié le sultan Saladin.

Au milieu d'une haie d'honneur vitement composée, il gravit les marches du perron pour prendre possession de cette demeure, héritée de sa vaillance, de son courage, de sa fidélité, mais plus encore de notre affection si noblement gagnée.

16.

L'approche de Noël nous ramena tous à Caen pour assister à la cour plénière et aux préparatifs du départ en croisade. Aliénor y séjournait déjà depuis une dizaine de jours aux côtés de son fils, d'Eloïn, des familiers chers au roi, dont Philippe de Flandres. Ce dernier les avait accueillis à Calais dès leur retour d'Angleterre, pour leur offrir escorte et, hélas, leur apprendre de fort mauvaises nouvelles.

Sitôt notre arrivée, j'en pus lire la tristesse sur le visage de ma reine. Jeanne, la dernière de ses filles, était désormais veuve. Son époux, le roi de Sicile, avait succombé à un mal brutal qui lui avait poussé des testicules. Le couple n'ayant pas eu d'enfants, la bataille pour la succession qui opposait d'un côté Constance, la tante du défunt, et de l'autre Tancrède de Lecce, son cousin, n'avait pas tardé. À peine Jeanne était-elle revenue d'Aquitaine que Tancrède de Lecce l'avait fait emprisonner dans l'espoir de contraindre Richard à asseoir sa légitimité.

— J'enrage à l'idée que cette enfant subisse le sort qu'Henri m'avait réservé, grinça Aliénor alors que, apprêtée pour la veillée de l'avent, elle s'était invitée dans ma chambre et suivait sans le voir le mouvement des doigts de ma dame d'atour dans ma chevelure à tresser.

Assise sur un tabouret, j'accrochai son regard dans le miroir, par-delà la silhouette imposante de Babilie, debout derrière moi, imperturbable.

— Je le comprends sans peine, ma reine. Mais Tancrède n'est pas Henri. Il n'en a ni la puissance ni l'intelligence. Fais-moi confiance. Dès que Richard et Philippe Auguste se seront mis en branle dans sa direction avec leurs armées respectives, il rendra sa liberté à Jeanne. Il n'a pas les moyens de se passer d'alliés.

L'évidence la rasséréna.

— Tu as raison ! Comme toujours. Mais tu ne peux empêcher mon cœur de mère de se serrer.

Babilie acheva de nouer le dernier ruban qu'elle avait entrelacé entre les mèches et s'écarta pour jauger le résultat.

— Êtes-vous satisfaite, dame Loanna ?

— C'est parfait. Tu peux te retirer.

Elle me salua d'une courbette, s'inclina plus encore devant Aliénor puis quitta la pièce d'un pas si léger, malgré sa corpulence, qu'elle sembla à peine effleurer le parquet. Aliénor attendit que la porte soit refermée pour venir poser ses mains à plat sur mes épaules drapées d'un bliaud de soie grège. Une fois ma pierre de lune remise en collier, je les recouvris des miennes. Elle soupira.

— Il semble que l'histoire ne soit rien de plus qu'un recommencement. Combien de temps encore serons-nous là, toi et moi, pour regarder battre le cœur des uns, s'arrêter celui des autres, rire d'une victoire ou pleurer des défaites ?

— Tant que nous saurons garder tête haute.

Je caressai ma joue à la naissance de son avant-bras en ajoutant :

— Tant que nous serons par la pensée et l'amitié unies l'une à l'autre.

Elle déposa un doux baiser sur ma tempe, puis noua ses bras autour de mon cou pour accoler sa pommette à la mienne.

— Tu m'as manqué souvent, Loanna de Grimwald.

— Tu m'as manqué aussi, ma reine.

— Et cependant, il te faut me quitter de nouveau pour retourner là-bas. Est-ce bien de notre âge encore que de guerroyer en terre sarrasine ?

— Du tien, je l'ignore, Majesté, mais Marmiadoise se moque du mien. Je n'ai pas le choix.

Elle me libéra de son étreinte complice.

— Tu oublies un détail. La promesse qu'a arrachée mon défunt premier mari, Louis, à son fils...

— Celle d'interdire aux dames d'accompagner les croisés ?

— Promesse à laquelle le pape lui-même s'est rangé.

Je pivotai sur mon siège, amusée.

— Et depuis quand te soucies-tu de l'opinion du pape, Aliénor d'Aquitaine ?

Elle me tira une langue moqueuse.

— Je dis juste qu'il te faudra feinter...

Quinze ans. Nous avions toujours quinze ans au fond du cœur. Je me levai dans un froissement de soie, une moue de défi aux lèvres.

— Nous nous en accommoderons. Car ni toi ni moi n'avons changé. Et bien fol qui voudra le contester.

Un éclat de rire nous emporta et c'est au bras l'une de l'autre que nous franchîmes quelques minutes plus tard les portes de la salle de musique, redevenue silencieuse depuis que le grand départ pour la Terre sainte approchait. Deux hommes nous y attendaient. Jaufré et Bernard de Ventadour qui n'avaient, eux, prêté qu'un seul serment : celui de nous aimer.

Peu à peu, au fil des jours, les grands feudataires du royaume arrivèrent par grappes. Chaque fois que leur nom était crié par le héraut, mon cœur se pinçait. Jaufré le savait. Aliénor le devinait. J'attendais Geoffrey Plantagenêt. J'ignorais encore ce que je lui dirais, comment je le lui dirais. J'espérais un mot, un geste, une attitude de sa part pour regagner un courage inexplicablement perdu. Je ne me reconnaissais pas. Jamais je n'avais remis au lendemain les décisions importantes de ma vie, jamais je n'avais été pleutre, sinon cette fois devant Saladin. Je m'en étais guérie par la lame ensuite, au combat, dans la grotte obscure près de La Mecque où il entreposait son trésor, face à ce cyclope qui en barrait le passage et qui laissa à mon épaule une méchante cicatrice. Si Gwalf n'avait pas fait diversion ce jour-là, le géant m'aurait occise. Il était trois fois plus grand que moi. C'était Jaufré qui finalement l'avait vaincu, par le jet d'une lance qui lui avait percé l'œil. Coup de chance. On le prétendait invincible. Jaufré s'était souvenu de quelque héroïque combat de la Grèce antique dont il avait lu les textes, interdits en France, mais autorisés à Tripoli, du temps où, malade, sa princesse l'avait recueilli[1].

La vérité ce jourd'hui était autre. Elle prenait sa source au plus secret de moi, dans ces méandres de l'âme dont Merlin m'avait toujours reproché la tortuosité. J'étais à la fois l'héritière d'Avalon et femme. Femme de chair, de cœur et de désir, quand l'autre, la prêtresse, n'aurait dû exister que pour servir la magie, les choix des Anciens, et le bien-fondé de leurs interventions. J'avais dérogé depuis longtemps à cette règle, j'en avais même reçu bénédiction en Brocéliande de la main de Merlin, et Jaufré avec moi à l'heure de nos épousailles. Mais... mais en donnant cet enfant à Henri Plantagenêt, même sous l'influence de cette liqueur d'opium qui réduisait ma volonté à néant, j'avais fait davantage que les servir, lui et l'Angleterre. J'avais fusionné les deux royaumes en lignée directe. Certes Eloïn y avait contribué en accouchant de Philippe, mais Aliénor et Jaufré venaient couper ce sang royal. Parfois, quand le silence de la nuit me permettait de me retrouver, je percevais cette évidence. J'avais, volontairement, dévié de ma route pour demeurer sur celle de Jaufré. J'avais, volontairement, renié ma destinée première. Henri avait voulu que cet enfant rachète ses fautes, ramène ce royaume, que je l'avais aidé à reconquérir, à Avalon. Comment avais-je pu refuser de voir la volonté de Merlin derrière la sienne ? Et là, dernièrement. Pouvais-je encore me leurrer, croire que Caliburnus avait hésité par hasard sur la plage de Tintagel ? quand il était évident que, subissant l'attraction de Marmiadoise, l'épée avait suivi ma propre inclination ? Longtemps, dans mes jeunes années, j'avais renié Jaufré pour Henri,

1. Voir *Le Lit d'Aliénor*, XO Éditions, 2002.

torturant mon troubadour d'attente et d'espoir. Il m'avait fallu cette détresse intérieure à l'imaginer perdu près de Tripoli[1] durant la précédente croisade pour comprendre que je ne pourrais vivre, respirer sans lui. Je n'avais jamais regretté ce choix. Je n'avais pas non plus regretté ma fuite de l'île des Bannis à ses côtés. À une différence près. Ce jour-là, ce n'était pas un homme ou une terre que j'avais repoussés. J'avais sacrifié Geoffrey Plantagenêt, l'enfant d'Avalon, à mon attachement de femme. Alors, comment le lui expliquer aujourd'hui ? Comment lui faire comprendre l'écartèlement dans lequel je me trouvais depuis Tintagel ? Car oui, je le confesse à ce livre d'heures, j'éprouvais de la culpabilité à son égard, un élan de tendresse qui m'invitait à le reconnaître mien, mais d'amour, non. Aucun. Pas même du regret. Et je m'en voulais. Profondément. Je m'en voulais, car cela faisait de moi l'être le plus cruel, le plus égoïste et le plus détestable qui fût. Même si tous prétendaient le contraire. Henri s'était trompé sur moi dans sa dernière lettre, Merlin s'était trompé sur moi en Brocéliande, tous s'étaient trompés sur moi. Je n'étais pas digne d'Avalon. L'avais-je seulement été un jour ? Comment cet enfant pourrait-il me pardonner en découvrant que, quoi que je fasse, il ne serait jamais pour moi que le fils d'Henri Plantagenêt ? Ce roi que j'ai refusé d'aimer. À sa place, je deviendrais comme Jean. Amer. Brisé. Rancunier.

Or, c'était à ce même Jean qu'il me fallait l'arracher. En forçant mes sentiments. En trichant. En lui enlevant peut-être le seul être après son père qui lui ait manifesté un réel intérêt. Détestable. Oui. Détestable. Voilà ce que j'étais. Et ce constat-là, pour la première fois de ma vie, me terrorisait. Parce que je n'avais pas d'arme pour m'en débarrasser. Seulement ma conscience. Seulement ma conscience…

Lorsque Jean parut dans la vaste salle du trône, j'en étais là de ce dégoût de moi-même que seul mon troubadour avait trouvé le courage et l'amour de sonder. Sans

1. Voir, *Le Lit d'Aliénor*, XO Éditions, 2002.

indulgence. Sans faux-semblants. En me bisant seulement au front, l'œil tendre.

— Quoi que je dise ne changera rien, Loanna. Mais je voudrais que tu te souviennes de ceci : je savais que tu avais porté cet enfant, je savais qu'il était tien mais j'ai tout de même envoyé Aristophane Bec au-devant de toi pour qu'il te sèvre de la liqueur d'opium, pour qu'il te permette de redevenir toi-même, au risque de te le faire rejeter. Parce que jamais la femme que j'aime n'aurait accouché d'un autre de son plein gré, parce que, à l'inverse de toi, je ne crois pas un seul instant qu'Avalon l'ait souhaité. Pour moi cet enfant n'est pas une rédemption. Il est celui par qui tout sera perdu. Mais non parce que toi tu t'es perdue, Loanna de Grimwald. Parce qu'Henri, et Henri seul, l'a voulu. Voilà mon sentiment. Voilà pourquoi tu dois la vérité au jeune Geoffrey. Car seule la vérité est lumière, car seule la vérité te rendra à toi-même. Moi je n'en ai qu'une. Une seule. Je suis venu te chercher sur l'île des Bannis. Je suis venu te chercher aux portes de Tibériade. Je viendrai te chercher où que tu sois, dans cette vie comme dans une autre si je sens ton amour m'appeler. Toujours et à jamais. Quoi que tu fasses. Quoi que tu aies fait. Pas seulement parce que je le veux. Parce que c'est ainsi, inscrit dans la pierre, dans l'eau, dans le vent, dans les flammes, dans le sang d'Avalon. Parce que c'est ainsi, Loanna. Et que tout ce qui renie cela n'est que complot, duperie et mensonge. Si un seul instant j'avais pensé que cet enfant représentait autre chose pour Henri ou pour Avalon, je te le jure sur ce qui nous lie, c'est à lui que je t'aurais laissée. C'est devant lui que je me serais effacé. Parce que je t'aime trop pour te retenir. J'aurais attendu. Jusqu'à ce que tu reviennes me chercher.

Je n'eus pas à trancher. Jean s'était avancé seul pour renouveler serment d'allégeance à Richard. Ne possédant rien sinon le nom des Plantagenêts, Geoffrey en était exempté. Un instant je me pris à espérer que, peut-être, si je parlais à Jean... Il ne me donna aucune occasion d'un aparté. Seuls nos regards se croisèrent. Le mien se voulut conciliant. Le sien me glaça. Chaque fois. Je n'insistai pas.

Pour trouver réponse et pouvoir en donner, il me faudrait revenir en Brocéliande. Dès que mon nouveau roi et ma reine me le permettraient.

Sentirent-ils à quel point cette situation me tourmentait ? Le lendemain de Noël, Richard m'annonça qu'il avait décidé de placer Geoffrey sur le siège épiscopal vacant d'York. Tout d'abord réticent à cette idée que lui avaient soumise les prélats du comté, il avait fini par s'y ranger.

— En l'écartant de la vie laïque par une charge aussi importante, j'espère parvenir à compenser chez lui l'amertume qu'aurait pu faire naître le choix de Caliburnus, me servit-il comme argument, les mains tendues vers l'âtre crépitant devant lequel ses deux lévriers paressaient.

Assise entre eux, sur un tabouret damassé de lionceaux d'or sur fond rouge, je perçus en mon cœur la pique d'un stylet. Je m'efforçai de n'en rien laisser paraître. Richard revenait de la chasse, le haut des heuses encore maculé de la boue des ornières dans lesquelles il avait entraîné sa monture pour talonner le vol de son épervier. À peine avait-il posé le pied à terre qu'il me faisait mander. Pour avoir mon sentiment, je le supposais, même si sa décision, visiblement, était arrêtée. Je pris quelques secondes de réflexion avant de lui opposer mes craintes.

— C'est une noble décision, Votre Majesté, mais je doute qu'elle trouve l'aval du pape. Geoffrey me semble bien jeune encore pour devenir archevêque.

Les paumes rougies par le rayonnement des flammes, il se retourna vers moi, haussant les épaules avec défi.

— Je me moque de l'avis du pape, dame Loanna. L'important n'est pas qu'il donne son accord, mais que Geoffrey ait la fonction. Et il l'aura grâce au soutien des prélats en place. Une fois la crosse en main, sa piété confirmée, Clément III se rendra à ma volonté comme ses prédécesseurs le firent avec mon père. Jamais un Plantagenêt n'a cédé devant l'Église, vous le savez bien.

— Comment pourrais-je l'oublier, alors que mon vieil ami Thomas Becket en fit les frais ?

Il tiqua.

— Je ne suis pas mon père, dame Loanna. Sous mon règne, jamais Becket ne serait tombé.

Je lui souris affectueusement.

— Beaucoup de choses, sous votre règne, n'auraient plus de raison d'être réparées. Je vous suis reconnaissante de vous inquiéter de Geoffrey.

— Je fais ce que je dois. Pas seulement pour vous, pour lui, pour Eloïn ou pour Philippe. Pour le bien de ce royaume que désormais il me faut porter.

Je me dressai pour lui offrir révérence.

— Comme ma fille, vous me trouverez à vos côtés, sire.

Il me releva, indifférent à l'odeur forte que ses vêtements de chasse dégageaient.

— Pas de cela entre nous, s'il vous plaît. Pour vous, en privé, je ne veux être jamais que Richard. Car je n'oublie rien, Loanna de Grimwald. De ce que le royaume vous doit, de ce que vous y avez laissé.

— Encore un point de divergence avec votre père, lui fis-je remarquer.

Il eut un éclat de rire, aussi bref qu'un trait de foudre, avant de m'adresser un clin d'œil.

— Point qu'il me plaira, jusqu'à ma mort, de cultiver, je peux vous l'assurer.

17.

Outre le plaisir que nous éprouvions à la perspective de revoir le chevalier Gontran de Hautefort parti en France au moment où nous embarquions pour Tintagel, j'avais à cœur de connaître mieux cet homme, fils de Louis le Septième, dont j'avais pressenti la venue au monde. Le dernier souvenir que j'en possédais était celui d'un jouvenceau boutonneux, à la déférence un peu trop marquée, oscillant entre l'admiration des fils Plantagenêts, alors dressés contre leur père, et l'indignation que cette révolte suscitait en lui. Une contradiction qui me le faisait redouter plus lâche et plus hypocrite qu'il ne paraissait. Point de vue largement partagé par Richard qui tenait à s'assurer, avant le départ, d'un certain nombre de points d'alliance pour l'empêcher de nous flouer.

Le 13 janvier de cette année 1190, je pus donc juger sur pièces de la personnalité ambiguë du roi de France. Comme lors de leur précédente rencontre le 30 décembre, les deux monarques se retrouvèrent non loin de Nonancourt, au gué Saint-Rémy, l'Avre partageant de son lit tranquille les deux campements. Pour me préparer à cette entrevue, Eloïn avait cru bon de me conter un détail qui avait eu de graves conséquences sur l'évolution de ce jeune roi de vingt-cinq ans. À l'aube de ses quatorze ans, alors que, talonnant un cerf, il s'était perdu dans la forêt de Compiègne, il fut pris par la nuit. Incapable de se repérer dans l'écrin touffu des bois, il avait mis pied à terre puis cherché refuge entre les racines généreuses d'un châtaignier, persuadé qu'on s'était déjà élancé à sa recherche. Il allait s'endormir lorsque, d'un taillis voisin, avait surgi un charbonnier à la taille démesurée, au front cornu, le visage parsemé de hideuses verrues. L'homme était armé d'une bourlette. Le voyant s'approcher, le prince avait bondi et décliné ses noms, titres et qualités, espérant qu'ainsi le brigand l'estimerait d'un bon prix à monnayer plutôt que de le laisser pour mort une fois détroussé. Il n'avait obtenu qu'un grognement en guise de réponse avant de se retrouver chargé sur l'épaule du géant comme un vulgaire ballot. Arrivé devant le château, l'homme avait hélé les gardes, déposé Philippe Auguste devant la herse et tourné les talons. L'affaire aurait dû en rester là, mais la frayeur du prince avait été telle qu'une fièvre maligne l'avait gagné dans les jours suivants, poussant Louis de France à demander l'autorisation à Henri Plantagenêt de prier sur la tombe de Thomas Becket. Volonté ou non du ciel, grâce au geste de compassion du roi d'Angleterre face à son vieil ennemi, Philippe Auguste survécut. Il conserva pourtant une angoisse anormale devant la solitude et la pénombre, au point de ne plus chevaucher ou chasser sans une solide escorte qui le serrait de près. Considérant qu'il se gaillarderait en gouvernant, son père le maria à la descendante directe de Charlemagne puis les fit sacrer tous deux.

Jusque-là je ne pus rien trouver à redire. Philippe Auguste était resté fragile d'esprit, soit, mais ce travers ne l'empêchait en rien de gouverner avec justice et discernement. Eloïn m'en détrompa. Sitôt son avènement, il se fit un devoir de persécuter les blasphémateurs, les comédiens, les hérétiques et même les Juifs, bref tous ceux qui risquaient d'une manière ou d'une autre de troubler l'ordre du royaume. Philippe Auguste ne craignait pas la différence, elle était devenue phobie. À ce titre, il faisait courir un danger aux croisés. Qui pouvait prévoir sa réaction face aux villageois des contrées traversées ? Ne serait-il pas prompt à massacrer plutôt qu'à négocier le ravitaillement, mettant ainsi à mal des alliances précieusement nouées ? Toutefois, si l'on exceptait ce caractère dont il fallait se méfier, la manière dont il tenait le royaume depuis la mort de son père le montrait d'acier face aux rébellions de ses féaux. Philippe Auguste était homme d'action et manierait l'épée avec courage. Le tout était de savoir de quelle manière il envisageait de l'utiliser.

Sitôt que je me fus courbée devant lui sous le dais blanc piqué, aux angles, des gonfanons des deux monarques, j'adoptai sans réserve l'inquiétude de ma fille. Tout en lui dégageait une méfiance viscérale à l'égard des autres, détenteurs de savoirs ou de pouvoirs qu'il ne maîtrisait. Je fus vite persuadée qu'il s'avérerait bien plus dangereux et instable que son père. La mise austère mais non dépourvu d'un goût certain pour les belles matières, il se montra courtois avec moi, sans doute gagné par la confiance que m'avait offerte Louis en son temps. M'ayant relevée d'une main moite, il se pencha au-dessus de la mienne, l'œil de velours, avant de me la rendre.

— Dame Loanna… Je suis fort aise de vous revoir et puis affirmer que mon père l'aurait été tout autant. Il vous tenait en grande estime, vous et votre époux, et fut chagrin de votre perte annoncée.

— Je le fus de la sienne, sire, et espère que vous nourrirez à notre égard les mêmes amitiés.

Il eut un sourire vague, indéchiffrable dans ce visage trop pâle, ni beau ni laid malgré la protubérance excessive du nez.

— Possédez-vous toujours ce laissez-passer qu'il vous remit ?

— Souhaitez-vous le reprendre, Votre Majesté ?

Il eut un rire de gorge irritée.

— Seigneur Jésus non. Mon père était d'un naturel méfiant et, par conséquent, peu enclin à ces faveurs. S'il vous l'accorda, et à moins de vous voir un jour vous dresser ouvertement et personnellement contre moi, je serai ravi de l'honorer.

— Je doute, Votre Majesté, d'en venir à de telles extrémités, rétorquai-je sous l'œil amusé de Richard.

L'heure n'étant pas aux querelles, les deux rois débattirent la journée durant des clauses de leur alliance, avant de se quitter, le soir venu, sur la signature d'un pacte de non-agression et de secours réciproque en cas de guerre ou de siège d'une de leurs villes, ce qui incluait la promesse des grands barons d'en faire autant et plus encore de ne rien déclencher de leur côté. Le dernier des accords porta sur la question de l'assistance en Terre sainte. Point fondamental. Richard se plia sans hésiter aux exigences de Philippe Auguste. Si l'un d'entre eux venait à périr ou à se retirer de Terre sainte, il laisserait son host derrière lui, au service de celui qui resterait.

Conrad de Hautefort, avec lequel Jaufré et moi prîmes plaisir à échanger durant les tractations, fut comme nous soulagé de la prompte détermination avec laquelle les deux hommes s'engagèrent au départ ; Frédéric Barberousse, l'empereur du Saint Empire germanique, ayant déjà levé le camp depuis quelques semaines avec son armée. Entraînant le chevalier derrière lui, le roi de France regagna Paris ; Richard et nous, Rouen.

Hélas, promesse se rit des éléments déchaînés. Bien que mon roi soit parvenu à réunir les fonds, mars arriva et nous n'étions toujours pas prêts. Les pluies, la neige, le verglas continuaient de détériorer les chemins. Les routiers y demeuraient bloqués des jours durant sans pouvoir atteindre le lieu du ralliement. Il en était de même sur la Manche, tant balayée par les tempêtes que la flotte, ancrée à Londres, ne pouvait être ravitaillée. De son côté, Philippe Auguste dut faire face à la mort en couches de son épouse. Outre le réel chagrin que cela lui causa, il dut chercher un tuteur pour son fils unique, tâche ardue qui pouvait, faute de discernement, mettre en péril le royaume et sa lignée. Comme si cela ne suffisait, les habitants de plusieurs villes et villages furent rançonnés par des malandrins en groupes organisés, qui profitèrent du départ anticipé de certains feudataires, quand ils ne furent pas attaqués par de petits seigneurs parjures qu'il fallut mâter. Retranché en ses domaines auprès de son épouse, dans l'attente, prétendait-il, du branle-bas, Jean se faisait oublier. Et c'était ce silence qui, plus que tout le reste, me souciait. Je n'avais pas le choix pourtant. Je devais préparer le royaume à la régence d'Aliénor. Les flamboyantes étaient le meilleur atout pour convaincre ceux qui resteraient de s'agenouiller devant la reine mère et de lui jurer fidélité. Pour ajouter encore, une lettre arriva du Vitrezais fin mars, nous annonçant que Clothilde portait gros ventre et qu'elle accoucherait en août, si Dieu le voulait. Jaufré fut catégorique. Nous ne pouvions partir dans le sillage du roi sans une dernière fois nous avancer en Blayais pour les féliciter et lever cette angoisse que je percevais au cœur du petit homme. Une angoisse que tout en moi comprenait et qu'un seul endroit pouvait apaiser.

Brocéliande.

18.

Je me souvenais comme d'hier de cette dernière journée là-bas, douze ans plus tôt. Des sentiments contradictoires qui m'habitaient alors. Du sourire chaleureux dont Aristophane Bec m'avait enveloppée. Depuis le bout de cette table où nous avions réuni les nôtres, tous les nôtres, je le lui avais retourné dans un hochement de tête. Bien que, sur l'ordre d'Henri, l'apothicaire m'ait eu privée de volonté pendant une année, il avait trouvé le courage de me sevrer de liqueur d'opium, puis, au péril de sa vie, de prévenir Jaufré de mon isolement sur l'île des Bannis. Je lui devais une infinie reconnaissance. Néanmoins, ce jour-là, dans la vaste salle de pierre rouge du castel, j'avais le cœur en deuil. Si j'en voulais à Henri de m'avoir contrainte, une part de moi continuait de l'aimer. D'autant que j'avais fini par comprendre les raisons inconscientes qui m'avaient fait basculer dans ses bras. Elles étaient le fruit de toutes ces questions que j'avais refusé de me poser alors même qu'entre nous, comme dans le royaume, la guerre était déclarée. Je m'étais dressée contre lui pour soutenir Aliénor. Mais ma reine avait été capturée, et Henri, victorieux, avait regagné l'Angleterre. L'issue de cette bataille n'aurait-elle pas dû être différente si Avalon l'avait légitimée ? M'étais-je laissé aveugler par ma propre rancœur à son égard ? Ce qu'Henri avait brisé en moi de confiance avait-il obscurci mon jugement ? Qui était responsable de ce chaos ? Lui, épris de pouvoir et d'orgueil ? Ou moi, qui avais refusé de lui venir en aide ?

La culpabilité avait creusé son sillon en moi, à cause de l'enseignement que j'avais reçu de Merlin, à cause des serments que j'avais prêtés de servir l'Angleterre quoi qu'il m'en coûte. Je m'en étais tant torturée que j'avais fini par accepter, sans m'en rendre compte, l'idée de ma propre soumission. De sorte que, conditionnée par le cristal et la voix d'Aristophane Bec, la mémoire endeuillée par la liqueur d'opium, ce soit l'amour et l'amour seul que je portais à mon roi qui prévale. Henri n'avait pas menti. Je m'en rendais compte aujourd'hui, je m'étais abandonnée à lui. Vraiment. J'avais pris plaisir à ses caresses, j'avais joui de lui, j'avais répondu à sa tendresse. Même si cela avait été par ruse, il m'avait ouvert un autre possible. Une chance de réécrire l'histoire à ses côtés. Et je l'avais refusée. Je me souviens de m'être demandé quelles conséquences ce choix aurait sur la fin de son règne. Pour l'Angleterre. Pour cet enfant qu'il prétendait être le mien. Sans avoir trouvé d'autres réponses que le regard brûlant de Jaufré dans lequel, seul, je me reconnaissais.

À ma droite ce jour-là, Agnès riait du gazouillis de sa fille gesticulant sur ses genoux, tout en discutant avec Eloïn. Débarrassé de ses hardes, les cheveux coiffés, la barbe taillée, Gwalf se tortillait sur les coussins chargés de rehausser sa chaise, mal à l'aise face à cette tablée qui, pourtant, d'un seul regard, l'avait accepté. Ayant achevé d'aider le vieux Mauray à découper le chevreuil qu'il avait, la matinée durant, tourné à la broche, Geoffroy s'était approché, avait noué par-derrière moi ses bras autour de mon cou. Ses lèvres, chaudes et douces, avaient caressé d'un baiser la naissance de ma tresse. Émue, je m'étais accrochée des deux mains à lui pour le retenir un instant contre moi avant de le laisser filer, appelé à l'aide par Aristophane Bec qui découvrait avec les plats à porter l'embarras de ses nouvelles responsabilités. Le vieux Mauray n'ayant pas de descendance, et Aristophane plus aucun avenir dans le royaume, je l'avais désigné pour qu'il aide Mauray à l'intendance de mes terres. Près de l'étagère qui masquait l'accès à la crypte des dames de la lignée de Viviane et de Merlin, Richard avait achevé d'accorder son psaltérion, Jaufré sa mandore. Cela faisait longtemps. Oui, bien longtemps que musique et voix ne s'étaient mêlées. J'avais croisé les mains l'une dans l'autre, dans l'attente de m'en bercer, consciente que trop vite c'en serait terminé. Même si je savais aujourd'hui que nous nous étions trompés, en ce temps-là, une seule évidence nous était apparue : nous ne pouvions demeurer cachés en Brocéliande. Si ce lieu était inviolable grâce à la magie qui en barrait l'accès, les nôtres seraient vite harcelés si Henri découvrait que l'incendie du donjon de l'île des Bannis était un leurre. Pour protéger notre famille, nous la devions quitter. Tous l'avaient admis. Ce grand soir de l'adieu, la musique avait jailli dans la pièce, nous avait enveloppés jusqu'aux premières lueurs de l'aube, nous marquant d'une empreinte indélébile. Si bien que, lorsqu'une dernière fois, avant de monter en selle, j'avais serré le vieux Mauray, ma fille, puis mon fils dans mes bras, cela avait été, comme pour eux, avec la certitude qu'une nouvelle page de l'histoire était à écrire. Une nouvelle page dans laquelle tous, Aliénor, ses enfants et les miens, nous aurions notre place encore.

Alors qu'en ce 12 avril 1190, la forêt s'étant écartée devant nous, nous mettions pied à terre dans la cour du castel, près du lac aux eaux tranquilles, j'éprouvais ce même sentiment qu'à l'heure où nous l'avions quitté. Tout n'était que recommencement. Seuls les visages avaient changé. Mais les conséquences des choix d'hier étaient plus lourdes à porter que je ne l'avais alors imaginé.

Ce fut Aristophane Bec qui s'avança à notre rencontre, le tablier du vieux Mauray ceinturé autour de sa taille, les mains calleuses d'avoir préparé le jardin des simples qui plongeait vers les rives du lac. La vieillesse lui avait blanchi les cheveux et la barbe ; pourtant, préservés par la magie du lieu, ses traits ne marquaient pas l'usure de ces douze dernières années. Sa surprise à nous voir fut telle qu'il laissa choir son grattoir, avant de se précipiter en poussant de hauts cris.

— Dame Loanna, sire Jaufré ! Vous ! Est-ce bien vous ou quelque caprice de ce lieu enchanté ?

— Rien ne se crée, sieur Bec, tout se transforme, Brocéliande ne vous l'a-t-elle pas enseigné ? me moquai-je en lui offrant accolade.

Pour toute réponse, refusant mes bras tendus, il tomba à genoux sur la pierre rouge du dallage et se mit à pleurer.

— Il s'est éteint, comme un feu de cheminée qu'on aurait cessé d'alimenter, la veille encore de braises chaudes, le matin de cendres froides, murmura-t-il, les mains jointes à nos côtés, de longues minutes plus tard.

Droite et bouleversée, je fixai sans la voir la sépulture de terre cerclée de rosiers dans laquelle dormait le vieux Mauray. Je l'avais imaginé au-dessus de cela, de cette mort terrestre, peut-être parce que ce lieu lui-même était immortel, peut-être parce qu'il était mon unique lien de chair avec mon enfance. Je l'avais vu vieillir doucement au fil des ans, mais j'avais refusé d'admettre la vérité. La magie ne pouvait rien sinon adoucir nos âmes, préserver plus longtemps nos corps, renforcer notre vitalité. Tôt ou tard il fallait céder place.

— Quand est-ce arrivé ? demanda Jaufré.

— En février. Le 16. Je vous croyais au loin encore. Si j'avais su, je vous aurais fait prévenir.

— Cela n'aurait rien changé, sieur Bec, hoquetai-je, les joues baignées de larmes. Non, cela n'aurait rien changé. Voulez-vous me laisser seule, quelques minutes ?

Il recula d'un pas, silencieux. Jaufré aussi. La seconde d'après, tous deux s'éloignaient, discrets. Face au ballet des cygnes sur le lac, au murmure des branches des saules qui l'entouraient, je laissai s'épancher ce chagrin immense qui me vrillait le cœur. Ce n'était pas un intendant que j'avais perdu mais un père. Il s'était toujours occupé de moi avec finesse, de ma plus tendre enfance, lorsque je venais avec ma mère adoptive, Guenièvre, jusqu'à cette dernière soirée douze ans plus tôt où il avait juré d'attendre mon retour en priant la lune mère. Je m'en voulais de n'avoir pas ressenti son déclin, de n'avoir pas entendu son dernier souffle, refermée sur mes propres angoisses, mes propres problèmes. Je m'en voulais de n'avoir pas été là. Cela n'aurait rien changé. Non, cela n'aurait rien changé, répétai-je à voix haute en m'asseyant devant ce maigre tertre.

Lorsque je me redressai de longues heures plus tard, à peine apaisée, les rosiers de bordure s'étaient couverts de boutons écarlates qui contrastaient avec le blanc qui recouvrait la sépulture. Étaient-ce mes larmes qui s'étaient changées en neige ? C'était la première fois que, perçant l'éternel printemps de Brocéliande, elle tombait.

Dans la cuisine du castel, je trouvai les deux hommes installés à l'épaisse table que le vieil intendant avait, en ma prime jeunesse, taillée de ses mains dans un chêne foudroyé à l'orée de la forêt. Ils levaient hanap de vin de sauge à sa mémoire. Je mouchai mon nez rougi, joignis mon geste au leur, puis acceptai le paquet que l'apothicaire me tendit, surprise de voir mon nom tracé au brou de noix sur l'emballage de feuilles séchées de châtaignier.

— Je l'ai trouvé dans sa chambre, m'annonça avec douceur Aristophane Bec tandis que je défaisais la ganse de ficelle.

De nouveau, une émotion intense me submergea. Combien de fois, à l'aube de mes quinze ans, avais-je caressé la couverture reliée de ce grimoire ? Combien de fois, lors de mon initiation, avais-je suivi ces lignes penchées, ces sigles anciens tracés à l'encre odorante des végétaux de cette terre ? J'avais cessé de les compter, tant, studieuse et appliquée, j'étais devenue avide d'en découvrir les vérités cachées.

— Qu'est-ce ? me demanda Jaufré, tandis que je rabattais la couverture de cuir, dévoilant le premier feuillet.

— Le grand traité de magie blanche de dame Viviane, augmenté par sa sœur Morgane. Elles furent l'une et l'autre de grandes prêtresses sur l'île d'Avalon mais c'est de la première qu'est issue ma lignée. Avec les trois épées et les pierres de lune que nous possédons, Eloïn et moi, il est tout ce qui reste de l'influence des Anciens sur ce monde. J'ai reçu du vieux Mauray l'enseignement que ces pages contiennent, persuadée qu'une fois terminé ce grimoire retrouverait sa place dans la hottié de Viviane d'où il l'avait tiré. J'ignore pourquoi il ne l'y a pas laissé.

Face à mon trouble, à ces larmes qui franchissaient la barrière de mes cils, Jaufré m'encercla le ventre de ses bras, le nez enfoui dans mes cheveux dénoués, la voix réconfortante.

— Peut-être parce que tu es la dernière, Loanna. La dernière des grandes prêtresses d'Avalon.

Je fermai les yeux, puis le livre, laissai ma paume s'imprégner de la douceur patinée du cuir de couverture sur lequel un pentacle d'or avait été gravé avant de la retirer et de secouer la tête.

— Non, Jaufré. J'ai été élevée dans cet esprit, mais j'ai échoué. Je ne suis pas digne de ce grimoire.

Il me fit pivoter dans ses bras, releva mon menton qui tremblait sous son index en crochet, plongea son regard mordoré dans le mien.

— Seul Merlin peut en être juge. Comme de tout ce qui te ronge et qui nous a menés ici. Laissons-le trancher, veux-tu ? Demain. Car ce soir, nous nous devons à ce vieil homme qui t'aima comme je t'aime : telle que tu es.

Avec cette infinie délicatesse dont il savait user, il déposa un baiser de plume sur mes lèvres tremblantes, laissant Aristophane Bec s'éclipser pour ne pas nous gêner.

Le dîner qui suivit se transforma en veillée mortuaire. À parler du vieux Mauray dont le bruit des pas me manquait dans cette pièce trop grande, encore emplie dans mes souvenirs des rires et des embrassades qu'elle avait abrités. Aristophane Bec avait appris de grandes choses au contact de l'intendant, dont l'art de la cuisine pour laquelle il n'avait, jusque-là, éprouvé que l'affinité d'un gourmand, laissant à d'autres le soin de la préparer. S'il fut long à convaincre de me permettre de l'aider à peler les naves et autres herbes du jardin, il eut l'entière satisfaction de la cuisson du ragoût de lapin dans lequel il les ajouta. Au mutisme qui me tint après le choc du décès succéda une longue phase pendant laquelle j'eus besoin de parler, parler, parler encore et encore, racontant à l'ancien apothicaire moult anecdotes sur le vieux Mauray et son épouse, trop tôt disparue, sur ses chiens successifs, d'une taille si impressionnante quand ils se dressaient sur les pattes arrière qu'en voulant jouer ils m'avaient, puis mes enfants ensuite, fait plus d'une fois choir de cul. Peu à peu, tout s'allégea autour de moi, de sorte qu'à l'heure du coucher, lorsque, par la fenêtre ouverte, je risquai un regard vers la tombe blanchie par la clarté lunaire, ce furent des pétales dont les rosiers s'étaient décharnés que je la vis recouverte. Un sourire me regagna le cœur. L'hiver s'en était allé. Je refermai la croisée pour rejoindre mon époux dans notre couche.

À peine surprise de constater qu'il avait déposé le grimoire sur ma table de chevet.

19.

En cet endroit de la forêt tout était immuable. Les arbres centenaires qui formaient écrin à la source jaillissante, le réservoir naturel de roche pourpre dans lequel elle se déversait, la lumière ambrée traversée de papillons multicolores, le dolmen de granit sur lequel, mon initiation de prêtresse achevée, je m'étais allongée pour recevoir ma pierre de lune, puis ensuite pour épouser Jaufré.

J'abandonnai ma jument à la pâture, sachant qu'il me suffirait d'appeler pour qu'elle s'approche comme l'avaient toujours fait en Brocéliande les animaux de la forêt. La douceur de l'air faisant oublier les saisons, je me dévêtis avec lenteur, offrant ma nudité aux vibrations de ce lieu. Ensuite, sans craindre, je m'étendis sur la roche, les bras croisés sur mes épaules.

Je me souvenais de chaque mot, de chaque silence du grimoire. La nuit durant j'avais essayé de comprendre pourquoi le vieux Mauray me l'avait donné. Avait-il senti, par-delà la distance qui nous séparait, que je m'étais éloignée de ses enseignements ? L'avait-il préparé pour moi douze années plus tôt, espérant qu'il me soit lien réconfortant dans notre exil, oubliant ensuite de me le remettre dans l'émotion de la séparation ? L'aube m'avait cueillie sans plus de réponses que la veille. Sinon cette évidence soulevée par Jaufré. Merlin seul répondrait. Viendrait-il ? Son œil qui avait balayé la plage de Tintagel ne s'était pas attardé sur moi, mais sur les prétendants à la garde de Caliburnus. En revanche, je le comprenais ce jourd'hui, les paroles de Guenièvre et d'Aude de Grimwald à mon oreille n'étaient pas constat, mais avertissement.

« Avalon ne renaît pas du cœur des Hommes, elle est le cœur des Hommes. »

Depuis combien de temps mon cœur de druidesse s'était-il fermé ?

De longues heures durant je demeurai là, immobile, les yeux clos, caressée par le souffle d'un vent tiède, effleurée par les libellules et les papillons, l'oreille chatouillée par le rire des fées. Laissant peu à peu le calme m'envahir, évincer la rancœur, le doute, la crainte. Jusqu'à percevoir le lent mouvement de la sève des feuillus, des racines, des troncs, jusqu'à capturer le prisme des couleurs derrière l'intuition de la lumière, jusqu'à ressentir le battement de chaque être vivant, minéral, végétal ou animal. Alors seulement, épurée de tout le reste, fondue de l'intérieur à cette magie, j'en redécouvris la puissance et la bénédiction. Alors seulement, portée par ma voix, la lente prière des Anciens jaillit, telle qu'hier :

« Aï nomaë sulanuti tu maï avidoné. Cilivilé utaminaï parcilita de filicé[1]... »

Longtemps je chantai, mêlant cette musique intérieure à celle de Brocéliande pour n'en faire plus qu'une. Une seule, capable d'abolir les frontières du temps et de l'espace, capable, dans cet entre-deux-mondes, de permettre à Merlin de s'inviter.

Sans impatience, je descendis du dolmen pour venir m'agenouiller dans la pureté de l'onde. Les bras ouverts, le visage en arrière, j'invoquai son nom, simplement, comme autrefois, comme si j'étais encore digne de le prononcer. Adviendrait ce qu'il adviendrait.

J'ignore combien de temps passa. Il était suspendu. Tout était suspendu. Puis l'air fraîchit, la source jaillit plus abondamment, créant des courants circulaires autour de

1. Je te nomme sublime monde oublié. Porteur d'ondes d'espoir et de sacré...

moi jusqu'à se ramasser sur eux-mêmes et bâtir, de bas en haut, la silhouette de l'Enchanteur, longue robe de gouttelettes, long visage de pluie à la barbe ondulante, aux cheveux épars sur des épaules cristallines. Son bras se tendit. Sa main se posa sur mon front. J'ouvris les yeux, traversée par sa lumière. Reconnus sa voix.

— Il y a bien longtemps, Loanna de Grimwald.

— Pardon, murmurai-je.

— Pourquoi, mon enfant ? N'as-tu pas écouté nos conseils chaque fois que tu les sollicitais ? N'as-tu pas agi selon ta conscience et ton cœur ? N'as-tu pas été ce que tu devais ?

— J'ai trahi l'Angleterre en repoussant Henri, j'ai rejeté notre fils, j'ai cédé le chant d'Avalon à la cupidité d'un homme, j'ai infléchi la volonté de Caliburnus pour protéger les miens. J'ai été d'orgueil, d'égoïsme, de parjure. J'ai oublié. J'ai tout oublié.

Mes larmes revenaient, se noyaient dans l'eau vive, en troublaient le flux. Le rire de Merlin les interrompit :

— Serais-je là si tel était le cas ? Allons, Loanna. Jamais il ne fut question de faire de toi autre chose que ce que tu es. Une humaine. De chair, d'os et d'émotion. C'est ce qui te relie à cette terre, c'est ce qui permet à la magie d'exister. Quel que soit le Dieu que l'on prie. Tu demeures la dernière des grandes prêtresses d'Avalon. Non parce que tu as démérité ou troqué habit contre désir de femme, mais parce que le monde a changé. Parce que l'île a cessé de battre au cœur des hommes. Nul ne la voit plus. J'ai sondé les âmes sur la plage de Tintagel. Je n'ai trouvé de pureté qu'en tes enfants et en leur progéniture. En eux seulement la survivance de ta lignée. Ton héritage. Et le nôtre. Caliburnus n'a pas suivi ton penchant. Elle a suivi le mien.

— Pourquoi ? Le jeune Geoffrey n'était-il pas digne d'elle ? Autant que Philippe ?

— Si, à cet instant-là, il l'était. Mais plus que de toi, il est un Plantagenêt. Tu ne t'es pas trompée, Loanna de Grimwald, c'est nous qui l'avons été. Henri nous a trahis. Cet enfant n'aurait pas dû venir au monde.

— Alors pourquoi l'y avoir laissé ?

Le timbre se durcit.

— Tout se transforme, Loanna de Grimwald, rien ne se crée, l'as-tu oublié ? Il fallait qu'un enfant meure pour que celui-ci puisse être sauvé à sa naissance.

Je frémis.

— Est-ce à dire que le fils de ma servante… ?

— … n'était pas mort-né. Henri lui a arraché le cœur de ses propres mains au cours d'une messe noire. Il l'a offert à la malemort pour que Geoffrey vive.

— Aristophane Bec ?

— Il n'en a rien su. Il s'est contenté de t'accoucher. Tu cherches à comprendre pourquoi tu ne peux aimer cet enfant ? La réponse est en toi, Loanna, dans cet enseignement que tu reçus, dans cette magie blanche qui a fait de toi ce que tu es. Malgré tes faiblesses d'humaine. Par le geste d'Henri, cet enfant fut voué au mal, comme Jean. Quoi que tu fasses, il te faut l'admettre.

— Puis-je l'infléchir ?

— Tu te dois d'essayer. Nous nous devons d'essayer. Voici pourquoi Caliburnus a rejoint ses sœurs. Elle porte notre espoir de réconciliation et de paix. Jusqu'en Terre sainte.

— Mais Saladin…

— Il est temps de te souvenir de ce que tu as appris. Le grimoire t'y aidera. Emporte-le avec toi là-bas. Et regarde. Au-delà de ta peur. Au-delà de ta rancœur. Tu y trouveras des raisons d'espérer. Alors tu agiras. Ainsi que tu dois, que tu l'as toujours fait.

Ces derniers mots se diluèrent dans l'espace. Avec lui. Un frisson glissa le long de mon corps ruisselant du baptême païen qu'il m'avait renouvelé.

Lorsque rhabillée je quittai la clairière, ce fut l'esprit en paix. Trois jours plus tard, nous laissions Aristophane Bec à la garde de Brocéliande, dans cette fonction d'intendant à laquelle il s'était profondément attaché.

Impatients de revoir Blaye et les seigneurs du Vitrezais.

20.

Éloïn caressa le front de son amant avec cette tendresse que le temps n'avait atténuée. En cette aube du 24 juin 1190, alors qu'il avait, la veille, donné l'ordre aux chefs de ses cent sept navires de contourner l'Espagne avec une partie de son armée, le ravitaillement, les armes et les bagages, Richard n'avait pu trouver le sommeil, tourmenté par l'idée de partir sans elle. Mais cette clause des femmes était la seule qu'il n'était parvenu à négocier avec le roi de France. Pour ajouter encore à son malaise, Jean était tombé malade. Craignant une feinte, Richard avait envoyé mon fils Geoffroy à son chevet. Si je n'avais, pour le bien de tous et du royaume, espéré qu'il succombe, je me serais déplacée moi-même avec mes potions pour le guérir. Au lieu de quoi les médecins mandatés et escortés par Geoffroy étaient revenus la mine basse, affirmant que l'état du prince était grave et le mettait dans l'incapacité du moindre voyage. Malgré l'agacement que cela lui causait, Geoffroy l'avait confirmé. À moins de repousser encore le départ, ce que Philippe Auguste refusait, Richard n'avait eu d'autre choix que d'abandonner son royaume sur la promesse de son frère de le rejoindre dès qu'il serait rétabli. Dans quelques heures, l'archevêque de Tours lui remettrait le bâton et la besace, insignes des pèlerins, et il gagnerait Vézelay à pied pour retrouver Philippe Auguste, apprêté de son côté.

Il releva ses paupières alourdies par le manque de sommeil et la contrariété, se remplit les yeux de ce visage tant aimé qu'un des premiers rais de lumière de la journée ambrait dans la pénombre. Cela suffit pour le rasséréner. Comment parviendrait-il à s'en passer ? Eloïn se pencha au-dessus de lui, chercha sa bouche, une paume caressant son torse épais. Lui aussi avait envie d'elle. Maintenant comme hier, maintenant comme cette nuit qui par deux fois déjà les avait noués l'un à l'autre. Maintenant comme demain. Il gémit sous la ferveur amoureuse de son baiser. L'attira jusqu'à la rouler sur lui, nue et souple dans les draps défaits. Manquant de souffle, elle finit par écarter son visage du sien, arquant les reins au creux de ses paumes.

— Encore, mon roi ?

— Encore, ma reine...

Elle eut ce rire léger qu'il aimait autant que le scintillement dans ses yeux lorsqu'elle arguait que de royaume, son cœur lui suffisait bien puisqu'il ne battait que pour elle. Cette fois, elle n'en fit rien, pressée comme lui par l'inéluctable imminence de leur séparation. Elle se contenta de glisser vers l'arrière, les yeux dans les siens. Elle l'enfourcha avec délicatesse dans un gémissement félin avant de revenir s'allonger sur lui. Il prit garde à ne pas bouger en elle, avide de reprendre sa bouche, d'en taquiner la langue, le palais, l'émail, comme on visite un sanctuaire aux parfums subtils, conscient que de lui reviendra la paix intérieure. Elle se rendit à son baiser, s'embrasant de le sentir gonfler encore en elle, serrant ses cuisses pour mieux l'envelopper, le retenir. Elle finit par onduler des hanches sans même s'en rendre compte, appelant en lui le même besoin, jusqu'à ce que leur danse s'accélère assez pour qu'elle y succombe dans un râle de plaisir. Loin d'en être apaisée, elle se redressa aussitôt pour amorcer un nouveau va-et-vient. Amoureux du galbe parfait de ses seins, de sa taille marquée, de son grain de peau velouté, il la regarda se griser de lui quelques minutes, avant, bouleversé par sa sensualité, de l'attirer à lui et de la faire rouler sur le côté. Impérieux, il la bélina à son rythme, conscient de ses goûts, attentif à ses réactions, encore et encore jusqu'à ce qu'elle crie merci, jusqu'à ce qu'il jouisse d'elle et elle de lui.

Il faisait grand jour dans la pièce lorsqu'ils se laissèrent enfin retomber l'un à côté de l'autre, le sang cognant lourdement à leurs tempes. Pendant quelques minutes, seuls les trilles d'un oiseau dans un arbre proche de la croisée troublèrent leur relâchement. Richard s'y enlisa d'un sommeil abrupt, Eloïn en fixant le rai de lumière qui traversait la jointure des rideaux du lit. Lorsque les battements de son cœur se régulèrent, elle pivota sur le côté pour venir nicher sa tempe dans le creux de son épaule. Cela suffit pour qu'il émerge dans un sursaut, soupire à fendre l'âme et ramène ce bras sur lequel elle s'était précédemment déroulée autour de ses épaules.

— Rendormez-vous, mon roi. Nous avons quelques heures encore.

Il resserra plus intensément son étreinte tout en tournant vers elle son visage alourdi de fatigue.

— Et manquer votre présence ? Nenni Eloïn. Je dormirai la nuit prochaine, quand je n'aurai plus que Philippe Auguste à mon côté.

Elle sourit.

— Vous y pourriez trouver bon compte, comme avec Merchadier.

Il la pressa plus encore contre lui, empli de dégoût à cette seule idée.

— Taisez-vous, ma dame, plutôt que vous moquer. Merchadier est admirable d'abnégation et de tendresse à mon égard. Il m'aime autant que vous m'aimez, sans rien attendre en retour, bien conscient que je n'éprouve pour lui qu'une franche amitié. Allons, vous savez comme lui ce qui me mène à sa couche. Le manque de vous et la peur de laisser ailleurs un enfant qui priverait le nôtre de ma succession. Malgré Caliburnus dont il a hérité.

Le sujet était amorcé, songea Eloïn. Il lui fallait à présent aller contre son cœur mais dans l'intérêt du royaume. Telle qu'elle avait, depuis longtemps, choisi d'être pour lui et à ses côtés. Elle redressa la tête, cala son coude replié au-dessus de ce bras qui l'enveloppait et utilisa sa main ouverte pour se maintenir surélevée.

— Il vous faut l'admettre une fois pour toutes, Richard. Je ne m'unirai pas à vous. Le royaume y perdrait des avantages qu'au contraire vous devriez gagner. La fille de Sanche de Navarre est fort agréable de visage et elle constitue pour l'Aquitaine la meilleure des alliances contre Raymond V de Toulouse qui convoite encore et toujours le duché. Et plus encore depuis qu'il sait que vous partez.

Il se referma aussitôt.

— Seriez-vous donc comme ma mère résolue à cet hyménée ?

Elle caressa sa joue mangée de barbe.

— Je me fais fort d'obtenir de votre épouse que rien ne change à notre sujet.

— Que gagnerait-elle à vous l'accorder ? Toutes n'auront pas pour nous l'indulgence qu'eut Adélaïde de France. Avant que mon père ne la fasse sienne, j'entends. Après, il eût été de mauvais goût pour elle de s'y opposer.

Il balaya l'air d'un mouvement agacé.

— Et justement. C'est à Adélaïde que je suis toujours fiancé. Philippe Auguste me le rappelle bien assez. Avez-vous oublié combien il m'a fallu batailler pour le convaincre de m'accorder respit[1] de guerre sainte ?

— Je ne le crois pas dupe, Richard. Même si votre père y a été vigilant, il n'a pu empêcher les rumeurs de circuler. Le roi de France ne peut ignorer que sa sœur lui a donné un neveu. Il ne peut ignorer qu'elle n'est, du coup, plus digne de vous. À la première occasion, il suffira de mentionner ce fait pour vous libérer de votre parole. Dès lors vous serez libre d'épouser qui vous voulez.

La voix du roi se brisa, ses traits se creusèrent d'un désarroi profond.

— Vous refusez-vous à comprendre, Eloïn ? Il me faudra, pour le moins, consommer ce mariage. Pour aussi

1. Délai pour cause de croisade.

avenante que soit cette Bérangère, et quand bien même je m'y déciderais, j'ignore si j'en serai capable.

De nouveau elle eut ce petit rire, mais cette fois, Richard aurait pu le jurer, empreint d'une tristesse masquée.

— Si vous vous êtes toujours refusé à le vérifier, c'est que, d'une certaine manière, vous ne doutez pas de vos élans d'homme. Je vous en donne consentement. Et rassurez-vous, je ferai en sorte qu'aucun enfant ne lui vienne qui léserait le nôtre. À votre retour de croisade, si le roi de France cesse de nous soutenir et, comme le fit son père, s'accommode un jour avec Toulouse, ces petits barons que Raymond V pousse à la révolte à nos frontières nous seront une plaie. Nous avons besoin d'Alphonse de Navarre.

— Prémonition ?

— Simple intuition.

Il glissa les doigts dans les boucles d'or de sa chevelure, les remonta jusqu'à sa nuque pour la caresser.

— J'y songerai à mon retour, je vous le promets.

Elle secoua la tête.

— Non, Richard. Parce que votre absence prolongée ouvre porte à toutes les exactions, à toutes les trahisons, nous ne pouvons plus nous permettre d'attendre. Votre mère est prête à entreprendre les tractations sitôt votre départ. Si elles se concluent, nous profiterons de l'escorte de Jean pour vous amener votre nouvelle fiancée, à Messine où vous devrez forcément vous attarder pour régler le sort de Jeanne. À vous, en amont, de préparer Philippe Auguste à l'accepter.

— Il va m'en garder rancune.

— Quand bien même ! Il sera bien trop engagé déjà pour se dédire des accords pacifistes que vous avez passés.

Elle déposa un baiser léger sur ses lèvres entrouvertes par la surprise avant d'ajouter :

— Que croyiez-vous, mon roi ? Que ma mère et moi allions laisser un pape ou la France nous dicter notre volonté ? Une fois que nous vous aurons rejoints, je veux voir qui m'empêcherait de demeurer à vos côtés. Surtout si votre épouse légitime y est !

Les traits de Richard s'éclairèrent d'un bloc. Pour conclure cet accord qui ramenait en lui vitalité, il l'étouffa presque sous la violence charnelle d'un profond baiser. Ensuite de quoi, regagné de vigueur à l'entrecuisse, il fit rouler sa dame sur le côté.

21.

Jean tordit la bouche pour mieux se ronger l'intérieur de la joue droite. Il tenait cette manie de l'enfance, lorsque les privations imposées par les moines de Fontevraud pour combattre sa perversité le contraignaient à une obéissance insupportable. Il eût voulu les occire, s'échapper du carcan de ces murs au-delà desquels ses frères riaient, chassaient, s'ébattaient en pleine liberté. Au lieu de quoi, refusant de mutiler son apparence, il le faisait au sang, de l'intérieur. Pour en avoir le goût en bouche et ne pas perdre celui de lutter, pour s'arracher un peu de celui des Plantagenêts.

Il savait ce qu'on lui reprochait. Il le savait depuis qu'il avait surpris une conversation entre Richard et Aliénor. Il était l'enfant du chaos. Et rejeté comme tel. Lors, chaque caresse de sa mère, chaque visite de Richard lui avait semblé une injure. Il eût cent fois préféré d'eux le silence et un mépris affiché que leurs efforts pour le considérer autant que les autres. De leur amour forcé il avait extrait sa haine à l'égard des Plantagenêts et, quoi qu'il fasse, alors même que ce jourd'hui il devait reconnaître à son frère et à sa mère de grandes qualités et, à son égard, une générosité sincère, il ne songeait qu'à leur perte. Il s'était acquis pour cela l'âme la plus noire qu'il eût jamais rencontrée. Un routier du nom de Basile. Pierre Basile. Veule, sans pitié, l'homme avait un faciès rebutant, des allures brutales, des jambes courtes mais d'une puissance inégalable à la course, et des mains carrées, poilues sur le dessus, redoutables à manier le braquemart ou l'arbalète. Pour couronner un front dur que traversaient deux rides, une chevelure épaisse, aussi sombre que l'iris de ses yeux. Face à lui, Jean semblait plus encore desservi par sa constitution malingre et son teint fade. Seul son regard, empreint de la même détermination au mal, le rapprochait de cet être, payé grassement grâce aux richesses que lui avait consenties Richard.

Une fesse en appui sur l'angle d'une table depuis laquelle il puisait, dans une coupelle, quelques cerises séchées, Basile affichait pour lui la même considération que celle d'un renard pour un coq. Jean n'en avait cure. Seul le résultat comptait désormais et tous les échos lui avaient affirmé que cet homme le lui obtiendrait. N'avait-il pas déjà, en excitant la populace de Londres contre les Juifs qui s'en faisaient les usuriers, endeuillé en masse le sacre de Richard ? Ce dernier cherchait encore comment, en quelques heures, les altercations de rues avaient pu dégénérer en curée. Il n'avait trouvé à châtier que des coupables tout désignés pour restaurer la paix, démontrant, s'il en était encore besoin, l'habileté du routier.

Le sang afflua sur sa langue en même temps que la douleur d'avoir mordu trop profondément l'intérieur de sa joue en aiguisait le plaisir. Il déglutit puis, debout face à Pierre Basile, croisa les mains derrière son dos.

— Quand serez-vous prêt à partir pour la Sicile ?

— Dans deux jours. Il me reste quelques détails à régler, comme me débarrasser de cet apothicaire qui me fournit de quoi vous permettre de feindre la maladie.

C'était ce qui avait convaincu Jean de lui accorder sa confiance. Acculé par l'ordre de se mettre en branle derrière Richard, il n'avait alors eu d'autre choix qu'avaler la potion recommandée par Basile. Les effets avaient été immédiats, prompts à tromper la médecine. Il s'était attendu à payer cher le contrepoison. Il n'en avait rien été. Basile s'était tenu à leurs accords et le lui avait administré sitôt les envoyés de Richard repartis.

— Combien m'en coûtera-t-il ? demanda Jean.

D'un ongle crasseux, Basile décrocha un morceau de guinette coincé entre deux dents aussi jaunies qu'ébréchées. Il le recracha à quelques pouces de Jean.

— Rien. C'est un petit plaisir que j'ai décidé de m'offrir sitôt que cet arrogant m'aura fourni les simples et poisons que je lui ai commandés. Je déteste passer pour un sot.

— Vous en cultivez l'allure, osa Jean en haussant les épaules.

Basile lui adressa un rictus narquois.

— Et vous celle d'un roi. Pourtant vous ne l'êtes pas.

— Il ne tient qu'à vous.

Basile s'arracha à son assise, la main ramenée au pommeau de son braquemart.

— Cela va de soi.

— N'oubliez pas. Je veux Caliburnus...

— ... Et que Richard ne revienne pas. Soyez sans crainte. Je respecte toujours mes engagements.

— Et moi les miens.

Basile s'approcha d'un pas, le domina de sa morgue impitoyable, ainsi que de la forte odeur de suif imprégnée dans ses hardes de routard.

— Par-devers moi je n'en doute pas.

Ils se quittèrent sur ses mots, Basile ayant rajusté à sa ceinture la bourse emplie de talents que Jean lui avait remise à son entrée dans la pièce.

Resté seul, le nez agacé par les relents crasseux du meurtrier, Jean écarta les battants de la croisée nantie de carreaux épais. Elle donnait sur la cour intérieure de ce castel de Nottingham, où son épouse, Havise de Gloucester, avait insisté pour passer quelques jours, charmée par la proximité de la forêt. Lui n'en goûtait que la tranquillité et la discrétion, propices à ses manigances. Car c'était devenu une obsession depuis qu'il avait vu l'épée d'Arthur hésiter entre son demi-frère et le fils de Richard. Il en était sûr. Ce n'était pas la magie de Merlin qui avait opéré, mais celle de Loanna de Grimwald. Elle avait influencé le choix de Caliburnus pour s'assurer d'un pouvoir dont Henri Plantagenêt l'avait écartée. Elle était bien telle que son père la lui avait autrefois décrite. Prête à tout. Même, comme Aliénor, à renier la chair de sa chair si cela devait favoriser ses projets. Philippe de Falconbridge avait beau posséder Caliburnus, il n'était rien que le bâtard d'Avalon et de la Couronne d'Angleterre. Lui seul, Jean, était légitime si Richard venait à trépasser prématurément. Lui seul devrait hériter du trône. Il ne laisserait personne le lui enlever. Pas même sa mère. La seule idée qu'elle puisse se dresser contre lui lui avait donné la gratte, au point qu'il s'en était mis le bras et le torse en sang et qu'il avait décidé de demeurer en Occident, pour surveiller ses agissements en jouant auprès d'elle à l'enfant aimant et protecteur qu'il était loin d'être. Afin de la convaincre qu'elle se trompait sur son compte ou, à défaut, de lui en laisser le doute.

Son œil rapace s'attarda près de l'écurie où Pierre Basile enfourchait d'un mouvement alerte son destrier tenu au mors par un palefrenier. Le garçonnet eut à peine le temps de s'écarter que le routier talonna sa monture en direction de la herse relevée. Ses traits, éclairés par une lumière rase, ne trahissaient pas la moindre humanité. Jean attendit qu'il ait disparu de sa vue pour refermer la croisée, une excitation malsaine entre les cuisses, comme chaque fois qu'il s'apprêtait au mal. Refusant d'y succomber pour en savourer le plus longtemps possible les rets, il demeura adossé aux carreaux de verre, les yeux perdus dans cette tapisserie qui ornait le mur face à lui. Elle reflétait mieux qu'une autre ce qu'il attendait de nouveau.

La curée.

22.

En cette soirée du 14 juillet 1190, Philippe Auguste était soucieux. Certes, il avait confié son jeune fils Louis à l'homme le plus vertueux du royaume ; certes, le roi Richard, parti avec lui de Vézelay, avait accepté sans sourciller qu'ils partagent équitablement les pertes, les profits et la gloire de cette expédition ; certes, ce dernier s'était avéré un compagnon de route divertissant et amical, mais il conservait un souvenir acide de l'incident qui s'était produit ce matin, à leur arrivée à Lyon.

Le pont que les deux armées conjointes avaient emprunté pour franchir le Rhône avait cédé sous le pas des chevaux des derniers cavaliers. Une centaine d'entre eux avait été précipités dans les eaux tumultueuses, tandis que les cent mille autres, immobilisés sur la berge, les voyaient emportés par le courant. Le visage de Richard, comme le sien en surplomb du Rhône, s'était fermé alors qu'il riait la seconde précédente. Sa voix était tombée dans l'air alourdi par la chaleur estivale.

— Les noyés seront de mes rangs.

— Des vôtres, des miens, quelle différence, mon ami, puisque nos visées n'en font qu'une ? avait répliqué le roi de France en haussant les épaules.

Richard avait détourné les yeux du fleuve pour les poser sur lui.

— Lorsque mon bâton de pèlerin, sous mon appui, s'est brisé devant vous en Vézelay, j'ai refusé d'y voir funeste présage, mais avec celui-ci...

Philippe Auguste s'était tétanisé sur sa selle.

— Est-ce à dire que vous remettriez en cause la légitimité de notre alliance ?

Richard s'était adouci.

— Non point, mon ami. Je sais votre amitié solide. Mais admettez que ces signes sont troublants, comme si Notre-Seigneur me voulait prévenir d'un danger.

Philippe Auguste l'avait toisé d'un sourire cynique.

— Seriez-vous enclin à la peur, vous que l'on prétend hardi et invincible ?

L'œil de Richard s'était durci. Il s'apprêtait à répondre lorsque, arrivant au grand galop, Godefroy Rudel et Philippe de Falconbridge avaient surgi sur le tertre pour s'immobiliser devant eux dans un soulèvement de poussière.

— Ils sont saufs, tous, à l'exception de deux, avait annoncé gaillardement le maître de Caliburnus.

— Le courant les a déposés à quelques toises, plus loin en aval. L'armée de France les recueille en ce moment même. C'est un miracle, avait ajouté celui de Durandal.

Philippe Auguste avait vu Richard s'alléger sur sa selle. Relevant le menton, il l'avait toisé avec supériorité.

— Entendez-vous, mon cher ? Si ces faits sont augures, permettez-moi de voir dans le nombre restreint des victimes l'annonce de la faible étendue de nos pertes à venir.

Le roi d'Angleterre s'était contenté de hocher la tête avant d'ordonner à ses proches de relancer le branle. Lyon leur avait ouvert ses portes. Pressés de se débarrasser de la poussière des chemins dans les étuves de la cité, ils ne s'étaient revus qu'au dîner, au mitan des chevaliers et barons de leurs escortes respectives. Richard s'y était révélé aussi enjoué qu'à l'accoutumée. Discutant de tout et de rien à la veille de se séparer, Richard pour rallier Marseille et ses navires ancrés au port, lui pour Gênes d'où il embarquerait, ils avaient passé chaleureuse soirée. L'incident semblait clos et le moral regagné.

Malgré cela, le roi de France tardait à retrouver sa sérénité dans cette chambre que le roi d'Angleterre et lui partageaient.

Nerveux, il s'étendit à plat dos sur son côté du lit, les mains croisées sous la nuque. Face à lui, Richard, en chainse de nuit, achevait de se sécher les mains à la serviette que lui tendait un valet. Ils avaient d'un accord commun décidé de laisser la fenêtre ouverte, malgré les moustiques qui virevoltaient autour des deux lampes à huile posées sur le manteau de la cheminée. Un vent chaud poussait dans la chambre des senteurs de chèvrefeuille dont les fleurs habillaient comme des sangsues les parois extérieures de la tour. Entrecoupé par le hululement d'une effraie, le crissement des criquets et des sauterelles montait du champ clos qui ceinturait la place entre le corps de logis et l'enceinte. La lune était à peine voilée, laissant augurer un lendemain radieux. Si ce n'était cette détestable sensation qui lui persistait, Philippe Auguste se serait senti léger.

Le valet quitta la place en mouchant une des lampes. La seconde, Richard l'emporta jusqu'au chevet qui jouxtait sa couche, l'y déposa puis, pris d'un bâillement qui laissa entrevoir sa glotte, s'étira mollement. Philippe Auguste s'agaça un instant de cette musculature puissante que la toile masquait à peine. Malgré ses efforts pour la sculpter au cours d'entraînements de gladiateurs, tout en lui rappelait la silhouette filiforme de son défunt père. Il s'en consola en notant que la fatigue, jusque-là, ne l'avait pas rattrapé et, un sourire en coin, s'enquit :

— Fourbu ?

Richard haussa les épaules.

— Un rien. Demain il n'y paraîtra plus.

— Demain nous nous séparerons, lors, j'espère que vous vous souviendrez de ces moments que nous partageâmes pour ce qu'ils me sont : l'expression de notre amitié.

Négligeant de défaire les draps que la chaleur rendait inutiles, Richard s'étendit dessus à l'instar du roi de France, puis tourna la tête vers lui.

— Elle m'est chère autant qu'à vous Philippe, croyez-le, et je m'appliquerai à ce qu'elle perdure.

La sincérité du ton apaisa enfin Philippe Auguste. Il lui rendit son sourire.

— Que la nuit soit réparatrice au roi d'Angleterre.

Richard se redressa, souleva le verre de la lampe et souffla sur la mèche.

— Et douce au roi de France, répondit-il dans l'obscurité retombée avant de s'étendre.

Philippe Auguste ferma les yeux sur un soupir d'aise. Il l'aurait retenu s'il avait pu voir la méfiance s'inscrire sur les traits de Richard avant qu'un sommeil abrupt ne les lui relâche. Les signes pour lui restaient clairs. Une trahison se préparait. Quel qu'en soit l'instigateur, Jean ou Philippe Auguste, il était déjà prêt à en combattre les effets.

23.

Jean contemplait le bas de ses heuses, les épaules flasques, le ventre rentré, le teint cireux.

— Est-ce là votre réponse, mon fils ? gronda Aliénor, austère, furieuse d'avoir été contrainte de se déplacer jusqu'en ce manoir du Devon pour le ramener à raison. À l'invitation de la rejoindre en Poitiers sitôt qu'elle serait revenue de Navarre, Jean lui avait objecté par missive que son état lui interdisait un aussi grand voyage. Qu'il devait renoncer à la guerre sainte. J'avais bondi sur l'occasion d'accompagner Aliénor, mes potions et simples en renfort, bien décidée à administrer remède de cheval à son cadet pour le punir de vouloir nous duper. Malgré moi, depuis que nous étions arrivées, l'arrachant du lit où, selon son épouse et ses gens, il passait le plus clair de son temps, épuisé du moindre effort, je devais admettre que sa mine écartait l'idée d'une quelconque fourberie. Aliénor, elle, tout à sa colère, semblait refuser de l'admettre. Tapotant du pied les carreaux du parquet, les bras croisés sur sa gibe de velours, elle insista :

— Faudra-t-il que je vous houspille pour vous arracher un mot ?

Il consentit enfin à relever le nez, nous livrant un regard jaune, injecté de sang. Il eut un pâle sourire, bredouilla un « pardon » à peine audible avant de se ratatiner sur lui-même et de glisser à terre telle une feuille rousse fauchée par grand vent.

Abandonnant Aliénor à sa stupeur, je me précipitai pour lui prendre pouls à la gorge. Il battait. Faiblement.

— Est-il... ?

L'instant d'avant autoritaire, la voix d'Aliénor s'était brisée. Je relevai la tête vers elle. Elle s'était décomposée.

— Non, ma reine. Un simple malaise, mais je crains que cela ne dissimule mal plus pernicieux.

Elle recula d'un pas, s'en fut ouvrir la porte. Héla deux laquais. Ils se précipitèrent. Je me redressai pour les laisser prendre Jean, l'un sous les épaules, l'autre sous les pieds.

— Conduisez-le à sa couche. Que son valet d'atour le déshabille puis lui passe vêtement de nuit. Une fois qu'il sera présentable, je viendrai l'examiner.

Ils l'emmenèrent, nous laissant toutes deux seules dans cette petite pièce sobre aux volets rabattus sur la nuit qui avait, de quelques minutes, précédé notre arrivée. Privée de feu, elle était glaciale. Aliénor frissonna.

— Ai-je été trop dure selon toi ?

— Un rien. Mais rassure-toi, tu n'es pas responsable de son état. Quittons cette glacière. Quelques questions à ta bru te renseigneront sur les habitudes de Jean ces derniers temps. Quant à moi, je me rends à son chevet. Je ne serai pas longue à déterminer si nous pouvons nous fier à ce que nous voyons.

Étendu à plat dos sur son lit, rendu à la plus stricte sobriété dans ce chainse de lin qui lui battait les cuisses, Jean m'apparut plus maigrelet encore. Il était revenu de son étourdissement, mais gardait une faiblesse telle qu'il avait accueilli mon entrée dans la chambre d'un simple clignement de paupières. Il les avait refermées aussitôt, brûlé par la clarté trop grande que j'avais exigée. Il n'avait pas seulement bougé un cil lorsque je m'étais assise à ses côtés pour l'examiner. Ma palpation creusa un peu plus son abdomen. Il grimaça à plusieurs reprises, sans feinte, j'en fus convaincue. De l'autre côté du lit, son médecin me jugeait sans complaisance, le masque froid bien qu'accusant les réactions de son patient. Je ne m'en souciai pas.

Ma position dans l'ombre du trône m'avait depuis longtemps écartée des vindictes de ces gens, trop sûrs d'eux, détenteurs d'un savoir en constante évolution mais qui faisaient fi, par orgueil souvent, de la plus élémentaire évidence.

— Le comte de Mortain est toxiquement bilieux, allez-vous le torturer encore ? finit-il pourtant par grincer.

Je consentis enfin à lui jeter un regard en coin.

— Avez-vous essayé les décoctions de fumeterre ?

Il tiqua.

— Évidemment.

— Eh bien recommencez. Et laissez-nous seuls... Sur ordre de la reine, ajoutai-je comme il faisait mine de ne pas bouger.

Ses yeux fulminèrent, sa bouche se cousit sous quelque disgracieuse remarque mais il obtempéra.

Restée seule avec Jean, j'examinai de nouveau ses yeux. Le diagnostic de ce grognard était bon, mais je n'avais pas trouvé de réponse organique sous mes doigts. Et la vibration qui émanait du corps semblait plus proche d'un empoisonnement que d'une surcharge alimentaire.

Sans souci de lui plaire, je croisai les doigts sur mes genoux.

— Vous n'avez aucune confiance en moi, Jean, et je le déplore, mais vous ne pouvez remettre en cause mes dons de guérison. Je vous demande de me répondre sans détours. Avez-vous consommé des champignons ces derniers temps ?

— Oui. Non. Que sais-je ? Je ne me remets pas de cette maladie qui me plia des jours durant il y a quelques mois. Par moments, je n'en ressens que trace, à d'autres elle ressurgit, me vidant de forces. Je mange mais rien ne me profite. J'essaie de monter à cheval, un simple trot me donne nausée. Je finis par penser que l'on veut ma mort, dame Loanna, ou au moins m'empêcher de tenir serment de croisade.

— C'est une lourde accusation.

Son œil se tourna vers moi. Ici dans cette pièce, dans cet état, je retrouvai l'enfant de Fontevraud, désespérément en quête d'un amour que sa mère lui refusait. Mon cœur se serra lorsqu'il ajouta, lucide :

— Qui me pleurerait ?

J'aurais pu lui mentir. Il l'aurait encore moins accepté. Je me redressai.

— Je vais aller quérir votre mère. Et préparer de quoi vous purger de cette bile qui vous embarrasse et dont votre médecin, visiblement, ignore la nature. Je vous déconseille l'hypocras, les viandes grasses et les champignons pendant quelques semaines.

— Mes repas étaient déjà bien plus frugaux, dame Loanna.

— Alors, continuez. Vous vous remettrez si vous prenez régulièrement ma potion.

La porte refermée sur lui, je m'en fus trouver ma reine. Près d'elle, assise sur un banc recouvert de velours, Havise de Gloucester, sa bru, mouchait un évident chagrin dans un carré de lin. Elle se leva la première pour se précipiter à ma rencontre. L'angoisse déformant plus encore son disgracieux visage, elle me pressa les mains avec ferveur.

— Vivra-t-il, dame Loanna ?

L'aimait-elle autant qu'elle le montrait ? Le souvenir de l'enfant attachant qu'il pouvait être entre deux crises de perversité effroyable m'effleura un instant. Peut-être Jean trouvait-il chez son épouse un transport suffisant pour adoucir les plaies de son âme ? Qu'elle s'éloigne seulement et c'était le fourbe qui renaissait. Pour l'heure, je devais me rendre à l'évidence. Il ne feignait pas.

— Je crains qu'il n'ait ingéré quelque aliment toxique il y a plusieurs mois et que son corps, au moindre changement d'air, à la moindre contrariété, n'en fasse ressurgir les symptômes. S'il se remettra en suivant ma médication, il lui est en effet impossible, sans danger, de nous accompagner en croisade.

Aliénor bondit.

— Êtes-vous sûre ?

Je lui offris un regard navré.

— Il vous attend, Majesté.

Elle baissa les yeux et s'en fut, les épaules légèrement voûtées.

Tandis que, de mon côté, je m'appliquais en cuisine à dépêcher servantes dans les champs alentours pour ramasser les simples nécessaires à ma décoction, ma reine posait sur Jean un visage repris de culpabilité.

— Pardonnez-moi, mon fils, de vous avoir mal jugé.

Jean eut un geste las de la main.

— Ne vous en ai-je pas donné quelques raisons par le passé ? Je ne vous en veux pas. Tout au contraire, c'est à moi que j'en veux. J'aurais aimé être le bras vengeur de Dieu, reconquérir par quelque action d'éclat la méchante image que l'on a de moi. Il m'y faudra surseoir.

Elle s'approcha de lui, accepta la paume de concorde qu'il lui tendait.

— Je pars pour la Navarre, chercher une épouse à Richard. Cela vous laisse le temps de mon retour pour jauger vos forces. Si vous les regagnez, nous cheminerons ensemble vers la Sicile.

Il enveloppa cette main parcheminée de taches brunes, seule trace visible des années qui filaient.

— Oserai-je croire que vous m'accorderiez votre pleine confiance si ce ne devait ?

Un sentiment de malaise la regagna, que Jean étouffa en détournant la tête, le regard si douloureux qu'elle en frémit. Sa voix tomba.

— J'ai vu votre déception au choix de Caliburnus, l'élan qui vous rapprocha du jeune Geoffrey...

Il demeura les yeux rivés au mur, n'ébauchant qu'un murmure :

— Parce que la lame m'aurait regagné d'importance à vos yeux. Parce qu'il m'est semblable. Paria au cœur de sa propre mère.

Aliénor sentit le sien se broyer. Elle glissa ses doigts dans les boucles soyeuses qui lui plombaient l'épaule.

— Vous ne l'êtes pas, Jean...

Il consentit à la regarder.

— Mais vous ne m'aimez pas.

Elle soupira.

— Vous souvenez-vous de ce jour, en l'abbaye de Fontevraud, où, puni par les moines pour avoir torturé d'innocents animaux, vous avez voulu attendre mon arrivée avant de quitter votre cachot ?

Il esquissa un pâle sourire. Elle le lui rendit.

— Ce jour-là j'ai compris à quel point vous comptiez pour moi, malgré la rancœur qui avait présidé à votre naissance et pourri mes sentiments. J'ai eu, croyez-moi, quatorze années de captivité pour me rapprocher en pensée de chacun de mes enfants. Et de vous en particulier. Je ne vous rejette pas, Jean. Je doute parfois, mais je ne vous rejette pas. Veillez sur l'Angleterre jusqu'à mon retour. Ainsi que vous en avez prêté serment à Noël dernier. Lors, je serai fière de vous.

Ses traits s'illuminèrent.

— Vous le pourrez, mère. Vous le pourrez, affirma-t-il.

La seconde d'après, il fermait les yeux et doucement s'endormait.

Nous ne repartîmes qu'au lendemain matin après que sa mère l'eut embrassé. Il me retint par le bras, à l'heure où, l'ayant confié au médecin repris d'importance, j'étais, moi aussi, sur le point de m'effacer.

— Merci, dame Loanna...

— Je n'ai fait que ce que je devais.

— Je ferai de même, sachez-le, auprès de mon demi-frère Geoffrey.

Je tressaillis.

— Qu'est-ce à dire ?

— Qu'il vous appartient seule de juger de vos actes passés. Je me contenterai, moi, de le chérir pour ce qu'il est.

Nous nous saluâmes d'un signe de tête. Dans le sillage de notre escorte, Aliénor et moi reprîmes nos montures dans la foulée.

Nous n'avions pas parcouru dix lieues que Jean exigeait la médication laissée par Pierre Basile à son intention. Il n'avait pas lésiné sur la dose de poison pour être certain d'emporter la confiance de sa mère. Une fois qu'il l'eut absorbée, il régurgita son fiel tout le reste de la journée.

Peu lui importa en vérité. Une seule chose comptait. Il avait atteint son but.

24.

Aliénor avait toujours eu un faible pour les Pyrénées et pour ces aigles qui tournoyaient autour des sommets, majestueux et libres. Je me souviens qu'à notre première rencontre au château de l'Ombrière, observant ceux qu'elle avait fait sculpter sur les montants de mon lit, elle avait promis de m'y emmener. Cinquante-trois ans après, nous étions toutes deux en arrêt sur nos montures, les sourcils barrés par le plat de nos mains pour nous protéger de la réverbération d'un soleil cuisant tandis qu'Eloïn et le reste de notre escorte profitaient de l'ombre d'une petite chapelle. Nous avions pénétré depuis la veille dans le royaume de Navarre et atteint le point de rencontre. La délégation du roi Sanche, prévenu par coursier de notre arrivée, ne tarderait plus. Lors, nous nous étions avancées jusqu'à l'aplomb du ravin pour saisir le survol de la dernière vallée par les rapaces.

Aliénor tendit son index vers l'un d'eux qui planait au-dessus d'un troupeau de moutons dispersé en contrebas.

— Vois celui-ci ! Quelle envergure ! Je regrette vraiment d'avoir négligé la présence de mon fauconnier !

Face à son excitation enfantine, je ne pus m'empêcher de la piquer gentiment :

— Parce que tu crois sincèrement pouvoir encore tenir une telle bête à ton poing...

Sans détourner son regard, elle eut un rire de bravade.

— Et pourquoi non ? L'épée pèse aussi lourdement et tu as pu juger par toi-même que j'en use toujours.

C'était vrai. Aliénor avait à peine attendu le départ de son fils pour se remettre à l'entraînement. Les premiers jours l'avaient vue rabattre la lame à terre, le souffle court, la poitrine écartelée dès nos premiers affrontements. Je n'étais guère mieux lotie qu'elle en vérité, affadie par les travaux courants de l'Auberge des Preux et, depuis notre retour, par autant de voyages que de banquets. Fort heureusement pour notre orgueil malmené, Bernard de Ventadour et Jaufré souffraient de même. Il avait fallu un mois pour que nous trouvions de nouveau en nous la force de combattre. Dames contre dames puis Aliénor contre Jaufré et moi contre Bernard. Jusqu'à enfin affronter quelques gardes dont l'épée, par mesure de prudence, avait été mouchée comme la nôtre. Mi-juillet nous étions prêts, tous quatre, à prendre la route sous bonne escorte, mais capables de nous défendre par nous-mêmes. Seule Eloïn avait refusé de manier l'épée. Comme autrefois elle savait se garder des coups et user de cette magie qui permettait d'endormir l'ennemi d'un seul regard pour prendre le contrôle de sa volonté. Je m'en étais servie autrefois, durant la première croisade, pour laisser croire à l'équipage d'un navire qui nous abordait qu'un dragon fulminant avait jailli de la mer pour le dévorer[1]. Eloïn était plus douée encore, capable dans un corps à corps de s'en donner l'apparence et de faire fuir son assaillant. Dès lors, le bâton ou l'arc, qu'elle maniait admirablement, assortis d'un poignard, suffisaient à sa défense. Pour nous amener à nous ranger à sa décision, elle avait argué que, dans quelques mois, aucune ceinture ne serait assez longue pour retenir baudrier à ses hanches.

— J'enfanterai d'une fille au printemps prochain, et je vous interdis l'une comme l'autre de tenter de me dissuader d'entreprendre ce voyage. Je ne me suis jamais mieux portée, avait-elle ajouté dans un éclat de rire devant notre surprise.

---

1. *Le Lit d'Aliénor*, XO Éditions, 2002.

De fait, infatigable malgré la chaleur qui nous accablait depuis notre départ, elle l'avait prouvé.

Ce fut à mon tour de tendre le doigt vers une colonne de cavaliers qui venait d'apparaître sur un sentier à flanc de montagne, à la droite du val.

— La délégation de Navarre, se réjouit Aliénor.

Nous la suivîmes des yeux un moment, distraites de la compagnie des aigles, puis, lorsqu'elle disparut dans un lacet, nous tournâmes bride pour rejoindre les nôtres et les prévenir de leur imminente arrivée.

Dans deux paires d'heures, Pampelune nous accueillerait.

Bérangère de Navarre possédait un minois rieur, quelques taches de son sur un nez modeste, légèrement retroussé, des sourcils soulignant d'un arc parfait un regard aux teintes de feuilles rousses que de longs cils recourbés ombrageaient, une bouche naturellement carminée, un teint de rose, le tout encadré par de jolies boucles soyeuses à la couleur châtaigne. Pour ajouter à sa joliesse, bien que légèrement plus petite que la moyenne, elle était agréablement tournée. Eloïn ressentit aussitôt pour elle une amitié sincère. Tout en elle dégageait bonté et Eloïn sut, avec cette intuition qui ne la trompait jamais, non seulement qu'elle plairait à Richard mais aussi que la damoiselle ne remettrait pas en cause la place qu'elle occupait. Pour l'heure qui nous voyait à peine descendus de cheval et réunis sous une tonnelle de vigne vierge, au cœur d'une orangeraie, un verre de citronnade à la main, il n'était guère question de cela. Simplement de faire connaissance et, pour la reine Aliénor, de s'entendre avec le roi de Navarre.

Sanche, le sixième du nom, était veuf depuis treize années et n'avait pas trouvé le goût de se remarier. Sa descendance était acquise et celui qu'on surnommait « le sage » en son royaume ne s'occupait plus que de son peuple et d'alliances propres à le voir prospérer. Les courriers qu'il avait reçus d'Aliénor l'avaient aussitôt conforté dans ce sens. Il se disait flatté à l'idée que sa fille épouse le roi d'Angleterre et n'était pas opposé à apporter soutien contre Raymond V de Toulouse, ce chacal que rien, pas même l'âge, ne semblait vouloir abattre et contre lequel lui-même avait quelques griefs. Aliénor savait donc à quoi s'attendre en venant. La seule difficulté serait de le convaincre de la laisser emmener Bérangère dans les jours qui suivraient pour la marier avant que les combats contre Saladin ne soient engagés.

Pour ma part, laissant ma reine deviser au bras de notre hôte sous les fruitiers gorgés de senteurs d'agrumes, j'avais rejoint Bernard de Ventadour et Jaufré auprès d'un groupe de troubadours castillans dont certains avaient visité le Poitou aux belles heures du règne Plantagenêt. Ils avaient salué leur bienfaitrice d'hier avec respect mais avaient eu plus de plaisir encore à nous découvrir dans son sillage. Vivants. Leur accent et la tonalité de leurs voix étaient un ravissement après ces longs jours de marche ou de cheminement à dos de cheval pour traverser les montagnes. Je me sentais lasse, inexplicablement inquiète pour Clothilde dont le terme approchait, même si je savais Agnès bienveillante auprès d'elle. Pour tromper sa propre angoisse, Gwalf s'était dévoué à ses nouveaux domaines, s'appliquant aux conseils que mon fils lui avait donnés avant de rallier le sillage de Richard. Si la contrée était paisible, le risque demeurait de voir bientôt se multiplier brigandages ou rançonnages de routiers. Gwalf avait reçu Giraud de Bourg et Wulgrin d'Angoulême, le père d'Agnès, restés tous deux en leurs domaines. Il savait désormais pouvoir, comme Blaye, compter sur leur soutien et leur amitié si besoin était. Malgré cela, à l'instant de le quitter lors de notre dernier passage, j'avais bien senti à quel point notre départ le déchirait. Si Clothilde n'avait été grosse, j'ignore s'il n'aurait pas abandonné le nouveau confort de sa situation pour venir dans notre sillage. Était-ce parce qu'il me manquait, ce compagnon des jours sombres, que mes pensées s'obscurcissaient ainsi, à l'heure où pourtant, sur les terrasses de Pampelune, dans la douce senteur des seringuas et des orangers qui montait des fruitiers en contrebas, je savourais le bonheur de cette fin de chevauchée ? Quoi qu'il en soit, je m'empressai de les chasser. Jaufré et Bernard avaient accepté les instruments que les joglars leur tendaient. Je m'installai sous une ombrelle assez large pour qu'en ce banc Blanche, la plus jeune des filles de Sanche de Navarre, vienne s'abriter du soleil à mes côtés. Lors, fermant les yeux pour les reposer de la réverbération, je laissai les voix mêlées me dire la douceur de vivre lorsque l'amour et l'amitié sont nos alliés.

25.

Les yeux rivés sur la rade de Marseille, face à l'une des fenêtres de la tour de guet, Richard crispait les mâchoires. Frédéric Barberousse s'était noyé en voulant traverser un gué, et son armée, privée de guide, s'était amenuisée de jour en jour, amputant l'alliance des croisés d'une partie non négligeable de ses forces. Un signe de plus en défaveur de cette expédition, songea-t-il tandis que, dans son dos, oiseau de mauvais augure raidi au sommet d'un piquet, son chroniqueur de croisade, Gervais de Cantorbéry, poursuivait :

— Avant que la succession de l'empereur ne soit effective et de nouvelles troupes élancées, il faudra compter quelques mois supplémentaires. Mais ce n'est pas le pire, sire. L'héritier de la Couronne du Saint Empire germanique n'est autre que l'époux de Constance, la tante de Tancrède de Lecce. Tancrède craint que, forte de son nouveau pouvoir, elle ne vienne réclamer ce trône de Sicile qu'il lui a enlevé. Il va avoir besoin d'alliés contre elle. Pour ce faire, votre sœur Jeanne demeure son meilleur atout.

— Et nous sommes bloqués ici, grinça Richard en serrant les poings, les yeux fatigués à force de fixer cet horizon entre ciel et mer qui voyait aller et venir nombre de navires marchands mais aucune des nefs qu'il avait commandées.

Les rumeurs les plus sombres couraient à leur sujet. Certains prétendaient qu'elles avaient essuyé une violente tempête dans le golfe de Gascogne et y avaient sombré. D'autres que les croisés avaient répondu à l'appel du roi du Portugal embarrassé par les musulmans qui tenaient la ville de Silvia puis qu'ensuite il les avait dirigés sur Lisbonne, elle aussi occupée. Philippe de Falconbridge avait interrogé un marchand qui revenait de la cité. L'homme lui avait affirmé avoir vu la flotte en rade mais que, à l'inverse de la gloire dont on les couvrait, les croisés s'étaient rendus coupables d'exactions injustifiées, au point que le roi du Portugal avait exigé la tête des coupables et interdisait tout départ avant qu'on les lui eût livrés. De tout cela, une seule vérité ressortait. Richard et ses chevaliers n'étaient toujours pas embarqués. Pendant ce temps, Philippe Auguste avait atteint Gênes sans encombre et s'apprêtait à lever l'ancre. Malgré le pacte qui les liait, Richard n'avait aucune confiance en lui. À l'heure où Tancrède achetait à vil prix de nombreuses alliances, il n'était pas certain que Philippe Auguste ne se laisserait pas séduire par le Sicilien. Dès lors la libération de Jeanne et la récupération de son douaire seraient difficiles à négocier.

Ulcéré à cette idée, il s'arracha finalement à sa contemplation stérile. Il n'en pouvait plus d'attendre, de se morfondre. Il se devait d'agir. Maintenant. Il se tourna vers Geoffroy Rudel qui venait d'escorter le prélat jusqu'à lui.

— Trouvez des galées à louer. Suffisamment pour que nous puissions quitter la place avant la fin de la semaine.

Geoffroy, que ces nouvelles avaient enfermé dans un silence soucieux, secoua la tête, plus ennuyé encore.

— Ce ne sera pas aisé, Votre Majesté.

Un instant, cette fatalité qui semblait vouloir s'acharner sur lui plomba Richard. Il la balaya d'un revers agacé de la main.

— Toulon, les Saintes-Maries, peu importe le chemin qu'il faudra parcourir pour les ramener ici. Videz les coffres s'il le faut. Jeanne a besoin de nous. La chrétienté a besoin de nous !

L'œil de Geoffroy Rudel se ranima.

— Les meilleurs de nos chevaliers se mettront en quête avant que l'heure ne tourne. Moi le premier, affirma-t-il.

Les mains jointes sur sa coule brune, Gervais de Cantorbéry inclina le front.

— Mes prières soutiendront vos efforts et les leurs, sire.

— Faites, faites l'abbé ! Mais vite ! Très vite désormais ! le chassa Richard d'un mouvement impatient des doigts vers la porte.

Lorsqu'ils eurent quitté la pièce, il tira de la manche de son bliaud court le bref de parchemin qu'un messager lui avait remis juste avant l'arrivée inopinée du prélat. Une lettre par jour, lui avait promis sa bien-aimée. Il les attendait avec plus d'impatience encore que ses vaisseaux. Elles suffisaient à elles seules à lui redonner courage, confiance et espoir en apaisant pour quelques heures ce manque d'elle qui le rongeait. De nouveau il s'approcha de la croisée puis brisa le sceau d'un ongle carré.

« *Mon roi,* écrivait-elle, *comme chaque jour mes pensées sont à vous, tout entières. Je sens votre angoisse, votre inquiétude sourdre par déferlantes comme autant de raz de marée dont vous devez vous garder. Je sens votre impatience à gagner la Sicile, à reprendre le contrôle de cette croisade dont Philippe Auguste pourrait trop vitement se glorifier, faute de vous avoir à ses côtés. Je sens votre exaspération devant ce retard qui persiste, ces vents contraires qui vous retiennent au port. Je vous sens en moi, Richard, plus encore par votre absence que si vous étiez là. Fermez les yeux mon doux aimé, ma lumière, ma patience. Fermez les yeux et sentez à votre tour. En pensée, posez votre main juste au-dessous de mon nombril et laissez-vous guider, comme je vous l'ai appris autrefois, par la magie qui entoure chacun de nos gestes, chacun de nos baisers. Posez votre main et sentez cette nouvelle vie que je porte. Elle est de votre sang, Richard. Elle est de votre amour. Et le meilleur des présages que vous puissiez espérer...* »

Sa main trembla avant de retomber, serrant plus fortement encore la lettre. Ses yeux se troublèrent. Il les ferma. Accusa une légère sensation de vertige pour mieux la vaincre. Une inspiration. La silhouette d'Eloïn se dessina devant lui. Il lui sembla aller à sa rencontre, apprivoiser son parfum dans la lumière scintillante qui l'entourait. Il tendit la main, effleura la taille, le soyeux de la peau dénudée. D'instinct il en retrouva la chaleur. Sentir, lui demandait-elle. Oui, il sentait... Il sentait.

Il ouvrit les yeux sur ce sourire qui grandissait en lui, chassant la brume qui, jusque-là, l'obscurcissait. Une fille. Ce serait une fille qu'elle lui donnerait. Une fille pour que la lignée d'Avalon puisse perdurer.

26.

Bérangère avait, sans façon, accroché son poignet au bras d'Eloïn pour l'entraîner sous les ramures savamment entrelacées des pêchers. Des fruits lourds, gorgés d'eau et de soleil, tendaient vers elles leurs formes pleines et Bérangère ne tarda pas à en arracher deux à l'intérêt des abeilles. Elle en tendit un à Eloïn.

— Goûtez, c'est un délice, lui assura-t-elle en croquant dans le sien, indifférente au jus qui lui dégoulina de la commissure des lèvres.

Au premier coup de dents, Eloïn sentit son palais s'inonder d'un suc parfumé. Bérangère éclata d'un rire clair avant de lui tendre un carré de tissu pris dans sa manche.

— Ici, l'on ne se sépare jamais d'un linge pour s'essuyer.

Eloïn lui en sut gré avant de mordre de nouveau et de salir si bien la toile que Bérangère dut lui en offrir une autre. Leur complicité était définitivement nouée.

— Allons nous rincer les mains à la fontaine, décida Bérangère, leur gourmandise régalée, en allongeant sa foulée vers une allée transversale qui se perdait dans les jardins.

Eloïn la suivit d'un pas confiant, les voix de son père et de Ventadour répondant à celles des trobaires castillans, en douce musique à ses oreilles. Elles débouchèrent à la suite l'une de l'autre près d'une pierre levée au pied de laquelle une source avait été canalisée dans un petit bassin décoré de mosaïques. La margelle se trouvait à hauteur de taille et Bérangère s'assit dessus, à l'ombre d'un saule. L'arbre, centenaire, étendait sa bienfaisance au-dessus de l'onde restée vive par un dévidoir qui la guidait au loin, vers la rivière et l'un de ses nombreux moulins. Eloïn s'installa face à elle en prenant soin de ne pas mouiller son bliaud à la flaque de boue ocre qui s'était formée à leurs pieds, conséquence, sans doute, d'une fuite dans le réservoir. L'eau se troubla sous leurs doigts agités dans le sens du courant. Bérangère y perdit son regard quelques secondes, un sourire léger sur ses lèvres parfumées.

— On raconte que cette source fut découverte par Tanaquil au cours d'une des poussées conquérantes de son époux, un roi de Rome nommé Tarquin l'Ancien. C'est en s'y arrêtant pour s'abreuver qu'elle aurait eu sa première prémonition et, depuis, nombreux ont été ceux qui s'y sont penchés dans l'espoir de présages.

Eloïn ne s'en émut pas. Depuis le début de sa grossesse, elle était en proie aux mêmes affres qu'hier, lorsqu'elle attendait Philippe. Ses pouvoirs de divination avaient disparu et ne reviendraient qu'après ses relevailles. Quand bien même cette histoire aurait quelque réalité, elle ne courait aucun risque d'être fauchée ici par des images, difficiles à justifier auprès de la jouvencelle. Déjà, celle-ci, s'arrachant à son conte, avait retiré sa paume de l'onde fraîche pour la rabattre dans l'autre, sur son bliaud d'un rose poudré. La chaleur était telle, malgré la frondaison, qu'il n'en resterait pas longtemps mouillé.

— Parlez-moi de lui... De mon futur époux.

Eloïn lui sourit avec bienveillance.

— C'est un bel homme, généreux, juste et bon. Sa force et sa vaillance au combat l'on fait surnommer Cœur de Lion comme vous l'avez sans doute entendu dire. Mais le plus remarquable en lui est sans doute cette curiosité qu'il prête à chaque chose, au point d'être attentif aux propos des uns, aux doléances des autres, autant qu'aux curiosités de la médecine, du trobar, de l'astrologie ou de la maçonnerie. Je ne connais rien qui n'ait réussi à l'intéresser, à le toucher, voire à l'émouvoir quand il sait pourtant se montrer d'une inflexibilité impitoyable devant la trahison, le déshonneur ou la cruauté gratuite. Il est alors capable de pourfendre d'une colée, de piquer colère à cogner du poing sans éprouver le moindre remords ou regret.

— Un chevalier digne des temps d'Arthur, en somme, résuma Bérangère.

— En somme, oui.

— Il est de lui, n'est-ce pas ?...

— Plaît-il ?

— L'enfant que vous portez...

Eloïn sursauta. Rien dans son allure ne trahissait sa grossesse.

— Comment... ?

La fin de sa phrase resta en suspens lorsqu'elle avisa les doigts de Bérangère de nouveau plongés dans l'eau vive. La dame de Navarre lui offrit un petit rire, aussi cristallin que la source.

— Je viens là depuis ma plus tendre enfance. Peut-être est-ce la raison de ma prescience. Quoi qu'il en soit, je savais que vous viendriez me chercher, Eloïn, et que l'amour que vous porte Richard serait ma chance.

La surprise d'Eloïn se changea en élan de tendresse. Leurs mains se joignirent spontanément, leurs yeux se nouèrent, brûlants d'une émotion commune. Pour autant, la réflexion de la damoiselle avait piqué sa curiosité bien plus que les dons qu'elle possédait.

— Votre chance, Bérangère ?

Un voile de tristesse ombra la lumière de ce doux visage.

— Croyez-vous qu'à vingt-cinq ans je serais toujours sans mari si un lourd secret ne nous tenait, mon père et moi ?

— Son attachement à votre défunte mère, votre ressemblance avec celle-ci nous semblèrent suffisants à justifier son envie de vous garder près de lui.

— C'est ce qu'il s'échine à laisser croire. Mais la vérité est ailleurs, hélas...

Elle baissa la tête sur un fard.

— ... J'ai fauté, dame Eloïn, au soir de mes seize ans, avec celui que j'aimais, convaincue que mon père me le donnerait en épousailles puisque, dès lors, aucun autre ne me voudrait. Mais le sort voulut qu'il trépasse d'une méchante chute huit jours plus tard et que mon chagrin se double de honte en découvrant ma grossesse. J'aurais pu m'en ouvrir à mon père, je la lui ai cachée. Une sorcière officiait à quelques lieues de là...

Pressentant la suite, Eloïn prit le menton tremblant sous son index replié.

— Elle vous a piqué de l'aiguille et votre ventre s'est infecté.

Les yeux de Bérangère se crayonnèrent de fatalité.

— J'ai perdu tout pouvoir d'enfanter, les médecins sont formels. Il est surprenant même que j'aie pu m'en sauver. Une chance, a prétendu mon père. Quant à moi, je n'y ai longtemps vu qu'une malédiction, jusqu'à ces visions il y a quelques semaines. De vous, de l'enfançonne que vous portez, de ce fils que le roi vous a déjà donné, et des égards de ce dernier à mon encontre pour que l'honneur me soit rendu ainsi qu'à ma famille, en préservant les intérêts des siens, des vôtres.

— Votre père ?

— Il sait tout et, en ce moment même, rend compte de mes fautes et de leurs conséquences à la reine Aliénor. Si elle admet que la lignée de son fils ne sera jamais de légitimité, ce que je crois, alors je partirai à vos côtés et serai autant à mon époux qu'à son royaume, totalement dévouée. Comprenez-moi, Eloïn. Mon cœur s'est arrêté de battre à la mort de Jacques et seul l'amour de mon père dont je suis restée, incompréhensiblement, la fierté, m'a donné le courage de relever la tête. Je n'attends rien de demain, sinon de l'en remercier. Lui et le roi d'Angleterre qui, grâce à son attachement pour vous, saura m'épargner sa couche et la douleur que j'en éprouverais.

Eloïn fut touchée bien plus qu'elle ne l'aurait imaginé. Elle se leva pour s'incliner devant Bérangère avec respect, arrachant à la jeune femme surprise puis élan qui la précipita, dès qu'Eloïn se releva, dans les bras tendus de leur nouvelle amitié.

27.

Tancrède de Lecce, roi de Sicile, n'aimait pas les Plantagenêts. Il les avait, de tout temps, considérés comme des êtres enflés d'orgueil et de suffisance, prompts à diriger le monde à leur volonté et méprisants envers les autres monarques. Il avait donc été ravi de voir le roi de France arriver le premier à Messine. L'étreignant avec chaleur, il lui avait fait les honneurs de la ville avant de le loger, lui au palais royal, l'host en la cité, affirmant que le roi d'Angleterre se contenterait de ce qui resterait.

Philippe Auguste s'en était doublement réjoui. En effet, la malchance qui semblait poursuivre Richard Cœur de Lion depuis leur départ du Vézelais s'était finalement muée en un avantage certain. Coincé à Marseille, ce dernier avait réussi à lever vingt galées et dix grands buzzes en quelques jours, avant d'apprendre, cette fois de source sûre, que la totalité de sa flotte était sauve et que ses commandants tentaient d'éponger leur retard en filant vent debout vers la Sicile. Dans l'attente, les deux monarques s'étaient rejoints en première étape à Portofino, Richard ragaillardi et conquérant, Philippe Auguste souffreteux d'un mal de mer tenace dans sa nef surpeuplée. Le roi de France avait aussitôt espéré que Richard comprendrait l'épuisement dans lequel le tenaient ses vomissements. Usant de leur amitié, il lui avait demandé de lui prêter cinq de ses nouveaux navires pour répartir ses troupes et alléger son voyage vers Messine puis, de là, vers Acre. Il n'en avait obtenu que trois. À peine de quoi alléger le tirant d'eau des autres. Fort de cet argument, il les avait refusés, espérant secrètement que Richard céderait du coup à sa requête. Il n'en avait rien été. Ils s'étaient séparés sur une accolade, Richard affirmant à Philippe Auguste que cette étape terrestre lui avait redonné les couleurs de la santé et qu'il était persuadé de la lui voir garder. Ils avaient pris la mer le même jour, décidés à rattraper le temps perdu, affirmait Richard. Au lieu de quoi Philippe Auguste l'avait distancé sans forcer, malgré la halte qu'il s'était accordée à l'embouchure du Tibre pour aller saluer le pape. Là encore, il s'était attendu à ce que Richard en fît autant. Fi donc ! Dans un éclat de rire, le roi d'Angleterre lui avait avoué qu'il préférerait marcher sur des braises plutôt que de pactiser avec ce diable d'homme. Pis, il était allé jusqu'à affirmer que l'antéchrist annoncé par Joachim de Flore en Calabre était tout son portrait ! Philippe Auguste en avait été profondément choqué, ce qui n'avait eu pour effet que d'augmenter l'hilarité de Richard.

— Pardonnez-moi, mon ami, mais je préfère de loin la compagnie des médecins de Palerme dont on loue la qualité ! J'aime me tenir au fait des progrès de cette science, avait-il ajouté.

Pour en transmettre le savoir à cette sorcière qu'il bélinait ? s'était indigné en silence le roi de France. Qu'elle soit la fille de Loanna de Grimwald, soutenue autrefois par son père, n'y changeait rien. Philippe Auguste exécrait ces devineresses, ces prêtresses païennes avides de pouvoirs volés au divin. S'il n'avait tenu qu'à lui, il les aurait éradiquées de la même manière qu'il s'apprêtait à le faire des musulmans et de Saladin. Il n'avait pas été long à comprendre, en vérité, ce qui poussait Richard à traîner en chemin. Il voulait effectuer la jonction avec sa flotte avant de pénétrer dans le port de Messine, écrasant chacun de sa puissance, éclipsant le roi de France de sa superbe.

Il frotta le haut de son coude boursouflé par les piqures d'insectes. Comme Tancrède installé de l'autre côté de la table, face à l'échiquier, il entendait grandir la clameur de la populace sous les fenêtres du palais. Distrait par ses pensées depuis qu'on leur avait annoncé que le roi d'Angleterre n'était plus qu'à quelques encablures du détroit, il avait laissé Tancrède prendre l'avantage. Il reporta son attention sur le jeu. Trop tard. Il vit tomber sa reine et un large sourire se peindre sur les traits élégants de son adversaire.

— Échec et mat, mon cher ami.

Il retint un soupir d'agacement. Concernant sa situation actuelle face à Richard, c'était exactement le terme qui convenait.

Richard savait ce qu'il faisait. Il reprenait l'avantage. Sur Philippe Auguste pour le préparer à la rupture de sa promesse de mariage avec Adélaïde de France et sur Tancrède de Lecce pour l'inciter à lui rendre au plus tôt Jeanne et son douaire. Les dernières nouvelles d'Acre montrant Saladin impuissant face à la résistance des croisés de plus en plus nombreux sous les murs de la cité, il n'avait eu aucun remords à profiter de son voyage pour satisfaire sa curiosité. Il s'était donné le temps de visiter les ruines romaines proches de Naples. Il avait même fait l'ascension du Vésuve pour y voir bouillonner la lave. Il en gardait un souvenir émerveillé, ne regrettant que de n'avoir pu le partager avec Eloïn. Eloïn dont les derniers messages reçus avant son départ de Marseille affirmaient la bonne santé. Il avait toutes les raisons de se réjouir. Dans quelques heures, il embrasserait sa sœur et nul ne songerait à contester sa suprématie ou son autorité. Il avait, par conséquent, pris particulièrement soin de sa mise. Du fil d'archal avait été ajouté au fer des mailles de son haubert, y dessinant des lionceaux jusqu'à hauteur des genoux, marqués par un liseré d'orfroi. Les bottes, faites sur mesure par le meilleur Cordouan d'Italie, lui remontaient haut sur les tibias. Elles avaient été taillées dans le même maroquin bordé de gueules que la ceinture de hanches, poinçonnée de rubis, à laquelle s'accrochait le baudrier de son épée. Un joaillier y avait assorti un gros rubis en cabochon qui retenait à merveille la cape d'osterin sur son épaule gauche. Enfin, il s'était fait galonner la barbe de fils d'or et avait recouvert ses boucles rousses d'un bonnet de soie épaisse. Jugeant que ce n'était suffisant, il avait décidé de peindre la coque de ses deux cents navires avec les meilleurs pigments. Il y avait fait ajouter des boucliers si bien polis qu'ils reflétaient autant la lumière que les couleurs, offrant à l'œil des Chypriotes un ballet mouvant unique. Pour mieux jauger l'effet produit sur les habitants de Messine, qui voyaient claquer étendards et bannières, les oreilles battues par le son des tambours et des trompettes, il avait fait dresser une estrade en proue de sa galère. Il s'y tenait droit, au milieu de ses plus fidèles chevaliers, face au rivage qui s'approchait lentement depuis qu'ils s'étaient engagés dans le détroit.

Richard tomba les yeux à droite puis à gauche. Il était fier de ses amis. Droits tels des ifs, la main à la ceinture, enserrant le pommeau de leurs lames gainées, ils avaient belle allure eux aussi. Geoffroy et Godefroy Rudel, son fils Philippe de Falconbridge, Guillaume le Maréchal, Robert de Breteuil, Robert de Leicester, Roger et Robert de Thurnham, Roger de Hoveden, Gervais de Cantorbéry, Richard de Camville, et jusqu'à Robert Mauchat, son vice-chancelier.

Un sourire de conquérant fendit son visage. Il avait gagné aux dés ce matin contre ce dernier. Juste avant qu'on le prévienne que sa flotte était en vue et l'attendait au point de rencontre, à quelques milles de la Sicile. Le mauvais sort qui semblait vouloir le briser s'était enfin inversé, même si la dernière lettre de sa mère lui avait annoncé que Jean, trop souffreteux depuis sa maladie, avait été dégagé de son devoir de croisade. S'il en avait été de prime abord agacé, il avait fini, comme en Tintagel, par se convaincre que son cadet était moins dangereux esseulé dans ses terres sous la surveillance de Guillaume Longchamp qu'à quelques pas de lui, dans une bataille et armé d'une épée. Il savoura un instant le triomphe que lui faisaient les habitants de la cité, puis son esprit s'envola de nouveau vers Eloïn. Il allait lui falloir trouver astuce pour contraindre Philippe Auguste à terre jusqu'à son arrivée.

Impatient de rallier Acre comme ce dernier l'était, ce ne serait pas chose aisée.

28.

En ce 26 septembre 1190, dans la cathédrale de la Sainte-et-Indivisible-Trinité d'Ely où régnait un silence tel que chaque grincement de chaise ou lever de loquet faisait relever le nez des moines affairés, Jean accordait à Guillaume Longchamp, nouvel évêque de ce comté de Cambridge, un regard hypocrite. Il s'était souvent fait la réflexion que, pour être aussi proche de la nature puis de Dieu, cet homme ne devait pas être rancunier. Car de fait il avait rarement vu personnage plus mal tourné. Petit, le chancelier et grand justicier du royaume portait des jambes courtes et inégales qui l'obligeaient à boiter et à s'appuyer sur sa crosse, des mains toujours moites lui battant les genoux, le ventre creusé, des fesses plates mais la poitrine proéminente, le menton en cabochon, un nez écrasé et couperosé, des oreilles démesurées et des sourcils si broussailleux qu'il devait les lisser pour les empêcher de lui piquer les yeux. Si ce n'étaient ces derniers, d'un noir profond et perçant, preuve d'une intelligence vive et d'un esprit brillant, on se serait mépris sur son compte. Pour qui le connaissait au-delà de la simple apparence, il fallait cependant lui reconnaître une habileté manuelle telle qu'on lui prétendait, sans rire, deux dextres. Pour l'heure, Longchamp ne se servait que d'une seule. À l'aide d'un entonnoir de fer, il mouchait les cierges piqués à quelques pas du maître-autel. La guerre sainte avait imposé ses restrictions partout, jusque dans ce chœur où la sépulture de sainte Étheldrède, princesse saxonne et fondatrice du tout premier édifice chrétien, recevait les doléances et les espoirs de beaucoup.

Jean s'écarta d'un pas pour le laisser éteindre la dernière des flammes, obscurcissant à peine le lieu éclairé par les rais d'une lumière rasante qui traversaient les vitraux. Dissymétrique, Guillaume Longchamp se courba de l'avant, la main sur les reins, allongea son outil à terre, devant le piquoir à cierges, puis se redressa de la même manière avant, enfin, de lui faire face.

— Suivez-moi, voulez-vous ?

Jean opina du menton. S'il avait appris la patience pour mieux parvenir à ses fins, il s'agaçait toujours de celle qu'on lui imposait au seul titre des prérogatives d'une charge. Or, cette tâche à laquelle il avait assisté malgré lui n'entrait pas dans celles du grand justicier ou de la chancellerie. Guillaume Longchamp, qui discutait à son arrivée avec un des clercs de l'abbaye bénédictine jouxtant la cathédrale, l'avait contraint à son bon vouloir, il en demeurait persuadé. Il s'était efforcé pourtant de ne rien montrer de son agacement. Comme à présent, alors qu'il trottinait à sa suite vers la sacristie. Ils la traversèrent sans le moindre mot, après avoir baissé la tête à deux reprises pour saluer des moines. Une porte voûtée, puis une autre encore leur permirent, un couloir franchi, de pénétrer dans une petite annexe dont Jean comprit aussitôt qu'elle servait à isoler l'archevêque du reste de la communauté religieuse. Un prie-Dieu se tenait face à une croix sur laquelle un christ de marbre pleurait des larmes de sang. Un simple vitrail reprenait la scène, cette fois dans son contexte, sur le mont des Oliviers, de sorte que le soleil couchant qui la frappait accentuait l'écarlate aux joues et aux extrémités de Jésus. La pièce était dépourvue d'autre meuble ou ornement.

Jean se mordit l'intérieur de la joue. Il comprenait mieux pourquoi cet homme, un des serviteurs de feu son père, avait été récompensé de sa fidélité par son frère. Richard ne doutait pas qu'il le servirait, lui aussi, jusqu'à son dernier souffle. Guillaume Longchamp n'existait qu'à travers un sentiment de crucifixion. C'était sa raison d'être. Sans doute reflétait-il les tourments que son apparence lui avait infligés. Jean le premier savait la cruauté des hommes. Il la distribuait autant qu'il en avait souffert. Il adoucit ses traits et son œil. S'il voulait fléchir cet être à sa cause, il devait le tromper sur ses intentions, comme Aliénor qu'il avait réussi à convaincre de le laisser en arrière-garde pour le cas où un malheur atteindrait non seulement Richard, mais aussi son fils.

Guillaume Longchamp posa sur lui un regard dénué cette fois d'amitié.

— Avant que de vous entendre, je veux que vous sachiez que j'étais auprès de votre père lorsqu'il décacheta la liste de ses traîtres. J'y ai vu, comme lui, votre nom en tête.

Jean haussa les épaules.

— Me reprocheriez-vous ce que vous fîtes vous-même il y a quelques mois ? Vous rallier à mon frère ?

L'archevêque ajouta à son allure disgracieuse un tic qui lui souleva à plusieurs reprises la paupière et la pommette gauches, signe, Jean le devina, de son orgueil piqué. Le ton avec lequel il se rebella le lui confirma aussitôt.

— Il y a grande différence entre servir le royaume et trahir son roi, messire Jean ! J'ai trop souvenir de la douleur de votre père à l'heure de sa mort pour vous pardonner cette offense.

L'œil de Jean se durcit. Faudrait-il toujours qu'on l'imagine plus noir qu'il ne l'était ? Faudrait-il toujours qu'on le contraigne à le devenir ? Il crispa les poings mais ne cilla pas. Sa voix se fit néanmoins tranchante.

— Mais vous avez accordé votre pardon à Richard qui le blessa bien davantage !

L'archevêque releva son menton proéminent.

— Encore une fois, mon cher, vous confondez tout pour nourrir votre cause. Celle de Richard, votre père le savait, était légitime. Il ne réclamait rien d'autre que son dû. Mais vous... (il avança d'un pas, l'index menaçant)... vous ! Vous qu'il couvrit de son affection ! de ses bienfaits !

Jean ne bougea pas, les yeux rivés aux siens, des fourmillements dans les doigts, comme lorsqu'il traquait les animaux en Fontevraud pour les massacrer avec jubilation. Se calmer. Mentir. Il se drapa de mépris.

— Moi. Oui. Moi ! Moi qui me suis rangé à la trahison, dites-vous, mais non pour servir mes intérêts. Au contraire, justicier. Pour le bien du royaume. Vous le savez mieux que quiconque ! Mon père voulait le morceler, priver Richard de l'Aquitaine pour me la donner, me nantir de déraison et même, oui, même, le destituer à mon profit. L'idée me séduisit, moi qui fus écarté de tout et de tous. Mais je suis un Plantagenêt, ne vous en déplaise et, à l'heure d'entrevoir les conséquences de son geste en ma faveur, j'ai rejoint Richard pour lui prêter allégeance, pour éviter une nouvelle guerre fratricide, épargner notre mère et assurer la pérennité du clan.

Guillaume Longchamp chancela sur ses doutes. Jean en profita pour assombrir son timbre d'une douleur froide :

— Si ma conscience est en paix, croyez-vous donc que cela me fut facile ? que l'idée de sa tristesse, de sa déception ne vint pas hanter mes nuits ? Ce jourd'hui encore. Malgré tout me voici, devant vous, empli des mêmes tourments qu'hier, vous à qui mon frère renouvela sa confiance. Pour servir le royaume à votre côté.

Il lui posa la main sur l'épaule, la plomba assez pour le tasser sur sa jambe courte, sans animosité visible ni dans le geste ni dans la voix.

— Si je n'étais arrivé trop tard au chevet de mon père, il aurait entendu même discours et je veux croire qu'il m'aurait absous et repris contre lui. J'aurais allégé son départ par l'affection sincère que j'éprouve pour lui. Le destin en décida autrement. Alors, je vous le demande, justicier. M'écouterez-vous ou faudra-t-il que je m'en aille sur votre rancœur pour vous classer au rang de mes ennemis ?

Guillaume Longchamp esquissa une grimace douloureuse.

— L'Angleterre n'y gagnerait rien, j'en conviens.

Jean soulagea sa pression, un sourire cynique aux lèvres.

— Les dangers sont partout en terre sarrasine. Richard le sait, et ma mère aussi que l'âge rapproche, hélas, de l'heure de la camarde. Si le malheur s'abattait sur eux et sur Philippe de Falconbridge que Richard veut lui voir succéder, je serais le seul légitime à prétendre à la Couronne. Vous dirigez ce royaume pendant l'absence de son roi et de ma mère. Je veux savoir si vous seriez derrière moi, avec la même fidélité, si la nécessité en survenait.

Guillaume Longchamp avait étréci ses yeux, les ombrant de ses sourcils proéminents, le donnant à ressembler à un de ces singes que les joglars promenaient parfois sur leurs épaules. Il s'arracha enfin une réponse :

— Si les circonstances l'imposent, alors oui, messire Jean, je prendrai votre parti puisque ce fut la volonté, hier, de votre père. Mais sachez que je n'en éprouverai aucune joie et veux croire que le royaume n'en aura pas besoin.

Jean se sentit soulagé. Non qu'il aurait eu quelques scrupules à se débarrasser lui-même de cet homme puisque Pierre Basile était au loin. Mais sa mort aurait attiré sur lui des soupçons ennuyeux, Longchamp n'ayant jamais manqué une occasion de montrer son dédain en public. Il lui offrit son sourire le plus hypocrite.

— Cela nous fait par conséquent au moins un point en commun.

29.

La chance continuait de servir Richard. Dès le lendemain de son appontement, des vents contraires s'étaient levés, condamnant les voiles au port et contraignant les croisés à y demeurer avec leurs armées respectives. Les trois rois avaient été obligés de composer, se congratulant d'une amitié feinte, de tournois et de dîners. Refrénant un sursaut d'orgueil, Richard avait accepté de loger à l'écart de la ville, faute de place. Ainsi, s'était-il consolé auprès de ses chevaliers, ils gardaient coudées franches pour aller et venir, voire manigancer s'il n'obtenait pas de Tancrède ce qu'il souhaitait. Le camp à peine installé, il avait sollicité l'autorisation de voir Jeanne, captive dans un couvent de Calabre. Tancrède lui avait alors remis une lettre dans laquelle sa sœur s'affirmait en bonne santé et satisfaite de sa retraite spirituelle de laquelle elle ne voulait, pour l'heure, être dérangée. Elle ajoutait s'être désintéressée des contingences matérielles mais disait combien elle serait peinée d'apprendre que son royaume de Sicile tant aimé soit repris par Constance dont, sur l'île, personne ne voulait. Bien qu'il se doutât que cette missive lui avait été dictée, Richard avait fait mine de se rendre à ses doléances. Profitant de ce que le mauvais temps persistait, et dans le même esprit de fausse conciliation, il avait attendu une semaine avant de prendre Tancrède en aparté et de feindre l'inquiétude.

— Auriez-vous eu vent, comme moi, des dernières nouvelles de votre tante ? Pour l'heure, active à s'imposer auprès de son époux sur le trône du Saint Empire germanique, il semblerait qu'elle se soucie peu de la Sicile, mais je rejoins le sentiment de ma chère Jeanne. Je crains qu'elle ne tarde point à rompre le traité de paix qu'elle vous a consenti. Il serait regrettable, ne croyez-vous pas, qu'elle se fasse de nouveaux alliés ? Ceux-là mêmes que vous risqueriez de perdre par maladresse plus que par malhonnêteté.

Tancrède avait dégluti avec difficulté face au sourire cynique de Richard avant de le lui rendre, promettant de tomber vitement d'accord sur les modalités d'arrangement concernant le douaire et la dot de Jeanne.

Malheureusement, Richard n'avait pas eu le temps de s'en réjouir. Le lendemain, une rixe éclatait entre quelques villageois agacés par les allées et venues des routiers et un groupe de soldats anglais. Les uns cherchant querelle, les autres prompts à la trouver, l'affrontement avait rapidement dégénéré et un vieillard qui avait voulu s'interposer avait péri du piquant d'une épée. Averti aussitôt, Richard n'avait pas attendu que Tancrède s'indigne pour réagir, châtier ses hommes et affirmer haut et clair qu'il ne tolérerait aucun manquement qui nuise à l'hospitalité qu'on leur offrait.

À l'intention de Tancrède, il avait ajouté que quiconque userait trop de sa patience ou braverait sa puissance et son autorité en ferait de même les frais. Un silence épais avait répondu à ces paroles, seulement troublé par la toux de Philippe Auguste que ce fort vent d'est incommodait. La seconde d'après, devant un loup de mer de plusieurs livres nappé de sauce aux olives, Tancrède, blême, offrait sans condition la libération de Jeanne et invitait le roi à remettre à plus tard les questions de bas intérêts.

— Je serai heureux de vous servir d'escorte jusqu'en Calabre, lui avait faussement confié Philippe Auguste en sortant de table.

— Avec joie, s'était fendu Richard avec la même sincérité, avant de quitter le palais, satisfait du cours des événements et de son petit effet.

Voilà pourquoi, en ce jour de la Saint-Michel, le roi de France chevauchait au pas de promenade à son côté. Bien moins pour rencontrer sa sœur, s'en amusait Richard, que pour le surveiller, tant Tancrède et Philippe Auguste y voyaient commune nécessité.

Étirée le long de la frange côtière du détroit, la cité de Messine était prise en étau. D'un côté par les monts Peloritani, de l'autre par la Calabre. Le monastère Santa Lucia était situé à l'extrémité nord-ouest de la ville, sur une petite colline piquée d'oliviers aux troncs noueux. L'étroit sentier qui y menait serpentait au flanc d'une pente douce sur laquelle des troupeaux de vaches, de chèvres et de moutons paissaient. À plusieurs reprises, arrêtés par l'un d'eux en plein mitan du passage, les deux cavaliers et leur escorte durent dévier de leur route en empruntant un bas-côté rocheux, piqué de thym et de genièvre. Le ciel bas charriait toujours de lourds nuages poussés par un vent d'est qui sifflait à leurs oreilles comme un gros bourdon. Il interdisait tout échange et ni l'un ni l'autre ne semblait s'en plaindre, s'épanouissant dans cette entente hypocrite qui s'était installée. Les deux monarques étaient tout à leurs pensées, Richard pour Eloïn, trop éloignée de lui désormais pour correspondre avec facilité, Philippe Auguste pour ces croisés qui attendaient son secours en Terre sainte et qu'il ne pouvait rallier.

C'est ainsi qu'ils franchirent le portail de l'abbaye, dans les senteurs des plantes aromatiques foulées par leurs montures et le grelot des colliers des brebis. Ils mirent pied à terre dans la cour puis, sous la conduite d'une sœur converse, se firent introduire chez l'abbesse pour lui délivrer le sauf-conduit que Tancrède leur avait donné.

Si Jeanne était la plus jeune des filles d'Aliénor, elle n'était pas la moins effrontée. La reine d'Angleterre avait très vite pu constater qu'elle avait, comme Éléonore ou

Mathilde, hérité de son caractère et, plus encore que les autres, de ses traits. À l'égal de ses frères et sœurs, la fillette s'était très vite montrée d'une grande agilité au maniement de la lance et de l'épée. Elle n'en avait jamais perdu le goût, avec celui des toilettes et des cours d'amour. Lorsque son père, à l'aube de ses onze années, lui avait imposé Guillaume de Sicile, elle s'était soumise à la raison, bien plus encline à la curiosité qu'au dégoût face à l'inconnu. Elle n'avait pas eu à le regretter. Dès le premier regard qu'elle avait posé sur cet homme, son cœur s'était emballé. Elle était tombée en amour pour lui comme il était tombé en amour pour elle. Lors, elle s'était donnée à son hyménée avec autant de ferveur que sa mère aux premiers temps du sien avec Henri Plantagenêt. Lorsque ses premières menstrues arrivèrent, trois ans après son mariage, elle crut enfin son heure venue de donner héritier au royaume. Hélas, il lui fallut attendre encore et encore, avant que les médecins ne la visitent et constatent sa conformité. Ils s'inquiétèrent alors des troubles que présentait le roi. Quelques filets de sang dans une semence trop rare leur avaient fait comprendre qu'il était peut-être, lui, en cause. Jeanne avait insisté pour qu'il le vérifie avec plusieurs servantes, préférant en porter, elle, la culpabilité, que de le voir ainsi, tourmenté par cette nouvelle. Mais les essais ne vinrent que confirmer l'évidence. Le secret demeura bien gardé et Jeanne l'enferma dans son cœur avec tristesse, puis désespoir lorsqu'il fut avéré que ce n'était pas d'une malformation quelconque que souffrait son époux mais d'un mal insidieux qui lui rongeait le bas-ventre. Un mal qui finit par l'emporter dans des souffrances effroyables qu'aucune de ses prières ne parvint à apaiser. Privée de légitimité par ce manque de descendance, elle ne pouvait rien revendiquer. Elle s'était laissé emmurer avec son chagrin dans la geôle que lui avait imposée Tancrède, se bornant à attendre l'arrivée de Richard. Car elle savait que de lui et de lui seul viendrait sa délivrance. Qu'enfin elle quitterait cette terre devenue hostile. Et qu'alors seulement elle regagnerait l'espoir de refermer un jour ses plaies.

Lorsque la porte du cabinet de l'abbesse s'ouvrit devant elle, lui révélant son frère élégamment installé dans un faudesteuil, elle sentit sa poitrine s'enfler de reconnaissance. Prompt, il se dressa et, réduisant la petite distance qui les séparait, s'avança au-devant d'elle pour la presser contre lui, comme il l'avait toujours fait par le passé. Elle inspira avec bonheur le parfum suave de musc et de rose qu'il portait, avant qu'il ne s'écarte d'elle, les yeux brûlants de tendresse.

— Je suis heureux de vous voir, Jeanne. La supérieure m'a assuré que vous étiez au mieux, mais j'avais à cœur de le vérifier par moi-même.

— Oui, je vais bien, Richard. Et plus encore à l'idée de repartir à votre bord.

— Comptez-y, damoiselle Jeanne. S'il le faut, j'interviendrai personnellement auprès du pape pour le convaincre de faire exception à la règle imposée aux croisés à ce sujet.

Elle pencha la tête de côté et accrocha le sourire enjôleur du compagnon de son frère. Relégué près du mur, dans un angle mort de l'ouverture, il lui avait été masqué par l'impatience qu'elle avait mise à enlacer son aîné.

Richard se tourna vers le monarque qui s'était levé.

— Je ne pense pas, ma chère sœur, que vous ayez déjà rencontré le roi de France.

Retrouvant instinctivement cette élégance naturelle qui avait fait d'elle une reine admirée, Jeanne s'approcha de ce dernier pour lui tendre sa main à baiser.

— Je suis fort honorée de votre visite, Votre Majesté, et plus encore que vous vous souciiez ainsi de ma sécurité.

— Cela va de soi.

Elle lui coula une œillade reconnaissante avant de la reporter sur son frère.

— Quand partons-nous ?

Richard allait répondre lorsque l'abbesse, restée discrète derrière son écritoire, laissa tomber d'un timbre nasillard :

— Dès que les vents auront tourné, chère enfant. Jusque-là le roi Tancrède insiste pour que vous demeuriez en cette communauté.

Jeanne releva le menton.

— Est-ce à dire que je suis toujours sa prisonnière ?

Richard s'interposa.

— Non point, Jeanne, mais avec mon armée, je suis logé hors les murs d'enceinte et dois faire face à nombre d'incidents entre mes soldats, avides de querelle, et les habitants qui se plaisent à les provoquer. Ce monastère est mieux à même de vous protéger en cas de rixe plus importante. Sans compter que mon campement est bien rudimentaire. Que ferait une dame d'aussi belle allure et prestance au milieu de soudards ?

L'allant de Jeanne retomba. Elle le dissimula de son mieux mais les deux hommes perçurent l'effort que cela lui coûtait. Philippe Auguste toussota derrière son poing pour dissimuler le fard qui venait de lui monter aux joues, réponse incohérente au battement désordonné dans sa poitrine depuis que les doigts de Jeanne avaient touché les siens.

— Puis-je, mon cher Richard, suggérer que dame Jeanne soit hébergée au palais, sous ma protection ?

Regagné par la méfiance, Richard allait refuser mais il accrocha la lueur de revanche dans le regard de Jeanne et comprit qu'elle serait heureuse de narguer son geôlier en reprenant possession, même indirectement et pour trop peu de temps, de son ancien territoire. Un trait commun à leur mère qu'il pouvait comprendre mieux que quiconque.

Laissant l'abbesse s'embarrasser d'une situation qu'elle n'avait pas anticipée et concernant laquelle elle n'avait pas reçu de directives, il lui prit les mains.

— Ce serait vous exposer tout de même, Jeanne. Je n'ai qu'une confiance très limitée en Tancrède.

— Je réponds d'elle comme de moi-même, s'interposa de nouveau Philippe Auguste, poussé, à sa grande surprise, par cet attrait grandissant qu'éveillait Jeanne en lui.

Mais Jeanne avait déjà emporté sa cause. D'un simple pressement de doigts sur ceux de son frère et d'un regard entendu. Un de ces regards dont ils avaient toujours usé entre eux à la veille d'une sottise commune. Jeanne était à même de se défendre et elle avait besoin d'agir. D'agir pour cesser de pleurer.

Et lui avait grand besoin d'un espion au palais.

30.

Blaye ne s'était pas seulement étendue physiquement durant notre exil. Elle avait gagné en influence. Nos trop courts séjours depuis notre retour d'Orient nous avaient empêchés d'en prendre la pleine mesure. Elle nous sauta aux yeux lorsque nous y entrâmes, ce 29 septembre, devançant Aliénor, Bérangère, Bernard de Ventadour et la quarantaine de seigneurs aquitains et navarrins qui nous servaient d'escorte. Une foire se tenait sous les remparts du castel, d'une telle importance que les habitations comme l'abbaye Saint-Romain semblaient avoir été avalées par les dais des marchands. Une foule impressionnante se mouvait dans les allées au milieu d'une débauche de couleurs, de senteurs et de bruits qui allaient du grognement des gorets dans leur cage au joyeux tumulte des enfants qui jouaient au cerceau. Rien ne manquait, pas même les vendeurs d'oublis qui frisaient la pâte entre leurs plaques sorties des braises, ou ces dresseurs d'animaux qui arrachaient des cris ébaubis à la population. Eloïn, qui s'était depuis quelques années familiarisée avec cet attroupement, se moqua gentiment de notre stupeur. Jaufré en avait rêvé, son fils l'avait fait. On venait de très loin pour fêter la Saint-Michel sous les bannières du seigneur de Blaye. Croisade ou pas, cette année la foire connaissait le même engouement et il fallut toute la dissuasion des gardes de notre escorte pour empêcher les curieux de presser les flancs de nos montures d'un peu trop près tandis que nous montions le petit raidillon menant du pont-levis à la herse. Plusieurs soldats veillaient à ce qu'elle reste baissée, Agnès, esseulée depuis le départ de son époux à la croisade, préférant éviter les débordements dans la cour. Ils la relevèrent lorsque nous parvînmes devant, nos capuchons de voyage rabattus.

Certes, pour gagner la Lombardie et de là nous embarquer à Pise, il nous fallait contourner le comté toulousain, remonter jusqu'à Périgueux et avancer ensuite en ligne la plus droite possible jusqu'aux Alpes, mais cette crainte qui m'avait saisie en royaume de Navarre concernant Clothilde et Gwalf ne m'avait pas quittée. Je n'avais eu qu'à la formuler pour qu'Aliénor me suggère de la vérifier, laissant ainsi, par ce léger détour, un sursis supplémentaire à Jean pour le cas où il se déciderait, en fin de compte, à nous rejoindre.

— Un garçon. Il est en pleine santé bien que de petite taille. Ils l'ont prénommé Galaad, m'apprit Agnès dès le dîner achevé, en réponse à la question que je venais de lui poser.

Je n'avais pas voulu plomber ces retrouvailles de mes angoisses et avais laissé la conversation porter sur l'indolence de notre voyage, la beauté de la Navarre et mille anecdotes dont Bérangère avait tenu à émailler la discussion.

Accoudée à l'un des créneaux du rempart ouest, les yeux posés sur l'estay qui déroulait les premiers assauts de sa marée, je me sentis soulagée. Guidés par Mélisande et Hélie, tous deux restés auprès de leur mère pendant l'absence de leur père, les autres avaient continué leur promenade au long du fleuve afin que Bérangère puisse jauger ces teintes inégalées. Ma belle-fille posa sa main sur mon épaule. Je ramenai mon visage vers elle. La maturité lui allait bien, quelques rondeurs aussi. Elle me sourit avec cette tendresse qui nous avait liées dès le premier instant.

— L'accouchement fut difficile. Très.

— Y étiez-vous ?

Elle hocha la tête, me couvrant d'un petit rire coupable.

— À une ou deux reprises, je l'avoue, j'ai désespéré de votre absence, craignant que la camarde ne les emporte tous deux. Sans doute est-ce ce que vous avez perçu, mère.

Je me détendis tout à fait.

— Sans doute, oui.

— Votre attachement envers eux m'a gagnée aussi, vous savez. Clothilde est chaleureuse, toujours enjouée. Nous nous ressemblons beaucoup par ce trait. Quant à Gwalf, il oscille entre le bonheur de sa nouvelle vie et le regret de l'ancienne. Il ne cesse de parler de vous et de Jaufré, baisse le nez lorsque son épouse le lui fait remarquer avant d'ajouter qu'elle sait à peine le dixième et moi itou, des chemins d'infortune qu'ensemble vous avez bravés.

Quelques images d'hier dansèrent furtivement devant mes yeux.

— Il dit vrai. Un jour peut-être, lorsque nous aurons le temps, nous vous raconterons.

— Et quand bien même nous ne saurions jamais, quelle importance ? Je veillerai sur eux autant que sur les miens.

Je la pressai chaleureusement dans mes bras pour l'en remercier.

— Nous irons visiter Gwalf et Clothilde demain me murmura-t-elle à l'oreille avant de s'écarter et d'ajouter : Rejoignons les autres, voulez-vous ?

Sans attendre mon aval, elle enroula son bras autour du mien et m'entraîna. Elle avait raison. Il serait temps, plus tard, de réveiller le passé. Un frisson me parcourut pourtant. J'aurais voulu le prêter au vent d'ouest qui froissait le remontant mais je savais qu'il n'en était rien. Au fond de moi la peur était toujours là, tapie dans l'ombre. Les murailles de Tripoli derrière lesquelles je m'étais cachée avec Jaufré n'avaient su que la masquer.

Le visage de Saladin continuait de me hanter.

Était-ce de l'avoir évoqué, même en pensée ? Il visita ma nuit, me réveillant en sursaut, un étau d'angoisse broyant ma poitrine. Je cherchai instinctivement la chaleur rassurante de mon troubadour. Mes doigts ne rencontrèrent que la fraîcheur du drap. Près de moi la couche était vide.

— Jaufré ?

Un silence épais me répondit. Il me fallut quelques secondes pour que mes yeux s'habituent et dessinent les contours de la pièce et de son mobilier à la faveur de la lumière poudrée de la lune. Blaye. J'étais en Blaye. Point de danger donc. Les battements de mon cœur ralentirent. J'eusse pu m'étendre de nouveau, me convaincre qu'un besoin pressant l'avait tiré du lit et qu'il ne tarderait à y revenir, mais, poussée par quelque intuition, je m'en arrachai pour me diriger vers la fenêtre. Le battant écarté ne tarda pas à me révéler une silhouette proche des remparts qui couraient le long de l'estay. Sans hésiter, négligeant toute lumière, je couvris mes épaules d'un mantel et sortis rejoindre l'homme que j'aimais.

Il ne se retourna pas à mon approche. Songeur, il fixait l'éclat métallique du fleuve balayé par les lueurs lunaires et quelques écharpes de brume. Il connaissait mon pas, s'attendait que je l'étreigne de dos, comme je le faisais souvent. Sitôt que je fus plaquée contre lui, les bras encerclant sa taille, il noua ses doigts aux miens. Durant quelques minutes, face à cette mouvance qui charriait les parfums si particuliers de notre fief, nous demeurâmes ainsi, à nous repaître d'eux, de la sérénité que dégageait ce veilleur de pierre que nous avions rebâti avec nos enfants. L'île qui nous avait servi de refuge ancrait ses longs bras face à nous. Ici nous avions une histoire. Je crois que c'est à cet instant que j'ai, inconsciemment, décidé de faire de ce livre d'heures tenu depuis si longtemps un roman. Pour laisser une trace de ce que nous vécûmes à nos descendants. Pour que tout cela ne devienne pas que légende. Je me pressais contre lui. Il enlaça mes bras noués. Son parfum de lys répondait à celui du fleuve comme un jardin clos au milieu des marais. J'étais bien. Lui pas. J'avais espéré qu'il se nourrirait de ma quiétude mais il n'en fut rien. Au bout d'un long moment, sa voix glissa sur la brise froide. Lasse. Inquiète.

— Combien de temps Loanna ? Combien de temps me reste-t-il à ton côté ? Les années filent si vite. Je n'en vois pas la trace en les miroirs mais je les sens, quelque part en moi, je les sens.

— Est-ce cela qui t'inquiète ? Notre différence d'âge ? Nous en avons déjà parlé, Jaufré. Elle n'existe plus depuis que Merlin nous a unis en Brocéliande.

Il me resserra plus encore à lui comme s'il avait voulu m'ancrer à sa chair, vérifier.

— Je sais tout cela, oui. Et je vois bien la vigueur qui m'anime encore et devrait, à elle seule, me convaincre que d'autres, bien plus jeunes, sont loin de mes capacités, mais...

— Mais tu crains de ne jamais revoir cette terre à présent que tu l'as retrouvée...

Je devinai son sourire face à l'estay.

— Comme tu me connais bien, ma douce. Comme je t'aime.

— Je t'aime aussi Jaufré. Et c'est en cet amour que tu dois garder ta confiance. Je voudrais pouvoir rester ici, près de toi, voir, en paix, s'agrandir notre famille, nos domaines, jouir enfin de ce que nous avons bâti, mais un homme en a décidé autrement...

Il me berça légèrement avec cette souplesse que sa silhouette épaissie par les armes et les années avait pourtant gardée. Lorsqu'il nous immobilisa, sa voix s'était durcie de haine.

— Saladin...

— Nous savons mieux que quiconque de quoi il est capable. Nous avons perdu déjà trop de temps à demeurer dans l'ombre. Trop de temps qu'il a mis à profit pour gagner du terrain. Il faut le rabattre. Nous n'avons plus le choix. Admettrais-tu de laisser Geoffroy, Hélie, Godefroy, Philippe, Eloïn ou même Richard tomber entre ses mains ? Alors que nous avons désormais pour nous le pouvoir des trois épées ?

— Non. Tu sais bien que non. Mais si toi...

Un frisson me regagna. Je le combattis de ce corps chaud contre le mien.

— Cela n'adviendra pas. Et quand bien même, je suis prête à tout, Jaufré, pour protéger les miens. Et toi aussi.

Il dénoua ses mains pour pivoter entre mes bras et emprisonner mon visage. Son regard d'un bronze mordoré sonda le mien.

— Oui. Oui, j'y suis prêt. Ce jourd'hui comme hier. Prêt à tomber au combat, à vous offrir à toi, à eux, un rempart humain, mais aurai-je la même force, la même vaillance ? Là est mon tourment, Loanna.

Il me reprit contre lui, fouilla de ses mains, moites malgré la fraîcheur de l'air, ma chevelure soulevée par le vent d'ouest. Sa bouche s'y perdit, au-dessus de mon oreille.

— Une vie, Loanna. Elle a passé si vite quand je voudrais l'éternité au creux de tes bras. Cette éternité que nous nous sommes refusée.

Mon cœur se serra.

— Je le sais, Jaufré. Nous n'en avons jamais reparlé mais j'y songe souvent moi aussi. Garde confiance en moi, mon amour. Pas plus qu'Henri hier, Saladin aujourd'hui ou l'anathème de Vendrennes ne nous sépareront.

— Tu me le jures, Loanna de Grimwald ?

— Je te le jure, Jaufré de Blaye. Nul autre que toi. Jamais... Jamais.

Nos lèvres se trouvèrent d'un même élan. Puis nos corps, contre la pierre du rempart. Pour la marquer de notre empreinte. Au-delà du temps.

31.

Jeanne ajusta une petite dague à sa ceinture puis rabattit sur son front le capuchon d'un mantel de drap sombre. La pénombre régnait autour d'elle, confortant ses hôtes dans l'idée qu'elle dormait, comme tous au palais. Folie, lui criait une voix en sa tête. Quitter la place au plus obscur de la nuit, traverser la ville rendue aux coupe-gorge et gagner le campement de son frère, à une demi-lieue de là. Folie. Elle n'y parviendrait jamais. Elle dodelina d'un pied sur l'autre, étouffée par une bouffée de chaleur qui la laissa glacée la seconde suivante. Elle était plus en sécurité là, dans cette chambre qu'elle avait bouclée de l'intérieur. Philippe Auguste ne prendrait pas le risque de la forcer.

Évidée de force, elle se laissa choir sur le lit qu'elle n'avait pas défait, toute à sa tentative d'évasion. Car c'était bien de cela qu'il s'agissait. Depuis le matin. Depuis qu'elle avait surpris une conversation entre Tancrède et Philippe Auguste à propos de ces rixes qui éclataient partout en ville, dressant les Griffons et les Longobards contre les routiers de Richard. Sans cesse houspillés verbalement ou physiquement, ces derniers trouvaient de plus en plus souvent les portes des échoppes closes. Excédés, ils transgressaient désormais les ordres, se frottaient avec qui les cherchait, au point que plusieurs affrontements s'étaient mal terminés. On avait retrouvé quelques-uns d'entre eux égorgés dans les latrines publiques, servant, par provocation, de pissotières aux habitants. Richard en avait eu assez. Réagissant avec l'impulsivité qui le caractérisait, il avait investi la veille le monastère Saint-Sauveur, y avait fait entreposer armes et vivres, puis avait annoncé froidement qu'il n'était pas à une guerre près. Il avait appelé les deux autres monarques à le soutenir en faveur de la paix auprès des chefs messinois. La rencontre était prévue pour le lendemain. Mais Jeanne l'avait entendu : Philippe Auguste et Tancrède étaient les véritables fauteurs de troubles. Ils aiguisaient la haine des fomenteurs. Si Philippe Auguste n'avait été aussi assidu auprès d'elle durant ces quelques jours, se déclarant d'un embrasement tel qu'il la voulait prendre pour femme sur cette île même, avant qu'ils ne repartent, elle ne se serait doutée de rien. Mais devant ses manières qui, d'heure en heure, devenaient plus équivoques, elle s'était mise à redouter le pire, espérant que Richard viendrait en visite et qu'elle pourrait, discrètement, s'en plaindre. Or, Philippe Auguste lui avait révélé, un sourire goguenard aux lèvres, que son frère était bien plus occupé à mâter les débordements de ses gens qu'à s'inquiéter d'elle. Qu'elle ne s'en offusque. Elle n'avait rien à craindre ici, près de lui. Il veillerait sur elle comme sur la prunelle de ses yeux.

— ... Jusqu'à mon heure dernière, dame Jeanne, j'en fais le serment, tant un seul de vos regards me transporte, tant votre parfum m'enivre me rendant ce bonheur que la mort de ma première épouse me ravit. Ne sentez-vous pas à quel point je vous ai aimée d'un instant, à quel point je vous aime à jamais ?

Il s'était emparé de sa main, l'avait posée sur son cœur palpitant. Elle avait cru défaillir de leur proximité, avait contrôlé le haut le cœur qui l'avait saisie, avait maîtrisé sa voix, sa peur :

— Si fait, Votre Majesté. Je le sens et en suis troublée autant que vous, croyez-le. Mais il nous faut le consentement de mon frère et, sans celui-ci, je vous le demande, protégez ces transports en l'écrin des convenances. Ne m'embarrassez pas d'élans que ma vertu, trop grande, ne pourrait supporter.

— Loin de moi, dame Jeanne, loin de moi, lui avait-il affirmé non sans laisser traîner un œil gourmand sur sa gorge.

Elle avait réussi à lui reprendre sa main, à ne pas trembler ni s'enfuir en courant mais, profitant de l'arrivée de Tancrède, elle s'était éclipsée. Juste assez pour revenir sur ses pas quelques minutes plus tard par un autre chemin et profiter d'une porte mal fermée dans la pièce attenante à celle qu'ils occupaient. Assez pour entendre Tancrède énoncer froidement les termes de leur entente : rendu à la raison par l'attaque du campement des Aquitains tandis qu'ils seraient, demain, en conciliation, Richard accepterait les conditions que les deux rois mettraient pour l'aider à rétablir l'ordre. La première était que Jeanne y perde son douaire, la seconde qu'elle devienne reine de France. Si Richard s'y refusait, alors ils la feraient transférer au secret et, prétextant qu'elle avait été enlevée, contraindraient Richard à leurs accords pour l'aider à la retrouver.

Une seconde anéantie par ce complot, elle s'était ressaisie, avait regagné sa chambre, s'était parée comme de coutume pour le dîner, n'avait rien laissé deviner sinon le plaisir d'être en la compagnie de Philippe Auguste, puis, feignant la fatigue, s'était retirée en leur souhaitant la meilleure nuit possible. Bien décidée à ne pas rester l'otage de ces deux hommes.

Elle frotta ses mains moites à son mantel de samit. Sa mère, à sa place, n'aurait pas reculé, songea-t-elle en reprenant courage. Ayant savamment entretenu le goût des armes, elle savait se défendre, se mouler au décor. Elle ne devait pas douter de ses capacités. Au pire, elle serait décousue. Elle ricana discrètement dans l'obscurité. Elle avait vu la camarde évider de souffrance le visage de son époux, ne lui laissant plus aux traits qu'un infini soulagement. Ce ne devait pas être si terrible, au fond. Et puis, elle préférait encore aller à sa rencontre qu'à celle du roi de France. Non qu'il soit laid ou plus mauvais qu'un autre, mais, outre le fait qu'elle n'était pas guérie de l'amour qu'elle avait porté à Guillaume, sa traîtrise et son hypocrisie l'écœuraient au point qu'elle se sentait capable de régurgiter sur lui s'il la touchait encore. Richard, elle en était persuadée, refuserait de la lui donner.

Elle se redressa, son angoisse vaincue par une détermination cette fois sans faille, et passa discrètement sur le balcon. Sa première idée avait été de sortir de sa chambre par la porte mais elle avait craint de se heurter à quelque garde et d'alerter sa vigilance. Qu'il lui prenne l'idée d'en référer au roi de France et elle serait perdue. Non, elle était capable d'enjamber la rambarde, de descendre le long de la glycine dont le tronc épais la ramènerait à terre, deux toises et demie plus bas. Crâne, elle argua pour elle-même que ce serait, de loin, le plus facile de ce qui l'attendait pour rejoindre Richard. Servie par une nuit sans lune, elle noua entre eux les pans de son mantel à hauteur de taille pour ne point risquer d'être gênée puis, refusant de s'effrayer encore de la hauteur qu'elle avait soigneusement mesurée avant que l'obscurité ne la lui dérobe, elle s'enhardit. Ses doigts agiles s'affermirent sous sa prise, ses pieds aux heuses solidement nouées à ses chevilles s'intercalèrent entre les branches feuillues. Le souffle suspendu, elle demeura quelques secondes ainsi, une main accrochée encore à la balustrade pour jauger la solidité de la treille. Elle tiendrait sous son poids, se convainquit-elle avant d'entamer, plus sereinement, sa descente. Il lui fallut de longues minutes avant qu'elle ne touche enfin le sol, égratignée par les aspérités de l'arbuste, tremblante de trop d'attention, le souffle raccourci, mais fière de ce semblant d'exploit qui rendait possible les suivants. Elle le fut moins en sentant une pique percer la toile de son bliaud dans son dos alors qu'elle allait s'écarter de la façade.

— Si elle n'était inutile je saluerais l'initiative, dame Jeanne.

La voix lui fut inconnue mais elle ne douta pas, à son accent, que l'homme derrière elle avait été posté là par Philippe Auguste. Était-il seul ? Elle n'eut pas le temps de s'interroger sur la possibilité de se défendre que la menace disparut, laissant place à un râle puis à un choc lourd sur le côté. Une autre voix :

— Tout va bien, tante Jeanne ?

Elle sentit son cœur se gonfler dans sa poitrine. Elle pivota, devina deux silhouettes dans l'obscurité, dont une, penchée au-dessus d'une troisième à terre, se redressait, une lame à la main. Aucun doute sur leur identité. Ces deux-là n'allaient jamais l'un sans l'autre.

— Que diable faites-vous donc ici, Philippe ? Et vous, sire Godefroy ?

Ils eurent ce même petit rire discret.

— Cela paraît évident non ? Nous vous venons sauver.

Elle se sentit forte. Forte de l'amour de Richard qui avait, sans aucun doute, pressenti quelque traîtrise et envoyé son fils.

— Eh bien, mes enfants, vous ne pouviez mieux tomber, affirma-t-elle avant, comme eux, de s'élancer à travers les jardins.

Très vite néanmoins il leur fallut ralentir l'allure. Les ruelles sombres de la cité fourmillaient de brigands ou de vagabonds ravis d'en découdre avec la soldatesque de Richard à la première occasion. L'ordre leur avait été donné de respecter le couvre-feu, mais il s'en trouvait toujours quelques-uns, plus rancuniers, qui, convaincus de leur bon droit, imbus de leur imposante stature ou du groupe qu'ils formaient, vaquaient de taverne en taverne dans l'espoir d'en découdre. Les uns cherchant les autres, tous finissaient par se trouver.

Ce fut donc la lame au poing, sous le couvert de leurs mantes et le plus silencieusement possible qu'ils se fondirent dans l'ombre épaisse des bâtisses, rasant les murs, s'immobilisant au miaulement d'un chat ou au grognement d'un chien errant dérangés dans leur quête de nourriture. À deux reprises, ils durent se rencogner, les garçons formant rempart à Jeanne, dans un angle ouvert, laissant passer tel ou tel en quête de bonne fortune. Non qu'ils eussent eu difficulté à les découdre, mais les ordres de Richard avaient été clairs. Éviter l'affrontement qui eût ravivé quelque torche, éclairé le visage de Jeanne, l'eût mise en danger. La veille au soir, un de ses espions au palais lui avait appris que la garde avait été doublée de manière injustifiée devant la porte de sa sœur. Les messages d'affection qu'il lui faisait porter quotidiennement ne trouvant plus réponse depuis quelques jours, alors que la ville elle-même s'embrasait de coups bas contre ses hommes, Richard s'était inquiété. Comme à son habitude, il avait agi promptement pour y remédier.

Jeanne était née courageuse. Elle tenait ce trait de caractère de sa mère à laquelle, physiquement aussi, elle ressemblait. Elle avançait d'un pied sûr dans celui des deux hommes, se fondait à leurs gestes. Ils parvinrent ainsi à franchir la première enceinte, la plus sûre. C'était au-delà, dans ce pourtour malfamé de la ville, aux habitations délabrées, aux êtres sans âge, sans fortune, sans toit, qui dormaient d'un œil à même le sol crasseux, que la plupart des rixes éclataient. Ils redoublèrent de prudence. Il leur fallait traverser une dizaine de ruelles encore avant d'atteindre la porte derrière laquelle Godefroy Rudel et Philippe de Falconbridge avaient laissé leurs montures et leur escorte, arguant que le nombre amenuisait la discrétion et que les deux flamboyantes valaient à elles seules dix épées. Sans se concerter, ils forcèrent l'allure, louvoyant entre les bâtisses blanchies à la chaux, taches à peine plus claires dans l'obscurité ambiante. Ils n'étaient plus qu'à deux rues de la poterne, contraints de traverser une placette prise entre deux porches, lorsqu'une dizaine de Griffons, embusqués là, se dressèrent en cercle autour d'eux, leur interdisant toute fuite, ricanant dans leur visage mangé d'ombre.

Jeanne n'eut pas besoin de voir briller les couteaux pour comprendre qu'ils découdraient d'abord, pilleraient les cadavres ensuite. Sans hésiter, à l'exemple des deux compères, elle rejeta le pan de sa mante, dégageant ainsi dague longue et poignard. Parée à se défendre des deux mains, elle gueula avant de s'élancer :

— Hardi chevaliers !

Laissant les deux garçons faire face au plus grand nombre, elle se dressa devant le plus chétif des brigands. Profitant d'un rayon de lune furtif, elle tomba son capuchon d'un geste vif.

— Allons, cria-t-elle à son adversaire, oseras-tu embrocher ta reine ?

Pour toute réponse, l'homme cracha dans sa direction avant d'ajuster l'arme à son poing. Jeanne se décala avant de fondre sur lui sans même lui laisser le temps de la lever. Bondissant tel un cabri, elle lui cisailla la gorge d'un mouvement transversal du fil de sa dague avant de pivoter sur elle-même et de l'achever, si besoin était encore, d'un coup de poignard entre les omoplates. L'image de sa mère lui tenant le bras à hauteur du visage pour lui apprendre cette botte s'imposa un instant à elle. Elle la chassa en se retournant vivement pour croiser le fer avec un autre, rageur de voir son compagnon s'écrouler. Bien vite, face, cette fois, à la violence des coups portés à sa lame, elle sentit ses forces l'abandonner. Elle allait appeler secours lorsque Godefroy Rudel, dégagé de son adversaire, prit le relais.

— Écartez-vous, dame Jeanne. Nous en aurons vitement terminé, lui lança-t-il en portant estoc sans la moindre difficulté.

Elle recula contre un mur de façade aux volets clos, s'adossa à la pierre pour souffler, englober du regard ce combat, inégal de prime abord, que la puissance des deux épées, Durandal et Caliburnus, laissait pencher de leur côté. Peu à peu, sans s'en rendre compte, elle se décolla de la pierre, l'esprit capté par ce ballet d'ombres autant que par cette étrange et inexplicable musique qui se frayait un chemin jusqu'à son âme. Elle ne vit pas un des Grecs se glisser derrière elle, ne s'aperçut de sa présence qu'en sentant son bras replié lui écraser la glotte, la cambrer en arrière.

— Dis-leur de lâcher lame, crissa une voix à l'accent prononcé.

Pour seule réponse, défiant la mort comme si, en elle, tout l'avait déjà acceptée, Jeanne modifia la position du poignard dans sa main, puis d'un mouvement violent et rapide vers l'arrière frappa au hasard, à plusieurs reprises. Ce fut suffisant pour que, saisi de surprise et de douleur, son agresseur desserre l'étau, qu'elle puisse s'en dégager, se retourner, le poignarder au cœur puis s'éloigner de lui sans le moindre regret.

— Tout va bien, tante Jeanne ? s'enquit Falconbridge revenu vers elle en quelques enjambées.

— Oui. Inutile de s'attarder davantage, affirma-t-elle en constatant que la place était dégagée.

S'élançant derrière les deux cousins, consciente que le bruit de l'escarmouche risquait d'attirer d'autres écorcheurs, elle courut sans s'arrêter. Quelques minutes plus tard, ils atteignaient enfin la poterne, perçaient son garde, s'éloignaient des remparts et gagnaient, le souffle court, l'endroit où Philippe et Godefroy avaient laissé escorte et montures. Son neveu la fit monter en croupe devant lui, puis talonna sa monture, droit vers le campement des Aquitains. Celui-là même que Philippe Auguste et Tancrède avaient prévu de faire attaquer au matin.

Sitôt parvenue sous la tente de son frère, abandonnant à ses compagnons le soin du récit de leur fuite, Jeanne se laissa choir sur un siège, le front brûlant, épuisée. Échevelée par la course, le bas du bliaud maculé de poussière, elle portait de lourds cernes de fatigue sous les yeux. Elle les ferma un instant, entendit Richard leur ordonner de préparer fraîche escorte pour la déplacer vers la Calabre avant le lever du jour. Lorsqu'elle releva les paupières, Richard déversait avec bienveillance un filet de vin dans un hanap. Il le lui tendit, la voix remplie autant de fierté que de douceur.

— Buvez, Jeanne. Il vous faut reprendre des forces.

Elle porta la coupe à ses lèvres sèches, la vida d'un trait tant elle se sentait assoiffée. Ensuite seulement elle raconta à son frère le piège odieux dans lequel Philippe Auguste et Tancrède de Lecce s'apprêtaient à le faire tomber.

— Je vais renforcer les gardes. S'ils veulent percer mes rangs, il leur faudra en découdre, soyez-en tranquille, la rassura Richard, les traits amers.

Il s'accroupit devant elle pour lui prendre la main, indifférent au sang qui la maculait.

— Plus que jamais je souhaiterais pouvoir vous garder à mes côtés, mais pour votre propre sécurité, il me faut désormais vous mettre au secret.

— Cela va de soi Richard. Ai-je votre promesse de ne pas me donner en épousailles à Philippe Auguste ?

La main du roi s'envola jusqu'aux boucles emmêlées sur ce front haut, poisseuses et rougies.

— À aucun que vous n'ayez choisi, Jeanne.

Ils se sourirent avec connivence. Elle hocha la tête, lui tendit le gobelet, vidé.

— Allons mon frère. Quittons-nous. Si je ne reprends pas la route maintenant, je crains de m'endormir sous votre tente et d'être obligée de me battre de nouveau.

Il la débarrassa d'une main, lui offrit l'autre pour l'arracher au tabouret de cuir.

— Il le faudra peut-être en Calabre si les Griffons qui occupent le monastère fortifié où je veux vous voir cachée nous refusent la place.

Les épaules lasses, les jambes à peine reposées, elle soupira.

— Qui est de trop est à ôter, dirait mère.

— Vous repartirez avec elle, Jeanne. Libre et apaisée. Elle ne tardera point.

— Dieu vous entende, Richard. Car rien n'est plus détestable que ces couvents siciliens pour qui a connu la joliesse et la vivacité des cours poitevines. Il ne s'y passe rien.

32.

À l'image de Clothilde, Gwalf rayonnait d'un bonheur que je ne lui avais jamais connu. La fierté plissait le contour de ses yeux de petites rides mutines et ruisselait de ses prunelles d'un noir profond. À peine étions-nous arrivés chez eux qu'il m'avait confié leur fils Galaad dont la tête n'emplissait pas même ma paume ouverte alors que la moitié de mon avant-bras suffisait à tenir son corps. Il était rond et rose de visage, chevelu comme son père, mais laissait augurer cette petitesse de taille adulte que mes deux amis affichaient. Une survivance des gens de l'île de Mona puisque Clothilde m'avait révélé être la seule de cette conformité dans sa famille. Qu'importait. La valeur des êtres, j'avais pu en juger, n'était pas une question de taille. Je berçai un long moment ce petiot, troublée d'une émotion sincère qui me renvoyait au ventre à peine bombé d'Eloïn. Gwalf affichait un sourire jusqu'aux oreilles.

— Un cadeau du ciel, dame Loanna. Jamais je n'aurais imaginé m'émerveiller autant, moi qui, en mon jeune temps, me bouchais les oreilles au babillement des enfançons. Celui-ci, à dire vrai, nous épargne les tympans. Il dort, tète et se rendort. Le croirez-vous ? Il m'arrive de me lever la nuit pour m'assurer qu'il est bien né tant il saurait se faire oublier.

— Oh ! je le crois sans peine, car il me rappelle en ce trait de caractère quelqu'un qui se tient tout près.

Il rougit, s'attira le rire moqueur de Clothilde, pleinement remise, visiblement, de son difficile accouchement.

— Rassurez-vous, dame Loanna. Ce bonhomme-là a bien changé. Il tient sa place, désormais.

— Eh quoi ! ne suis-je pas le châtelain ? On me prendrait pour un bouffon égaré par quelque seigneur si je ne faisais montre d'un peu d'autorité.

— Personne ne vous le reproche, Gwalf. La contrée que nous avons traversée ne tarit pas d'éloges sur votre équité et votre respect des bonnes gens, s'amusa Jaufré, penché sur le petit être qui s'endormait dans mes bras.

Le nain en bomba le torse.

— C'est que ce pays m'a conquis, sieur Jaufré.

— Il « nous » a conquis, sieur Gwalf, le taquina son épouse.

— Oui, oui. Nous... Nous.

Ils échangèrent un regard brûlant et leur complicité nous chauffa le cœur, renforçant notre sentiment d'avoir fait le bon choix en les menant tous deux ici.

— Allons, dame Loanna, si vous le permettez, je vais aller coucher ce petit ange qui pourrait bien, pour contrarier les dires de son père, se mettre à hurler d'avoir le sommeil coupé.

— Faites, ma bonne Clothilde.

Elle me le reprit avec l'aisance de toutes les mères lorsqu'il s'agit de leur propre enfant puis se tourna vers Eloïn et Agnès qui nous avaient accompagnés.

— Ne monteriez-vous pas avec moi ? J'ai reçu quelques tissus que j'avais commandés et je serais heureuse, du temps que ces trois-là échangent des souvenirs communs, d'avoir votre avis sur l'usage que je leur destine.

— Avec joie, Clothilde, assura Agnès relayée aussitôt par ma fille.

Gwalf attendit qu'elles aient toutes trois disparu dans l'escalier pour ouvrir une porte latérale et nous inviter à le suivre dans une petite pièce éclairée par une longue meurtrière. D'un ample mouvement du bras, il nous désigna l'ensemble des coffres vermoulus qu'elle contenait.

— Ce sont les archives de la châtellenie. Je ne sais qu'en faire. Dois-je les conserver ?

— Vous embarrassent-elles ? s'enquit Jaufré.

— Non. Mais elles ne me servent point non plus, car, exception faite des donations et autres actes toujours en vigueur, la plupart des documents ont été rongés par les rats. Bien que nos serviteurs veillent à la propreté du lieu, je crains que ces vieilleries ne finissent par les attirer de nouveau. Et avec le petiot...

— En ce cas, prenez conseil des abbés de vos paroisses pour vous assurer de ne rien perdre puis brûlez celles qui vous seront inutiles, affirma sans hésitation Jaufré tandis que je plaquais un œil à la fente de pierre, capturant le vol d'un héron en lisière des palus.

— C'est une décision sage. Oui. Bien sage. Qui me renvoie à toutes celles que votre absence me fera manquer.

Je me retournai vers lui pour le voir dodeliner d'un pied sur l'autre.

— Allons Gwalf, nul ce jourd'hui ne vous contesterait légitimité sur ces terres. Vous n'avez besoin de personne pour vous aider à les administrer.

Il soupira, la mine assombrie.

— Là n'est pas la question, dame Loanna.

— Alors quoi ?

— Alors... Alors je doute. Vous revoir tous deux ce jourd'hui nourrit de nouveau mon dilemme. Sachant ce que je sais, comment vous laisser repartir ?

Sans la moindre hésitation, je vins lui prendre les mains.

— Nous sommes conscients de l'ire de Saladin, Gwalf. Mais à quoi bon vous l'imposer de nouveau ? Vous y perdriez plus que nous y gagnerions tous.

Il hocha la tête, convaincu. Son œil pourtant conserva cette ombre dans laquelle, sournoisement, mes propres peurs dansaient.

— Je suis seulement inquiet, dame Loanna. Si Saladin vous apprend de nouveau à portée avec Marmiadoise...

— Il la trouvera au bout de mon bras pour le dissuader d'y goûter, croyez-moi. Je ne le crains plus, Gwalf, mentis-je avant d'ajouter : Nous avons pour nous cette fois le pouvoir des trois épées. Il ne peut rien nous arriver. Je veux encore profiter des êtres que j'aime, je veux voir Galaad grandir assez pour vous manger soupe sur le chef. Nous reviendrons en Vitrezais et, j'en suis sûre, vous nous surprendrez par vos actes et vos idées.

Il s'arracha un sourire.

— Ma foi, cela se pourrait...

Demeuré jusque-là à fureter dans une liasse de parchemins étalés sur une petite table, Jaufré s'en écarta pour revenir vers lui.

— Faites fi de votre sentiment d'inutilité mon ami. Outre le fait que votre présence ici éloigne Blaye d'un voisinage prédateur, j'ai, moi, ceci à vous confier.

Il écarta le pan de son mantel, dégageant l'étui long et circulaire accroché à sa ceinture.

— Sire Jaufré... C'est une lourde responsabilité, plaida Gwalf, décomposé.

— Qui mieux que le gardien de Marmiadoise en serait digne ?

Il le lui tendit. Gwalf me coula un regard ennuyé. Je hochai la tête, le cœur serré.

— Jaufré a raison. Il n'est personne en qui j'aie davantage confiance pour le protéger.

Gwalf s'en saisit d'une main qui tremblait.

— C'est grand honneur, messire Jaufré.

— L'aurions-nous obtenu sans vous ?

Il n'objecta rien. Ce jour-là, douze années plus tôt, il s'en était fallu de peu qu'il n'y laisse sa vie et moi la mienne. Mais nous avions sauvé bien davantage que cela. Nous avions sauvé le monde chrétien d'une arme redoutable. Le chant de Marmiadoise. Ce chant qui préparait l'âme au passage vers l'au-delà. Et permettait, sans coup férir, de tuer. Le sultan en connaissait le secret, pour me l'avoir arraché, puis l'avait consigné sur un papyrus. Lorsqu'il avait découvert qu'il lui avait été ravi, Saladin avait été incapable de le reproduire de mémoire. Ses espoirs brisés, il avait dû se servir d'une simple armée pour reprendre l'Orient aux chrétiens. Malgré mes suppliques,

Jaufré s'était refusé à brûler la transcription musicale. Il l'avait étudiée des années durant, pour comprendre, disait-il, pourquoi devant cette envolée de notes l'âme pliait. Il n'en possédait toujours pas la clef.

— Le jour où la camarde nous emportera, détruisez ce document de la même manière que ces vieilles archives, commanda Jaufré au petit homme.

Gwalf s'inclina devant lui, presque à toucher terre, avant de se redresser cérémonieusement.

— Je vous en fais serment, mais, de grâce, promettez-moi d'être prudents.

— Je le peux sans peine de mon côté, affirma Jaufré avant de me couler un œil de biais ; en ce qui concerne mon épouse, vous le savez comme moi, Gwalf... Autant demander à un âne de reculer...

33.

À Messine, les événements s'étaient bousculés en quelques heures. Mais point comme l'avaient espéré Philippe Auguste et Tancrède de Lecce. Prévoyant l'imminence d'une attaque, le campement des Aquitains avait été fortifié de soldats. À midi, au moment où Richard se présenta sous la tente des négociations, dressée pour la circonstance à l'écart de la ville et du campement anglais, Jeanne et son escorte s'étaient rendues maîtresses du monastère de la Bagnara avant d'en refermer solidement les portes. Si bien qu'avant même l'arrivée des chefs de Messine, les deux comploteurs virent Richard se dresser devant eux, avec cette superbe qui ne souffrait aucune comparaison.

Sans ambages, il les salua d'un léger hochement de tête, avant de leur lancer d'une voix égale :

— Les désordres s'amplifient et mon armée en subit les conséquences. Si vous n'êtes à mes côtés, vous êtes des fomenteurs. Je vous laisse le choix, messires. M'aider à endiguer la curée ou en souffrir la répression.

— Mon ami, mon cher ami...

Richard ne laissa pas Philippe Auguste aller plus avant. Il faucha son emphase d'un geste agacé du poignet.

— L'amitié m'est trop précieuse pour que je l'invite à cette table. Au demeurant, sachez que ma sœur n'est plus sous votre protection en cette heure, mais sous la mienne, dans une retraite que je lui ai assurée après, cette nuit, l'avoir enlevée.

Philippe Auguste blêmit. De toute évidence, ayant quitté le palais royal de bonne heure, il n'en avait pas été averti. Se reprenant pourtant, il accusa l'insulte.

— Est-ce à dire que vous me soupçonneriez de quelque malhonnêteté à son égard ?

Richard planta dans celui du monarque ce regard perçant qui avait toujours impressionné ses vis-à-vis.

— Non point. Mais j'ai jugé préférable de la mettre à couvert avant que je n'ébranle de ma lame les murs de cette cité.

Tancrède bondit du siège qu'il avait nonchalamment occupé en maître à son arrivée.

— Oseriez-vous prendre Messine ?

— Je n'en attends que l'occasion, affirma Richard, hautain.

Connaissant l'impulsivité du roi d'Angleterre, Philippe Auguste s'interposa dans un soupir navré.

— Allons, messires ! Avez-vous déjà oublié ce qui nous lie ? Saladin rirait de notre querelle avant de se satisfaire de nous voir détruire une alliance capable de le plier. Ne lui concédons pas stupidement les arguments de notre propre perte.

Tancrède ne baissa pas les yeux, Richard non plus. Philippe Auguste s'apprêtait à insister lorsque, détournant leur attention, un bruit de galopade perça l'épaisseur du cuir huilé de la tente. Un cavalier s'immobilisa devant, exigea des deux gardes en faction qu'on le laisse entrer au nom du roi d'Angleterre. La seconde d'après, le visage grave, le haubert et le gant maculés de sang, Philippe de Falconbridge passait sous le rabat, accueilli par son père qui s'était tourné vers lui.

— Pardonnez-moi cette intrusion mais il me fallait vous avertir de toute urgence, Votre Majesté. Nous venons de repousser attaque d'une grande violence, à l'intérieur même du camp des Aquitains. Plusieurs des nôtres sont tombés.

Une rage sourde piqua Richard que cette nouvelle pourtant ne surprenait guère. Il pivota vers Tancrède, l'index levé.

— Pour un des miens ce seront dix des vôtres que j'occirai.

Sans laisser le temps aux deux rois de riposter, il avala en deux enjambées la distance qui le séparait du passage duquel son fils s'était écarté. Parvenus à l'extérieur, ils se juchèrent en selle, talonnèrent leurs montures puis quittèrent la place au grand galop, refusant de saluer la délégation messinoise qui arrivait.

Soutenu à la dernière minute par Philippe Auguste qui espérait ainsi enlever la main de Jeanne, il ne fallut que deux jours à Richard pour refouler Tancrède et sa maigre armée dans la cité voisine. Ensuite de quoi il s'installa au palais en maître, faisant du roi de France non son égal, mais son invité à cette table de victoire que les mets les plus délicats ne parvenaient à égayer. Pour cause, depuis le début de cet informel repas en tête à tête réclamé par le roi de France, les deux hommes n'avaient échangé que des banalités.

Il est temps d'en terminer, songea Philippe Auguste en pointant un regard appuyé sur Richard, faussement désinvolte devant son suprême de faisan.

— Puis-je espérer de votre part quelques nouvelles de votre sœur Jeanne ? demanda-t-il, sincèrement.

— Elle patiente, cher ami. Elle patiente, le nargua Richard en trempant ses doigts graisseux dans une coupelle d'eau citronnée pour les rincer.

Conscient que le roi d'Angleterre aurait à cœur de s'amuser de lui comme un chat d'une souris s'il n'entrait pas dans le vif du sujet, Philippe Auguste déglutit.

— A-t-elle évoqué les sentiments que je nourris à son égard ?

Tout en essuyant ses mains, Richard le cueillit d'un sourire cynique.

— Jeanne possède bien trop de vertu pour les avoir seulement imaginés et vous, que je connais si bien, trop d'élégance pour l'en avoir embarrassée avant que de m'en parler.

Le visage disgracieux du roi de France se crispa.

— Certes. Certes, plaida-t-il avant d'étouffer une quinte de toux opportune derrière le revers de sa main.

Le temps de trouver les mots justes, Richard avait replongé le nez dans son assiette. Comprenant qu'il ne lui faciliterait pas la tâche, Philippe Auguste se composa un masque chaleureux, bien éloigné désormais des sentiments que Richard lui inspirait.

Il soupira.

— Je pourrais, pour vous demander Jeanne en épousailles, évoquer cette belle amitié qui nous lie, les intérêts conjoints d'une alliance franco-anglaise et tant d'autres raisons dont nous aurions, vous comme moi, à nous réjouir. Mais je suis persuadé n'avoir besoin que de cette vérité mon ami : je l'aime. D'un transport tel que pas un jour ne fuit sans que son visage m'effleure l'esprit. Je l'aime, Richard. Laisserez-vous ce cœur fou s'abîmer de langueur ?

Richard releva enfin les yeux, la lippe tombante. L'air navré, il secoua sa crinière fauve.

— Cet aveu me désespère. Pourquoi ne l'avoir prononcé plus tôt ?

Philippe Auguste se tétanisa sur son siège.

— Qu'est-ce à dire ?

— Que j'ai nourri pour elle d'autres projets dont je ne peux rien dévoiler pour l'heure, mais qui ruineraient ma réputation si je m'en écartais. Je le regrette profondément, Philippe Auguste, mais il vous faut vous guérir d'elle.

Le visage du roi de France se ferma brusquement.

— Avez-vous seulement aimé véritablement que vous me réclamiez un tel sacrifice ? Point ma propre sœur visiblement ! Quant à vos engagements, mon cher, vous n'êtes pas en peine de les écorner puisque, malgré nos accords, seules vos bannières flottent sur les remparts de Messine !

Ils s'affrontèrent d'un regard sombre durant quelques secondes avant que Richard ne hausse les épaules, la voix dénuée de toute animosité :

— La déception vous rend amer, mon ami, je le conçois, autant que votre peine, mais ne mélangez pas tout. Mes couleurs sont en place parce que cette place m'appartient. Rien de plus.

— Et que faites-vous de votre engagement au partage des conquêtes ? Celle-ci en est une quel que soit le prétexte invoqué pour la prendre, se buta le roi de France.

Richard inclina son hanap d'argent pour décoller des parois le liquide ambré et épais que l'échanson y avait versé. Un hydromel de la plus élégante des factures, au goût exquis, trouvé dans une des malles abandonnées par l'urgence du roi de Sicile. Il le fit couler en bouche, s'amusant de la mine rancunière de son invité. Pour autant, il le savait, il ne pouvait laisser perdurer davantage cette situation de conflit. Les vents étaient toujours de mer et l'hiver qui s'annonçait voyait s'amoindrir leurs chances de quitter l'île avant le printemps. Si cela servait les intérêts de Richard en laissant le temps à sa mère de parvenir jusqu'à lui, l'atmosphère allait s'empuantir de jour en jour. Or mieux valait à l'attente la concorde que la guerre. D'autant plus que sa démonstration de force avait convaincu les habitants qui, craignant de se voir pillés, se terraient désormais au moindre passage de ses gens. Il n'était jusqu'aux marchands, hautains et roublards hier, qui distribuaient presque leurs denrées.

Richard reposa le récipient dans un soupir.

— Loin de moi l'idée de vous déplaire, Philippe. Au contraire. Je n'espère rien de moins que retrouver l'ami véritable avec lequel je partageais hier encore la couche. Je vais réfléchir concernant Jeanne. Si faille se trouve qui puisse me dégager de serment, elle sera vôtre, vous avez ma parole. Mais ne tentez point de m'embarrasser à son sujet, je vous le demande. La Sicile nous retient en ses rets, alors au lieu de nous quereller stupidement, semons la patience, vous comme moi, et usons de diplomatie. Nous y gagnerons tous deux. La croisade y gagnera.

Philippe Auguste s'adoucit.

— Soit. Que proposez-vous ?

— De remettre cette cité aux mains des Templiers et des Hospitaliers, dont la neutralité siéra à Tancrède. Ils en assureront la garde et l'ordre. Ainsi votre orgueil sera sauf, le mien entendu et nos accords respectés. Je ne vous contraindrais qu'à un seul en retour. Accepter que je bâtisse un fortin sur les hauteurs, afin que le roi de Sicile ne s'y trompe pas. Mon courroux ne sera levé que par la restitution du douaire de Jeanne. Douaire qu'elle récupérerait en dot, bien entendu, et dont, si Dieu le permet, vous pourriez bien profiter.

Ce dernier argument emporta la rancœur de Philippe Auguste. Il hocha la tête.

— Votre sagesse n'a d'égale que votre célérité au combat, Richard. Ma confiance vous est acquise. Mon bras aussi. Faites. Puis-je seulement espérer rendre visite à Jeanne quelque fois ?

— Et risquer d'entraîner dans votre sillage les espions de Tancrède ? Pas plus que moi vous ne voudriez la voir retomber en ses griffes, n'est-ce pas ?

— En effet, consentit Philippe Auguste à regret.

Richard leva de nouveau son hanap dans lequel un fond d'hydromel embaumait.

— Mate-Griffons, dit-il, un sourire jusqu'aux oreilles, satisfait de ce qu'il avait obtenu sans rien lâcher.

— Plaît-il ?

— C'est le nom que je compte donner à mon château.

— Vous ne craignez pas que les Grecs s'en offusquent ?

Richard approcha la coupe de ses lèvres, l'œil satisfait.

— Plaire aux scélérats n'est pas dans mon idée.

34.

La traversée des Alpes sous une première neige collante et épaisse nous avait conduits à passer dans l'urgence le col du Montgenèvre. Depuis, dans cet hiver qui réduisait notre avance, nous contraignant à marcher souvent aux côtés de nos montures, les capuchons rabattus, le nez enfoui sous nos écharpes de fourrure, les pieds glacés malgré le fourrage des bottes, nous faisions halte au crépuscule, épuisés, là où nous trouvions assez de place pour nous loger.

En cette nuit du 18 décembre, nous nous étions rabattus sur une commanderie située à une trentaine de lieues de Turin. Pour nous réchauffer, Aliénor, Bérangère, Eloïn et moi partagions, serrées les unes contre les autres, une des chambres. Bernard de Ventadour, Jaufré et Gilbert Vascœuil, qui escortait Gautier de Coutances, l'archevêque de Rouen, admis, lui, en le dortoir des moines voisins, la seconde. La nuit était noire, la fatigue dense. Malgré l'inconfort du manque d'espace, nous nous étions endormies toutes quatre avec un même soupir de soulagement. Tout était calme dans cette pièce chaleureuse que réservait l'ordre du Temple à ses visiteurs de marque. Un feu brûlait gaillardement dans l'âtre, entretenu au-delà les rideaux du lit par des serviteurs discrets ; le vent, étourdissant de froidure, avait cessé de heurter le bois des volets et nos panses étaient repues du repas frugal mais délicieux que nous avaient préparé les chevaliers. Mon seul regret était de n'avoir point Jaufré à mes côtés. Il s'invitait donc dans mes rêves, aimant et attentionné, jouant de la citole ou chantant, réveillant des souvenirs communs ou enflammant mon imaginaire d'autres, improbables. Puisant profondément en eux et en la présence physique des miens la force nécessaire à la route du lendemain, j'avais, comme chaque nuit, abattu toute garde, lorsque peu à peu, un palais se substitua à celui de Blaye, une bannière à la nôtre. Lors, supplantant la quiétude qui berçait mon sommeil, un sentiment de menace imminente grandit en moi tandis que se précisaient des lieux et des visages. Il finit par devenir si puissant que mon cœur s'emballa dans ma poitrine. Les mères ont cet instinct, quel que soit l'âge de leurs enfants, de percevoir leur détresse. J'ouvris les yeux dans l'obscurité avant même qu'Eloïn ne se redresse d'un sursaut et n'étouffe à deux mains sur sa bouche le sanglot qui lui remontait en gorge. Craignant d'inconforter Aliénor si je bougeais, je me contentai de lever une main et de la lui passer sur les omoplates. Cela fut suffisant pour qu'elle se rallonge et approche son souffle, trop court, du mien, retenu.

— La camarde, mère. Elle rôde autour de Richard, murmura-t-elle, paniquée.

Elle disait vrai. Tout en moi le sentait désormais. Malgré cela, je me voulus rassurante. Il me fallait préserver sa sérénité, au nom de l'enfant qu'elle portait.

— Mensonge, Eloïn. Lié à ta grossesse. Ce n'est rien d'autre qu'un de ces cauchemars qu'elle provoque en celles de notre lignée. Tu ne dois pas lui prêter consistance.

Les mains en bouquet sur sa poitrine, elle se nicha contre moi, dans ma chaleur, pesa sur mon bras qui lui offrait asile et accepta la caresse de mes doigts sur sa nuque. Nous demeurâmes ainsi de longues minutes dans ce silence retombé, elle chassant ces images, moi appelant la magie pour qu'elles viennent encore, plus fort, plus près, tout en contrôlant les battements désordonnés de mon cœur. Lorsqu'elle finit par se rendormir au murmure d'une berceuse qui apaisa les ronflements de ma reine de l'autre côté du lit, mon esprit s'était définitivement ancré en Sicile. Dans les pas d'un homme qui venait de pointer dague au cœur d'un garde et qui, déterminé, abaissait le loquet d'une chambre au-dessus de laquelle la bannière de Richard avait été piquée.

Pierre Basile possédait cette aisance féline indétectable qui lui avait valu, dès son plus jeune âge, une réputation de chasseur. Aucun de ceux qu'il avait occis dans leur sommeil n'avait senti sa présence. Ils n'avaient pris conscience de la mort qu'à l'instant ultime, lorsque leur gorge ouverte leur avait interdit de respirer. Il exécrait ces bouchers qui se délectaient de la souffrance de leurs victimes et s'appliquaient à les voir se débattre avant que de trépasser. Il assassinait, soit, mais avec élégance, ce qui lui avait attiré considération autant que respect. Cette fois, il se voulait plus précautionneux encore. Richard d'Angleterre n'était pas une cible quelconque. Sa valeur donnait du sens à son geste et de la noblesse à sa lame. Lors, profitant de cette étonnante vision nocturne héritée de son père, il évita soigneusement tout obstacle pour s'approcher du lit clos et de la respiration sereine qui s'en échappait. Il ne fit grincer sous ses semelles aucune des lames du parquet et ne se trouvait plus qu'à quelques pas lorsqu'il perçut du bruit en provenance du mur opposé, probablement du cabinet d'aisances de la tourelle attenante. Instinctivement, il s'immobilisa. Vêtu de sombre, il ne serait dévoilé que par de la lumière. Or, aucune ne brillait. Il attendit. Les gonds d'une petite porte couinèrent puis une démarche masculine s'imposa sur les lattes. Avec cette habitude acquise au fil des années, Pierre devina une ossature lourde, une corpulence massive. Richard. Il s'agaça. Ne lui avait-on assuré que ce dernier dormait seul à l'inverse de ses compagnons qui partageaient à deux, voire trois, même couche ? Philippe Auguste était dans la sienne avec un de ses familiers, les deux rois n'ayant pas réussi à se reprendre suffisamment d'amitié. Quel que soit le compère de nuitée de Richard, Pierre Basile comprit que, pour cette nuit, son acte serait manqué. Plus encore lorsqu'un bâillement sonore répondit au grincement du sommier. L'autre s'était réveillé. Il ne pourrait plus les prendre sans combattre et, malgré l'effet de surprise, n'était pas armé en conséquence pour l'emporter. S'il n'avait possédé ce sang-froid qui l'avait sauvé en maintes situations, il se serait déconfit. Il devait quitter la place, or bouger signifiait se perdre. Il opta pour la patience. Si les habitudes de la maison n'avaient pas changé davantage, il avait une bonne heure devant lui avant que le manque de faction ne soit remarqué. Avec un peu de chance ces deux-là se rendormiraient.

Eloïn avait certes sombré dans le sommeil, mais sa respiration par moments saccadée prouvait qu'elle poursuivait à mes côtés les mêmes ombres. Cela faisait bien longtemps qu'une vision en temps réel ne m'avait atteinte aussi directement et distinctement. C'était comme un mirage qui prenait vie dans l'espace clos et sombre du lit. Jusque-là j'avais parfois anticipé l'avenir, entrevu des faits inconnus du passé, mais d'aucune manière je ne m'étais approchée ainsi, même lorsque, en terre d'exil, je le souhaitais ardemment pour capturer quelques bribes du quotidien de nos enfants. Je n'osais bouger, par peur autant de perdre le contact que de réveiller ma fille. Plus encore néanmoins dans la crainte, stupide, que cet homme immobile et attentif devant le baldaquin de Richard puisse me remarquer. N'avais-je pas un jour moi-même aperçu le regard d'Aude de Grimwald flottant sous le porche de l'église Sainte-Geneviève à Paris alors qu'on me voulait découdre[1] ? L'apparition avait fait reculer mes agresseurs. Ce souvenir me piqua les sens. Je pouvais. Je pouvais comme elle, hier, effrayer l'assassin. Le repousser. Lors, cessant de me vouloir cacher, je focalisai ma magie sur lui. Il fallut quelques secondes, moins en vérité que je ne l'aurais imaginé, puis un silence épais m'isola de mon environnement. Je me sentis aspirée de l'avant, sortir de mon corps. Je l'observai quelques secondes depuis le plafond, tendu par la transe, coincé entre Eloïn et Aliénor

1. Voir *Le Lit d'Aliénor*, XO Éditions, 2002.

qui, me tournant le dos, serrait Bérangère dans ses bras, puis sans la moindre hésitation m'arrachai à lui pour plonger dans ce voile opaque que des milliers de lieues éloignaient.

Pierre Basile venait de le comprendre. Ces deux-là, le roi Richard et l'inconnu, ne s'étaient pas rejoints par hasard dans le lit clos :

— Voulez-vous mon cul sire ?

— Et quoi d'autre Merchadier ?

Un mouvement appuyé par le sommier, masqué par les tentures. Pierre Basile sourit dans la pénombre. Inutile de voir pour imaginer. Un silence, puis un timbre altéré.

— Elle vous manque plus que de raison, ce soir. Vous poussez loin la cognée.

— Ce n'est pas pour te déplaire que je sache.

Seul un grognement répondit au rythme enlevé des craquements du lit. Pierre Basile en déduisit que le roi ne serait pas long à se soulager. Dans l'intervalle, le silence était bien entamé. C'était sa chance. Il pivota vers la porte et se décomposa aussitôt devant un regard perçant, surgi du néant, qui le dévisageait. Instinctivement sa main arracha sa dague. Dans son dos les deux sodomites s'emportaient de désir, ignorant son incompréhension à ne piquer que le vide. Pierre Basile ne perdit pas de temps en questions inutiles. Malgré sa frayeur, il devait passer. Il traversa l'obstacle, davantage surpris de ne rien ressentir que de son étrangeté. Un râle guttural tétanisa les deux hommes dans leur étreinte. Pierre Basile en profita pour s'éclipser. La porte, en se refermant sur lui, eut ce claquement sec qu'en d'autres temps et circonstances il aurait évité. Cela suffit pour qu'instinctivement Richard, le front en sueur et le vit encore empalé, alerté par le bruit autant que par une lueur inhabituelle, écarte fermement le rideau par-dessus l'épaule de Merchadier. Il se décomposa devant ces yeux qui flottaient encore dans la pièce, ce regard terrible de défi et de colère. Merchadier de même dont la main souillée de semence emprisonnait encore sa bannière à son entrejambe.

Le temps qu'ils lui prêtent signification, Pierre Basile avait disparu et je réintégrais mon corps, rouge de confusion, en priant intérieurement pour avoir ôté l'envie à l'assassin de recommencer. Plus encore pour que mon visage ne soit pas apparu devant mon roi ainsi emmanché.

Au lendemain, Eloïn, reposée, ne reparla de rien et je fus bien aise quant à moi de pouvoir taire ma vision. Elle eut plus de conséquences que je ne l'imaginais. Alors que nous nous remettions en selle pour poursuivre notre voyage vers lui, Richard, certain que le regard de Dieu s'était invité à ses ébats pour l'en condamner, convoqua ecclésiastiques et chevaliers dans la chapelle du palais. Il se présenta devant eux nu, serrant dans ses mains trois faisceaux de verges écorcées, et exigea qu'on l'en flagelle pour les actes ignominieux qu'il avait commis. Ensuite de quoi, sans un regard pour Merchadier qui, non loin, baissait le front sur l'amour sincère qu'il lui portait, il jura de ne plus recommencer.

Richard ne s'était pas plutôt écroulé sous les coups de fouet qu'un orage effroyable éclatait en rade de Messine. L'après-midi durant, les éclairs se succédèrent sans discontinuer, une pluie battante délaya les rives, ameublit le sol de terre battue de la cité, tant qu'une partie des habitations s'effondra, noyée sous un torrent de boue. Au même instant, la foudre tomba sur une des galées de Richard, la rompant en deux et la précipitant au fond. Lorsque le calme revint, chacun pleura ses défunts avec au fond du cœur la même certitude. La main de Dieu avait sévèrement châtié et le diable s'était vengé. Dans les deux cas, l'Anglais n'était plus le bienvenu dans la cité.

35.

Nanti d'une escorte composée de plusieurs chevaliers fidèles, Jean chevauchait en direction du comté d'York pour visiter son demi-frère que Richard avait fait nommer archevêque. Geoffrey Plantagenêt avait eu beau plaider qu'il était bien jeune encore pour de telles charges, que son désir, au contraire, était de quitter la vie monacale pour devenir chevalier, Richard l'avait contraint à l'obéissance, affirmant qu'il serait plus utile au royaume dans ses nouvelles fonctions qu'à guerroyer à leurs côtés. Il était temps pour Jean de lui révéler les véritables raisons qui poussaient le roi à le tenir écarté.

Comme à chacune de leurs rencontres, fréquentes depuis la naissance de Geoffrey, les deux hommes tombèrent dans les bras l'un de l'autre devant l'autel de la cathédrale d'où l'archevêque venait de se relever, sa prière achevée.

— Votre visite impromptue me touche infiniment, comte de Mortain, lui coula Geoffrey en dénouant leur accolade.

— Vous étonne-t-elle ?

— Point. J'ai ouï dire que l'absence du roi et de votre mère allait s'éterniser. Lors j'espérais que vous m'accorderiez cette faveur… votre affectueuse amitié.

Autour d'eux vaquaient des moines. L'endroit n'était pas idéal pour discuter, en conclut Jean, surtout si Richard s'était acquis quelques espions dans l'entourage du jeune prélat.

— Vous manquez de couleur à ne respirer que l'encens. Que diriez-vous d'une chevauchée pour en chasser les effets ?

Geoffrey marqua une seconde de surprise avant de hocher la tête d'un air entendu. S'éloigner de cet endroit ne pouvait que lui plaire. D'autant qu'il restait féru de chasse, de passes d'armes et autres exercices de chevalerie auxquels Richard l'avait empêché de s'adonner en le contraignant à une fonction cléricale.

Dans un silence complice, ils prirent d'un même pas le chemin des écuries où l'escorte de Jean patientait. Le temps de faire seller leurs montures et ils franchissaient la herse de l'abbaye qui jouxtait la cathédrale à l'est, contournaient son imposant portail aux colonnes hantées par des démons grimaçants puis, s'éloignant de la cité par l'antique porte ouverte dans les remparts d'origine romaine, s'engagèrent au grand galop sur le chemin de la forêt dans laquelle un vieil ermitage croulait sous les ronciers.

Ils mirent pied à terre devant ses ruines, au cœur d'une châtaigneraie que l'hiver avait dépourvue de majesté et dont les troncs tachetés de gris semblaient se fondre au ciel ennuagé. Le froid était vif, l'humidité prégnante. Ils abandonnèrent leurs montures et leur escorte, les joues couperosées, le nez coulant, la pointe des oreilles cramoisie. Ils s'enfoncèrent sous les arceaux d'un cloître mangé par le lierre, contournèrent un pan de mur éboulé pour s'asseoir face à face dans l'angle d'un autre, comme souvent en les jeunes années de Geoffrey, le cul avalé par les feuilles mortes qui s'y était amoncelées et le dos calé aux pierres disjointes. Une fraction de seconde, leur complicité les isola de la froidure, puis, d'un même geste, ils resserrèrent autour d'eux les pans de leur mantel.

— Puis-je savoir ce qui motiva notre fuite cette fois ? demanda enfin Geoffrey en le fixant d'un œil piqué autant par la curiosité que par la vivacité de l'air.

— Un aveu, mon frère, que je vous dois, je crois, puisque de toute évidence il ne viendra pas d'une autre qui le garde au secret.

Geoffrey fronça les sourcils.

— Je vous écoute.

— Vous n'êtes pas le fils d'une des servantes engrossées par mon père, ainsi qu'on vous l'a toujours affirmé.

Geoffrey fronça les sourcils. Jean eut un de ces sourires cyniques qu'il détestait.

— La vérité n'est pas toujours bonne à entendre, Geoffrey, mais ne vous êtes-vous point demandé pourquoi Caliburnus avait hésité longuement entre vous et Philippe de Falconbridge ?

Geoffrey baissa la tête.

— L'épée l'a-t-elle fait ? J'ai préféré considérer que mes yeux m'avaient trompé.

— Les miens étaient grands ouverts, je le puis jurer. Pour le reste, votre cœur n'a-t-il rien perçu ? Un élan, une évidence ?

Geoffrey ramassa une branchette à ses pieds. Pendant quelques secondes il s'en amusa pour écarter le tapis de feuilles mordorées, l'esprit accroché au regard d'une femme qui l'avait ému de manière inexpliquée. Une femme dont son père lui avait souvent parlé.

Jean le fixait avec gourmandise. Non cette fois pour le mal qu'il lui ferait, car c'était le seul être auquel il soit véritablement attaché, mais pour la revanche qu'il allait prendre et qu'il avait promise à son père lorsque celui-ci avait compris qu'il avait lentement mais sûrement été empoisonné. Ce jour-là, Jean avait entendu la confession de son père concernant la prêtresse de Brocéliande, les projets qu'il nourrissait à son égard, la lettre qu'il avait l'intention de lui laisser pour la tromper. Il n'avait pas pardonné le fait qu'elle les ait abandonnés, lui et Geoffrey, cet enfant qui aurait reçu d'elle l'héritage d'Avalon et ainsi aurait pu gouverner l'Angleterre à l'égal d'Arthur. Blessé dans son orgueil par cet aveu, Jean s'était malgré tout adouci devant les dernières volontés du roi. Ne l'avait-il pas finalement choisi pour régner en place de son demi-frère ? Lors, il avait accepté de jouer les traîtres envers son père pour duper Richard et Loanna de Grimwald lorsqu'elle reviendrait. Puis de reprendre le royaume, d'user pour cela de tous les moyens et, enfin, de protéger

Geoffrey, car il était comme lui. Un enfant renié par sa mère. Un vrai Plantagenêt.

Lorsque Geoffrey releva la tête, Jean put lire dans son œil tous les doutes qu'il espérait y avoir semés. Sa voix s'enroula dans le ronfle du vent.

— Le même mélange, Geoffrey. Dans vos veines. Dans celles de Falconbridge. Avalon et Plantagenêt. Voilà pourquoi l'épée d'Arthur a hésité. Car l'un comme l'autre vous lui étiez destinés. Une seule avait pouvoir de trancher, la descendante de Merlin... Votre mère.

— Loanna de Grimwald, la nomma Geoffrey comme une évidence.

La branchette éclata sous le joug de ses doigts brusquement serrés. Jean soupira.

— Nous sommes semblables, Geoffrey. Ni vous ni moi n'avons reçu d'amour maternel. Ni vous ni moi n'avons été épaulés par une fratrie. Seuls. Nous avons grandi seuls dans l'affection de notre père. Jusqu'à ce qu'il nous rapproche et nous donne l'un à l'autre. L'un pour l'autre.

— Il ne m'a jamais dit du mal d'elle, Jean. Il en parlait souvent. Avec respect.

— Pour lui laisser une chance sans doute de rattraper ses erreurs passées. Elle l'eût pu, vous en conviendrez. À Tintagel, dans les semaines, les mois qui suivirent. En laissant Caliburnus choisir par elle-même. Elle ne l'a pas fait. Au contraire. En usant de sa magie ce jour-là, elle vous a sciemment repoussé. Une seconde fois.

Le regard de Geoffrey s'embruma. Il crispa les mâchoires pour se retenir de pleurer. Jean s'en voulut de devoir l'achever.

— Je suis navré, mon frère. Vous êtes en ce monde le seul être qui compte à mes yeux, à mon cœur. Voilà pourquoi il me faut vous poignarder de nouveau en vous révélant que notre père a été assassiné, qu'il en a eu conscience et qu'il m'a fait promettre vengeance. Nous sommes les seuls qui ne l'aient jamais déçu, jugé, dupé ou trahi même si, sur ses ordres, je l'ai laissé croire à Richard. Nous sommes les seuls dignes du trône qu'il a laissé. Moi pour m'y asseoir puisque légitimé, vous pour brandir Caliburnus et protéger cet empire qu'il avait fondé.

Une bourrasque plia les branches des châtaigniers pour venir mourir en un petit tourbillon à quelques pas d'eux, soulevant les feuilles mortes. Ils s'y abîmèrent les yeux pendant quelques minutes, Jean dans l'attente, Geoffrey englué entre l'envie de pardonner à sa mère et la colère rancunière qui la pourfendrait. Sangs et caractères mêlés. Il était d'Avalon et de Plantagenêt. Il se laissa emporter par la seconde. Ce n'était pas Eloïn ou Geoffroy Rudel qui se trouvait là à ses côtés. C'était Jean. Depuis toujours, c'était Jean. Il le fixa enfin, de la détermination dans son regard gris vert.

— Que dois-je faire pour vous aider ?

— Après l'épisode de Tintagel, Richard a voulu vous écarter définitivement d'une fonction politique laïque. J'ignore qui le lui a conseillé. Ma mère, la vôtre à moins que ce ne soit votre sœur Eloïn qui veille sur les intérêts du fils qu'elle a donné au roi. Peu importe en vérité. Richard a commis une erreur. L'archevêque d'York jouit d'une grande influence temporelle, que ce soit auprès des puissants du royaume ou du clergé. La position que vous prendrez en ma faveur sera décisive pour que je me rende maître du royaume.

— Richard aura tôt fait de le regagner à son retour.

Le visage de Jean se creusa d'un plaisir malsain.

— Il ne reviendra pas de Terre sainte. Pas plus que ma mère qui a décidé de lui amener fiancée. Quant à Caliburnus, si Falconbridge la perd, il n'aura plus aucune légitimité. Et j'ai dépêché auprès d'eux l'homme qu'il faut pour y veiller.

Geoffrey blêmit.

— N'est-ce point... ?

— Expéditif ? Si, mon frère. Ainsi que fut réglé le sort de notre père. Si cela peut apaiser votre conscience, j'ai décidé d'épargner Loanna de Grimwald. Pour le cas où vous décideriez de lui pardonner... ou de vous venger.

Geoffrey ne répondit pas. Son cœur pour l'heure n'avait pas encore tranché. Jean se redressa, les jambes ankylosées par l'humidité qui s'était infiltrée par son fondement. Il lui tendit une main chaleureuse. Geoffrey s'y accrocha pour se relever. Tandis qu'il s'époussetait le fessier, Jean ajouta :

— Je ne doute pas que nous aurons d'autres prétendants au trône, ne serait-ce que le fils de mon défunt frère Geoffroy, ce jeune Arthur que sa mère élève en cour de France. Il ne fera pas le poids auprès des barons anglais. Toutefois, il nous faut écarter ceux qui risqueraient de nuire à nos projets. Comme il est difficile de tuer tout le monde sans que cela paraisse flagrant, le discrédit me semble une arme tout indiquée.

— À qui pensez-vous ?

— À cet agaçant chancelier et grand justicier du royaume. Le sire Guillaume Longchamp. J'ai déjà commencé mais ce n'est point assez. Il me faut définitivement le perdre auprès des barons restés en place. Pour cela j'ai besoin de subsides. J'ai entendu dire que les notables de la ville d'York s'étaient plaints de crouler sous les créances de leurs usuriers ?

— En effet. J'ai entendu leurs doléances.

Jean enroula son bras autour des épaules de son frère.

— Je vais vous expliquer comment, en servant leurs intérêts, vous irez dans le sens des nôtres. Sans que quiconque puisse savoir que vous y avez été mêlé.

Jean reparti, Geoffrey appliqua ses conseils. Il commença par quitter le comté, laissant la rumeur accuser les Juifs de la ville d'York de tous les maux, comme ç'avait été le cas lors du sacre de Richard. Il ne fallut que quelques jours pour que la révolte des barons éclate, menée par Richard de Malbis et quelques routiers que Geoffrey avait grassement payés. Pour se garder des piques, des poignards et des incendies allumés au pied de leurs maisons, la communauté juive tout entière se réfugia dans le château puis appela à l'aide le grand chancelier et justicier du royaume. Le temps que Longchamp soit averti et que, fort des consignes de protection de Richard à l'égard des Juifs, il intervienne, ces derniers étaient assiégés par une foule en furie qui exigeait d'eux le baptême ou la mort. Ils finirent par choisir cette dernière option, se jetant en masse du haut des remparts. Les hommes de main de Geoffrey entraînèrent alors les habitants à l'assaut du donjon, puis de la cathédrale, comme ils l'avaient fait des maisons désertées, dans le dessein officiel de récupérer les contrats de dette, dans celui, inavoué, de piller. Pendant ce temps, Geoffrey revenait par un souterrain, vidait le trésor de l'église pour servir la cause de Jean et quittait de nouveau la place en toute discrétion pour qu'on ne puisse l'accuser. Lorsque le vol fut avéré, Guillaume Longchamp accula tous les nobles à l'amende puis bannit du royaume Richard de Malbis et ses complices. Si le trésor ne fut retrouvé, tout les accusait.

Quant à Geoffrey, se désolant ouvertement des événements qu'il avait manqués, il ne fut pas même soupçonné. Contrairement à ce qu'il avait craint de prime abord, il n'en perdit ni le sommeil ni l'appétit. Ce qui lui donna à penser que Jean avait raison. Il était bel et bien un Plantagenêt.

36.

Tancrède de Lecce suffoquait du nez. Depuis que Richard avait sciemment incendié ses navires dans la rade de Messine, il ne parvenait à se dégager de l'odeur résiduelle de fumée. Au point qu'il se demandait si le roi d'Angleterre n'usait pas de quelque sortilège emprunté à sa maîtresse pour lui empuantir l'existence. Ils s'étaient pourtant mis d'accord la veille quant au douaire de Jeanne. Richard le lui abandonnait contre vingt mille onces d'or, somme à laquelle il avait ajouté dédommagement et défraiement pour la guerre qu'il avait été contraint de lui mener. Tancrède avait failli s'étrangler, d'autant plus que ce scélérat de roi de France, qui l'avait largement incité à bousculer son rival, en empocherait la moitié ! Il avait accepté, contraint et forcé, mais en jurant de se venger à la première occasion de ce Philippe Auguste aussi changeant d'humeur et d'ami qu'une donzelle ! Pour l'alléger un peu de cette saignée, Richard lui avait promis de marier le jeune Arthur, fils de son défunt frère Geoffroy, à une de ses filles. Et de lui prêter main forte contre sa tante Constance, déterminée de nouveau à lui enlever le trône. On la prétendait en route avec son époux, Henri Hohenstaufen, descendant direct de feu Barberousse et nouvel empereur du Saint Empire germanique. À la tête d'une armée nombreuse.

Tancrède se faisait l'effet d'un poisson sorti de l'eau. Il cherchait l'air, le trouvait vicié de tous côtés, car à la vérité, à qui se fier ? Il voyait ses « invités », mener à leur guise le royaume de Sicile, comme s'il en était déjà dépossédé. Bloqués par les tempêtes hivernales, les deux monarques avaient d'un commun accord fixé le prix des denrées, l'heure du couvre-feu ou encore le règlement des jeux de hasard, quand pour occuper leurs journées ils n'organisaient pas fêtes et tournois ! Fêtes et tournois auxquels bien évidemment, depuis hier seulement, il était convié. Il n'irait pas. Non. Comme le disait si bien son chancelier Matteo d'Ajello, il les avait tous deux dans le nez ! Messine était aux mains des Templiers, Richard paradait dans son nouveau fortin de bois piqué au sommet d'une colline, ce Mate-Griffons qui indisposait tous les habitants de Messine sans qu'ils puissent riposter. Quant à Philippe Auguste, il occupait son palais !

Il refoula un rot au dos de sa main et recula d'un pas dans cette petite salle du castel de Palerme, trop austère à son sens. Il avait prévu de déménager dès le lendemain. Pour l'heure, il subissait. Cet homme, ce Pierre Basile qui venait de se courber devant lui, ne lui inspirait qu'un dégoût supplémentaire, autant par sa mise, sa puanteur de routier que par sa lignée. N'était-il pas anglais ? Pour autant, il devait reconnaître à sa décharge qu'il avait su faire preuve d'habileté en convainquant ses conseillers de le laisser l'approcher en privé. Il se demandait encore comment en vérité. Si le timbre de voix semblait franc, l'œil était fourbe. Bien que l'homme fût désarmé, Tancrède était persuadé qu'il ne lui faudrait pas longtemps pour l'occire s'il n'était qu'un vulgaire envoyé de sa tante.

Indifférent à son trouble, Pierre Basile se releva avec déférence et, sans la moindre animosité, lui tendit un pli cacheté. Le roi de Sicile fronça les sourcils. Le sceau lui était inconnu. Il tourna le dos au routier pour s'approcher d'une fenêtre et le briser. Son inquiétude s'allégea dès les premières lignes. C'était un ami qui lui écrivait. Un ami improbable. Un autre Plantagenêt qui lui demandait d'accorder toute confiance à son envoyé, chargé de conclure en son nom une alliance qui les réjouirait tous deux. Pierre Basile n'avait pas bougé d'un cran lorsque, de nouveau, il lui fit face, son malaise curieusement envolé.

— Et que pourrait donc souhaiter Jean de Mortain qui serait en mesure de m'intéresser ?

L'œil de Pierre Basile se durcit de détermination.

— La mort de son frère.

Tancrède de Lecce sentit une joie puérile lui battre le cœur. Il désigna un siège et, méprisant soudain le satin dont il était recouvert comme il avait méprisé les vêtements souillés du routier, invita ce providentiel personnage à s'y installer. Quels que soient les moyens que Pierre Basile réclamerait, il était déjà prêt à les lui donner. Constance était encore loin. Richard écarté, il n'aurait aucun mal à renouer alliance avec Philippe Auguste pour la repousser. D'autant mieux, même, si ce dernier prenait le commandement de l'armée anglaise ainsi que les accords des deux monarques le stipulaient. Jeanne serait une monnaie d'échange parfaite. Il lui suffirait de la retrouver. Et de se débarrasser de quelques teigneux, dont ce Philippe de Falconbridge ou ce Godefroy Rudel qui exaspéraient leurs pairs avec leurs fabuleuses épées. Il ne douta pas un instant que Jean de Mortain, ce Jean sans Terre d'hier, avait déjà prévu le moyen d'y remédier... Oui, décidément, songea Tancrède en offrant à boire à son visiteur, cette journée, détestable de prime abord, allait s'avérer pour lui une des meilleures qu'il eût connues depuis que les deux monarques avaient débarqué.

*

Au même moment, à Messine, Richard recevait une visite qu'il espérait depuis longtemps, mais plus encore depuis que le regard de Dieu lui était apparu alors qu'il était au lit avec Merchadier. L'homme allait sur ses quatre-vingts ans et était réputé, en Calabre, pour jouir du don de double vue. Sa sagesse était, disait-on, sans limites, mais il frappait surtout par l'étonnante interprétation qu'il donnait du chapitre XII de l'Apocalypse de Jean. À l'heure où le manque d'Eloïn devenait plus poignant que jamais, où ses nuits se voyaient agitées de monstres disgracieux qui tous tendaient bec, griffes ou dents pour l'occire et où Saladin figurait le diable au côté du pape tout enclin à l'adorer, Richard espérait trouver réponse à son tourment auprès de Joachim de Flore. À peine le prélat fut-il installé, selon sa demande, à même un tabouret de bois, face aux nombreux chevaliers venus l'écouter, que le débat commençait. L'allégorie biblique en cause représentait une femme à l'aura solaire, couronnée de douze étoiles. Elle semblait fixer sans la voir la lune à ses pieds, occupée par les douleurs de l'enfantement, mais inquiète plus sûrement par la présence d'un dragon rouge à sept têtes. Selon le texte, l'animal attendait le nouveau-né pour le dévorer et ainsi priver le monde d'un règne de paix. La parturiente finissait par déjouer la bête, confiait son fils à Dieu puis s'enfuyait dans le désert où son salut était assuré pour des centaines d'années.

Le vieil abbé de Corazzo voyait l'Église en la femme et le diable en le dragon. Rien de nouveau jusque-là, avait noté Richard avant de le raccompagner lui-même vers sa chambre, l'écoutant chevroter :

— Ces sots me fatiguent, mon fils. Ils croient tout savoir mais ils ne savent rien. Non ils ne savent pas ce que je sais.

— Et que savez-vous, mon père, qui puisse m'aider dans cette guerre sainte ?

Ils étaient arrivés au bout du couloir. L'abbé tourna vers lui ses yeux presque blancs.

— Saladin est puissant, très puissant, car c'est avec le diable qu'il commercera. Grâce à toi cependant cette alliance sera brisée. Lors, des temps obscurs de la fin renaîtra la lumière et ton nom sera glorifié pour l'éternité.

— Est-ce à dire que je serai victorieux ?

Joachim de Flore pencha son visage fripé de côté, réfléchit quelques secondes puis ânonna d'une voix égale, promise au tombeau :

— Victoire sera défaite et défaite victoire. L'une et l'autre seront femme. L'une et l'autre seront mère. Fils et fille du ciel tiendront tour à tour le sceptre et l'épée. Sur eux se penchera Saladin, mais tu seras là et par toi ils seront sauvés.

Ce fut sur ses derniers mots que le vieil abbé abandonna Richard. Quelques minutes durant, le roi demeura planté devant la porte refermée, dans la nébuleuse de cette prophétie. Puis il tourna les talons, convaincu que, selon son habitude, au lendemain, Joachim de Flore aurait tout oublié de la teneur de cet échange et que, par conséquent, nul ne le pourrait éclairer. Son pas s'appesantit sur le plancher. Il se sentait las d'attendre. Non pas le salut de la chrétienté, mais celle qu'il aimait.

Il s'endormit seul dans sa couche, la porte solidement barrée. Cette nuit-là, il rêva. Il rêva d'Eloïn qui, portant gros ventre, perdait les eaux sous une tente plantée au milieu du désert. Elle se tordait de douleur au-dessus d'un miroir cerclé de croissants de lune. Saladin, les yeux rouges, se tenait à ses côtés.

37.

Le nouvel empereur du Saint Empire germanique était un homme rond. Rond de visage et d'allure, rond de caractère, rond en affaires. Constance, son épouse, héritière légitime du trône de Sicile, était tout l'inverse. Une beauté sèche. Nous les avions trouvés à Lodi à la tête de leur armée, ce 20 janvier. Par hasard. Ils nous offrirent le gîte et le couvert sous leur tente, ravis de rencontrer Bérangère de Navarre et de plaire à Aliénor. Nous ne fûmes pas dupes de leurs attentions. Alors qu'ils s'apprêtaient à reprendre le trône à Tancrède, l'empereur et sa femme avait eu vent du soutien que Richard lui avait promis contre eux. Aliénor n'attendit pas que les verres de vin italien soient vidés pour les rassurer. Tancrède n'avait jamais eu ses préférences ni celles de son fils. Si Richard s'était attardé en Sicile, c'était pour lui arracher Jeanne qu'il avait capturée. Une fois la mer reprise, il laisserait ce scélérat se débrouiller. Cela suffit à les rassurer. Dès lors, nous nous accordâmes à leur joyeuse compagnie. Nous avions manqué de raffinement depuis trop longtemps pour n'en pas goûter plusieurs jours. Point trop cependant. Le troisième matin nous vit reprendre route, forts d'une amitié solide aux intérêts convergents. Jusque-là, nous n'avions eu à souffrir que des intempéries, attendant en quelque refuge que la pluie, la grêle ou les bourrasques de neige cèdent devant un froid sec. Aucun de nous n'avait eu à se plaindre de maux autres que migraine ou nez coulant, vite enrayés. Nous devisions de tout et de rien, resserrant les liens avec Bérangère qui s'avérait, de jour en jour, aussi digne de notre confiance et de notre affection qu'Agnès. Aliénor jurait ne s'être jamais sentie aussi vivante ; Jaufré avait retrouvé l'éclat de son regard ; plus vigoureuse que jamais, Eloïn s'amusait à sentir pousser sa fille en son ventre ; Bernard de Ventadour allait chantant au point qu'il fallait parfois l'exhorter à se taire ; quant à moi, poussée par cette bonne humeur qui nous servait d'étendard, je me refusais à l'inquiétude, certaine que pour l'instant mon apparition avait retenu les élans du meurtrier et que Richard, pour l'heure, dormait en paix.

Pierre Basile, quant à lui, était plus déterminé que jamais. Mis au fait de sa tentative avortée, Tancrède de Lecce l'avait assuré de son soutien plein et entier. Outre le fait qu'il lui avait débloqué subsides pour renouveler garde-robe, lui permettant ainsi de se fondre dans la cour du roi d'Angleterre avec célérité, il lui avait également indiqué tous les passages secrets du palais, leurs entrées, leurs sorties et le moyen de rallier en quelques heures seulement certaines places fortes dans lesquelles lui-même se promènerait. Nanti des meilleures conditions pour frapper, Pierre Basile dressa scrupuleusement un état des lieux, en rendit compte au roi de Sicile, et se mit à guetter l'occasion propice. Son contrat stipulait que Richard ne devait pas reparaître en Angleterre. Il avait tout son temps et le prenait, d'autant que la garde avait été doublée devant la porte du roi, même si l'enquête menée pour découvrir l'assassin du garde n'avait rien donné. Richard en avait conclu à quelque règlement de comptes entre soldats. Il n'était certes pas rare que cela advînt pour une simple dette de jeu ou d'honneur. Pour autant, sa vigilance restait entière. Pierre Basile avait donc décidé de s'employer dans un premier temps à satisfaire à la deuxième requête de Jean de Mortain. Récupérer Caliburnus. Il eût pu la voler mais craignait de provoquer un renforcement de la surveillance autour de sa future victime. Le mieux, selon lui, était de contraindre

Philippe de Falconbridge à s'en séparer de son plein gré. Ou sur l'ordre de son père. Si impossible que cela puisse sembler, de par son expérience Pierre Basile était convaincu que, pourvu que l'on s'en donne les moyens, rien ne l'était.

Curieusement, ce fut la morgue d'un des proches de Philippe Auguste qui acheva de l'en persuader.

Les deux monarques étaient ce soir-là attablés dans la grande salle du palais. Le vin coulait à flots, les plats se succédaient dans une atmosphère d'amitié entre les chevaliers malgré une rumeur colportée par un marchand italien. Elle faisait état de la progression d'Aliénor et de Bérangère de Navarre, promise à Richard, vers la Sicile. Comme il se devait, Pierre Basile, qui s'était immiscé dans les rangs français en trompant ses pairs avec faux nom et titres, s'était empressé de la faire remonter au bout de la tablée.

Elle venait de parvenir aux oreilles de Philippe Auguste, relayée par le chevalier Guillaume des Barres. Dans un sursaut, le roi de France apostropha Richard que la nouvelle semblait ne pas choquer.

— J'espère, mon cher ami, que vous n'avez pas oublié qu'à une autre, déjà, vous êtes engagé.

Richard haussa les épaules.

— Que sont ragots face à la parole d'un roi ?

— On est en droit de se le demander, sire, quand on voit à vos côtés le bâtard d'une femme que vous affichez depuis des années ! s'exclama haut et clair Guillaume des Barres en repoussant négligemment devant lui l'os de poulet qu'il venait de ronger.

L'insulte dressa Philippe de Falconbridge. Si Richard ne lui avait ordonné de se rasseoir, il se serait jeté sur le chevalier français par-delà la largeur de la table. Guillaume des Barres ne s'en troubla pas. Proche du roi de France au point d'en partager la couche, il était coutumier de ces provocations. Se resservant un nouveau morceau de viande dans un plat voisin, il se contenta d'un rictus condescendant à l'intention de Falconbridge. Le silence persistait cependant là où quelques secondes plus tôt le rire fusait.

— Excusez-vous, lui ordonna Philippe Auguste, ennuyé autant des regards de la tablée tournés vers eux que de cette attaque ciblée.

— Si Votre Majesté l'exige...

Guillaume des Barres leva son hanap d'une main graisseuse et le brandit vers Richard et Philippe de Falconbridge, assis côte à côte, l'œil glacé.

— Que mes hôtes m'excusent si je les ai courroucés. Le vin en est la cause qui souvent fait négliger la simple vérité. Loin de moi l'idée de vouloir m'attirer la rancœur du roi d'Angleterre... ou de son fils.

Personne ne fut dupe. Le ton était complaisant, mais le regard restait fier. Richard baissa les yeux, contraignant Philippe à l'indifférence d'une simple pression sur l'avant-bras. Cet impertinent ne perdait rien pour attendre. Inutile pour l'heure de troubler davantage leurs relations avec la France. Il serait bien temps, à l'arrivée d'Aliénor, de révéler la liaison d'Henri Plantagenêt avec Adélaïde de France pour rabattre les caquets. Les conversations reprirent, ponctuées de chansons de geste et de plats savoureux, jusqu'à la fin du banquet. Chacun se quitta ensuite comme si de rien n'était.

Quelques jours plus tard, Richard trouva enfin l'occasion de se venger. Cédant à l'appel de ses chevaliers qui manquaient d'exercice, il s'était accordé à la compagnie des Français, ce jour-là menés par Guillaume des Barres en place du roi de France, agacé par un nouveau mal de gorge. À l'orée d'un champ, Richard avisa un tas de roseaux sur une vieille charrette. Il proposa de les utiliser pour jouter. Devant l'approbation de tous, il les envoya chercher puis distribuer tandis que les deux lignes se formaient. Ensuite de quoi, tout naturellement, il fit face au chevalier français.

— Votre Majesté me fait trop d'honneur, s'inclina Guillaume des Barres, depuis sa monture.

— Le mien se satisfera de vous voir mordre la poussière, lui répondit Richard, l'œil noir, avant de tourner bride pour prendre élan, la lance improvisée coincée sous son aisselle.

Lorsque tous furent alignés, le chevalier Gontran de Hautefort recula jusqu'en limite du champ.

— Parés ! gueula-t-il.

Tous se tendirent sur leur selle.

— Haro !

Ils s'élancèrent en talonnant leurs montures, leur adversaire désigné par la courte paille. Le premier choc désarçonna équitablement les cavaliers dans les deux camps. Nul ne fut blessé sinon l'orgueil du roi d'Angleterre en voyant son surcot se déchirer sous le tranchant du roseau. Sans rien montrer de son agacement, il retourna en lice et relança l'assaut. Cette fois, se moquant de toute règle à l'instant de l'impact, Guillaume des Barres se coucha au col de son cheval. Richard s'embrasa.

— Est-ce donc ainsi que vous avez appris à devenir chevalier ?

— Et vous sire ? à porter tenue si négligée ?

— Cette fois c'en est assez ! gronda Richard, vexé, en rajustant sa lance.

Dans un rire de défi, Guillaume des Barres s'élança, usant de contorsions simiesques chaque fois que le roi était sur le point de le toucher. On s'écarta de part et d'autre pour les laisser se pourchasser, d'abord souriant puis vitement embarrassé. Sans s'en rendre compte, Richard était en train de se ridiculiser. Robert de Breteuil et Robert de Leicester se préparèrent à arrêter la course du Français lorsqu'il passerait à portée. Cela ne fit qu'enrager davantage Richard. Il jura, les renvoya dans leur rang et continua à harceler cet ennemi insaisissable qui le narguait. Le jeu dura quelques minutes encore, jusqu'à ce que, soudain, Richard tire sur le mors et s'immobilise en plein champ. Il laissa tomber le roseau à terre, furieux contre lui-même de s'être laissé piéger par ce pédant qui paradait.

— Couardise vaut mépris ! Vous l'avez gagné chevalier, de même que mon inimitié définitive. Que je ne vous retrouve pas face à moi ou par Dieu je jure de vous découdre comme n'importe lequel de mes ennemis, hurla-t-il en brandissant cette fois son épée.

Il tourna bride sans la rengainer, talonnant son cheval en direction du palais. Il ne parut plus de la journée, manquant le banquet. Dès le lendemain, Philippe Auguste se présentait à sa porte, confondu en excuses. Les poings serrés au dos, Richard sentit de nouveau la colère l'emporter.

— Votre homme est-il donc si veule qu'il se serve de son roi comme d'un valet ?

— Remettriez-vous en doute mon autorité ? se tendit un instant Philippe Auguste.

— Seulement le sens que vous accordez au mot « amitié ». Libre à vous de mal vous entourer ! Quant à moi, ce qui est dit est dit. Que je ne revoie plus ce cancrelat devant moi ou je le saigne pour ce qu'il est.

Philippe Auguste soupira, la main tendue, le cœur serré.

— Voyons Richard. Sang échauffé ne vaut rien, vous le savez. Agacés d'inaction, nos hommes se cherchent et se trouvent comme nous l'avons fait nous-mêmes. Cela vaut-il que l'on s'en courrouce ? Je connais bien Guillaume des Barres. La facétie ou l'orgueil le rendent parfois insupportable mais il demeure le meilleur et le plus fidèle de mes chevaliers. Ne pourriez-vous lui pardonner sa sottise ?

Richard croisa les bras sur sa poitrine, les yeux noirs, le visage fermé.

— Vous en parlez comme d'une simple querelle de chevaliers. Or c'est le roi d'Angleterre que ce lâche a voulu railler. S'il n'était qu'à sa première incartade, soit, mais sa bave dégouline sur les miens depuis notre arrivée. Je n'en tolérerai pas davantage. Il vous faudra donc choisir. Lui ou moi. Qu'il quitte Messine sur l'heure ou, je le jure devant Dieu, comme bon nombre de nos accords, c'en sera terminé de cette entente cordiale que nous nous efforçons de préserver !

Atteint par un postillon, Philippe Auguste recula d'un pas. Richard n'eut qu'un signe exaspéré du menton.

— Je ne vous retiens pas.

Le roi de France n'insista pas. Il savait que rien ne plierait la décision de Richard. Il informa Guillaume des

Barres des conséquences de sa bravade, trop lourdes pour la croisade. Avec cette immanquable fidélité à la Couronne qui le caractérisait, le chevalier jura préférer rentrer en France plutôt que d'offrir au roi d'Angleterre matière à rompre ses engagements. Deux jours plus tard, Philippe Auguste annonçait son départ à Richard, précisant que le provocateur séjournerait chez Tancrède à Catane jusqu'à ce qu'un navire puisse l'emmener.

— J'espère, mon cher ami, n'avoir jamais à regretter cette séparation impromptue, servit-il à Richard en acceptant son accolade.

— Tout au contraire. Vous m'avez prouvé votre amitié de la plus belle façon qui soit. Je ne saurais l'oublier, affirma Richard, sa belle humeur retrouvée.

Dès le lendemain, il le couvrait de présents et multipliait les festes. Une seule pensée en tête. Il lui fallait tenir deux mois. Deux mois avant le printemps. Deux mois avant que sa mère puisse accoster. Jusque-là plus rien ne devait faire douter Philippe Auguste de sa sincérité.

S'il avait su que, quelques jours plus tard, Guillaume des Barres s'acoquinait avec Pierre Basile pour lui nuire, sans doute aurait-il regretté d'avoir éloigné le chevalier français.

38.

— Je suis navré, Richard, mais la ville est déjà surpeuplée et en peine de ravitaillement. Comment accueillir l'escorte imposante de la reine Aliénor sans créer de nouveaux troubles ?

Le roi d'Angleterre refoula l'envie de souffleter Tancrède de Lecce. Il s'était présenté moins d'une heure plus tôt à Catane pour s'expliquer avec lui de cette situation inconcevable. Sitôt que la nouvelle de l'arrivée à Naples de sa mère lui était parvenue, il avait fait lever l'ancre de plusieurs de ses navires pour l'acheminer, elle et ses gens, vers Messine. Et voilà que le roi de Sicile s'opposait à leur séjour, exigeant que les galées se rendent à Brindisi dans l'attente qu'une des deux armées quitte la place. Si Richard en était exaspéré, il ne pouvait ignorer ni l'argument ni l'air contrit de son hôte.

— Je comprends, mais imaginez ma déception tant je me faisais joie à l'idée de revoir ma mère. Sans parler de ma sœur Jeanne qui trouve le temps bien long en sa retraite.

Tancrède se frotta les paumes, signe, l'avait déjà noté Richard, d'une jubilation intérieure. Ce traître lui cachait quelque vérité d'importance. Mieux valait satisfaire à son caprice. Le temps du moins de la découvrir. Tancrède finit par accrocher une main moite à son bras. Il l'entraîna sous une allée de pommiers.

— Restez quelques jours ici, mon ami. Le temps pour Philippe Auguste, regagné d'impatience, de prendre la mer puisque le vent s'y prête. Sitôt qu'il aura quitté la rade, la délégation aquitaine pourra s'y présenter. Car, de vous à moi, cette rumeur, qui court depuis janvier, dit vrai, n'est-ce pas ? Votre mère n'est point venue seule.

— J'ignore ce que vous sous-entendez.

Tancrède eut ce petit rire que l'accent calabrais faisait rouler comme une eau vive.

— Je vous laisse le choix d'une réponse. Une épouse ou l'armée impériale...

Richard s'immobilisa net, stupéfiant le chien qui marchait dans leur pas, le nez en l'air et la langue dépassant des babines.

— Insinueriez-vous que j'aie pu vous trahir ?

Le sourire de Tancrède ne céda pas. Au contraire, il forcit jusqu'aux oreilles.

— On prétend que Bérangère de Navarre est une des plus jolies femmes de son temps. Après votre sœur et cette Eloïn Rudel, s'entend. Pauvre en dot, sinon d'un soutien contre Raymond V de Toulouse qui exaspère le duché d'Aquitaine. De quoi, à mes yeux, justifier amplement l'affront que vous vous apprêtez à servir au roi de France. Et qui me sied. Autre alliance aurait desservi mes intérêts.

Cherchait-il à le perdre définitivement aux yeux de Philippe Auguste ? Quoi qu'il en fût, Richard dut admettre qu'il était fort bien renseigné. Ce qui impliquait que le roi de France l'était sans doute aussi. À ce stade de l'affaire, était-il important encore de nier ? Il opta pour la vérité.

— Soit, j'avoue. C'est bel et bien une épouse que j'attends. Mais point seulement. Je ne renie pas mon serment par caprice, croyez-le. Mon déni sera justifié par les preuves que ma mère me rapporte. Le roi de France reste mon ami.

Tancrède s'attarda un instant à suivre son chien qui, avisant un chat au croisement d'une allée, venait de détaler sur le gravier pour le courser. L'animal se réfugia au sommet d'un guignier, son dos tigré hérissé, la griffe sortie, la gueule sifflante, prêt à défendre son refuge contre le chien qui s'était dressé des deux pattes au tronc.

— Ici, Brutus ! hurla son maître, bien plus dérangé par ses aboiements que par le sort du félin.

Le chien hésita quelques secondes puis fit volte-face, non sans marquer sa désapprobation en grognant. Tancrède reporta son attention sur Richard, indifférent à la scène.

— Amis, ennemis. Ces deux-là, voyez-vous, tantôt se peignent, tantôt se caressent. Comme vous et Philippe Auguste depuis votre arrivée. Mais pour la première fois, comme avec ces bêtes, je me vois contraint de m'interposer. Pour le bien de mon royaume.

Richard fronça les sourcils.

— Qu'est-ce à dire ?

— Je tiens du roi de France lui-même les informations que je viens de vous servir. Il m'en a donné d'autres qui m'ont fait douter de vous. Il prétend que vous n'avez abordé mes côtes que pour mieux préparer l'arrivée de l'armée germanique. Vexé de votre revirement à l'égard de sa sœur Adélaïde, il se dit même prêt, si je voulais en découdre avec vous et repousser ma tante, à me prêter main-forte.

Un instant abasourdi, Richard se reprit vite.

— Il n'est pas assez sot pour se dresser ainsi contre moi.

— Il semble qu'il ait projet bien plus sombre à votre encontre. Vous empêcher de regagner un jour l'Angleterre et vous ravir une certaine épée qui, en ce cas, légitimerait votre frère Jean.

Richard eut l'impression que le sol se dérobait sous ses pieds. Instinctivement, sa main chercha l'appui de la tête massive du chien revenu s'asseoir sagement à ses côtés. Il secoua ses boucles rousses.

— Le voudrais-je que je ne le pourrais admettre.

Tancrède arracha de son surcot deux lettres décachetées qu'il lui tendit. Elles portaient le sceau du roi de France.

— La première me fut portée par le duc de Bourgogne, la seconde trouvée dans la chambre de Guillaume des Barres entre le bois du lit et le sommier où, vraisemblablement, elle avait glissé avant qu'il ne quitte la Sicile hier, à bord d'une de mes galées. Elles ne laissent aucun doute quant à la véracité de mes dires.

Richard chercha l'ombre d'un des fruitiers pour les parcourir sans plisser des paupières. Tancrède ne mentait pas. Elles affichaient la même écriture penchée, la même signature. Celle de Philippe Auguste. Dans l'une, le roi de France affirmait que Richard avait trahi Tancrède et renouvelé son soutien à Constance ; dans l'autre, il donnait l'ordre à Guillaume des Barres de saisir la première occasion pour revenir en grand secret et dérober Caliburnus à son maître, quel qu'en fût le moyen.

La colère fit saillir une veine bleutée à sa tempe. Tel était pris qui croyait prendre. Philippe Auguste avait habilement dissimulé son jeu. Avant même leur départ en croisade, sans doute avait-il rallié Jean. Richard replia les courriers et les fourra dans sa manche.

— Vous permettez bien entendu que je les archive.

— J'ai mieux encore à vous proposer, mon ami. Quatre grosses nefs et plusieurs galées en gages de ma bonne foi. Vous m'avez chassé injustement de Messine sans m'accorder seulement la possibilité de vous prouver à quel point vous vous étiez fourvoyé à mon sujet. Je n'ai jamais ourdi le moindre complot pour vous nuire, Richard. Votre soutien m'est bien trop précieux. Seul Philippe Auguste fomenta la révolte des Griffons contre votre soldatesque, il me fallut du temps pour le comprendre et jauger sa vanité quand je croyais, je l'avoue, qu'il ne s'agissait que de la vôtre. Les fourbes m'indisposent. Il en est. Laissez-moi vous aider à nous venger de lui en protégeant cette lame si précieuse.

Malgré la sincérité du ton, Richard releva un sourcil suspicieux.

— De quelle manière ?

— Déposez vous-même Caliburnus en mon propre trésor, dans un des endroits de l'île les plus secrets, à l'abri de toute trahison ou convoitise. À part vous et moi, nul ne le saura. Vous la récupérerez au moment du départ.

— C'est une proposition fort honorable j'en conviens. Mais ne craignez-vous point que je vide la place une fois que vous me l'aurez montrée ?

Tancrède s'inclina devant lui.

— Voyez ma confiance en vous, Richard. N'est-ce point là le gage d'une véritable amitié ?

— Ma foi..., concéda Richard avant de reprendre cheminement à ses côtés, pleinement rassuré à son sujet.

Caliburnus à l'abri, il ne lui resterait plus qu'à moucher ce traître de roi de France. Quant à Guillaume des Barres, il ne perdait rien pour attendre. Viendrait bien l'occasion de l'occire. Il ne la manquerait.

39.

Aliénor fulminait à mon côté. Si près du but, on nous obligeait à contourner la pointe de l'Italie et à continuer route jusqu'à Brindisi. Les côtes de la Sicile se découpaient au travers de la brume de chaleur de ce début mars, tandis qu'un soleil franc en perçait, plus haut, les vapeurs, caressant nos visages de ses rais. Des dauphins s'amusaient du jeu des rameurs sur une mer à l'étale, poussant des cris perçants chaque fois qu'ils émergeaient près des pales, cabriolant dans les gerbes d'eau ou les remous attenants. Nous étions remontées toutes deux sur le pont pour mieux jouir de leur danse. Et, à dire vrai, pour adoucir la colère de ma reine. Ses traits crispés creusaient quelques rides à son front et autour de ses lèvres, ramenant sur son profil un âge oublié. Sept mois. Cela faisait sept mois que nous avions quitté l'Aquitaine et, je le percevais, Aliénor de nouveau se sentait en exil. Jaufré aussi qui, ce matin, tardait à paraître, souffreteux d'une migraine que trop de soleil, la veille, avait générée. Eloïn se trouvait près de lui, sereine, et mon inquiétude s'était suffisamment apaisée pour que je m'arrache de son chevet à l'injonction crispée d'Aliénor. Depuis, semblant se contenter de ma présence, elle ne m'avait adressé mot. Elle finit par en lâcher. Un seul.

— Mortecouille !

Je me raidis, abasourdie d'entendre jaillir semblable juron entre ses dents serrées et tout aussitôt amusée qu'elle le répète, plus bas encore.

— Par ma foi, Aliénor, qui donc t'instruisit de semblable langage ? Un charretier ?

Elle détacha ses yeux d'un songe intérieur pour les poser sur moi, reprise de réalité, un léger fard aux joues facile à attribuer à la fraîcheur de l'air.

— Tu n'en es pas loin en vérité. Un des gardes commis à ma surveillance durant ma captivité.

Je hochai la tête.

— Je pourrai enrichir ton vocable si tu le souhaites. Les murs de l'Auberge des Preux résonnent encore de toutes les grossièretés que nos clients ont prononcées. Qui pour saluer le repas, qui pour réclamer pinte de bière, qui encore pour injurier son voisin de tablée.

La légèreté de mon ton sembla adoucir son courroux. Ses traits s'éclairèrent d'un sourire.

— À qui le destinais-tu, ma reine ?

— À Tancrède. Le temps me dure de mes enfants, Loanna. Richard, Jeanne. Alors cette injonction à contourner la Sicile, à remonter jusqu'à Brindisi... Pour de si basses raisons... Quand Messine est si proche.

Elle soupira alors qu'un regain de brise repoussait en arrière les mèches de sa coiffe.

— Patience, l'exhortai-je. Je ressens le même empressement à embrasser Geoffroy et mes petits-fils. Laissons Richard convaincre Tancrède. Ce ne sera plus long.

Elle hocha la tête, couvrit le dos de ma main de la sienne.

— Ce sera de toi que je me languirai ensuite, ma douce. Tu resteras près des tiens, je repartirai vers mon royaume. Si seulement j'avais pu avoir confiance en Jean pour le mener. Mais mon intuition me dicte le contraire.

— Ton intuition ou ton malamour ?

Elle pressa plus fort mes doigts.

— J'ai fait de mon mieux, tu le sais bien. Mais il n'en reste pas moins que je lui en veux. D'être venu au monde, de m'avoir pris mes illusions et, ce jourd'hui, d'être encore en vie quand ses frères et sœur chéris ne sont plus. Parfois, je m'éveille en sursaut d'un cauchemar identique. Je suis au milieu de tombes. Chacune d'elles, refermée, porte le nom d'un de mes enfants. La sienne est ouverte. Vide. Il se tient prêt de moi, le front couronné, me prend le bras pour me conduire vers la mienne. Là, délicatement, il m'embrasse au front, m'oblige à m'y étendre puis referme le couvercle surmonté du gisant en prononçant ces mots, toujours les mêmes : « Je suis né pour détruire. Après moi, de ton royaume il ne restera rien. » Vois, à mon poignet mes poils s'en hérissent encore, malgré la beauté du paysage et la douceur du jour.

De fait, son duvet, d'une blondeur aussi ambrée que sa chevelure, dressait la crête hautaine de son effroi. Et du mien... Je ne sus que répondre, ramenée au souvenir d'une prédiction ancienne qui affirmait qu'au soir de son trépas, sur les dix enfants qu'Aliénor avait mis au monde, deux seulement seraient encore là pour la pleurer. Deux. Si Jean était l'un d'eux, roi d'Angleterre dans le songe récurrent d'Aliénor, alors cela ne pouvait signifier qu'une chose.

Qu'il arriverait à ses fins.

*

Philippe Auguste reçut les accusations de Richard la tête haute.

— Vous déraisonnez, mon ami. Moi, vous trahir ? Moi, vouloir vous occire ?

Emporté par une légitime colère, Richard arracha les lettres de son mantel et les lui secoua sous le nez.

— Osez dire qu'elles ne sont pas de vous ! que ce sceau est falsifié !

Il recula pour mieux les lui jeter à la face, voulant l'obliger à se baisser pour les ramasser. Philippe Auguste ne s'y commit pas. Il se contenta de claquer des doigts pour y inviter un valet, jusque-là immobile dans un angle de la pièce. Puis, dans ce silence d'arène qu'utilisait Richard pour piétiner le parquet d'un bout à l'autre, les mains jointes au dos comme à son habitude lorsqu'il retenait ses poings, il accepta de les parcourir. Son œil se troubla devant l'écriture. S'il reconnaissait sans peine la première des missives, concédant à Tancrède les griefs que lui reprochait Richard, la seconde lui était étrangère. La surprise qu'elle lui arracha valut pour sa défense.

— Je le prétends, oui, et avec force. Ce sont des faux. À quelles fins, je vous le demande ? Rompre notre amitié, cela va sans dire, mais plus sûrement vous donner prétexte à rejeter ma sœur que vous n'avez jamais eu l'intention d'épouser. Avouez-le donc au lieu de me courroucer !

Richard s'immobilisa devant lui. Si contrefaçon il y avait, elle avait été habile et faite nécessairement dans l'entourage du roi. Or, qui mieux que Guillaume des Barres avait pu, à la faveur d'une de ces nuits où il partageait la couche de Philippe Auguste, profiter du sommeil de ce dernier pour imiter son écriture puis utiliser son sceau ? N'avait-il pas été répudié par son protecteur pour satisfaire l'orgueil de son ennemi ? Son désir de vengeance et la nature même de l'individu portèrent Richard à l'admettre. Sa colère retomba devant celle, visible et montante, de son interlocuteur. Il soupira.

— Loin de moi l'idée de rejeter Adélaïde que je chéris sincèrement, cependant vous dites vrai. Je ne peux l'épouser et voulais, pour me dédire, attendre l'arrivée des lettres, ferventes et sans équivoque, que mon père lui envoya et qu'elle a bien voulu confier à ma mère.

Philippe Auguste bomba le torse tel un oiseau se gonflerait.

— D'autres faux, je présume, tissus de trahisons mensongères ?

— Non point. La vérité. Elle porte un nom. Celui du fils qu'elle mit au monde et que ma mère lui donne les moyens d'élever au secret.

Philippe Auguste se décomposa. Il vacilla, chercha un appui sous ses doigts. N'en trouvant pas, il dodelina d'un pied sur l'autre puis se stabilisa, blême. Autour d'eux, parmi leurs chevaliers présents, le silence s'était plombé.

— C'est une grave accusation, Richard.

— Vous comprenez pourquoi je me refusais à la délivrer sans preuve. Vous les aurez, je vous en donne ma parole, mais d'ores et déjà, sous la foi du serment, mes fidèles compagnons Geoffroy Rudel, Robert de Breteuil, Roger de Hoveden, Raoul de Diceto ou encore Guillaume le Maréchal qui fut, comme vous le savez, très proche de mon père, peuvent attester mes dires à ce sujet.

Ils se tenaient en arrière-garde, près de la porte. Philippe Auguste les couvrit tour à tour d'un regard circulaire, puis, au vu de leur hochement commun de tête, secoua la sienne d'un air navré.

— Ce sera inutile. Je prends acte de votre déni et l'accepte de fait. Nous en discuterons les modalités plus tard si vous le voulez bien. À moins que vous ne souhaitiez que nous reparlions de ma prétendue alliance avec le roi de Sicile...

Richard se courba devant lui. Soulagé du peu de résistance qu'il venait de trouver, il préféra s'en tenir à son idée.

— Elle nous désobligerait l'un devers l'autre. Visiblement, comme moi vous fûtes abusé et je veux espérer, s'il est encore de votre maison, que vous trouverez à châtier le coupable dès lors que vous l'aurez démasqué.

L'œil de Philippe Auguste se troubla du souvenir de Guillaume des Barres ainsi que Richard l'espérait. La dureté de son ton acheva de convaincre le roi d'Angleterre que le message, pourtant discret, était passé.

— Vous pouvez y compter.

Richard lui ouvrit ses bras. Philippe Auguste referma les siens sur ses omoplates. Lorsqu'ils se quittèrent, ce fut avec la même certitude au cœur. Leur affection mutuelle n'avait jamais été que fausseté.

Trois jours plus tard, après avoir accepté dix mille marcs d'argent, la restitution du Vexin normand et la vassalité de Richard au titre de duc de Bretagne, province qui, désormais, relèverait de la Normandie, le tout en compensation de sa levée d'engagement, Philippe Auguste prit la mer pour permettre à Aliénor de débarquer à Messine.

Comme Richard, immobile sur son destrier au bout de la jetée pour regarder ses voiles se gonfler, il se sentit redevenir léger.

40.

Si aimable fût-elle, ce ne fut pas Bérangère de Navarre que vit Richard lorsque ces dames posèrent le pied sur la jetée, à une trentaine de toises de lui. Ce fut le ventre de son amante qui pointait gaillardement de l'avant. Son regard s'éclaira d'une telle joie qu'Eloïn, se laissant emporter par la sienne, sentit en elle la poche des eaux se déchirer. Les cuisses aussitôt inondées sous son bliaud long, elle marqua l'arrêt. Si elle avait dépassé le terme de quelques jours, le moment était mal choisi, songea-t-elle. Face à la foule massive qui s'était agglutinée sur les rives, à cette haie d'honneur que, du haut de leurs montures, les chevaliers du roi offraient à la délégation de Navarre, mieux valait qu'elle se fasse discrète. Elle savait, mieux que quiconque, combien il importait que Bérangère séduise et soit acclamée. Fi de ses sentiments. Fi de ceux de son aimé. Désormais, elle se devait à l'ombre et lui à son hyménée. Prenant prétexte que nous nous trouvions avec Jaufré dans le second esquif, à portée de rames, elle s'attarda en bout de quai, laissant le roi accueillir Aliénor qui, déjà, le rejoignait.

— Soyez la bienvenue en terre de Sicile, bredouilla Richard en étreignant sa mère.

— Le temps me durait, mon fils…

Elle s'écarta de lui, salua d'un élégant mouvement de tête les notables qui les voisinaient avant de relever la paume tremblante de Bérangère.

— ... À votre fiancée tout autant je crois.

Richard offrit à la jouvencelle un sourire appuyé.

— L'Angleterre n'était pas en reste, damoiselle. Avez-vous fait bon voyage ?

— Le meilleur qui soit puisque d'amitié partagé, affirma-t-elle d'une voix ronde.

Il lui renvoya son œillade complice. Enroula son avant-bras autour de son coude.

— M'accorderez-vous votre pas ?

— Puisqu'on vous a accordé ma main...

— Cela vous chagrine-t-il ?

— Point, sire. C'est un honneur.

Mais déjà le regard de Richard, par-derrière elle, cherchait à raccrocher celui d'Eloïn. Il ne le trouva pas. Lors, contrant les élans de son cœur, il offrit un regard chaleureux à sa promise, un second à sa mère, puis résolument se plaça entre elles pour leur faire escorte.

À peine eus-je levé les yeux vers ma fille, que je compris. Au même instant, une acclamation de joie mêlée aux cris stridents des oiseaux de mer emporta l'armée de Richard. De nouveau Eloïn pivota vers la ville. Le roi d'Angleterre, son roi, venait de soulever le poing fermé de sa fiancée pour la présenter à ses chevaliers. Elle avait beau être préparée à cette image, avoir noué lien puissant avec Bérangère, malgré elle une pointe de jalousie et de détresse aiguilla l'aplomb de son pubis, y provoquant une contraction. La première.

— Tiendras-tu ? lui demandai-je en la rejoignant.

Retournée vers moi, elle m'accorda un sourire rassurant.

— Je le crois, oui. Jusqu'au palais du moins, et s'il ne nous faut pas marcher des heures.

Derrière nous d'autres embarcations arrivaient, ramenant à terre ceux de notre escorte. Richard continuait de cheminer vers la cité, sous la haie d'honneur des épées brandies. Nous laissâmes le groupe des prélats nous dépasser, pressés de se joindre au cortège. Seul Bernard de Ventadour s'immobilisa à nos côtés, avec Jaufré.

— Un ennui, dame Eloïn ?

— Rien qui n'ait trouvé son terme, mon ami. Mais si vous aviez l'obligeance d'en avertir mon frère... sans alerter le roi.

Ventadour approuva d'un hochement élégant de son menton glabre. D'un pas rapide mais sans précipitation excessive, il se fraya un passage jusqu'à Geoffroy qui avait mis pied à terre, près de ses fils et de Philippe de Falconbridge, inquiet de ne plus voir avancer sa mère. En quelques secondes, le clan s'organisa. Philippe remonta prestement en selle, Ventadour se fit escorter par Godefroy jusqu'à Aliénor, désormais loin devant, quant à Geoffroy, il se dirigea d'un pas ferme vers nous. Sans que personne d'autre ait été alerté.

— Il semble, ma sœur, que vous arriviez à temps sur la terre ferme, s'exclama Geoffroy avant de lui biser la joue.

— Plus encore que vous ne l'imaginez, mon frère.

Il eut un petit rire, bercé par la joie de nos retrouvailles.

— Je le vois bien. Allons, poussez-vous, ma chère mère, que je prenne le relais. La cité n'a plus de secrets pour moi, lors, avant même que l'on ait remarqué votre absence, Eloïn sera au palais, entre de bonnes mains.

Délaissés par la soldatesque qui n'avait d'yeux que pour le roi d'Angleterre, Aliénor et Bérangère, nous nous éclipsâmes discrètement par une poterne que Philippe avait fait ouvrir dans la muraille d'enceinte, à une centaine de toises de là. Il y attendait sa mère avec une litière. Eloïn s'accorda le temps des embrassades, puis, le visage contracté, s'abandonna à la délicatesse de son fils et de son frère. Une quinzaine de minutes plus tard, nous entrions dans le palais par une porte dérobée et installions Eloïn dans une chambre. Le temps de donner mes ordres aux servantes et de retrousser mes manches et nous nous trouvions prêtes toutes deux à l'enfantement.

Ce fut Godefroy qui, discrètement, avertit le roi de la situation. Richard achevait de monter les marches du palais avec Bérangère. Immobilisé sur la dernière, le roi se troubla, voulut s'emparer de quelque prétexte pour planter là sa promise. Elle l'en empêcha avec franchise et à voix basse.

— Comme à vous la santé d'Eloïn et de votre enfant m'est chère. Laissez-moi vous accompagner pour prendre de leurs nouvelles. Ainsi mon honneur sera sauf et notre inquiétude commune apaisée.

C'est à cet instant précis que Richard d'Angleterre vit pour la première fois Bérangère de Navarre. Dans cette sagesse et cette beauté que la rumeur lui avait contées. C'est à cet instant précis, refermant ses doigts sur les siens pour l'entraîner dans son sillage, qu'il comprit combien, sans faux-semblants, il la chérirait.

*

La crypte, obscure, puait l'encens. Et la charogne. Pierre Basile supposa que l'un était destiné à couvrir l'odeur de l'autre. Il tordit néanmoins le nez en la traversant, son poignard dans une main, un braquemard dans l'autre, servi par son étonnante vision nocturne. Si Tancrède n'avait pas menti, il trouverait trois gardes en faction à l'entrée du souterrain, puis trois autres encore à l'étage inférieur. Forcer la porte massive ne serait plus ensuite qu'un jeu d'enfant. Sa botte rencontra une masse molle sous la semelle, amenant aussitôt un fumet de chair en décomposition. Il retint un juron à l'idée de le voir incrusté à ses pas des jours durant. Ignorant la taille de l'animal crevé, il se décala vers la gauche pour ne pas le piétiner encore puis se dirigea vers un accent sicilien qui émanait d'un boyau à l'extrémité duquel se devinait de la lumière. Deux rires répondirent à l'homme, confirmant les informations qu'on lui avait données. Espérant que la puanteur de ses heuses ne le trahirait pas, Pierre Basile rasa la muraille. Ayant refusé d'être accompagné de complice, il n'aurait que quelques secondes pour agir. Cela ne l'inquiétait pas. Les lieux étaient conformes à ce qu'on lui avait indiqué, la situation aussi. Il avait soigneusement répété chacun de ses gestes, se laissant toutefois une marge suffisante d'imprévu pour ne prendre aucun risque.

Il s'immobilisa à quelques pas seulement de ses futures victimes. La première lui tournait le dos, la deuxième fixait les dés qu'elle s'apprêtait à lancer, la troisième vidait un hanap de vin. Aucune des trois, assises à même la terre battue, n'aurait le temps de sortir sa lame. Pierre Basile n'attendit pas davantage. À l'instant où les dés touchèrent le sol, il bondit, trancha la gorge du premier soldat avec son poignard tandis qu'il portait estocade au deuxième. Le troisième recula, la main cherchant sa garde, si surpris qu'il mit une fraction de seconde de trop à gueuler, celle qu'il fallut à Pierre Basile pour retirer ses fers et le décapiter à demi, étouffant son cri dans un gargouillis infâme. Indifférent à les voir se vider dans des soubresauts, il les repoussa de sa semelle souillée puis, écrasant les dés dans le sang répandu, gagna la volée de marches en colimaçon qui prolongeait le souterrain par la droite. Il attendit quelques secondes, craignant malgré tout d'avoir attiré l'attention des autres. Rien ne bougea. Lors, rassuré, il descendit précautionneusement, averti d'une humidité excessive sur les pierres usées, en les comptant. À la douzième, la lueur de la lampe à huile le rendrait visible. Il s'immobilisa à onze, prêta l'oreille aux ronflements réguliers qui montaient et jugea que tous devaient dormir en contrebas. Il reprit sa foulée discrète en songeant que son affaire serait vitement faite. Parvenu dans une étroite salle souterraine de deux toises au carré, il repéra les trois gardes couchés sur le flanc, recroquevillés coudes contre genoux pour garder leur propre chaleur. Ils se tournaient le dos dans une triangulaire parfaite, paisibles dans leur sommeil, veillés par la lampe à huile qui reposait sur une pierre plate, au centre de l'espace. Pierre Basile velouta son pas jusqu'au premier, se pencha au-dessus de lui, puis lui trancha la gorge. Le laissant s'évider de son sang, il avança jusqu'à la deuxième paillasse, puis la troisième, satisfait de lui-même comme chaque fois qu'il tuait proprement, sans souffrance inutile. La malemort ayant sublimé son œuvre, il essuya le fil de sa lame au mantel du dernier, la remisa au fourreau et se dirigea vers le battant massif que les soldats gardaient. Le temps de récupérer une petite hache à son épaisse ceinture de taille, il crachait dans ses mains puis entreprenait de déjointer les gonds scellés dans le granit. Il lui fallut une bonne heure pour en venir à bout, suffoquant de chaleur et du manque d'air. La porte finit enfin par lui céder passage. Il pénétra dans la salle du trésor de Tancrède. Ouvrit un à un la vingtaine de coffres qui s'y trouvaient. Il y avait là de quoi lui assurer une vie de prince. Il fut tenté un instant de se servir à outrance, mais y renonça devant ce qu'il était venu chercher. Il préférait traquer qu'être traqué. Il n'emporta qu'une poignée de talents pour se rembourser de ses frais.

Et Caliburnus.

41.

Eloïn s'évertuait depuis des heures, accroupie, les bras en croix, l'effort supporté par deux chaises à haut dossier sur les barreaux desquels la jointure de ses doigts blanchissait. Le front perlé de sueur, entre deux contractions, elle reprenait avec moi, à mi-voix, cette vieille chanson qui avait présidé à la venue au monde de celles de notre lignée :

Je sais le silence et l'oubli
Ceux qui regardent, ceux qui fuient
Je sais la nuit et la lumière
Les dieux d'ici et ceux d'hier
En Avalon auprès des dames
J'abjure la mort et les larmes
En Avalon auprès des dames
Sera reçue l'enfant des lames
Fille de lune et du levant
Fille de l'eau et du couchant
Brise ces fers qui te retiennent
À mon offrant sois enfin tienne
En Avalon auprès des dames
Tu trouveras la joie de l'âme
En Avalon sous l'oriflamme
Tu seras la prochaine dame.

Dans la pièce voisine, Richard et Bérangère attendaient en prière, unis par les mêmes craintes, les mêmes espoirs. Tous deux avaient répondu à leurs obligations, au protocole, se satisfaisant de regards entendus qui avaient, d'emblée, rassuré les maisnées du roi et de sa fiancée au cours du grand banquet donné dans le fortin Mate-Griffons. À peine le repas s'était-il achevé qu'Aliénor avait pris le relais de son fils auprès de Tancrède de Sicile, mais surtout auprès de Jeanne revenue de Calabre. Les promis s'étaient éclipsés pour regagner le palais et, ensemble, comme ils s'étaient déjà présentés auprès d'Eloïn pour l'assurer de leur soutien et de leur tendresse, ils partageaient la ronde des heures qui s'écoulaient.

Active à éponger le front de ma fille, à la soulager de massages au creux des reins, à lui soutenir la nuque dès qu'elle éprouvait le besoin de s'étendre quelques minutes, je ne pouvais m'empêcher de revivre la naissance de Philippe, dix-neuf ans plus tôt. Ce jour-là, Aliénor était à mon côté avec Adélaïde de France, alors promise à Richard. Comme Bérangère, la jouvencelle s'était réjouie de l'avènement quand elle eût dû en jalouser les conséquences, offrant à Richard et Eloïn la chance insolente des âmes sœurs. Cela me tenait le cœur au chaud. D'autant que, je le sentais comme ma fille, la sienne était le prolongement de notre lignée. L'acceptation de Merlin pour mes actes passés. J'étais la dernière des grandes prêtresses d'Avalon, pour autant Eloïn avait hérité des pouvoirs de l'île. Qu'en serait-il de cette enfant ? Quel rôle aurait-elle à jouer auprès de l'Angleterre ? auprès de son frère lorsqu'il régnerait ? Eloïn relâcha sa tenaille sur les barreaux du dossier pour venir s'asseoir sur le coussin de sol placé entre ses jambes. Je lui tendis une coupe de vin épicé, tiédie devant l'âtre dans lequel des braises continuaient de rougeoyer. Non qu'il fît froid à Messine, mais j'avais tenu à préparer sur place quelques décoctions, à entretenir la température de l'eau des bassines, et de quoi désinfecter une lame si, l'enfant se retournant, je me voyais contrainte de l'extraire par le haut du pubis.

Eloïn avala quelques gorgées puis me rendit le hanap, un sourire crispé bien que confiant aux lèvres.

— Je crains que la nuit ne soit longue. Je la sens de belle constitution, cette petiote, et moi, trop lente à m'écarteler.

Je m'assis à son côté, à même le parquet ciré de cette chambre balayée d'une lueur mordorée. Celle d'un couchant que le printemps sicilien enflammait.

— Nous avons tout le temps, chérie. Seule ta souffrance me dure.

Sa main enroula la mienne. La douceur de son sourire illumina le mien.

— Elle n'est rien, vous le savez, comparée au bonheur d'être mère.

J'embrassai sa paume. Pour rien au monde je n'aurais voulu manquer cet instant. Nous étions si proches l'une de l'autre. Plus encore depuis mon retour d'exil. Souvent entre nous les mots devenaient inutiles, comme si nos pensées cheminaient l'une vers l'autre par le seul biais du silence. Mais en cet instant, je le sentais, elle avait besoin de parler. Je la laissai se tendre sous le joug d'une nouvelle poussée à son entrejambe, calant ma respiration au rythme saccadé de la sienne tout en me moquant intérieurement de cet inutile mimétisme. Lorsque le calme revint, elle arqua ses bras vers l'arrière puis s'appuya sur ses paumes posées à plat sur les lattes de châtaignier. Soulagée momentanément, elle darda sur moi l'éclat de ses prunelles violettes pailletées d'or :

— Vous souvenez-vous de cette nuit dans les montagnes où l'angoisse me prit pour Richard ?

Je tressaillis. Nous n'en avions jamais reparlé et, à dire vrai, j'avais tenu très vite à me défaire des images entrevues. Je hochai pourtant la tête. Elle se crispa de nouveau, ahana quelques secondes, le masque dur, les sourcils froncés, tendue à l'extrême avant de retomber dans un soupir.

— La menace est toujours là, mère, autour de lui mais pas seulement. Philippe est en danger lui aussi.

Je ne sus que lui répondre. J'avais focalisé mon attention sur elle, sur l'enfant à naître, depuis notre arrivée, refoulant tout le reste. Elle prit sans doute mon silence pour un assentiment, car elle poursuivit, la voix altérée, autant sans doute par son inquiétude latente que par la souffrance permanente de l'écartèlement :

— Je n'ai pas vu Caliburnus au flanc de Philippe tantôt. Lorsque je le lui ai posé la question, il m'a rétorqué en riant que j'avais mieux à faire que de m'inquiéter de détails. Mais son timbre sonnait creux. J'ai insisté. Il m'a répondu qu'elle avait été mise en sécurité par crainte que des espions de Jean ne la dérobent.

Mon cœur s'emballa dans ma poitrine. Je n'avais laissé Eloïn seule avec son fils que quelques minutes, le temps de donner mes ordres. Je n'avais rien remarqué.

— Richard aurait-il eu vent d'un complot en ce sens ?

— À ce qu'il semble, oui. Mais sans réelle certitude, tant l'hypothèse d'une alliance entre Jean et le roi de France semble absurde. Des lettres présentées par Tancrède et niées par Philippe Auguste ont amené Richard à prendre les devants et à dissimuler la lame parmi le trésor de Sicile. Je suis inquiète, mère. Pas pour cette enfant qui arrive, je la sens vigoureuse. Mais pour Philippe qui, visiblement, souffre d'être éloigné de l'épée. Et pour Richard. Je crains que nous n'ayons commis une grave erreur en faisant confiance à Jean.

J'éprouvais le même sentiment, mais j'avais été témoin du réel affaiblissement du prince. Il n'aurait pu nous suivre. Et, quand bien même, aurait-il été moins dangereux ?

— Aidez-moi à me redresser. Je suis mieux accroupie pour pousser, demanda-t-elle.

J'enroulai mes mains autour de ses bras tendus puis la guidai vers l'appui des chaises. Elle se tétanisa sous l'effort, râlant avec cette discrétion dont elle avait toujours fait preuve. Son front s'inonda de sueur, ses mâchoires se crispèrent. Je me souvins de sa propre naissance, de la magie qui l'avait entourée. La réveillai-je d'une pensée ? Un scintillement apparut dans la pièce alors même que derrière les carreaux le jour déclinait. Eloïn s'agrippa plus fortement. Elle grimaça, la voix brisée par la poussée.

— La lumière des premiers... je la sens autour de nous, mère. Elle la sent aussi... Je crois qu'elle va s'en servir pour s'expulser.

La clarté grandissait à présent, étoile de plus en plus vive. Presque aussi blanche et pure qu'à l'instant de la réunion des trois lames. Pour attirer autant de magie, il fallait que cette enfant ait plus d'importance que je ne l'avais imaginé. Serait-elle la rédemption du royaume d'Angleterre bafoué par Henri ? celle qui réussirait là où, repoussant mon roi, j'avais échoué ? Il ne fallut que quelques secondes pour que nous en soyons baignées. La respiration d'Eloïn n'était plus qu'un halètement, son visage, gargouille, malgré la caresse de cette aura. Alors je compris. Ce n'était pas d'Avalon que venait la lumière, mais la lumière qui ressuscitait Avalon. Je n'osais plus bouger. À peine respirer moi-même.

— Reçois-moi, entendis-je, air de flûte dans ma tête...

Je tendis les mains en coupole sous le pubis de ma fille. Une tête chevelue de blond s'y déposa. Je tirai de l'avant, avec douceur et respect. Guidé par la vieille âme réincarnée qui l'habitait, le petit corps s'arracha de celui de sa mère. Elles hurlèrent en même temps. L'une s'offrant à la vie, l'autre harponnée par une image terrible, une image qu'en même temps qu'Eloïn je venais de capter.

La lumière retomba d'un bloc. Nous demeurâmes toutes deux, Eloïn et moi, cette enfant entre nous qui braillait et gesticulait dans mes mains malgré le cordon. Le même regard perdu, souillé des mêmes larmes.

— Dis-moi que ce n'est pas possible, maman...

— C'est une grande prophétesse qui nous est née, ma fille, ne sus-je que répondre sottement.

— Non... Maman... non... Je n'y survivrai, se mit à sangloter Eloïn.

Mais cela, déjà, je le savais. Nous tombâmes dans les bras l'une de l'autre, le petit être entre nous rendu à sa condition de nouveau-née.

— Qu'allons-nous faire ? Que puis-je faire, mère ?

— Nous battre, Eloïn. Ainsi que nous l'avons toujours fait. Pour changer le cours des choses s'il peut être changé.

— Et sinon ?

Je ne répondis pas. À quoi bon ? Elle savait. Je savais. Même si nous ignorions quand, Richard allait mourir. De la main même de celui que j'avais réussi une fois à éloigner.

42.

Nos larmes séchées, le cordon ombilical coupé, l'enfançonne baignée, Eloïn rafraîchie, il nous resta au cœur ce secret, cette certitude effroyable et la même détermination à la repousser.

— Je refuse de l'accepter, mère…

— Je le refuse aussi, Eloïn.

Ce fut sur ces mots que nous décidâmes d'un commun accord de vivre dans l'adversité, d'abnégation et de courage comme nous l'avions toujours fait. Sans révéler le don de la petiote, sinon à Jaufré. Elle serait puissante, peut-être plus qu'Eloïn ou moi l'avions été. À quelles fins ? Je l'ignorais et peu importait. Elle n'était ce jourd'hui qu'une petitelle aux traits délicats et réguliers, aux fines boucles ambrées et, derrière l'huis, son père l'attendait.

Je m'en fus ouvrir la porte. Ils se précipitèrent, Richard cédant le passage du seuil à Bérangère, malgré son impatience, avant de la planter près de moi et, seul, de gagner la couche où Eloïn reposait. Et je fus submergée, autant de détresse que de bonheur, à le voir enlever sa fille dans ses bras, la fixer intensément avant de lui biser le front en tremblant d'émotion.

— Mon aimée. Mes aimées… chuchota-t-il en ramenant l'enfançonne dans les bras de sa mère pour mieux les étreindre toutes deux.

À mes côtés, discrète comme elle savait l'être, Bérangère tenait ses mains jointes contre sa poitrine, les yeux embués. Elle vivait cet instant, cette harmonie, cet état de mère par procuration, sans jalousie, dans le souvenir, je le sentais, de l'enfant qu'elle avait porté puis fait disparaître, de l'homme qu'elle avait reçu puis vu disparaître. Un frisson me glaça. Dans combien de temps Eloïn serait-elle veuve d'âme ? Dans combien de temps me faudrait-il, moi, accepter qu'elle parte avec lui ? Je refoulai une terreur sourde. Bouger. Agir. Lutter. Ne jamais cesser de lutter. De considérer que tout pouvait être changé. Combien de prédictions avais-je repoussées par le passé ? Et si celle-ci n'avait jailli que pour que l'on puisse la détourner ? Je connaissais le visage de l'assassin. Je possédais désormais un avantage sur lui. Eloïn aussi. Nous serions là, toutes deux. Fi de l'avis du pape, fi de Philippe Auguste, fi de Saladin, fi de Jean, fi ! Nous serions là ! Toutes deux ! Sur le champ de bataille ! Dans les chausse-trappes ! Eloïn armée de magie. Et moi, de Marmiadoise. Nous serions là pour repousser la camarde. Pour sauver Richard. Sauver l'Angleterre.

— Lui avez-vous choisi un prénom ?

La voix troublée de Bérangère brisa le silence ponctué des baisers du roi, de ses chuchotements dans la chevelure d'Eloïn. Il se retourna vers sa promise, rougit une seconde de la découvrir si proche d'eux et néanmoins si réservée, puis lui tendit la main.

— Approchez, ma mie. Approchez.

Je demeurai là, immobile et muette. Les bras ballants. Battue par mes tempêtes intérieures mais un masque serein sur mon visage. Bérangère serra ces doigts d'homme dans les siens, noua les autres à ceux d'Eloïn.

— Accepteriez-vous d'être sa marraine ? demanda le roi à la Navarraise.

Elle rougit jusqu'aux oreilles, trouva une bénédiction dans le regard d'Eloïn, raffermit sa voix.

— Oui, sire. Je le veux.

Richard apposa son pouce au front de la petiote.

— En ce 31 mars de l'an de grâce 1191, je te fais Anne du Puy du Fou, murmura-t-il.

À ce titre, tout en moi se lézarda. Je vacillai sur mes pieds nus, un gémissement de surprise en bouche qui ramena leurs visages vers moi. Richard me cueillit de tendresse.

— Il est temps, Loanna de Grimwald, que les terres dévastées de votre mère retrouvent une dame.

Mon œil, humide, balaya celui, troublé, d'Eloïn. Signe du destin ? Ou pas ? N'était-elle pas à mon côté, près de la dépouille d'Aude du Puy du Fou, lorsque j'avais décidé de défier les lois universelles de la camarde et de la réincarnation dans la crypte du château de Vendrennes[1] ? Je le pouvais encore. Il me suffisait de pourfendre l'assassin de Richard. Avant qu'il n'abatte son dard. Dussé-je me sacrifier moi, dans cette vie, pour sauver celle du roi, pour laisser ma fille et ma petite-fille jouir longtemps de lui. N'étais-je pas née pour cela ? Servir et protéger ? Quel que fût celui qui portait couronne ? Déterminée à ranimer en moi mes engagements passés, à retrouver cette place que Merlin, dernièrement, m'avait réofferte, je levai les bras, paumes ouvertes au ciel, bien au-delà des poutres du plafond, bien au-delà de la toiture de ce palais. Ma voix cessa, comme moi, de trembler.

— Anne du Puy du Fou, puisses-tu avoir longue et heureuse vie. Puisses-tu nouer là, en cet instant, l'eau et le feu, l'air et la terre. Puisses-tu être ce que d'autres n'ont pas été. Et faire de deux qui sont et t'ont générée, un, indivisible, quoi qu'il puisse arriver.

Un éclair traversa les nues, frappa si violemment la croisée que les vitres volèrent en éclats. Il zébra la pièce avant d'embraser les tisons mourants dans la cheminée. Les flammes jaillirent, anormalement blanches, si hautes que je dus reculer d'un pas pour n'en être pas léchée au visage. Celui de Merlin s'y encadra quelques secondes. Sa voix, elle, demeura longtemps en écho au creux de moi.

— Ce qui fut demandé ici-bas sera...

Lorsque le silence retomba, Anne du Puy du Fou fixait en souriant le feu redevenu ardent. Au creux d'un nid formé par trois bras.

1. Voir *Aliénor*, t. 2, *L'Alliance brisée*, XO Éditions, 2012.

Dans les deux heures qui suivirent, ils furent nombreux, parents, amis, à se pencher au-dessus de son berceau. Tandis que je confiais à Jaufré le récit de cet étrange avènement, tandis qu'il approuvait une fois de plus mes actes et mes choix, Aliénor partageait avec Jeanne la joie simple d'une mère retrouvant son enfant après avoir souffert d'inquiétude pour elle. Toutes deux n'en finissaient plus de rire et d'échanger des anecdotes, prenant à témoin Eloïn, reposée, Bérangère, charmée, Philippe et Richard, plus proches encore. Tout y passa. Notre voyage jusqu'à Messine, les trahisons des rois de France et de Sicile, la beauté des terres navarraises. Avant que le couvre-feu ne soit crié, la petite Anne s'était vue nantie d'une nourrice griffonne et Bérangère d'une tutrice. Car, refusant désormais de quitter ses nouvelles amies auprès desquelles elle pouvait espérer se guérir de ses chagrins passés, Jeanne venait de décider de suivre la croisade, forçant son frère et sa mère à s'y résigner.

En retrouvant la couche de Bernard de Ventadour, tard dans la nuit, Aliénor n'eut qu'un soupir :

— Je suis venue me réchauffer des miens, je repartirai seule vers celui que j'ai rejeté. Ainsi doit être mon destin, Bernard. De gouvernance et d'exil. Il me pèse ce soir plus que de raison... Allez savoir pourquoi ? De grâce, mon ami... ne m'abandonnez pas.

Il l'attira contre lui, l'embrassa voluptueusement avant de perdre sa bouche au-dessus de son oreille.

— Seule la mort, ma reine, et croyez-le, je ne suis pas pressé...

À deux chambres de là, Jaufré me tenait, brûlante, au creux de ses reins. Pour que, comme ma reine, rien en moi ne s'éteigne jamais.

43.

Le surlendemain de cette étonnante journée, nous nous trouvions dans le château en bois de Mate-Griffons, dans la grande salle d'apparat que Richard avait fait décorer de ses trophées. Le repas venait de se terminer. Nous nous étions levés pour quitter la table et devisions gaîment autour d'Aliénor lorsque Tancrède se fit annoncer avec ses chevaliers. Lui offrant haie d'honneur des siens, Richard se planta en bout pour l'accueillir au côté de sa mère. À la mine sombre du Sicilien, je compris aussitôt qu'il n'était pas venu festoyer.

— Votre Majesté, je me dois de vous informer que mon trésor a été pillé avant la dernière relève de la garde, déclara Tancrède sans ambages après avoir salué Aliénor et son fils.

— Qu'en est-il de l'épée que je vous ai confiée ? grinça Richard, aussi blême que Philippe.

— Elle a été dérobée.

Un silence de plomb accueillit cette révélation. Richard fut le premier à revenir de son atterrement. Son poing partit, ensanglantant le nez de Tancrède qui chut de cul sous sa violence aux pieds de ses familiers, l'épée immédiatement arrachée.

— Remisez vos armes, exigea Tancrède d'une voix nasillarde, le choc encaissé.

Il grimaça pour détendre ses mâchoires avant de tendre sa dextre à Richard, encadré par ses compagnons, lames aux poings. Les deux hommes s'affrontèrent du regard dans un silence tendu, puis Richard avança sa paume et l'aida à se relever.

— Qu'on apporte un linge au roi, exigea-t-il sans le quitter des yeux.

Guillaume Matteo d'Ajello s'empressa. La joue et l'œil gauches tuméfiés, Tancrède enveloppa l'arête déviée de son nez dans la toile, la rajusta à sa place dans un craquement sec puis tête en arrière renifla le sang qui affleurait. De part et d'autres on rengainait les épées, sans se départir toutefois de méfiance. Le silence perdurait. Richard finit par le briser d'une voix dure :

— Si vous m'avez trahi, Tancrède de Lecce, c'est votre crâne que je briserai.

Tancrède prit le temps de moucher un dernier filet écarlate avant de lui rétorquer :

— Si je vous pardonne aussi facilement cet affront, mon ami, c'est que, pour tout vous dire, j'ai eu la même idée.

Richard le foudroya d'un œil noir. Tancrède haussa les épaules.

— Ne m'avez-vous accompagné en ma cache, où nul autre ne fut jamais invité ? N'avez-vous pas à cette occasion découvert l'ampleur de mon trésor ? Quelle meilleure occasion auriez-vous désormais de me rançonner en plus de m'avoir ruiné ?

Face à cet argument, la colère de Richard retomba de moitié.

— Si ce n'est vous ou moi, alors qui ? Vous l'avez dit vous-même. L'endroit était inconnu de tous et devait le rester.

Tancrède adressa un signe à Guillaume Matteo d'Ajello. Le bras droit du roi de Sicile récupéra le linge souillé, l'échangea contre un autre, propre, puis tendit à Richard une petite bourse en cuir resserrée à son extrémité par un lacet. Sa voix crissa détestablement tandis que Richard l'ouvrait.

— Elle contient ce que la relève des gardes a retrouvé au mitan du charnier.

Richard fronça les sourcils devant une agrafe de mantel, sans doute arrachée au meurtrier dans l'affrontement. Il reconnut sans hésiter le bijou pour l'avoir vu plusieurs mois durant à l'épaule de Guillaume des Barres.

— Vous est-elle familière ? demanda faussement Tancrède de Lecce, entre deux pressions à ses narines, sachant bien quel visage étonné avait gardé le chevalier français à l'instant où Pierre Basile l'avait assommé.

Richard hocha la tête.

— Je croyais Guillaume des Barres reparti avec ses vassaux sur une de vos galées.

— Je le croyais aussi. Visiblement, il aura, d'une manière ou d'une autre, réussi à nous duper, le courrier saisi dans sa chambre indiquant clairement son intention de dérober Caliburnus. Je vous laisse juge du châtiment que vous lui réserverez lorsque vous le cueillerez, car je doute de sa présence encore sur cette île à présent qu'il a accompli son méfait.

Richard approuva d'un signe de tête avant de se tourner vers Aliénor, songeuse, près d'Eloïn et de moi.

— Je crains que nos retrouvailles ne soient écourtées, mère. Il vous faut vous remettre en chemin sans tarder. Je lèverai l'ancre dans votre sillage, pour rallier au plus tôt le roi de France à Acre et lui arracher serment de ne point soutenir Jean, que ce dernier se soit, ou non, fait complice du vol de l'épée. Quant à vous, vous passerez par Rome, car il me semble désormais indispensable d'obtenir du pape la confirmation de la nomination de mon demi-frère Geoffrey au siège épiscopal d'York. Jean aura besoin de lui pour se dresser contre nous et n'aura de cesse pour cela que de l'arracher à ses fonctions en les prétendant illégitimes.

Alertée de nouveau par ce sentiment que j'avais désespérément tenté de taire ces derniers mois, je m'interposai :

— Ne craignez-vous plutôt l'inverse, sire ? que Jean se serve de l'appui clérical de Geoffrey pour parvenir à ses fins ?

Richard secoua la tête.

— L'Église ne donnera aucun crédit aux flamboyantes, dame Loanna. Ce serait reconnaître la puissance du paganisme qu'elle a toujours combattu. Non, je crains plus sûrement la félonie des grands feudataires du royaume qui ont, comme vous et moi, vu Caliburnus hésiter en Tintagel. Si Jean la remet à Geoffrey, si tous deux affirment la mort de Philippe et la mienne, Guillaume Longchamp ne sera pas en mesure de l'empêcher de s'emparer du trône. Le seul moyen de le contrecarrer est d'interdire tout pouvoir laïc à Geoffrey. Il ne pourra à la fois brandir la crosse et Caliburnus. Dès lors Philippe demeurera mon héritier. Je le répète, il vous faut gagner Rome, mère, puis sans tarder fondre sur l'Angleterre pour rétablir la vérité.

Aliénor tordit la bouche.

— Votre attitude à l'encontre de Clément III n'interviendra pas en votre faveur, mon fils. Vous avez crié haut et fort voir en lui l'antéchrist, je vous le rappelle.

Quelques sourires s'ébauchèrent de-ci de-là dans les deux camps, vite enrayés par la gravité de la situation. Seul Tancrède jubilait intérieurement à voir les événements servir ses intérêts. Il soupira.

— Je me porterai garant de votre repentir auprès du Très Saint-Père, si cela s'avérait nécessaire.

— Ce sera difficile. Je n'en éprouve aucun, grinça Richard.

— Il le faudra bien, mon ami, le tança le roi de Sicile, le menton relevé, car je n'ai plus les moyens financiers, moi, désormais, de me passer de votre soutien contre Constance. Or, rien ne m'assure qu'après vous avoir délesté du trône, votre frère renouvellerait l'accord que vous et moi avons passé à ce sujet. Nous avons besoin l'un de l'autre. Quelle meilleure manière de renforcer notre amitié ?

Richard serra les dents sur un sourire forcé. Pour sauver son royaume des griffes de son cadet, il n'avait pas d'autre choix que d'accepter, une fois encore, l'aide et les faux-semblants que ce rat lui offrait.

À peine Tancrède avait-il quitté les lieux que Philippe de Falconbridge et mon petit-fils Godefroy se détachaient du groupe des chevaliers pour s'immobiliser devant Richard. La main sur le cœur, les traits tirés, Philippe posa genou à terre devant son père.

— Il est vraisemblable que Guillaume des Barres a profité d'un des marchands vénitiens qui levaient l'ancre ce matin, car depuis l'aube je sens en moi l'appel douloureux de Caliburnus. Parce que j'ai souffert du manque d'elle sitôt que nous l'avons eu confiée à Tancrède, j'ai refusé de m'en inquiéter davantage. Je l'aurais dû et m'en veux, cruellement. Laissez-nous nous embarquer sur l'heure pour courser ce félon, père.

— Cela nous contraindrait à nous passer de l'accord de Philippe Auguste pour rendre justice de féodalité à sa place.

— Le temps presse, Votre Majesté, insista Godefroy.

— Je le crains aussi, sire, ajoutai-je.

L'œil de Richard trouva celui, suppliant, de son fils.

— Soit. Partez au plus tôt, faites rendre gorge à ce chien galeux et rejoignez-nous à Acre avec vos lames. L'une ne va plus sans l'autre je le sais. L'un ne va pas sans l'autre. Et la croisade a besoin des trois épées. Dame Loanna ?

Mon sang bourdonnait dans mes veines. Dès qu'ils seraient partis, je serais seule de nouveau face à Saladin. Quelle serait ma réaction cette fois ? De qui en réalité avais-je peur ? De lui ou de moi ? De mes réactions ou des siennes ? Qu'importait. J'avais prêté serment de fidélité à Richard et plus encore depuis que la camarde le coursait. Crâne, je relevai le défi sous l'œil troublé de Jaufré, silencieux. Trop silencieux.

— Dans l'attente, Marmiadoise chantera à vos côtés, Votre Majesté.

— Alors voilà qui est réglé.

Je croisai le regard inquiet d'Aliénor. Le soutint avec tendresse, tandis que les chevaliers se dispersaient. Philippe embrassa sa mère, moi mon fils. Le cœur écartelé. Ensemble nous les regardâmes s'éloigner. Alors seulement

Aliénor vint se glisser entre Eloïn et moi, nous enlaçant de ses bras plombés.

— Lancelot et Gauvain en quête du Saint-Graal, murmura-t-elle.

Nos doigts enlacèrent les siens.

— Dans les deux cas, la coupe est pleine, murmurai-je.

— Oui, pleine du sang qui sera versé, ajouta Eloïn en frissonnant.

Le 2 avril de l'an de grâce 1191, soit quatre jours à peine après son arrivée, Aliénor reprenait la mer avec son escorte sur une des nefs gracieusement offertes par Tancrède, menée par un Aquitain. Suivant de peu le marchand vénitien qui emmenait Philippe et Godefroy, elle laissait derrière elle l'armée anglaise occupée à démonter le fortin Mate-Griffons que le roi voulait emporter ; la petite Anne partagée entre les bras d'Eloïn et ceux de Faustine, sa nourrice ; Bérangère de Navarre et Jeanne qui se découvraient de jour en jour plus d'affinités ; Richard oscillant entre le bonheur et l'envie d'occire ses ennemis ; Jaufré redevenu sombre et moi, comme lui, oppressée par un sentiment puissant de danger. Même si, pour m'en garantir auprès de Jean, j'avais confié lettre à ma reine pour le jeune Geoffrey.

Lorsque à notre tour, le 10 avril, nous levâmes l'ancre sur un des deux cents navires de cette flotte impressionnante que Richard menait, falot allumé en tête de mât, un frisson me parcourut tout entière. Pour mater la superstition de son armée qui, avec la bénédiction du pape, craignait la présence des femmes, nous voguions loin derrière lui, ne devant le retrouver qu'aux escales.

Accolée au bastingage, j'étais hantée par les propos de Richard. « Un mois, avait-il annoncé. Dans un mois nous serons à Acre, dans un mois je prendrai épouse et imposerai que mes dames demeurent à mes côtés. Dans un mois, j'en suis convaincu, Caliburnus et Durandal nous serons rapportées. »

S'accolant à mon dos, Jaufré vint nouer ses bras autour de mon ventre, menton sur mon épaule tandis que, les deux mains au bastingage, je cherchais l'apaisement dans cette lumière si particulière du point du jour sur les rives qui s'éloignaient.

— Le sort en est jeté, murmura-t-il avant de me biser délicatement derrière l'oreille.

— Oui, répondis-je, gardant pour moi cette réflexion douloureuse.

Serait-il bon ? ou mauvais ?

44.

La pluie s'écrasait avec une telle violence sur le pont qu'elle ruisselait par les interstices de la trappe refermée jusque dans nos quartiers, sous le château arrière, inondant nos chausses et le bas de nos bliauds pourtant relevés. Encordées les unes aux autres pour nous épargner de plonger tête baissée dans ces creux semblables à des gouffres qui nous remontaient l'estomac au menton, il nous était impossible de parler tant le fracas de la mer démontée répondait aux coups de tonnerre. La tempête nous avait saisis peu avant la nuit du vendredi saint, en pleine mer. Nous l'avions vue rouler de l'est en de lourds nuages de granit, cerner notre flotte avant de l'avaler sous des trombes d'eau et de telles embardées de vent que les six voiles, pourtant tombées et solidement attachées aux deux mâtures de la nef, se gonflaient entre leurs liens. Nous ne pouvions rien, sinon nous en remettre à la navigation du capitaine, un Normand fort en gueule, habitué au gros temps comme un chat au gros dos. À peine entre deux fracas percevions-nous les hurlements de la petite Anne, solidement enfermée dans une étole en travers de la poitrine gonflée de sa mère, sans savoir laquelle de la faim ou de la peur lui tenait le ventre. La colère du ciel dura plusieurs heures, éructa encore quelques éclairs, nous malmenant de rouleau en rouleau jusqu'au mitan de la nuit où elle nous abandonna sur une mer redevenue lisse. Alors seulement nous quittâmes notre abri pour gagner le château avant, épuisées, transies de froid. Au-dessus de nos têtes, le firmament scintillait d'étoiles en une nappe sans fin qui se reflétait sur un miroir sombre. Un silence de tombeau couvrait le navire. Chacun, comme nous, tendait l'oreille, les yeux. Scrutant de tous côtés l'horizon.

— Il faut nous rendre à l'évidence, nous sommes seuls.

Je me tournai vers le capitaine qui venait, d'un pas agile, de gravir l'escalier pour nous rejoindre, les traits avalés par l'ombre.

— L'obscurité nous masque sûrement les autres. On ne perd pas deux cents navires en quelques heures, sieur Thomas.

Il eut un petit rire, bien plus triste que cynique.

— On peut tout perdre en quelques heures, dame Loanna. Croyez-moi.

Richard s'arrêta au même constat. Il avait atteint le point de ralliement en Crête sans trop de dommages, rejoint heure après heure par la majeure partie de sa flotte. Au soir du 17 avril, vingt-trois galées manquaient encore à l'appel ainsi que deux nefs d'importance. L'une transportait ses dames, l'autre le trésor royal, solidement encadré. Richard, les sangs rongés, ne perdit pas plus de temps. Convaincu que, déviés, leurs capitaines avaient dépassé le point d'ancrage et poursuivi leur route, il fit mettre le cap sur Rhodes et, de là, dirigea les recherches. Ce fut un marchand qui, relayant la rumeur, le renseigna. Plusieurs navires, disait-on, avaient fait naufrage autour de Chypre. Richard sentit son cœur se nouer. Chypre. Mauvais augure. Un homme s'était, depuis quelques années, imposé là-bas comme gouverneur, sans aucune légitimité. L'île bénéficiant d'une situation privilégiée en Méditerranée, Isaac Comnène, petit-neveu de Manuel Comnène dont Louis le Septième et Aliénor avaient eu à souffrir l'alliance lors de la première croisade, usait des mêmes procédés que son parent pour se maintenir en place. Saladin, disait-on, lui était plus familier que n'importe qui. Quant aux ravitaillements destinés aux croisés, il n'était pas rare qu'ils disparaissent à l'entrée de ses ports, détournés vers l'ennemi de la chrétienté. Richard fit mettre la voile. Isaac Comnène avait déjà dû piller les épaves et capturer les survivants. Si celles qui lui étaient chères étaient encore de ce monde, l'empereur, comme Comnène se faisait appeler, ne tarderait pas à les négocier sur les marchés aux esclaves. À moins qu'averti de leur importance il ne les livre à Saladin. Cette dernière hypothèse lui glaça le sang. Il se mit à prier pour que le vent tienne, gonfle ses voiles et les pousse vite, suffisamment loin.

J'avais reconnu l'île avant même que le capitaine Thomas la nommât. Derrière elle, les côtes que nous avions quittées quelques mois plus tôt nous avaient été trop longtemps familières. Jaufré et moi savions donc dans quel guêpier nous nous trouvions. Impossible néanmoins de nous écarter de Chypre. Les navires d'Isaac Comnène nous encadrèrent sitôt que le nôtre fut repéré. À tout prendre, je préférais les galées de ce fourbe à celles de Saladin, tout en sachant que les unes n'allaient pas véritablement sans les autres. Tout au moins pourrions-nous tenter de gagner sursis par quelque ruse. Roger de Thurnham, qui dirigeait notre bord, fut de notre avis. Il délégua Jaufré auprès du capitaine Thomas qui barrait, comme on nous l'imposait, en direction de Limassol.

— Changement de tactique, capitaine. Jetez l'ancre.

Un sourcil se fronça de surprise dans ce visage taillé à la serpe, aux yeux d'un bleu perçant sous la tignasse noire et rebelle.

— Ce ne sera guère du goût de notre escorte, troubadour.

Jaufré repoussa une mèche longue et grise qui, détachée de son lien, vint lui barrer les lèvres sous l'effet du vent.

— Lui plaire m'importe peu. Ce qu'il faut c'est gagner du temps pour laisser au roi Richard celui de nous retrouver. Croyez-moi, je connais le gouverneur de cette île. Il ne vit que de rançonnage et de trahison. Pour l'heure il nous suppose sans défense et donc une proie facile. Il faut l'en détromper. Postez quelques arbalétriers dans la mâture. Il enverra un émissaire pour jauger notre importance. Nous le recevrons armés jusqu'aux dents, ces dames également. Cela suffira pour que Comnène refuse de risquer un abordage qui lui ferait perdre des otages précieux.

— On prétend que les navires du sultan sillonnent les routes maritimes à la tombée du jour. Le chevalier de Thurnham est-il conscient de ce danger ?

L'œil de Jaufré s'ourla de détermination.

— Nous sommes déjà trop près de Limassol pour qu'ils s'en approchent sans une invitation de Comnène. Et ce dernier ne le préviendra pas avant d'avoir évalué la valeur de sa prise. Si nous tenons deux ou trois jours, la flotte des nôtres nous redeviendra rempart, j'en suis convaincu.

Le Normand fixa la côte au loin. Avant longtemps il entrerait dans l'espace maritime du gouverneur de Chypre. Jaufré de Blaye avait raison. Si l'homme jouait sur les deux tableaux, il ne lancerait pas l'assaut, mais les inviterait à débarquer. Il se tourna vers son second qui surveillait les manœuvres des matelots.

— Faites tomber la voile, sieur Francis. Nous mouillons.

45.

Aliénor n'aima pas le regard du nouveau pape sur elle. Célestin III avait remplacé le défunt Clément III quelques jours seulement avant qu'elle n'entre à Rome. Depuis, elle espérait une entrevue, logée sobrement dans le château Saint-Ange, sur la rive droite du Tibre, seule, Bernard de Ventadour n'ayant pas été autorisé dans son sillage où il n'avait aucune légitimité. Après de longs jours d'attente où il s'ennuyait d'elle auprès des chevaliers de son escorte, comme elle s'ennuyait de lui, elle avait été avertie au matin que Sa Sainteté avait accepté de la recevoir. Avant midi. Attentive à la sobriété de sa toilette, elle s'était fait accompagner de Gautier de Coutances, l'archevêque de Rouen, qui avait fait le voyage aller dans l'espoir de marier Richard et Bérangère et s'était vu, en place, chargé de plaider à la fois la cause de Geoffrey Plantagenêt et celle du roi, convaincu, soi-disant, de repentir envers l'Église. Comme il savait ce dernier de circonstance et non de fait, l'archevêque avait été d'humeur exécrable depuis leur départ de Sicile. Au point qu'Aliénor avait presque regretté l'avoir amené. Ce jourd'hui elle ne voyait guère que lui pour adoucir le masque impénétrable de Célestin III.

En guise de bienvenue, il leur avait tourné le dos pour s'abîmer dans la contemplation du pont Ælius qu'il voyait depuis sa fenêtre. Cela faisait plusieurs minutes qu'il les réduisait ainsi à la merci de son bon vouloir et la patience d'Aliénor s'émoussait. À l'instant où elle allait l'apostropher, rompant tout protocole, il pivota subrepticement vers eux. L'œil aussi froid que le restant de sa personne.

— Ne vous attendez pas, dame Aliénor, que je montre à l'égard de votre famille d'autres sentiments que mon prédécesseur. Votre époux et vous-même avez plus souvent qu'à votre tour bafoué l'Église, ses commandements, ses fondements et ses règles. Là encore. Vous me venez voir, semble-t-il, pour légitimer un acte accompli sans le soutien du conseil épiscopal. J'espère que vous n'espérez pas ressortir d'ici en quelques minutes avec ma bénédiction.

— Non, Votre Sainteté, lui concéda Aliénor à regret.

Mains croisées au dos, imposant de carrure et d'orgueil, Célestin III lui consentit un hochement de tête en guise de congé.

— Fort bien. Réunissez tout argument en faveur de cette nomination et confiez-les à mon secrétaire. Je les examinerai et vous ferai part de mes conclusions.

— Quand, Votre Sainteté ? Je ne saurais laisser mon roy...

— La protection divine vaut la vôtre, Aliénor d'Aquitaine, la coupa sèchement le pape. Accommodez-vous-en ou quittez cette place. Dans les deux cas le regard baissé !

Elle le tomba sur ses souliers, malgré l'envie de souffleter cet arrogant comme, à cause de leur tempérament, ses ancêtres avaient bravé ses prédécesseurs. Lassitude de l'âge ? Ou simple acquisition de sagesse ? Elle se contenta d'admettre qu'une fois n'était pas coutume. Elle n'était pas à quelques jours près. Quand bien même Jean s'activerait, il ne possédait pas encore Caliburnus que Philippe et Godefroy recherchaient ! De plus, elle pouvait compter sur la loyauté sans faille de Guillaume Longchamp. Il ne laisserait pas le loup les croquer.

— Loué soit le Seigneur, murmura-t-elle en pliant genou à terre pour baiser l'anneau que le Saint-Père venait de tendre.

Il posa une main épaisse et lourde sur le haut de sa coiffe, lui enfonçant sans tendresse la tête dans les épaules.

— Priez, mon enfant. Priez assez fort pour qu'Il vous entende. Vous et les vôtres avez beaucoup à vous faire pardonner.

Lorsqu'elle quitta le cabinet du pape, quelques minutes plus tard, la colère avait gagné son cœur comme la douleur ses cervicales malmenées. Elle la passa dans le couloir, sur l'archevêque toujours silencieux à ses côtés.

— Est-ce là toute votre aide ? Je me demande bien à quoi vous servez !

— À vous défouler, Votre Majesté, lui répondit le prélat avec aplomb, pas fâché, en vérité, de voir enfin les Plantagenêts remis à leur place.

Elle le couvrit d'un regard incendiaire, releva le bas de son bliaud long et se détacha de lui d'un pas vexé.

Au soir venu, après avoir été contrainte par un envoyé du pape à passer son après-midi en prière, elle n'aspirait plus qu'à un sommeil réparateur. Sans mot dire, regrettant les siens, elle se laissa préparer par sa dame d'atour, puis se glissa dans les draps froids qu'elle lui avait ouverts.

— Voulez-vous encore garder de la lumière quelques minutes ? demanda la jouvencelle en lui rabattant les couvertures sur la poitrine.

Aliénor étouffa un bâillement au dos de sa main.

—Non. Tu peux souffler la chandelle. Elle empuantit la pièce.

— Que la nuit vous soit douce, Votre Majesté.

— La tienne aussi, Marie.

Un souffle près d'elle acheva de tuer la clarté derrière ses paupières qui se refermaient.

— Avant de sortir, entrouvre la fenêtre je te prie. Que cette odeur de mauvaise cire soit emportée.

Marie obéit en silence, respectueuse du sommeil qui déjà gagnait la reine. Elle quitta la pièce, éclairée par sa propre bougie, en refermant soigneusement la porte derrière elle, sans s'étonner du sifflement qu'elle venait de capter. Le vent ne s'était-il pas levé ?

*

Je m'arrachai au sommeil, le souffle court et la peur au ventre. Autour de moi, personne n'avait bougé, pas même Jaufré qui ronflait discrètement à mes côtés. Le roulis du navire était si léger qu'Eloïn avait renoncé à bercer Anne. Tous nous nous y étions abandonnés, rassurés par l'invitation d'Isaac Comnène à nous rendre à terre sous sa protection et convaincus qu'il nous laisserait le temps de nous décider. Soutenus par un ciel d'autant plus clair que la pleine lune irisait la Méditerranée, des guetteurs surveillaient l'horizon dans la mâture et les arbalétriers dormaient à leurs pieds, prêts à gagner les sommets en cas d'alerte. La nuit était calme. Malgré cela, l'assassin me semblait si proche que je ne parvenais à me remettre en paix. Je demeurai un long moment aux abois, réagissant au moindre craquement du navire avant de me rendre à l'évidence que ce n'était qu'un cauchemar, cette fois, non une prémonition. J'avais mis mon fils dans la confidence et savais pouvoir compter sur lui pour protéger le roi, avec lequel, désormais et en l'absence d'Eloïn, il partageait couche. Même si l'assassin s'était introduit sur le navire royal, il ne prendrait pas le risque d'agir en mer. Non. Je devais m'apaiser. C'était au grand jour, sous les murailles d'une cité qu'il frapperait. Voilà l'image que la petite Anne nous avait révélée à sa naissance. Celle d'une cité assiégée. Ce serait donc à Acre qu'il faudrait redoubler de vigilance. Contrant mon angoisse, je calai ma tempe sur l'épaule de Jaufré et laissai le tangage me calmer. Je n'avais aucune raison, pour l'heure, de m'inquiéter.

*

Aliénor ne sut pas ce qui l'éveilla. Des relents étouffants de chaleur, l'odeur persistante de la chandelle consumée ou ce sifflement aigu près de son oreille, immédiatement suivi, lorsqu'elle bougea, d'une brûlure intense au cou. Elle y porta la main instinctivement en tournant la tête. Un rayon de lune oblique couvrait son oreiller. Son regard s'arrondit d'effroi tandis que, dans un réflexe de défense, elle se repoussait à l'autre extrémité du lit. Trop tard, songea-t-elle en voyant le fin serpent onduler lentement sur le drap, en sens inverse. Elle n'eut pas le temps de se demander s'il était venimeux qu'un individu, détaché soudain par le clair-obscur, avança une main gantée pour le récupérer et le jeter dans un sac de cuir. Elle voulut crier. Appeler à l'aide. Aucun son ne franchit ses lèvres. Bouger. Elle ne le put davantage. Tout en elle semblait tétanisé tandis que s'oppressait sa poitrine.

— Je suis navré, Majesté, murmura une voix d'homme sous le masque noir qui lui recouvrait le visage.

Elle demeura là, immobile, à sa merci. Il n'en abusa pas, écarta les pans de son mantel pour rattacher le sac à sa ceinture, offrant à son regard, dans une lueur cendrée, la garde de l'épée qu'il portait. Elle la reconnut sans hésiter. Caliburnus. Alors, consciente de mourir de la volonté de son propre fils, de sa chair reniée, elle s'abandonna à la léthargie qui la gagnait.

46.

J'avais lutté toute la nuit contre la fièvre. Une fièvre ardente dont l'annonce joyeuse de navires anglais en vue m'arracha à peine, en sueur, les membres tétanisés. À plusieurs reprises, je m'étais éveillée, le visage d'Aliénor devant les yeux, lisse de traits, torturé de regard. Comme si elle se trouvait emmurée en elle-même, prisonnière de quelque démon. J'avais voulu me rassurer en reproduisant le voyage mental qui m'avait rapprochée de Richard quelques mois plus tôt, mais je n'avais pas réussi à quitter mon enveloppe charnelle, comme si cette lourdeur qui me restait encore m'avait retenue au plancher de la galée. Songe funeste né de la proximité de Saladin, de ma crainte de l'assassin de Richard ? Prémonition ? Mon cœur, abattu de battements désordonnés, ne parvenait à trancher. Je sentais ma reine vivante et me raccrochais à cette idée. Mon sang coulait en ses veines et avec lui mon immunité. L'échec de la tentative d'empoisonnement de Rosamund Clifford en son temps nous l'avait prouvé. Je m'en rassérénai tandis que ces dames remettaient de l'ordre dans leurs mises pour accueillir nos libérateurs. À moins qu'on lui passe fil sous la glotte, Aliénor avait encore devant elle de belles années.

Richard fut le premier à rejoindre notre bord. Lorsqu'il nous découvrit sur le pont, saines et sauves, sa joie éclata dans un éclat de rire tonitruant qui lui fit ouvrir grands les bras et les refermer tour à tour sur chacune d'entre nous. Même Bérangère qui piqua un fard.

— Palsembleu mes belles, je mourais d'angoisse à l'idée que ce chacal de Comnène vous ai déjà vendues à quelque gras lascar.

— Il l'aurait fait si nous n'avions rusé, affirmai-je, la bouche épaisse, comme engourdie.

Nul ne sembla noter ma difficulté à articuler. Pas même Jaufré à quelques pas. Peut-être n'était-ce qu'une sensation dépourvue de réalité. La réminiscence de ma nuit agitée. Refusant de m'en laisser davantage importuner, je chassai cet inconfort, à peine surprise de retrouver aussitôt ma mobilité et mon phrasé. Déjà le sire de Thurnham tordait le nez, qu'il portait avec disgrâce tel un mât mal planté.

— J'ignore quelles furent nos pertes, Votre Majesté, mais à quelques encablures de là, nous avons repêché plusieurs corps qui flottaient entre deux eaux. L'un d'entre eux était celui de Roger Maurat.

La mine de Richard s'assombrit d'un bloc. Maurat était un brave homme qu'il avait nommé vice-chancelier sans la moindre hésitation. Il récupéra le sceau que le chevalier lui tendait.

— Lui avez-vous accordé les honneurs de sa charge ?

— Cela va de soi, sire. Une messe a été dite pour ces malheureux que nous avons ensuite immergés.

— Bien, sire Thurnham. Vous avez agi ainsi qu'il le fallait. Nous-même avons vu flotter de nombreuses caisses poussées par un courant rapide vers le littoral. Je suppose que celles du trésor ont été recueillies par Comnène. Quant aux cadavres que nous avons nous aussi croisés, ils furent bénis depuis le bord. Pas de pertes sur ce navire ?

— Aucune, Majesté, répondit Eloïn qui venait de ressortir de la cabine, sa fille dans les bras.

Richard s'en ragaillardit. Sans attendre, il vint se planter devant elle, écarta les pans du linge qui emmaillotait Anne et posa un baiser sur le petit front bouclé à l'odeur de lait. Lorsqu'il releva la tête, trouvant le regard amoureux d'Eloïn, il se mordit la lèvre inférieure pour ne pas céder, devant ses soldats, à l'envie de l'embrasser de même. Durant quelques secondes, il ne parvint à se détacher de son regard, puis se tourna vers ses compagnons, dont mon Geoffroy qui venait de nous rejoindre pour nous étreindre à son tour.

— Que les morts reposent en paix. Il est temps de s'occuper des vivants. Je me fais fort de reprendre à ce soi-disant empereur ce qu'il nous a enlevé. Par le verbe ou par les armes.

Je tirai Marmiadoise du fourreau pour la brandir vers ce ciel que se disputaient les mouettes.

— Par le verbe ou par les armes, répétai-je, arrachant semblable promesse aux guerriers présents sur le navire, tandis qu'autour du nôtre, peu à peu, les navires imposants de la flotte royale se resserraient.

Le messager d'Isaac Comnène afficha un rictus narquois sur sa face tailladée d'une cicatrice ancienne.

— Prout, sire.

Richard qui l'avait accueilli, impatient de la réponse du gouverneur à ses injonctions, sursauta sur le semblant de trône qu'il avait fait installer sur son navire de tête, dans ses quartiers, pour recevoir les gens d'importance.

— Plaît-il ?

— Prout, voici la réponse, sire, répéta, moqueur, le Chypriote.

Richard bondit. Lui interdisant de rire davantage, il le piqua d'un stylet sous la gorge, tourna la lame froidement, le laissant comprendre qu'il vivait ses dernières secondes, puis s'écarta d'un pas de côté, se gardant ainsi du flot de sang qui jaillit de l'artère.

Le regard du messager ne perdit sa morgue qu'à l'instant où il s'écroula devant ses compagnons, gardés au respect par la lame brandie des chevaliers aquitains. Richard toisa les autres membres de la délégation d'un œil sombre, avant de donner l'ordre aux siens de les renvoyer à terre.

— Point de réponse, sire ? demanda mon fils sitôt qu'ils furent partis.

— Vous la connaissez déjà. Que nos archers se tiennent prêts. Nous débarquerons dans l'heure.

Ainsi fut fait.

47.

La première salve de flèches survola les chaloupes qui, à chaque coup de rames, rapprochaient hommes et chevaux du rivage. Leurs pointes acérées ébranlèrent les barricades de brande, s'enfoncèrent dans les tranchées sableuses, les torses, les bras ou les jambes en des centaines d'impacts. La seconde, aussi puissante, acheva de nettoyer la maigre résistance côtière. Avant même que nous n'ayons abordé, les survivants fuyaient vers la cité qui se dressait sur la falaise. Revêtue d'une cotte de mailles, reprise d'inquiétude devant ces remparts qu'il allait falloir assiéger, je cherchai malgré moi à retrouver les images de la prémonition de la fin de Richard. Elles me fuirent. Marmiadoise à mon poing réclamait son dû. Il n'était pas de tremble, mais de combat. Lors, me laissant regagner par celle que j'avais été à son contact, du temps du roi Baudouin de Jérusalem, je fus la première à sauter de l'esquif au côté du roi, de l'eau à mi-mollets.

— Je reste dans votre sillage, mère, m'annonça mon fils en me tendant la bride d'une monture.

— Et moi dans celui du roi, répondis-je en l'enfourchant.

D'un même élan que Richard, Geoffroy se mit en selle, l'eau ruisselant de ses bottes sur les cuisses de son destrier. Derrière nous, les chevaliers affluaient en hurlant, suivis par la masse haineuse des mercenaires. Un coup de talons et nous nous élançâmes de l'avant, droit vers les barricades désertées. Ceux de nos ennemis qui avaient échappé aux traits cognaient déjà aux portes de la ville pour y trouver refuge. Elles restèrent fermées. Nous voyant fondre sur eux au grand galop, la lame levée, ils s'agenouillèrent, armes à terre, le dos aux remparts pour se garder du tir des soldats placés sur les coursives. Richard avait déjà donné l'ordre de lever bouclier et d'encadrer la trentaine d'hommes qui portait le bélier.

— Haro, haro contre ces chiens galeux, hurla-t-il, le front et l'arête du nez protégés par les fers du heaume.

J'avais beau le savoir abrité par le haut, les côtés, je ne le quittai pas d'un pouce, retenant mon destrier, l'œil furetant partout, au mépris de ma propre sécurité. Et s'il était là, quelque part, dans cette ville ? S'il était là-haut, parmi ces archers ? lui, l'assassin tant redouté ?

Le branle recommença contre les battants. Le bois craqua.

— Hardi ! s'époumonèrent les hommes.

La barre transversale qui fermait la place céda sous la troisième poussée. Nous nous précipitâmes d'un même élan, mon fils près de moi, aussi prompt, je le devinai, à protéger son roi que sa mère. Fi. La main rendue de fer par la puissance de Marmiadoise, je n'étais plus qu'une guerrière parmi les guerriers, avide de sang, autant que de justice. Tout en sachant au fond de moi que l'un étoufferait l'autre dans la curée. Richard l'arrêta d'un geste. Descendant en hâte des coursives, les défenseurs de la cité jetaient leurs armes et venaient s'aligner promptement face à nous, mains croisées sur le sommet du crâne. Dans leur dos, les ruelles s'étaient vidées de la population terrorisée. Portes et volets des habitations étaient solidement fermés. Tous le savaient. La cité nous appartenait mais gare à qui forcerait les habitants de manière injustifiée, gare à qui violenterait. Richard laissa Merchadier diriger le rassemblement des prisonniers, puis ses mercenaires se disperser en gueulant dans les ruelles, avides de richesses à grappiller.

— Allons. Ce chien de Comnène doit lui aussi se terrer en sa demeure, grinça-t-il en désignant l'imposante masse d'un donjon accroché au flanc du rempart est, à l'autre bout de la rue principale.

Rapprochant nos montures de la sienne, nous remontâmes à ses côtés et au pas la rangée de maisons basses aux toits de tuile. Au fur et à mesure que nous nous approchions, il nous parut évident que des archers se dissimulaient derrière la ligne de barriques posées en aval du perron. Sitôt que nous serions dans leur visée, ils tireraient. Richard immobilisa sa monture, la main levée pour arrêter ses gens derrière lui.

Son visage déterminé se tourna vers moi.

— Parée à l'attaque, Loanna de Grimwald ?

Le sourire était prédateur. Je le lui retournai avant de lever cette lame dont Jaufré s'était toujours demandé pourquoi elle semblait si légère à ma main gantée, et si lourde à la sienne en vérité.

— Parée, Votre Majesté.

Il se retourna sur sa selle. Derrière nous les cavaliers s'étaient rassemblés, illustres blasons, compagnons fidèles, amollis par l'inactivité à Messine, frustrés par une victoire trop facile. Leurs chevaux piaffaient. Ils brûlaient d'en découdre.

Richard se dressa sur les étriers, affermit son poing sur le pommeau de sa lame, à l'autre main enfila son bouclier. Puis, fier, il hurla :

— À moi chevaliers ! avant de talonner son destrier.

Comme mon fils, j'en fis autant. Au grand galop. Les flèches cinglèrent l'air de leur sifflement aigu, s'écrasant en vain sur les hauberts à triples mailles ou les boucliers. Le temps d'une seconde salve nous fûmes sur les archers, taillant, transperçant de la lance ou de l'épée selon qui les guerroyait. En hâte, la garde rapprochée de Comnène sortit sur les marches, tentant de nous barrer passage de piques et de lames courbes. Elle fut défaite en un rien de temps. Nous nous retrouvâmes à battre les marches du perron, la lame dégoulinante du sang qui ruisselait entre les sabots, les chevaux piaffant sur les lances brisées, les corps éventrés, les têtes fracassées. Les portes, privées de défenseurs, demeurèrent closes. Il suffirait de quelques coups de boutoir pour les forcer. Déjà, derrière nous, on percevait le martèlement régulier du pas des porteurs de bélier.

Richard se refusa à les attendre. Il brandit sa main armée en direction des meurtrières, hurla :

— Montre-toi, chien puant, que je t'apprenne les bonnes manières !

Un hennissement lui répondit, suivi d'un cri d'alerte.

— Haro, haro, il s'enfuit !

— Laissez-le-moi, ordonna Richard, les yeux exorbités de colère, en voyant détaler un cavalier par une poterne subrepticement ouverte dans le mur de l'enceinte fortifiée.

Il piqua son cheval, se couchant presque sur sa selle. Je n'attendis pas pour lui servir d'escorte, mon fils et quelques chevaliers non plus.

Deux lieues plus loin, il nous fallut nous rendre à l'évidence. Aucune de nos montures n'avait réussi à égaler l'allure de celle de Comnène. Nous nous immobilisâmes au mitan d'un champ bordé d'ornières, sous un soleil au zénith.

— Quand j'aurai mouché cet insolent, je me rembourserai de sa pique avec cet étalon. Par ma barbe, mes amis, je crois bien n'en avoir jamais rencontré de plus vif ! Allons, tournons bride, ce ne sera pas aujourd'hui… siffla Richard en suivant du regard la poussière que l'empereur de Chypre soulevait au loin sur le chemin.

À notre retour, nous trouvâmes les portes du donjon ouvertes, le lieu déserté, nos bannières déroulées aux meurtrières par les seigneurs aquitains qui déjà, au nom de leur roi, s'étaient approprié la place. Richard se laissa tomber de cul sur une chaise. D'une main lasse, il ôta son heaume pour le poser sur l'imposante table de banquet qu'il voisinait ; de l'autre, il fit signe à un valet de lui retirer ses bottes, autant détrempées d'eau de mer que poisseuses des éclats de boue et du sang des vaincus.

— Dame Loanna, je vous saurais gré de bien vouloir me ramener mes dames, me dit-il en souriant.

Je m'inclinai devant lui, soulagée de regagner le navire pour me changer, heureuse de retrouver Jaufré, commis en arrière-garde. Mon époux avait depuis longtemps compris que sur les champs de bataille nous ne pouvions être ensemble. Il craignait pour moi, je craignais pour lui. Et cette crainte mutuelle nous mettait plus en danger que l'ennemi lui-même. Nous avions souvent combattu, chacun d'un bord, nous retrouvant ensuite plus ardemment. Cette fois ne dérogeait pas à la règle. J'avais envie de lui.

Je le trouvai accoudé au bastingage, à guetter mon retour. Il me tendit son avant-bras pour que je me hisse de l'échelle de corde sur le pont. Son regard brûlait.

— Comnène ? demanda-t-il.

— Envolé. Richard nous attend à terre.

— Ces dames sont prêtes.

Je détournai les yeux, le feu aux joues, au corps, au cœur. D'abord obéir à mon roi. Ensuite...

— Vous n'embarquez pas avec nous ? s'étonna joliment Bérangère en voyant un matelot armé d'une longue perche repousser la chaloupe de la coque de la galée.

— Une affaire à régler, répondis-je en agitant ma main vers Eloïn qui souriait, assise sur une des travées de l'embarcation, sa fille dans ses bras, la nourrice à ses côtés.

Les rameurs s'activèrent. Elles détournèrent leur regard vers la plage battue par une eau cristalline. Bérangère s'extasiait devant les poissons multicolores qui les escortaient.

— Une affaire à régler... voyez donc...

La voix rocailleuse de Jaufré caressa mon oreille, enflamma mes reins. Je pivotai vers lui. Si l'on exceptait les marins commis à sa manœuvre et la garnison à sa sécurité, le navire nous appartenait. Pour toute réponse je me dirigeai vers la cabine. Il m'emboîta le pas, referma la porte. Avec cette impérieuse détermination qui suivait chacune de mes étreintes morbides avec Marmiadoise, je pivotai d'un bloc vers lui. Il m'attira sauvagement dans ses bras, noua ses lèvres aux miennes, à les blesser d'un désir ardent. Il me colla à la cloison de bois. Sa langue dans mon cou s'abreuvant de ma sueur, des éclats de sang, il défit fébrilement les attaches de métal de ma cotte de mailles. Elle chuta à mes pieds. Il se dégrafa de l'entrecuisse, rabattit mes jambières de toile sur mes genoux.

— Viens, haletai-je en empoignant ses fesses pour l'attirer en moi.

Il me pénétra avec violence, cette violence destinée seulement à la guerrière à la lame qui chante. Je gémis d'un plaisir trouble. Il mordilla mon oreille.

— L'épée ou moi ?

— Toi... Toi !

Il accéléra le mouvement jusqu'à ce que je me rende dans un râle, mes doigts pétrissant ses reins, à la limite de la défaillance.

— Encore ?

Je nouai mes bras à sa nuque, plantai un regard de défi dans le sien.

Il s'enfonça profondément en moi. Mes yeux se révulsèrent de plaisir. Il se retira. Je l'implorai d'un gémissement.

— Dis-le... exigea-t-il.

Je me rendis.

— Encore... Encore.

Alors seulement il revint en moi, longtemps, avec cette lenteur exaspérante qui me dévora jusqu'à l'ultime jouissance, jusqu'à ce que mes jambes tremblantes se dérobent sous moi. Lorsque enfin je criai merci, je le sentis m'inonder le bas-ventre, s'abandonner à son tour dans un grognement animal. Mes yeux restèrent fermés sur une onde de bien-être. Un soupir affranchit ma voix.

— Je t'aime, Jaufré.

— Je t'aime, ma guerrière.

— Il y avait longtemps que tu ne m'avais prise comme cela.

— Il y avait longtemps que tu n'étais plus celle-là...

Nous nous dévorâmes des yeux longuement, nous nous embrassâmes longuement. Avant d'échanger un sourire de connivence. M'encadrant de ses deux mains à plat contre la cloison, Jaufré murmura :

— Pour tout vous dire, dame de Marmiadoise, je craignais un peu, l'âge mordant, de n'être plus à la hauteur de vos exigences.

— Je n'en ai pas perçu les outrages...

— Moi non plus, preuve que cette part-là de toi fait, elle aussi, partie de moi. Même si en la réveillant, c'est la vengeance de Saladin que tu appelles.

— Je ne suis plus seule face à lui, Jaufré, j'ai une armée derrière moi et pas des moindres.

— Je serai plus serein lorsque Caliburnus et Durandal y reprendront leur place.

Je caressai sa joue au fin duvet de barbe blanche.

— Moi aussi, amour. Mais jusque-là promets-moi de veiller sur Anne, Jeanne et Bérangère du temps que je veillerai sur Eloïn et Richard sous les murs d'Acre.

— Tant que je pourrai te trousser à l'issue des combats. Tant que je pourrai te trousser autant qu'il me plaira.

Il me débarrassa de mes heuses, de mes jambières avant de me reprendre contre lui, regagné de vigueur.

J'enroulai mes bras autour de son cou, mes cuisses autour de ses reins, renversai la nuque en arrière.

— Ni vainqueurs, ni vaincus...

— Juste toi et moi.

Je coulissai sur son dard. Vaillant comme une lame. Nous avions tout le temps de l'user au roulis du navire cette fois.

48.

Après avoir rafraîchi notre allure, nous regagnâmes le donjon de Limassol, pour y trouver Richard auprès de ses dames. Il devait flotter encore entre Jaufré et moi un peu de cette sensualité exacerbée qui nous avait liés, car le roi nous cueillit d'un air entendu.

— Comnène avait prévu notre assaut. Aux dires des valets, son épouse et ses filles ont quitté l'endroit à l'heure même où ma flotte vous rejoignait. S'ils ont emporté leurs malles, ils ont laissé serviteurs et mobilier. Par conséquent, si vous le souhaitez, dame Loanna, vous pourrez vous bassiner.

Je m'inclinai à la perspective d'un bain chaud.

— Ce sera une pure félicité, sire.

— À la bonne heure, mais n'y succombez pas trop. Comnène a envoyé un émissaire m'indiquer qu'il m'attendrait demain matin à quelques lieues de là avec son armée.

— Je serai prête.

— Il le faudra bien avant, mon amie, car je n'ai pas l'intention de le satisfaire. Encore moins de laisser le temps à Saladin de nous prendre en tenaille avec ses propres vaisseaux. J'ai envoyé mes chevaliers visiter les rôtisseries de la cité. Vos ablutions puis le repas achevés, nous nous remettrons en selle. Avant le point du jour je tiendrai ce rat au bout de mon épée.

Je partis d'un rire joyeux. Cette idée me plaisait. Me laissant me retourner vers Jeanne qui soupirait de ne pouvoir, comme moi, battre du fer, Richard se rapprocha de Bérangère dans les bras de laquelle la petite Anne s'endormait.

— Vous offenserais-je, ma promise, si je vous enlevais Eloïn ?

Sans troubler le repos de l'enfançonne pour laquelle elle s'était prise d'un attachement profond, la Navarraise caressa la barbe naissante du roi.

— Vous connaissez mon secret, Richard d'Angleterre. Ai-je besoin encore de vous le rappeler ? En honorant Eloïn, c'est moi que vous honorez.

Il déposa baiser dans cette paume offerte, noya tendresse dans son regard serein, puis, impatient d'aimer, s'effaça pour rejoindre Eloïn, qui, à quelques pas de là, l'espérait autant que j'avais désiré Jaufré.

Le voile sombre de la nuit étincelait d'une myriade d'étoiles, la lune en croissant d'une aura veloutée. Si un guetteur surveillait nos mouvements, Comnène ne serait pas long à être averti de notre manœuvre. Qu'importait, Richard avait raison, le fourbe avait déjà dû réclamer le soutien de Saladin. Mieux valait ne pas attendre pour le plier. La mer se couvrait peu à peu de chaloupes, gonflant le bruit des vagues qui cassaient sur les rochers du battement régulier des rames. Depuis la grève, Richard surveillait le débarquement du reste de ses troupes. Plusieurs centaines d'hommes. Dans la cité, tout débordement avait été vaincu. Les habitants, après avoir remis leurs richesses aux mercenaires, demeuraient bouclés chez eux. Il s'était bien trouvé quelques rebelles, vitement matés du poing ou de la menace, mais nul n'avait été troué. Une quarantaine d'hommes dans la force de l'âge avaient été commis pour rassembler les cadavres et les enterrer en fosse commune. Le bruit des pelles qui retournaient le sable rocailleux à l'est de la ville venait à peine de cesser. Richard avait exigé qu'au matin les rues de Limassol soient propres, les sépultures creusées. Le soleil de printemps rabattait sur l'île une chaleur équivalente à celle d'un été aquitain. En quelques heures à son pic, un charnier puait, deux jours voyaient s'installer le risque d'épidémie, malgré le ballet des busards. Comme à son habitude, Richard agissait promptement et avec discernement. Les prisonniers étaient au cachot, la ville sécurisée par des rondes. Quant aux dames, veillées par Jaufré et quelques autres seigneurs de confiance, elles savouraient le plaisir du sommeil sur un matelas épais dans l'abri sûr du donjon. Ragaillardie par le bain, la panse repue mais point trop, Marmiadoise dans son baudrier battant mes hanches, je me sentais prête de nouveau à combattre.

— Que ferons-nous des chevaux ? demanda mon fils en voyant accoster deux chaloupes à fond plat desquelles descendaient des bêtes d'un noir de jais, tenues savamment au mors par les palefreniers.

— Nous les laisserons sous bonne garde à une lieue du campement chypriote. Ensuite nous irons à pied.

Richard se retourna vers moi.

— Nos éclaireurs ?

— Ils viennent de rentrer. Nos ennemis dorment. Ils ne seront pas difficiles à prendre. Deux cents hommes tout au plus, regroupés en arc de cercle, au nord de la ville. À moins d'une lieue du rendez-vous donné pour demain.

— Ah ! Comnène est sans surprise, donc. Allons, les derniers soldats débarquent. Sire Thurnham, je vous laisse le soin de donner mes ordres. Que tous soient prêts dans une heure.

Ils le furent. La longue procession des cavaliers suivie de celle des fantassins en nombre. Le silence de la nuit portait loin les bruits. Il convenait d'être prudent malgré la belle assurance qui nous unissait. Bientôt nous ne fûmes plus que des ombres, avançant à pas de loup, surprenant les sentinelles avachies, retenues à leurs piques comme à des piliers pour ne pas tomber de sommeil. Elles réagirent à peine à notre approche, certaines furent assommées proprement, d'autres égorgées. Lorsque nous les eûmes réduites, il ne nous resta plus qu'à tenir au respect les corps allongés en les piquant légèrement de la pointe des lances. Richard avançait en conquérant, droit vers les tentes. Nous étions dix à ses côtés, parés à croiser le fer avec les chevaliers de Comnène. Alertés par le remue-ménage, quelques cris isolés, certains d'entre eux sortaient déjà l'épée au poing, à peine vêtus.

— Rendez-vous, vous êtes faits, gueula Richard.

Il ne reçut qu'une bordée d'injures en retour. Et des lames levées. Nous nous jetâmes au-devant d'elles pour les faire tomber. Je venais de parer une tierce lorsque le hennissement d'un cheval, suivi du bruit d'un galop, couvrit celui de nos estocades.

— Comnène ! s'étrangla Richard en retirant sa lame du poitrail d'un mulâtre.

Nos adversaires se mirent à rire. D'un même élan ils reculèrent puis, refusant de poursuivre combat, jetèrent leur épée. Le regard de Richard fulmina.

— On ne se gausse pas du roi d'Angleterre, hurla-t-il de rage en fondant sur eux. Le temps que ces sots comprennent leur erreur, il décapitait le plus goguenard avec une violence telle que les autres furent balayés par le sang projeté.

49.

Si elle ne nous livra pas Comnène, une fois encore sauvé par son étalon, cette victoire nous enrichit d'un butin volumineux composé de vaisselle d'or, d'étoffes précieuses, de trois cent mille besants et de victuailles. Dans la matinée qui suivit, les seigneurs chypriotes vinrent les uns derrière les autres s'incliner devant Richard. Désormais Comnène était seul. Richard dépêcha plusieurs de ses chevaliers à ses trousses, estimant quant à lui, sous la pression d'Eloïn, que le temps était venu de convoler en épousailles. Troquant mes habits de guerrière contre ceux de dame de compagnie, je m'empressai d'aider ma fille et Jeanne à préparer la cérémonie fixée pour le lendemain. Plus aucune trace ne subsistant des affrontements récents, rassurés quant à leur sort, les villageois recommencèrent à mener vie normale, relayant l'heureuse nouvelle, si bien qu'en début d'après-midi un sentiment de sérénité, voire d'allégresse avait remplacé la peur.

C'est dans cette atmosphère festive que nous vîmes paraître Guy de Lusignan. L'homme avait succédé à Baudouin, le roi lépreux de Jérusalem, de nombreuses années auparavant. De tempérament vif et belliqueux, il s'était dressé contre le sultan, s'était fait écraser avec son armée, avait été emprisonné puis relâché une fois la Ville sainte devenue musulmane. Il n'était pas plus tôt sorti des griffes de Saladin qu'il rebattait campagne et assiégeait Acre, elle aussi tombée. Depuis, il s'enlisait sous les remparts de la ville, pris en tenaille par ses occupants d'un côté, par les troupes de Saladin de l'autre. Il avait reçu le secours des rescapés de l'armée de Barberousse, puis, récemment, de Philippe Auguste qui nous avait devancés.

Jaufré et moi connaissions bien Guy de Lusignan. C'était le fils d'un des féaux d'Aliénor avec lequel, à plusieurs reprises, elle avait eu maille à partir. Nous l'avions retrouvé à Jérusalem aux premiers temps de notre exil. C'était avec lui et quelques autres, dont l'intrépide Renaud de Chastillon, que nous avions pillé plusieurs caravanes. Rien de très glorieux en vérité, mais, à cette époque, les occasions de fortune étaient rares. De plus, si le sultan tenait le roi lépreux en grande estime pour son courage et sa lutte contre la souffrance, lui concédant une paix relative, ses visées sur la Ville sainte ne faisaient aucun doute. Tôt ou tard la guerre était inévitable. Avec Guy de Lusignan, Renaud de Chastillon et quelques autres, nous n'avions fait que la préparer. Sans doute Baudouin l'avait-il anticipée puisqu'il avait, peu de temps avant sa mort, accordé la main de sa sœur Sybille à Guy, le désignant ainsi, implicitement, à sa succession.

Quoi qu'il en fût, ce jourd'hui, escorté par deux de nos amis, Onfroy de Toron, le fils de la dernière des épouses de Renaud de Chastillon, et Bohémond d'Antioche, il était venu mouiller au mitan de notre flotte, s'empressant de demander audience au roi d'Angleterre.

Invitée par Richard à assister à l'entretien, je trouvai Guy usé, malgré sa trentaine superbe, probablement par ces longs mois de siège.

— Sire, annonça-t-il, un genou à terre, la main sur le pommeau de sa lame fourrée, c'est autant pour secourir Acre que je viens solliciter votre aide, que pour m'aider à conserver mon titre de roi de Jérusalem une fois la Ville sainte reprise à Saladin.

— Vous le conteste-t-on ? s'étonna Richard.

— De la plus détestable manière.

Richard fronça le sourcil. Je me tournai vers lui.

— Me permettez-vous d'intervenir, Votre Majesté ?

— Faites, dame Loanna... Faites.

Je fixai cet homme que j'avais connu hautain, irrévérencieux parfois, indiscipliné souvent, tenant tête au roi lépreux auquel il reprochait sa politique, convaincu de la duplicité de Saladin quand Baudouin le croyait de parole et qui s'était finalement révélé un piètre monarque à son tour, fonçant tête baissée dans les pièges tendus par le sultan. Un être d'orgueil. Autrefois. Car sur ces traits burinés par le soleil d'Acre, c'était une douleur profonde que je lisais désormais. Le cri désespéré d'un être brisé.

— C'est par Sybille, la sœur du feu roi Baudouin, que vous avez ceint Couronne de Jérusalem. Cet hyménée vous garantit de légitimité.

— Garantissait...

Je tressaillis. J'éprouvais une solide amitié pour cette femme même si nous nous étions peu revues ces dernières années. Les traits de Guy de Lusignan s'affadirent plus encore.

— Je ne vous apprendrai rien, dame Loanna, les charniers laissés à ciel ouvert ne génèrent que pestilence. Nous avons beau faire, harcelés de tous côtés, nous ne pouvons toujours rassembler ou enterrer nos morts. Souvent, il nous faut user de la nuit pour les enduire de poix puis les embraser. Les épidémies déciment nos soldats autant que la faim ou la soif. Ma chère Sybille ne finit guère mieux que son frère. Elle fut emportée avec nos deux filles, Alice et Marie, en seulement quelques jours. Sous les murs d'Acre.

Mon cœur se serra.

— J'en suis tristement navrée, sire Guy. Je me souviens de son rire et de la pétulance de son regard. Je me souviens de l'affection profonde qui vous unissait. Votre peine doit être immense.

— Elle l'est, dame Loanna. Elle l'est.

Un visage passa devant mes yeux. Je me tournai vers le chevalier de Toron.

— Sybille avait une demi-sœur, Isabelle. Une bien charmante damoiselle dont vous étiez éperdument amoureux. Vous l'avez épousée, je crois...

Un épais silence enveloppa les trois hommes. Ils échangèrent un regard lourd, je le pressentis, de conséquences sur cet entretien.

— Vous en venez au cœur du problème, dame Loanna, soupira le chevalier. Vous souvenez-vous de Conrad de Montferrat ?

— Qui l'oublierait ? Nous lui devons la résistance de la cité de Tyr contre Saladin. De mémoire, c'est un homme d'une intelligence peu commune, mais surtout servie par fort peu de scrupules... ce qui, en d'autres temps, nous l'aurait fait compter du nombre de nos amis...

Un rouge cramoisi gagna les joues d'Onfroy de Toron. Son regard s'invectiva.

— Certes, dame Loanna, nous n'avons pas toujours usé de finesse en nos jeunes années, mais jamais, au grand jamais, contre les nôtres !

— Cela va de soi, me troublai-je.

— Doit-on en comprendre, messires, que ce Conrad de Montferrat brigue Jérusalem ? Quel autre argument que ses prouesses guerrières a-t-il pour cela ?

— Le meilleur, grinça Onfroy de Toron. Ma femme.

Richard sursauta. Je blêmis.

— L'aurait-il enlevée ? s'insurgea le roi.

— Pire que cela, Votre Majesté. Grâce à d'habiles manœuvres et alliances, il obtint l'annulation de notre mariage, puis, profitant de mon absence, il abattit mes murs, la força à le suivre en lui piquant dague contre la gorge. Le soir même, à Tyr, elle devenait son épouse, contre son gré.

— On raconte, sire, qu'elle se laisse mourir de chagrin depuis, mais qu'il n'en a cure, usant et abusant d'elle pour asseoir sa descendance, ajouta Bohémond d'Antioche, le fils de l'oncle d'Aliénor.

À ces mots, Onfroy de Toron baissa les yeux sur ses bottes. Il tomba à genoux devant Richard. Sa voix s'altéra.

— Pas une nuit ne passe sans que le vent me porte sa plainte, sans que je brûle du manque d'elle. Que puis-je, hélas, pour me porter à son secours, sinon briser ce fourbe dans ses projets, sinon l'occire sur le champ de bataille ? Plus rien, Votre Majesté, car depuis peu, il jouit d'un nouvel allié. Le roi Philippe Auguste de France.

Richard s'arracha d'un bond de son siège.

— Soutenez-nous contre ces fourbes qui n'hésitèrent pas à séparer deux âmes sœurs, insista Guy de Lusignan. Soutenez-nous, sire, et nous serons fidèles, à vos côtés.

— Dussé-je moi-même leur trouer le cœur, sire de Lusignan. Oui, dussé-je moi-même leur trouer le cœur, répéta Richard, le visage du roi de France dansant méchamment devant ses paupières plissées de contrariété.

50.

Marquant son embarras, Célestin III tapota les doigts de ses mains gantées les uns contre les autres. Comme chaque matin depuis douze jours, il se préparait à la méchante nouvelle. Comme chaque matin depuis douze jours, c'était un sursis qu'on lui annonçait. Sursis dans lequel il voyait marque divine et qui, immanquablement, le poussait en la chapelle Sixtine pour y prier. Avec plus de foi encore qu'à l'accoutumée. Lorsque son secrétaire lui annonça la visite de l'archevêque de Rouen, son visage avait déjà revêtu le masque de circonstance. Il noua les mains sur le devant de son habit et le fit entrer.

Ce 12 mai 1191, Gautier de Coutances se présenta devant lui un sourire aux lèvres, lui arrachant un étonnement marqué.

— Oui ? s'entendit-il demander avec surprise.

— Oui, Votre Sainteté. Il semble qu'elle soit sauvée.

Aliénor ne pouvait toujours pas bouger mais, pour la première fois à l'aube, un gémissement avait franchi ses lèvres, troublant ses oreilles qui désespéraient de redécouvrir un jour le son de sa propre voix. Elle avait utilisé le restant des heures, jusqu'à la visite matinale de son médecin, pour accrocher des syllabes à sa langue engourdie. Une fois les rideaux écartés, il l'avait trouvée immobile sur sa couche, les yeux ouverts dépourvus cette fois de détresse, et avait manqué défaillir en l'entendant prononcer un

« bonjour » appliqué. Aussitôt, il s'était mis en devoir de l'interroger. Ignorant tout du mal qui l'avait si soudainement frappée, l'emmurant dans un semblant de respiration et de vie, consciente néanmoins, aucun des plus éminents médecins d'Italie n'avait pu la soulager. Là avait été sa rage muette. L'objet de son désespoir. Ne rien pouvoir dire. Ne pouvoir les aider. Se battre, seule, contre le venin.

— Morsure. Serpent, avait-elle enfin pu articuler, se soulageant de son impuissance.

— Seigneur Marie Joseph ! s'était signé le prélat avant de la quitter précipitamment comme si le diable lui-même avait parlé.

De longues minutes durant, Aliénor était de nouveau restée seule dans sa prison de chair. Sans douleurs ni sensations, elle n'en était pas moins écartelée. Lorsque Marie entra, petite souris discrète qui chaque jour s'était penchée au-dessus de sa couche pour prendre le plus grand soin d'elle, elle n'eut qu'une envie, celle de lui demander pardon.

— Et de quoi donc, Votre Majesté ? se troubla la petiote, bouleversée de l'entendre même si l'abbé l'avait prévenue du miracle.

— Humeur. Mauvais caractère. Rabrouée.

Marie emprisonna dans la sienne la main molle de sa reine. Elle la porta à ses lèvres, les yeux embués.

— Guérissez vite, Votre Majesté. Il n'est rien que je ne veuille, de vous, vitement retrouver.

Un regard de tendresse échangé. Cette petiote d'une quinzaine d'années la chérissait comme une mère. Elle avait été stupide de ne pas le remarquer. Aliénor cligna des paupières.

Lorsque le pape lui-même se présenta à son chevet, elle émergeait d'un sommeil lourd dans lequel, juste après le départ de Marie, elle s'était engluée. Elle ouvrit les yeux sur son visage. Instinctivement, elle tourna la tête pour se garder de son haleine fétide.

— Vous m'empuez, Votre Sainteté.

Il recula. Moins sous l'insulte que sous le mouvement et la netteté de son phrasé.

— Seigneur Marie Joseph, elle a bougé ! s'exclama de nouveau le médecin.

Aliénor venait de le remarquer elle-même. Un rire lui échappa, cascade vive qui ramena ses traits vers le pape.

— Je vous demande pardon, Votre Sainteté. Jusqu'à ce matin mon verbe n'était que pensée. Au moins hypocrisie ne pourra m'être reprochée.

Clément III tordit le nez avant finalement de laisser une ébauche de sourire adoucir sa face.

— Lorsque l'usage de tous vos membres vous sera rendu, ma fille, ce qui, visiblement, ne saurait tarder, venez donc vous agenouiller à mon côté pour remercier Dieu d'avoir préservé jusqu'à votre impertinence. Pour une fois que je veux croire la dernière, elle me sied.

*

Richard portait beau en ce 12 mai. Sa tunique de samit d'un rose sombre avait été brodée de petits croissants de fil d'argent. Ses chausses étaient de vair. Son baudrier de soie rouge retenait le fourreau d'or et d'argent de sa lame. Sa chevelure comme sa barbe avaient été galonnées de lacets multicolores et, sur le sommet de son crâne, un chapel écarlate penchait légèrement sur l'oreille dextre pour mettre en valeur trois plumes de faisan agrafées d'or. Bérangère, à ses côtés, n'était pas moins somptueuse dans sa robe vermillon. Retenu à son front par un diadème de perles, un voile léger adoucissait plus encore que de coutume les traits réguliers de son visage, avant de s'épandre de part et d'autre de son mantel de fils d'argent. En l'église de Limassol, trop petite pour contenir tous les féaux de Richard, l'évêque d'Évreux venait de la couronner reine d'Angleterre, et je la voyais tremblante de son honneur retrouvé, le regard non dans celui de son mari, mais cherchant l'iris d'Eloïn à mon côté. Je sentais naître entre elles bien davantage qu'une douce complicité. Un amour tendre, tel que fut celui qui me rapprocha de ma reine en nos jeunes années. Richard trouverait son content à leurs étreintes saphiques, comme Bérangère s'accordait aux siennes avec Eloïn. Ainsi tous trois seraient comblés. Ainsi tous trois seraient plus étroitement liés. J'en étais heureuse. Égoïstement, je me disais que, peut-être, si je ne pouvais rien changer au cours du destin, si Richard devait mourir... Oui, peut-être que cette amitié charnelle, ajoutée à son amour maternel, garderait en vie le cœur d'Eloïn. Les doigts de Jaufré s'enroulèrent autour des miens. Une fraction de seconde, je me sentis défaillir devant cette évidence. Rien ne me retiendrait en ce monde s'il disparaissait. Rien ni personne. Alors à quoi bon me leurrer... Ma seule alternative au malheur était d'empêcher la mort du roi. Je pouvais désormais, pour cela, compter sur nos nouveaux alliés. Agenouillés parmi les autres grands chevaliers du royaume, Guy de Lusignan, Onfroy de Toron et Bohémond d'Antioche s'étaient dits prêts, dès le lendemain de la cérémonie, à traquer Isaac Comnène avec Richard. Une fois ce chacal arrêté, nous reprendrions la mer pour contrer les manigances de Philippe Auguste. Comme s'il ne lui avait pas suffi de mandater Guillaume des Barres pour ravir Caliburnus ! Comme s'il ne lui avait pas suffi de s'accorder aux projets de Jean ! Il avait encore fallu qu'il soutienne les actes ignominieux de Conrad de Montferrat ! S'il n'avait fallu à Richard qu'un seul argument en défaveur du roi de France, ç'aurait été celui-ci : pouvait-on respecter un être qui vilipendait à ce point l'amour ?

Le sien, tout entier, en ce jour de feste, s'exprimait par le bonheur commun d'Eloïn et de Bérangère à n'être plus qu'une auprès de lui. De les deviner si proches, je ne pus m'empêcher de songer une nouvelle fois à ma reine, ma sœur, mon amie, dont le sentiment de détresse continuait inexplicablement de me poindre le cœur. Lorsque son rire explosa dans ma tête telle une pluie d'orage salvatrice en réponse aux acclamations de longue vie et de prospérité au couple royal, je me sentis lavée, débarrassée de mon inquiétude à son sujet. Lors, mêlant ma voix à celle de la foule, je fus certaine qu'Aliénor avait triomphé de ses ennemis comme son fils allait triompher des siens.

*

Il ne fallut que trois jours à Aliénor pour se remettre debout et recouvrer l'usage de ses jambes. Avec la parole et le geste, ce qui lui était revenu en premier fut la faim. Une faim impitoyable qui la fit s'empiffrer des heures durant, mordant dans les viandes avec d'autant plus de délectation que, jusque-là, à part du bouillon, rien ne lui avait été administré. Aux médecins qui vinrent se pencher, abasourdis, sur sa résurrection, elle fit la même réflexion :

— Vous cherchez une réponse ? Demandez au pape ! Il vous dira que j'ai le plus mauvais caractère de toute la chrétienté. Voilà ce qui m'a sauvée !

En vérité, elle savait pertinemment qu'elle devait sa survie à une force peu commune, cette force qui lui venait d'Avalon et du sang des fées. Mais à qui le confier ? Aucun de son escorte, sinon Gautier de Coutances, n'avait été autorisé à la voir. L'archevêque de Rouen, sur les ordres du pape, avait gardé le secret sur son état. Les médecins s'étaient vu imposer les mêmes consignes. Que dire en vérité ? Quinze jours durant elle n'avait été ni morte ni vive. Lors, pour les siens, y compris Bernard de Ventadour, qui l'attendaient dans Rome, elle avait été mise en pénitence et s'était écartée de la vie publique pour prier. Considérant le nombre de fois où les Plantagenêts s'était dressés en offense contre l'Église, personne ne s'en était étonné.

Lorsque ce 15 mai elle s'agenouilla dans la chapelle Sixtine au côté du Saint-Père, ce ne fut pas pour prier. Elle s'y était suffisamment abîmée dans son combat contre les ombres. Elle tourna la tête vers son profil, recueilli, et murmura :

— Je m'en viens à vous de la même manière qu'hier, vous demander de légitimer la décision du roi d'Angleterre concernant Geoffrey Plantagenêt.

Il fronça les sourcils, le masque refermé sur cette nouvelle impertinence.

— Ne saurez-vous jamais respecter la paix de Dieu ?

— Si j'en puis débattre, c'est qu'Il me l'a accordée, je crois, assez pour vous inviter à m'absoudre.

Il eut un grognement dans lequel Aliénor fut incapable de discerner l'assentiment, le regret ou la colère rentrée. Elle planta son œil déterminé et froid dans celui, agacé, du Saint-Père.

— La situation est plus grave et plus urgente qu'il n'y paraît. Je ne suis pas tombée de contrition comme certains prélats l'ont laissé entendre.

— Vous connaissant, c'est une hypothèse que je n'aurais eu, de toute manière, aucun mal à repousser. Quant à vous imaginer en Ève face au serpent...

Sa moue dubitative, son cynisme exaspérèrent Aliénor.

— La vérité est bassement matérielle, Votre Sainteté, et engage votre responsabilité envers l'Angleterre. Car c'est en vos murs qu'on a tenté de m'assassiner ! Je doute que cela soit du meilleur effet sur le reste de la chrétienté.

Il manqua s'étrangler dans un gargouillis de surprise. Sa main ébaucha un signe de croix rapide sur sa poitrine.

— Modérez vos propos, Aliénor d'Aquitaine.

— Ou quoi, Votre Sainteté ? Mon royaume est en péril par la faute de traîtres qui complotent en l'absence de leur roi. Vous le pouvez sauver d'une simple ordonnance. La délivrerez-vous ou faudra-t-il que je quitte ces lieux avec la certitude du sang à répandre ? Le même que celui qui bout encore en mes veines et dont on a voulu me vider.

L'œil du pape se fit circulaire. Ils étaient seuls. Ne trouvant personne sur qui décharger sa colère, il s'adoucit face à la détresse qu'il devina derrière la violence de la reine. Il posa sa main gantée, baguée de l'anneau, sur celle, tremblante, d'Aliénor.

— Ne vous trompez pas d'ennemi, mon enfant. Ne reprochez pas à Dieu la bassesse des hommes.

— C'est vous qui vous méprenez, Votre Sainteté. Ce n'est ni à l'un ni aux autres que je m'adresse ce jourd'hui, mais à vous que je n'hésiterai pas à accuser, comme mon fils l'a fait de votre prédécesseur, si vous refusez de m'aider.

Le pape s'arrêta un instant sur ces traits déterminés, ce front obtus que même la camarde n'avait pas réussi à plier. Il dodelina de sa tête épaisse aux sourcils fournis, aux bajoues marquées, au nez cassé et à la bouche trop fine, puis soupira bruyamment.

— *Consummatum est*[1].

Elle s'autorisa un sourire de victoire.

— Je ne vous le fais pas dire !

Le 1er juin de cette année 1191, débarquée sur la côte ouest de l'Angleterre avec son escorte et forte de l'aval du pape, Aliénor prenait la route de Londres, bien décidée à rétablir l'ordre dans son royaume.

Ce même jour, Richard abattait les derniers bastions de Chypre, réduisait Isaac Comnène à parlementer puis à se rendre contre vingt mille marcs d'or, un butin considérable et la taxation des habitants en échange de leur liberté. Avec cette prise, il acquérait une réputation solide de conquérant qui ne tarderait pas à parvenir aux oreilles de Conrad de Montferrat et du roi de France.

Ils n'étaient pas les seuls à l'attendre.

Ce même jour, Pierre Basile se courbait devant un homme, cimeterre à la ceinture. Lorsqu'il releva la tête avec humilité face à celui que tout l'Occident redoutait, ce fut avec la certitude qu'il obtiendrait de lui ce qu'il était venu chercher.

1. Tout est consommé.

51.

Le regard perdu sur le pont qui enjambait la Tamise, indifférente aux va-et-vient des bateleurs et des navires, des piétons et des charrois, Aliénor fulminait de colère devant la croisée. À peine avait-elle posé le pied en Angleterre que les doléances s'étaient mises à pleuvoir de tous côtés. Quel que soit celui qui s'inclinait devant elle, baron, prélat ou shérif, le même nom revenait au milieu de récits d'exactions, de perfidie, de dettes ou encore de débauches effroyables. Le même nom. Celui de son fils Jean. Pour ajouter encore, ce traître avait réussi à si bien monter contre Guillaume Longchamp les dignitaires de ses domaines que le chancelier du royaume, acculé de toutes parts, avait été contraint de fuir l'évêché d'Ely pour se réfugier en France. Thomas Becket devait se retourner dans sa tombe, lui qui avait subi semblable harcèlement de la part d'Henri avant de trouver identique asile ! À une exception près. Henri était roi d'Angleterre ! Jean n'était rien. Rien qu'un parasite qui l'avait bernée pour mieux asseoir sa domination sur le royaume, roulant son esprit malade de convoitise comme son père avait roulé son insatiable appétit de conquêtes.

Derrière elle, Pierre de Blois, qu'elle avait repris à son service après la mort d'Henri, attendait la dictée de la lettre qu'elle lui avait demandé de rédiger, trop emportée pour ne pas briser la plume sur le parchemin. Discret comme à son habitude, il n'en pensait pas moins. Jean était de nature instable, lâche, cruelle, vindicative, extravagante et perverse. Sinistre tableau qui, par le passé, avait dérouté son père avant qu'il reconnaisse chacun de ces défauts comme une exacerbation de son propre caractère. À cette différence près, et non des moindres, qu'Henri avait discipliné ses travers pour les transformer en qualités indispensables au gouvernement du royaume et que jamais, au grand jamais, il n'avait été pleutre. Lors, il avait pris ce fils détesté des siens sous son aile, espérant par son contact lui enseigner la modération et, par son amour, lui réapprendre le goût des autres. Pierre de Blois savait tout. Les chagrins d'Henri, les déceptions d'Henri, le désarroi d'Henri, les amours d'Henri, la colère, la vengeance, l'ultime remords. C'était lui qui lui avait fermé les yeux. C'était lui qui avait écrit la lettre à Loanna de Grimwald. Une lettre de pardon. De vrai pardon. Une lettre lucide et non, comme Jean le croyait toujours, l'acte de duperie d'un roi au cœur brisé. Il avait fallu le dernier soupir pour qu'Henri comprenne enfin son erreur. Par le dernier mot que lui avait adressé Jean.

« Ne m'attendez pas pour mourir. Selon nos accords je ne viendrai pas, père, mais sachez qu'après vous je ferai de cet empire l'exutoire de ma déraison. Vous serez vengé mille fois. Pour chaque blessure de votre âme, une autre brûlera. Et je jouirai du diable comme vous vous êtes joué de lui. Vous serez fier de moi. »

Henri avait battu l'air d'une main désespérée, avait désigné la lettre à l'encre toujours humide sur l'écritoire, celle qu'il venait de dicter à son secrétaire. Les yeux emplis d'effroi non devant la camarde, mais devant la folie de son cadet, il avait jeté ces derniers mots comme on jette l'ancre d'un navire en perdition, espérant sauver une part de sa cargaison.

— Elle doit l'arrêter, Pierre. Sauver l'Angleterre. Sau...

Il n'avait pas terminé sa phrase. Il s'était évanoui. Pierre de Blois avait repris un parchemin, jeté aux flammes de l'âtre le précédent, puis réécrit la lettre. Lorsque Henri avait repris connaissance, il la lui avait lue, avait obtenu un hochement de tête, une signature au bas du document. Moins d'une heure plus tard, Henri s'éteignait, visage vers le mur pour que nul ne voie ses larmes. Oui, Pierre de Blois comprenait la rage qui faisait battre semelle à Aliénor d'Aquitaine. Il éprouvait la même à l'égard de Jean. Cet enfant maudit devenu homme n'avait pas seulement dupé sa mère ou les siens. Il avait dupé ce père pour qui il avait été le dernier refuge. Là où Henri avait cru lui arracher de l'affection et de la compassion, il n'avait fait naître qu'ambition et cupidité.

Rendue au même constat par des chemins différents, Aliénor pivota avec grâce vers lui. Il fut frappé par sa beauté farouche, la sensualité qu'elle dégageait malgré ses soixante-neuf ans. À peine marquée par le temps, ce n'était pas de vieillesse qu'on la voyait, mais de maturité. Une maturité rendue plus ardente par sa chevelure ambrée, son regard amande, et son port, à nul autre pareil. Pierre de Blois en fut troublé, comme chaque fois qu'il avait vu briller dans ces prunelles l'éclat de l'insoumission. Aliénor n'était jamais aussi belle que lorsqu'elle avait bataille à mener.

— Écrivez, ordonna-t-elle.

Il trempa sa plume dans l'encrier.

— Vous, Jean, roi d'Irlande, comte de Mortain, du Derby, du Dorset, du Somerset, du Devon et des Cornwalls, je vous somme de cesser de répandre toute rumeur concernant la mort du roi Richard et la mienne, de redresser vos barons et de vous soumettre à mon autorité de régente du royaume. Sous quinzaine. Faute de quoi, mon courroux n'aura d'égal que votre mauvaise foi et votre trahison.

— Me laissez-vous le choix des formules de politesse ?

Les lèvres d'Aliénor se plissèrent autant que rapetissèrent ses yeux. Elle secoua la tête.

— On ne salue pas un traître.

Elle s'approcha, récupéra la plume qu'il lui tendait, signa en écorchant les fibres, arracha la bague porteuse de son sceau de son annulaire et regarda avec satisfaction le vieil homme cacheter le pli.

Rien. Non, rien ni personne, cette fois, ne briserait l'harmonie du royaume. Et surtout pas un Plantagenêt. Elle avait quinze jours pour le lui prouver.

52.

Nous avions laissé Chypre au gouvernement de Robert de Thurnham qui s'était, à nos côtés, distingué dans la prise du château de Kantara où, en ultime recours, Isaac Comnène s'était réfugié. Les cales de la nef réservée au trésor royal regorgeaient de richesses inestimables : tribut imposé aux habitants en échange de leur liberté, indemnités de guerre cédées par notre illustre prisonnier, récupération de nos biens échoués pendant la tempête, butin de nos victoires enlevées sur l'île tandis que nous galopions au cul de ce fabuleux destrier grâce auquel Comnène nous avait baladés. Avec cette fortune, Richard pouvait acheter d'autres mercenaires ou chevaliers pour renforcer son armée, éblouir ses ennemis comme les forcer au respect. Non seulement il jubilait de satisfaction, mais il ajoutait à son plaisir cet alezan d'exception qui répondait au nom de Fauvel et sur lequel il comptait bien combattre sous les murs d'Acre. S'il nous avait, avec Jaufré, pris à son bord, il avait jugé prudent de garder son épouse, Eloïn et Jeanne dans le navire qu'on leur avait spécialement affrété. Outre qu'elles y jouissaient d'un confort digne d'elles, elles étaient à l'abri des regards superstitieux des mercenaires. D'autant plus que Jeanne avait vu sa tutelle grossie de la fille d'Isaac qui s'était rendue au roi d'Angleterre dès le 13 mai contre la promesse d'un mariage princier. Grâce à cette otage de choix, délicieusement traitée, Richard pouvait sans souci tenir

Comnène à merci sur sa propre galée. Pour preuve, loin des fers qu'il lui avait promis, c'était d'une chaîne d'argent que le monarque avait été entravé sitôt arrêté. Nous nous en étions débarrassés l'avant-veille sur la côte syrienne, le confiant à la garde des Hospitaliers dans l'imposant château fortifié de Margat. De là nous avions repris la mer pour Tyr, Richard espérant une entrevue avec Conrad de Montferrat.

Il en avait été pour ses frais. La garnison de la ville lui en avait interdit l'accès sous le prétexte qu'il s'avançait aux côtés de Guy de Lusignan et d'Onfroy de Toron. Richard s'était incliné, partagé entre la colère de s'être ainsi fait refouler et la satisfaction d'apprendre que la rumeur s'était déjà propagée de son alliance avec le roi déchu de Jérusalem. Avec elle, Conrad de Montferrat comme Philippe Auguste ne pouvaient ignorer qu'il était désormais le maître de Chypre et, par conséquent, d'une place stratégique sur la route maritime des royaumes latins d'outre-mer. Qui voudrait se ravitailler devrait passer par Limassol, générant pour l'Angleterre d'importants subsides. Quant à la flotte de Richard, elle disposait d'une base de repli et d'un entrepôt à la mesure de son esprit de conquête. De quoi singulièrement agacer Montferrat et le roi de France. Tôt ou tard, il les plierait à sa volonté. Guy de Lusignan s'en convainquit, autant qu'Onfroy de Toron dont la tristesse me poignit le cœur tandis que nous quittions la baie de Tyr. Son œil torturé s'était attardé sur le donjon qui dominait l'éperon rocheux de la cité fortifiée. Il ne m'avait pas été difficile de deviner ses pensées, elles étaient toutes tournées vers la femme qu'il aimait et que Montferrat retenait légalement captive. Une fraction de seconde, animée d'une flamme d'insoumission, j'avais regretté de n'avoir pas Durandal et Caliburnus sur ce navire en partance pour les croiser avec Marmiadoise, ébranler ces murailles d'un éclair, et rendre les deux amants l'un à l'autre. Voyant Jaufré s'approcher pour le distraire de sa peine, j'avais remisé cette idée dans la sombre réalité qui nous escortait. Marmiadoise ne suffisait contre le bon droit du comte de Tyr. Quant aux deux autres lames, en cette matinée du 7 juin 1191 où nous voguions pour enfin rallier Acre, j'aurais donné cher pour savoir où ses maîtres se trouvaient tant l'inquiétude me tenait de ne plus recevoir de leurs nouvelles.

*

Ce fut le contact de l'eau de mer, projetée avec violence sur sa tête baissée, qui réveilla brutalement Philippe de Falconbridge. Des rires gras accueillirent le roulement du seau à terre.

— Alors chevalier ? Bon somme ? s'amusa une voix caverneuse à l'accent marqué bien qu'indéfinissable.

Quelques secondes de flottement sous son crâne martelé puis la mémoire lui revint. L'abordage du navire marchand sur lequel ils se trouvaient avec Godefroy. Durandal active au côté de sa simple épée de substitution pour combattre les pirates. Et puis le trou noir. Il reprenait conscience dans la puanteur d'une cale, s'il en pouvait juger par le peu de lumière qui le cernait, probablement celle d'une lanterne qu'on avait apportée. Il perçut la tension douloureuse de ses bras écartelés par les fers, ses jambes lourdes d'avoir supporté le poids mort de son corps trop longtemps. Malgré cela, il redressa lentement le front, plissa les yeux sous la morsure du sel, retint une grimace en devinant une plaie ouverte à sa tempe.

Son geôlier se tenait bien planté dans ses bottes, les bras croisés sur une tunique délavée, ceinturée de cuir à la taille et d'un baudrier qui soutenait un cimeterre sur la hanche gauche. Un turban rouge enroulé autour d'un front haut retenait une chevelure longue et noire, emmêlée d'embrun, poisseuse de sang. Le visage, buriné par le soleil, triangulaire et strié de fines cicatrices, témoignait de coups de fouet, le nez, tronqué à son extrémité, du passage d'une lame. Il avait certainement possédé quelque beauté autrefois. Ce jourd'hui, l'ensemble devait en glacer plus d'un d'effroi. Philippe de Falconbridge n'était pas de ceux-là. Mais il se souvenait parfaitement de la terreur des matelots sur le pont lorsqu'ils avaient vu le pirate les prendre en chasse. Tous s'étaient signés, convaincus qu'il ne les épargnerait pas. Alors avec Godefroy, ils s'étaient battus. À un contre dix.

Indifférent à son propre sort, il planta un œil repris de vigueur dans celui, sans âme, de son geôlier.

— Suis-je le seul survivant ?

— Je suis là, Philippe.

La voix amie. Il tourna la tête vers la gauche, devina Godefroy plus qu'il ne le vit, entravé de même. Instinctivement il retrouva confiance.

— Vous voudriez peut-être qu'on vous laisse seuls, mes mignons ? se gaussa le capitaine.

Des rires crevèrent les faces édentées de ses compagnons. Une demi-douzaine tout au plus à ce que Philippe pouvait en juger. Il se redressa, accusa leur pestilence, eut un sourire narquois en tordant le nez.

— Ma foi. Le temps qu'il vous faudrait pour décrasser vos hardes.

L'hilarité fit place au silence. Philippe comprit qu'il avait touché juste. Aucun de ces hommes ne se risquait à mécontenter le capitaine. L'un d'eux se renifla pourtant sous l'aisselle, un autre, qu'il devina soupe au lait, avança d'un pas dans sa direction, la main sur le pommeau du poignard ondulé passé à sa ceinture.

— C'est qu'il vous insulterait, ce rat !

Philippe ne s'en inquiéta pas. Il garda son œil dans celui, glacial, de son vis-à-vis. La partie se jouait là, maintenant. Comme il s'y attendait, le pirate arrêta l'autre d'une main levée.

— Boucle-la, Tord-la-mort. Et retourne au grand air. Notre prisonnier a raison. Tu empestes la charogne.

— Moi ? Moi j'empeste la charogne ? se vexa plus encore cette petite teigne au poil roux et à la face de musaraigne.

— Puisqu'on te le dit, se moqua un autre qui le faisait deux fois, avant de recracher un bout d'ongle.

Tord-la-mort poussa un grondement de tonnerre, serra les poings de colère mais tourna les talons. Philippe entendit ses souliers rabattre le bois de l'escalier.

— Tu me plais, chevalier. Tu es vaillant au combat et tu parles vrai, décida le pirate.

— Que vais-je y gagner ? Une autre rincée ?

— Ce serait en priver mes hommes.

Philippe consentit à sourire.

— Soit. Nous sommes deux seigneurs de haut rang qui nous rendions à Acre pour grossir les rangs du roi d'Angleterre.

— Depuis Venise ?

— Une affaire que nous y avions à régler. Elle fut infructueuse comme tu as dû le constater. Nous n'avons plus un denier. En revanche, tu ne perdras pas ton temps à bien nous traiter. Le roi Richard paiera pour nous récupérer. Avec nos lames cela va de soi.

— Cela va de soi, lui accorda le pirate, mais, compte tenu des pertes que ton compagnon fit subir à mon équipage, je pense que pour l'heure, je vais vous garder au frais. Et désarmés.

Il claqua des doigts. Une clef apparut dans une main noire. Elle déverrouilla les fers. Ceux de Godefroy tombèrent au sol eux aussi.

— On vous portera à boire et à manger. Tenez-vous tranquilles, sinon, chevaliers illustres ou pas, vous goûterez au fouet.

Philippe dut user d'une volonté farouche pour demeurer droit, tant la blessure à sa tempe pulsait. Il n'en montra rien. Au contraire, il apostropha encore le pirate qui se détournait d'eux pour regagner le pont.

— Nous diras-tu qui tu es ?

L'homme se retourna, le visage mangé cette fois par la pénombre retombée.

— Le fils maudit de Saladin. Mais rassure-toi, chevalier. Je vais où sont mes intérêts.

53.

— À votre avis capitaine ?

L'homme, un Normand à la crinière d'un blond cendré, s'attarda encore à suivre la ligne du navire battant pavillon français qui leur barrait la route. De mémoire, il n'en avait jamais rencontré de si imposant. Quant à Richard, mieux que personne renseigné sur l'état de la flotte de Philippe Auguste, il avait du mal à croire que ce colosse de bois et de voiles puisse lui appartenir.

— Je dirais que c'est un dromon. Mais vu sa taille d'exception et ces six xylokastrons[1], il doit contenir pas moins de cinq cents rameurs et mille soldats.

— Auxquels il faut ajouter une trentaine de catapultes selon la vigie, compléta son second remonté en hâte à la proue pour nous en rendre compte.

La main en visière pour atténuer la réverbération du soleil, mon œil courait sur les flancs carrossés de métal du monstre des mers. Certaine que mon instinct ne me trompait pas.

— Il appartient à Saladin, affirmai-je enfin.

Richard se tourna vers moi.

1. Tours de bois munies de meurtrières permettant aux archers de tirer.

— C'est aussi mon sentiment, dame Loanna, mais je ne peux donner l'ordre d'un abordage sans en être certain.

Dérangé par une rafale de vent, il rajusta son chapel sur le sommet de son crâne, puis apostropha Richard de Camville auquel il avait donné le gouvernement de son armée.

— Faites mettre chaloupe à la mer le temps que nos navires se resserrent, et voyons comment sera reçu notre émissaire.

— Je me porte volontaire, décida mon fils.

— De même, Votre Majesté, décida Merchadier en bombant le torse.

— Je n'en attendais pas moins de vous, leur concéda le roi avec confiance.

Ils le saluèrent d'un large sourire avant de dévaler l'escalier du pont derrière Camville.

Jaufré, à ma droite, resserra sa main sur le bois du balustre. J'en perçus le frémissement. Prise d'une même inquiétude, je la recouvris de la mienne. Nous le savions tous deux, impossible de retenir notre fils sans jeter sur lui une ombre de couardise. Lui-même ne se l'autoriserait pas. Ne nous restait plus qu'à espérer que l'arme secrète byzantine ne soit pas du nombre des renforts de cette île flottante.

Accrochés l'un à l'autre, le cœur retenu de battements, nous regardâmes l'embarcation quitter nos flancs. Huit rameurs se trouvaient à son bord. Huit hommes, Merchadier et Geoffroy.

*

— Rien de cassé ? demanda Philippe à Godefroy sitôt que la trappe les eut rendus à la solitude et à l'obscurité.

— Non et toi ?

Guidé par le son de sa voix, Philippe se rapprocha de lui en titubant. La sensation de vertige restait puissante. Le tangage du navire n'en était pas seul responsable. Sa blessure devait être profonde. Il se laissa tomber de cul contre la cloison, près de son frère d'armes.

— Tu pissais sang par l'arcade sourcilière lorsqu'ils t'ont enchaîné à mon côté. J'ai craint pour toi, avoua Godefroy devant son mutisme.

— Cela explique mon état de faiblesse. Sais-tu ce qui me frappa ?

— Non. J'étais trop occupé à percer le cuir de ces charognards.

— Je croyais Durandal invincible.

— Elle l'est. Je l'ai jetée à terre, contraint et forcé.

Philippe sursauta.

— Pourquoi ?

— Pour que ce diable de pirate ne t'égorge pas.

Philippe ne put s'empêcher de sourire dans la pénombre.

— Tu aurais pu emporter la place.

Un rire. Léger.

— Et finir seul sur ce navire ? Quand avec toi nous pourrions le prendre et grossir les rangs de la flotte de ton père ?

Philippe caressa cette idée quelques secondes avant de la repousser. Il connaissait bien son cousin et ami d'enfance. Si Godefroy plaisantait souvent, quelque chose dans sa voix…

— Tu n'y songes pas vraiment ? s'en assura-t-il.

Le timbre s'affirma, cette fois :

— Je pense à mieux que cela.

Philippe de Falconbridge se sentit ragaillardi d'une vigueur nouvelle.

— Je t'écoute.

— Crois-tu vraiment que le fils, même maudit, de Saladin nous rendrait à la croisade ? Je n'ai pas confiance en lui mais il nous mène où nous voulons aller. Au cul de ce mécréant qui t'a volé Caliburnus. Souviens-toi de ce que nous a révélé le capitaine du marchand. L'homme n'était pas un chevalier mais un mercenaire. Qui, depuis Venise, cherchait à rallier le sultan…

Philippe porta la main à sa tempe. Le sang avait cessé de couler. Si la plaie ne s'infectait pas, il aurait une chance de regagner vitalité. Dans le cas contraire…

— L'idée n'est pas mauvaise, je te l'accorde. Si Caliburnus se trouve à l'intérieur du campement de Saladin, elle me guidera jusqu'à elle. Mais il faudra encore que nous trouvions le moyen de fausser compagnie au sultan... Ce qui sous-entendrait que tu aies, de ton côté, récupéré Durandal et, du mien, que je sois préservé des fièvres consécutives à cette entaille. Or, compte tenu de la souillure de cet endroit...

— Tu oublies que le sang d'Avalon coule dans tes veines. Assez je le crois pour abattre une infection. Quant à moi, je fais confiance au destin.

— Jusque-là, il sert davantage nos ennemis.

— Ce ne sera pas toujours le cas. Repose-toi. Dès demain, si nous voulons meilleur traitement, tu te présenteras pour ce que tu es. Le fils du roi d'Angleterre. Dès lors, quel que soit celui qui paiera rançon, de ton père ou du sien, ce pirate veillera à ce que tu lui arrives en bon état. Et moi avec toi.

*

Geoffroy n'était plus qu'à quelques encablures du dromon lorsque ses occupants révélèrent leur véritable nature. Lors, ce que nous ne cessions de craindre avec Jaufré s'abattit autour de la chaloupe en un enfer brûlant.

— Le feu grégeois. Ils usent du feu grégeois, trembla Richard, tétanisé d'horreur.

Avec Jaufré nous étions de même, incapables d'un mot, d'un geste tandis que les fioles emplies d'un mélange de naphte, de bitume et de pétrole s'enflammaient tour à tour, sitôt lancées depuis le navire. Comme si cela ne suffisait, une volée de flèches s'en envolait à présent, criblant les occupants de la barcasse. Autour d'elle, la mer elle-même s'était embrasée. Je n'avais plus de cœur, plus d'yeux, plus de souffle. Je regardai mon fils, debout près de Merchadier au mitan de la chaloupe, de ce brasier ardent. Consciente qu'ils allaient mourir si je n'intervenais pas.

Mais rien ne venait. Depuis qu'ils s'étaient éloignés, je n'avais cessé d'invoquer la magie. J'étais trop inquiète pour qu'elle me réponde. Trop impliquée pour être efficace. Geoffroy se tourna vers nous dans cette fumée épaisse qui déjà semblait vouloir nous l'enlever. Et puis soudain, plus rien. Comme Merchadier piqué d'une flèche à l'épaule, il avait disparu.

Le temps d'un hurlement et je pivotai dans les bras de Jaufré.

En quelques minutes, me laissant à notre détresse, Richard réagit. Il ordonna le branle-bas de ses galères. Le vent était tombé, le navire à portée. Dans l'eau rougeoyante de flammes, la chaloupe crépitait à présent comme une torche, avalant la fumée noire. Plus rien ne bougeait alentour.

— C'est fini, tomba la voix de Jaufré.

Je secouai la tête contre sa poitrine, le visage baigné de larmes, furieuse contre mon impuissance, ma pitoyable impuissance. J'aurai dû geler la mer, souffler l'incendie, faire jaillir une hydre capable d'engloutir le dromon. J'aurai dû. Je n'avais rien fait. J'avais laissé mourir mon fils. Ma chair. Ma propre chair. Je n'avais rien fait. Moi la descendante de Merlin. Moi la grande prêtresse d'Avalon, j'avais été incapable de le sauver.

— C'est fini, répéta mon époux.

Je m'arrachai à son étreinte. Frottai mon visage d'un revers de manche, le regard fou, défigurée par la haine. Celle que j'éprouvais contre moi. Contre Saladin. Contre ses soldats. Tout en reculant, les yeux fixés sur le visage défait de mon époux, j'arrachai Marmiadoise à son fourreau.

— Ils mourront. Tous. TOUS ! gueulai-je avant de tourner les talons et de dévaler l'escalier.

Jaufré ne chercha pas à me retenir. La même rage lui rongeait le cœur. Dans cette furie démentielle qui m'habitait, me précipitait vers les cordages pour être la première à sauter à bord du colosse des mers sitôt qu'on l'aurait arraisonné avec nos grappins, je ne le vis pas dégainer à son tour son épée.

— Ils ne virent pas de bord. Avarie de gouvernail, beugla la vigie. Avarie de gouvernail.

Ils étaient faits. Si nombreux soient-ils, ils étaient à présent cernés.

Nous les abordâmes par le flanc droit. Le contact de notre coque contre la leur fut rude. Je m'en aperçus à peine. Bousculant la soldatesque de Richard, oubliant même de le protéger dans la mêlée, je sautai sur le pont ennemi, la force décuplée. Ce n'étaient plus des soldats que j'avais devant les yeux mais des flammes. Des flammes qu'il me fallait rabattre, écraser, coucher. Plus le sang coulait sur ma lame, plus j'éprouvais le besoin de le répandre. Combien de temps croisai-je le fer, combien de temps Marmiadoise chanta-t-elle, combien de temps hurlai-je de plaisir en la voyant déchirer les mailles des surcots ? Je ne sais. Il fallut qu'il n'en resta plus un seul devant moi pour que je reprenne pied dans la réalité. J'étais au bas d'une de ces tours de bois d'où les archers, vaincus, ne tiraient plus. Des corps gisaient partout, ceux que j'avais occis, ceux que d'autres avaient défaits. Les chevaliers du roi rassemblaient ceux qui s'étaient rendus. Nous étions maîtres du navire. Mais moi j'avais tout perdu.

C'est alors qu'ils furent devant moi. Surgissant de derrière une rangée de tonneaux harnachés à un mât. Jaufré. Jaufré et son fils. Mon fils. Trempé. Noirci de la tête aux pieds. Debout. Vivant.

— Assez, mère. Assez, dit-il simplement en s'avançant, la main tendue vers Marmiadoise.

Je ne comprenais pas. Je ne comprenais plus. J'obéis. Il m'enleva la lame des mains. Je me sentis défaillir sans cette force qui émanait d'elle. Il me prit dans ses bras pour m'empêcher de choir. Répondit à ma question muette.

— Une trouée dans la mer, au mitan des flammes. Nous avons plongé dedans avec Merchadier. Nous sommes ressortis à l'écart du brasier, masqués par la fumée. Vous le savez bien, mère, qui a appris à nager dans l'estay peut rester sous l'eau longtemps. Merchadier est d'une même trempe. Il a arraché sa flèche et m'a suivi en direction de leur gouvernail. C'est nous qui l'avons endommagé. Père s'en est douté puisque c'est sa main tendue par-dessus le bastingage que nous avons trouvée lorsque nous avons voulu nous y hisser.

Je me mis à rire au milieu de mes larmes. M'accrochant à ses épaules, à son cou, le plombant de baisers. Aussi démunie dans le bonheur que je l'avais été dans la détresse.

Jaufré se noua à nous.

— C'est fini, répéta-t-il encore.

— Oui... Oui, dis-je.

— Je le savais ! Un Rudel ne meurt jamais ! tonna la voix joyeuse du roi.

Il était accompagné de Merchadier qui soutenait d'une main son épaule ensanglantée. Nous nous écartâmes les uns des autres pour les accueillir. Voyant son roi ouvrir les bras pour lui donner accolade, Geoffroy franchit d'un pas gaillard la distance qui les séparait.

Richard lui tapota les omoplates avec chaleur.

— Votre courage nous offre la plus belle des prises, mon ami. Les cales de ce mastodonte sont pleines à craquer de munitions, de fioles de feu grégeois et même, Guy de Lusignan *dixit*, de serpents venimeux dans des récipients de verre. Nous aurions goûté leurs bienfaits sitôt le sultan ravitaillé. Si seulement ces chiens n'avaient pas percé la coque, c'est nous qui aurions pu les leur envoyer ! Qu'importe ! Ce mastard va couler et Saladin s'enrager !

— J'en suis heureux, Votre Majesté, affirma Geoffroy en s'écartant.

Refusant de le lâcher, le roi l'empoigna aux épaules, les yeux rivés sur son visage mangé de brûlures superficielles.

— Moi plus encore, mon ami. Car aucune d'elles, je le puis jurer, ne m'aurait dédommagé de ta perte.

Un cri de joie emportait les nôtres gagnés par la nouvelle qui se relayait de navire en navire. Je me sentais redevenir vivante. Solide sur mes pieds. Près de moi, son épée rengainée, Jaufré se pencha à mon oreille.

— La magie est toujours là, Loanna. Tu étais trop bouleversée pour l'entendre. Moi pas. J'ai toujours eu confiance en toi. En nous. En eux. Eloïn. Geoffroy. J'étais prêt à le venger, comme toi. Mais la vigie a gueulé. Et j'ai su. Qui a pour mère une guerrière telle que toi ne peut posséder qu'un solide sang-froid. Et la protection d'Avalon. Ne l'oublie pas. Ne l'oublie plus.

Le lendemain nous pénétrions dans le port d'Acre sur cette bénédiction. Avec deux cent cinquante navires, des milliers d'hommes, le trésor du roi de Chypre, Marmiadoise et un grand roi. Dont tous déjà, assiégés ou assaillants, connaissaient ou appréhendaient les exploits.

54.

— Plus fort. Appuie plus fort entre les omoplates, ordonna Pierre Basile à l'Africain qui le massait.

Un craquement léger le dégagea aussitôt de la chape douloureuse qui réduisait ses mouvements. Le mercenaire s'attarda quelques minutes encore à l'efficacité des paumes huilées sur son dos, puis, jugeant qu'elles avaient fait leur office, battit d'une main agacée l'air de la tente. Le temps qu'il se redresse, rajuste la serviette autour de sa taille, et l'homme, discret, s'était effacé. Pierre Basile fit jouer l'articulation de son épaule musculeuse. Plus aucune douleur. Il soupira d'aise. La traîtrise avait du bon. S'il s'était trouvé du côté des croisés, il aurait joui des putains en nombre qui, ici, manquaient, mais il n'aurait pu, comme à l'instant, profiter du bain chaud d'une des mille piscines, creusées dans l'argile, dont le camp de Saladin regorgeait. Il suffisait d'une pièce d'argent pour y patauger, protégé des regards par une haie de nattes ou de palissades, avant de ressortir, détendu et parfumé.

Il acheva de boucler son baudrier à sa hanche. Il aimait porter cette lame, Caliburnus, même si à son bras, elle se comportait comme une épée ordinaire. Au moins le sultan n'avait-il pu remarquer qu'elle était une des flamboyantes qu'il recherchait. Il s'étira, accusa un second craquement de vertèbres, cette fois à ses dorsales. Revigoré. Ne lui restait plus à présent qu'à passer chez l'un des innombrables marchands d'habits qui se partageaient l'enceinte du campement parmi les sept mille immenses boutiques qu'il recelait. Comme il en avait pris coutume ces dernières semaines, il écarterait les hardes de seconde main, destinées à la piétaille musulmane, pour s'offrir les soieries d'un prince. Il en avait les moyens. Saladin les lui avait donnés pour qu'il puisse, en plus du reste, dîner à ses côtés et lui rendre compte des renseignements qu'il avait glanés dans le camp des croisés. Peu habitué aux serviteurs, il se rhabilla prestement puis écarta les pans de la tente, aussitôt frappé par un soleil qu'aucune ombre ne voilait.

— Avez-vous été satisfait ? susurra une voix qu'il avait appris à reconnaître.

L'un des trois tenanciers de cet établissement de toiles et de bois, privilégié par Saladin lui-même, portait grosses lèvres et un anneau dans le nez. Il était le contraire de Pierre Basile. Noir au-dehors, d'un blanc lumineux audedans. L'un comme l'autre néanmoins prenaient soin de leurs clients.

— Assez pour que je le rapporte à mon ami le sultan, le rassura Pierre Basile.

L'homme, enturbanné de soie jaune, se courba presque jusqu'à terre, les mains jointes en guise de remerciements.

— Que la journée vous soit, à tous deux, bercée par le regard d'Allah.

Pierre Basile sourit, narquois. Aucun Dieu ne pouvait racheter son âme. Le diable peut-être, mais ici, sur cette colline d'El Kharrûba où Saladin avait planté son armée, il avait peu de chances de le rencontrer. À l'heure de la prière, tous, petits ou grands, avaient le cul en l'air et la face contre le sol en direction de La Mecque, tandis que, depuis Acre, les voix lointaines des muezzins leur parvenaient.

Quittant son hôte de quelques heures, il remonta une des allées de tentes qui ramenaient vers la grand-place du campement. C'était là que se trouvaient les meilleurs fripiers, mais aussi cent quarante loges de maréchaux-ferrants. De quoi satisfaire aux besoins des cavaliers à l'issue des affrontements, lesquels avaient recommencé depuis que Philippe Auguste de France était arrivé dans la plaine d'Acre. Voulant damer le pion à Richard d'Angleterre, ce dernier n'avait cessé de harceler les murailles à l'aide de ses tours d'assaut roulantes, jetant nuit et jour des boulets sur la ville. Nombre de lézardes s'y étaient ouvertes. Pas encore assez pour les ébranler tant le parent de Saladin, à l'intérieur, les avait fortifiées. À l'heure où l'on annonçait l'arrivée en rade de la flotte anglaise, Philippe Auguste en était toujours à faire assembler des centaines de béliers à tour et à tortues. Avec ces nouveaux renforts, nul doute qu'Acre finirait par se rendre. Sauf si, comme l'avait promis Pierre Basile à Saladin, il lui fournissait matière à négocier.

La fille de cette fameuse sorcière si détestable au cœur de Jean et avec laquelle le sultan avait un vieux compte à régler.

*

— Cher ami, cher, si cher ami ! Comme je suis heureux de vous retrouver !

— Vous m'avez manqué aussi, Philippe Auguste, susurra Richard d'une même hypocrisie en lui retournant son accolade.

Difficile de faire moins, songeai-je, en découvrant l'allégresse que notre débarquement provoquait. Trompettes et cors se répondaient de ruelle en ruelle, dans cette plaine d'Acre située à l'est de la ville assiégée et entourée par le campement des croisés. Nous nous trouvions devant la tente d'apparat du roi de France, à moins d'une demi-lieue de la tour Maudite, surnommée ainsi depuis que la légende voulait que là eussent été estampillés les trente deniers reçus par Judas en paiement de sa trahison. Tandis qu'empressés d'amabilités devant la noblesse la plus illustre de cette croisade les deux monarques se mettaient à l'ombre sous la toile piquée de l'étendard franc, mon œil suivit la ligne des montagnes, à l'horizon. Au sud, le mont Carmel, rendu fameux par l'attachement que lui vouaient Pythagore et le prophète Élie ; au nord le Saron ; à l'est les derniers contreforts de la Galilée. Quelque part, là, j'en pouvais presque respirer le parfum de rose et de musc, mon ennemi d'hier se terrait.

— Nous lui ferons rendre gorge, mère.

Je reportai le regard sur mon fils. Visiblement il avait suivi le cheminement de mes pensées. Depuis que j'avais failli le perdre, sa présence ravivait en moi une chaleur maternelle exacerbée. Je repassai sous l'ombre d'une toile tendue par quatre piquets. Il avait choisi de s'y protéger du soleil avec Merchadier, laissant à d'autres de notre escorte le soin d'assister aux faux-semblants des deux rois. Geoffroy préférait de loin, et je le comprenais, tenir sa place auprès de Richard lorsque le devoir ou l'amitié le lui commandaient.

— Ici, désormais, Geoffroy, je ne suis qu'un chevalier parmi tant d'autres. Je n'ai pas saccagé ma chevelure pour être aussi facilement démasquée, chuchotai-je, à peine fâchée.

Il tordit la bouche, comme lorsque, enfant, je le grondais.

— Les habitudes ont la vie dure, mè... sire... Sire ?

Je réfléchis quelques secondes. Si nous avions décidé avec le roi qu'un déguisement d'homme serait plus approprié dans cette place, j'avais oublié qu'il y faudrait aussi une nouvelle identité. Au vu des nombreuses femmes qui avaient joué des doigts dans leurs boucles, cligné des yeux langoureux, remonté leur corsage avec provocation ou arrondi une cheville dénudée sur le passage de nos cavaliers, je me demandais si somme toute j'avais besoin de feinter.

— Gauvain ? J'ai toujours eu une préférence pour ce dernier. Perceval ou Lancelot seraient bien trop vite repérés.

Il se mit à rire. Merchadier s'inclina devant moi.

— Taillader les oreilles du sultan à vos côtés sera un plaisir, sire Gauvain.

Je redevins sérieuse.

— Attendez de le rencontrer tous deux et, croyez-moi, vos ambitions seront vite rabaissées. Allons, suivez-moi. Richard n'a pas fini de palabrer avec ce triste sire. De cette tour d'assaut que vous apercevez à dextre, nous aurons vue sur la cité. Il est temps que je vous en montre les points stratégiques. Et que je me rende compte par moi-même des renforcements que les musulmans y ont opérés.

Ils hochèrent la tête de conserve. Nous poursuivions le même objectif tous trois. Empêcher que Richard ne soit tué lors des assauts qu'il nous faudrait mener.

Ma surprise n'eut d'égale que ma satisfaction en découvrant que notre ami de Tripoli, le chevalier Gontran de Hautefort, avait été commis au commandement de cette tour surnommée Perriere Deu.

Le voyant prêt à s'exclamer en me reconnaissant, je plaquai un index en travers de mes lèvres, laissant mon fils me présenter comme le sire Gauvain, chevalier de Brocéliande. Gontran de Hautefort étouffa un fou rire avant de nous souhaiter la bienvenue dans son illustre demeure. Depuis plusieurs semaines, ils avaient accompli une sape efficace des remparts ennemis. Il nous devança sur l'échelle, nous menant au dernier étage. De là, par les meurtrières, nous pouvions embrasser la ville dans son ensemble et une partie de la rade où mouillaient nos navires. Sur l'un d'eux, Eloïn, Jeanne et Bérangère recevaient en ce moment même la visite de Jaufré.

— Quelle est la situation à ce jour, chevalier ? demandai-je.

— Elle n'a guère changé. La citadelle du Krak de Moab, Tripoli et Antioche résistent toujours. Tyr aussi depuis que Conrad de Montferrat l'a fortifiée. Mais ce sont les dernières places qui nous restent. Saladin a conquis toutes les autres. Il fut tour à tour soutenu, lâché puis rallié de nouveau par de nombreux émirs et leurs armées. Comme les nôtres, ses hommes furent abattus par les fièvres et l'épidémie de peste qui emporta Sybille de Jérusalem, l'épouse de Guy de Lusignan. C'est la raison pour laquelle il a déplacé son campement plus loin dans la montagne. Pour que nous soyons les seuls désormais à souffrir de la puanteur des charniers. Il bloque toujours les routes et les ponts, empêchant notre ravitaillement par voie terrestre, quant à sa flotte, elle sillonne les mers avec le même objectif.

— Quels moyens avez-vous à lui opposer ? s'enquit Geoffroy dont le regard balayait la cité.

— Comme vous l'avez pu juger en les longeant tout à l'heure, nos fortifications nous protègent à l'est, depuis la mer jusqu'à la Maudite. En plus de cette tour mobile, nous en possédons deux autres, hautes elles aussi de trois étages. Elles contiennent le nécessaire de siège, béliers, pierrières, ainsi que de grosses arbalètes, sans compter les cinq cents soldats prêts à les utiliser. Nous les avons enduites de cuir bouilli dans du vinaigre pour qu'elles ne puissent être incendiées.

Je hochai la tête avec satisfaction. J'avais encore en mémoire quelques assauts de forteresse, dont celui qui avait vu ma capture par Saladin, et j'étais à même de jauger l'efficacité de nos moyens. Richard m'avait demandé de me renseigner discrètement durant ses retrouvailles avec le roi de France. Je n'aurais pu trouver meilleur allié pour cela.

— En terme de projectiles ? insistai-je.

— Pelotes incendiaires dardées, barres de fer à rougir, boules de feu grégeois... Sans parler des rochers dont nous sommes chaque jour ravitaillés par des hommes commis à leur extraction dans une carrière des collines. Voyez, dame Loanna.

Il désigna le mécanisme situé à ma droite.

— Il suffit de l'actionner pour que le pont-levis s'abaisse sur les murailles et déverse archers, frondeurs et ribauds.

— Bel ouvrage...

Son sourire jovial illumina son visage.

— Pas autant que le Mate-Griffons du roi d'Angleterre. L'avez-vous rapporté ?

— Démonté dans nos cales. À l'heure où nous devisons, mon cher ami, ses morceaux passent de mains en mains jusqu'à l'emplacement choisi par le roi, juste à côté de cet étonnant hôpital de campagne fait de mâts et de voiles de navires. Une œuvre des survivants de l'armée de Barberousse, à ce que nous a raconté Guy de Lusignan ?

— En effet. Il a porté lui-même le récit de leur dévouement devant le pape. Depuis février, ces Germains arborent manteau blanc brodé d'une croix noire et sont reconnus comme ordre militaire sous l'appellation des frères Hospitaliers Teutoniques de Notre-Dame de Sion. Ils sont exemplaires auprès des blessés ou des malades. Si vous voulez mon conseil, dame Loanna, suggérez au roi Richard de ne point trop coller les murs de son fortin à leurs tentes. Avec cette chaleur que l'été aggravera encore, outre la puanteur des plaies, les mouches et la vermine qu'elles attireront, il sera le premier touché si une nouvelle épidémie se déclare.

Je tordis le nez.

— Je comprends mieux pourquoi la place était libre.

De nouveau son rire résonna dans la tour de bois.

Silencieux jusque-là, attentif à balayer Acre du regard, Merchadier se tourna vers moi.

— Cette cité me semble aussi grouillante de gens que vaste. Malgré tous ces engins de guerre, en venir à bout ne sera pas facile.

Avec Geoffroy, je me rapprochai de lui pour en suivre les contours. Derrière nous le chevalier de Hautefort soupira.

— Vous dites vrai, capitaine. C'est une des places les plus importantes de Palestine, ce qui explique pourquoi Saladin s'est si vite empressé de s'en emparer. Après avoir transformé toutes nos églises en mosquées et s'être réapproprié l'ancien temple de Saint-Jean au profit du patriarche Salih, il l'a rendue quasi imprenable. Comme vous le voyez, son enceinte est double. Elle abrite de larges et profonds fossés exposés aux meurtrières des tours de garde, lesquelles ponctuent la muraille à intervalles réguliers. Le tout forme une triangulaire dont la pointe descend vers l'ouest, quand le nord et le sud rejoignent la mer. La tour des Mouches, que vous voyez là-bas, garde l'entrée du port ; port que l'on peut, à volonté, barrer ou non d'une chaîne pour en interdire l'accès.

— Quel étrange nom pour une tour. D'où vient-il ? tiqua mon fils.

Je pris le relais, ramenée aux premiers temps de notre exil, à une méchante embrouille avec un pirate qui s'était soldée par une boutonnière au nombril de Gwalf.

— On y nettoie les viscères des blessés ou des victimes de guerre. Or rien n'attire mieux les insectes que la chair humaine, mon fils.

Il s'abstint de commentaires mais son œil sonda le mien à la recherche d'un secret caché. Je me contentai de lui répondre d'un sourire. Un jour peut-être… Mais il faudrait que Gwalf soit à mes côtés. Mes pensées s'envolèrent un instant vers le petit homme laissé en Vitrezais. Il me manquait souvent. Et d'autant plus depuis que Godefroy et Philippe s'étaient éloignés. S'il m'avait su seule de nouveau face à Saladin, nul doute qu'il aurait pris la mer pour me rejoindre ! Cette seule idée me piqua le cœur. J'avais beau vibrer, guerrière, avec la complicité de Marmiadoise, m'être emplie de la sagesse de Merlin à Brocéliande, la peur que le sultan m'inspirait était toujours là, obscure et profonde. Seul Gwalf en connaissait la teneur, la véritable, ce que, même à Jaufré, j'avais refusé d'avouer. Je la chassai d'autorité. Je l'avais promis au petit homme. Jamais. Non jamais nul ne saurait.

Nous prîmes congé de Gontran de Hautefort sur la promesse de venir lui rendre de nouveau visite avec Jaufré. Les deux rois étaient toujours en grande conversation d'estime, chacun faisant à l'autre le récit de ses exploits depuis qu'ils s'étaient séparés à Messine. Richard s'ébaubissant un peu trop des quelques coups de bombarde de Philippe Auguste, Philippe Auguste pas assez des prises, glorieuses, de son allié.

Ils se quittèrent sur une embrassade. Les barons, princes, chevaliers, représentants des ordres militaires ou prélats des deux camps sur la promesse d'un assaut prochain contre la cité, le roi de France décidé à réclamer une partie de Chypre à Richard sitôt les murailles tombées et Richard annonçant sereinement qu'il allait de ce pas recruter des hommes pour la mener.

Notre escorte regagnée, il remonta sur son destrier, se mit en branle sous les hurrahs de la soldatesque, entendit mes conseils quant à l'emplacement de son camp, l'état réel des arguments guerriers du roi de France, puis, satisfait de la tournure des événements, afficha un sourire radieux.

Ainsi commença, sous les murs d'Acre, notre première journée.

55.

En quelques heures, tout s'organisa. Tandis qu'une large escouade d'hommes rebâtissait finalement le fortin Mate-Griffons devant la porte d'Acre, que d'autres débarquaient la cargaison d'imposants galets récupérés à Messine, qu'un troisième contingent de charpentiers de guerre assemblait les mangonneaux, Richard imaginait une pierrière plus vaste et plus haute que celles du roi de France pour rivaliser avec la « Maleveisine[1] » des musulmans de la ville. Les croquis de cette « Malecosine » laissés entre des mains habiles, il s'installa sous sa tente d'apparat, montée du temps de son entrevue avec Philippe Auguste, et annonça à la délégation des Italiens, venue lui souhaiter la bienvenue, qu'il engagerait des Pisans mais point des Génois, trop inféodés au roi de France.

Tandis qu'il dispensait ses ordres, laissant sous-entendre déjà qu'il surenchérirait sur l'offre de Philippe Auguste en matière de solde si l'on venait en masse rallier son camp, je regagnai le ponton d'accostage des croisés, creusé à l'écart du port que barraient toujours ses occupants. De là, escortés par Geoffroy, qui, comme moi, n'avait pas revu sa sœur et sa nièce depuis notre départ de Chypre, nous nous dirigeâmes vers le navire des dames, piqué au mitan de la flotte et en lisière du port.

1. Imposante tour d'assaut.

Jaufré s'y tenait toujours, ravi de pouvoir retrouver le jeu de sa mandole. Sa voix, restée légèrement rugueuse, nous cueillit d'une même étreinte aimante, Geoffroy et moi, avant même que nous soyons à bord.

Sur le pont supérieur de la galée à voiles, profitant de la beauté du paysage qu'offrait, sur fond montagneux, la ville fortifiée jusqu'à la mer, Eloïn, Bérangère, Jeanne et Irène, la fille d'Isaac Comnène, étaient assises en cercle autour de lui sous un dais blanc frappé de lionceaux. Le temps était splendide, la température idéale, et le vent léger poussait l'ode jusqu'à nous, de plus en plus nette et délicate au fur et à mesure que les rameurs nous en rapprochaient. Pour mettre autant de gaîté dans ses vers, en cette heure où, sur terre, l'assaut se préparait, il fallait que Jaufré ait retrouvé en lui cette espérance et cette confiance que notre crainte commune de Saladin nous avait volées. J'en fus apaisée. Plus encore lorsque, nous voyant monter l'escalier, il tua un accord avec délicatesse, posa son instrument puis tendit sa main pour y inviter la mienne. Ses yeux pétillèrent lorsque je la pressai.

— Vous voici, ma mie, si étonnante avec cette allure garçonne, que je n'ai pu m'empêcher d'en composer canso.

— J'avais du mal à y croire, mais je dois avouer que cela vous sied, se mit à rire Eloïn, levée à son tour pour m'embrasser.

— Moque-toi méchante fille ! la repris-je en la serrant contre moi. Tu verras, lorsque, à ton tour, il te faudra guerroyer pour ton roi sous quarante degrés, si tu n'apprécieras pas d'avoir chevelure moins plombée.

Elle m'accorda une moue mutine. Jeanne éclata d'un rire clair.

— Pour avoir connu si longtemps ces climats, je ne peux que vous donner raison, dame Loanna ! Au moins, ici, nous pouvons jouir du vent de mer, si léger soit-il, mais j'imagine sans peine combien, dans le campement, l'on doit étouffer.

— Vous ne croyez pas si bien dire, soupirai-je.

Je retins les mains d'Eloïn entre les miennes.

— Richard viendra en fin de journée vous l'annoncer lui-même, mais il me charge déjà de vous y préparer. Trop d'instabilité règne sous les murs d'Acre, sans parler de l'odeur dégagée autant par les soldats que par les animaux. Les croisés se baignent aussi souvent qu'ils le peuvent dans le fleuve Bélus qui rejoint la mer par l'est, mais il suffit de l'à-pic du soleil pour que la sueur dégouline, irritant, à force, les peaux les mieux tannées. Je sais que vous espériez toutes le confort, même sommaire, du Mate-Griffons, mais vous serez bien mieux loties sur ce navire.

Eloïn masqua sa déception d'un sourire triste.

— Je m'en doutais, mère. Allons, ne soyez pas navrée pour nous. Nous savions à quoi nous attendre en escortant le roi. Point d'amusements.

— Et puis, nous avons pour nous distraire le meilleur des troubadours, s'ébaubit la voix délicate de Bérangère.

Jaufré la salua d'une courbette avant de se tourner vers la fille d'Isaac, d'une douzaine d'années à peine mais à la beauté prometteuse.

— Et vous, damoiselle Irène, goûtez-vous mon chant ?

Aussi réservée que son père pouvait être pédant, elle piqua un fard, le nez sur ses jolies chausses brodées, les doigts noués sur son bliaud de lin garance.

— Il est fort beau, prince de Blaye. Serait-ce trop vous demander que de le recommencer ?

— Au contraire, damoiselle.

— Puis-je vous accompagner de la flûte, père ? Comme vous le savez, elle ne me quitte jamais, s'interposa Geoffroy en la tirant d'une boutonnière.

— As-tu besoin encore de le demander ?

Les laissant s'installer, je saluai la nourrice griffonne avant de m'accroupir devant elle. Plus menue que nos dames, elle disparaissait presque contre le haut dossier de sa chaise. Dans ses bras, Anne me fixait avec intensité.

— Bonjour petit ange, murmurai-je avant de la lui enlever.

Ce que j'éprouvais pour cette petiote dépassait largement le lien de sang qui nous unissait. Elle était comme

Eloïn, le prolongement de la lignée d'Avalon. Même si pour l'heure rien ne le laissait deviner. Je couvris son front d'un baiser. Les premiers accords naquirent entre les doigts des Rudel. Je pivotai vers eux. Dans mes bras, Anne se mit à babiller. Lors, je compris ce qui mettait le cœur de mon troubadour en liesse. Sa petite-fille ne le quittait plus des yeux. Toute nourrissonne soit-elle, elle battait des pieds en cadence et son aura irradiait.

De toute évidence, la magie ne serait pas le seul don qu'elle développerait en grandissant.

*

Saladin abaissa la lunette grossissante. Planté sur son destrier, en surplomb mais indiscernable depuis la plaine ou la baie, il avait, l'un après l'autre, exploré du regard les navires du roi d'Angleterre. Pour s'arrêter sur une silhouette qu'il n'avait jamais oubliée.

Il remisa la lunette, d'une exceptionnelle portée, à son étui de cuir, juste à côté de son cimeterre. Près de lui, gardant l'immobilité de sa monture, Pierre Basile attendait son commentaire. Il tomba, le gonflant d'aise.

— Tu as dit vrai. La guerrière à la lame qui chante se trouve bien à bord.

Pierre Basile inclina son front enrubanné.

— Vous les aurez. Elle et son épée.

Saladin en frémit de la tête aux pieds. Son œil encadra de nouveau le navire au loin.

— Ne sois pas présomptueux. Tu ignores encore contre qui tu te dresses. Croise seulement son fer et tu mourras avant même d'avoir tenu promesse.

— Voilà pourquoi je ne la prendrai pas. Elle viendra à vous d'elle-même.

Saladin souleva un sourcil, sa curiosité piquée.

— J'en doute. Elle s'est cachée de moi trop longtemps pour se rendre.

Pierre Basile rengaina sa morgue. Pour autant, il le savait, il n'avait jamais démérité.

— Qui tient la fille tient la mère, je vous l'ai dit. Faites-moi confiance.

Saladin se pencha de l'avant pour flatter l'encolure de son bai.

— Soit. Mais ne tarde pas trop. Acre ne résistera plus très longtemps. Vois. Ces chiens de chrétiens sont en train de détourner le cours d'eau qui abreuve ses habitants. Dans un mois, guère plus, le soleil deviendra brûlure à leurs gosiers. Dans un mois, ils manqueront de tout si je ne peux les ravitailler.

— Dans un mois, au plus tard, vous l'aurez. Si j'échoue, c'est ma vie que vous prendrez.

Saladin le toisa d'un sourire cynique.

— Ta vie ne vaut que le prix que je te paie. Elle m'appartient déjà, tâche de ne pas l'oublier.

Sur ce, il imposa quart de tour à son destrier puis piqua des talons pour le lancer au grand galop. Pierre Basile ne s'attarda pas à le regarder s'éloigner. Il savait pertinemment ce qu'il valait. Et contrairement à beaucoup, il ne craignait pas Saladin. Il l'avait suffisamment côtoyé ces dernières semaines pour avoir pu juger de l'homme qu'il était. Un guerrier farouche certes, mais une âme juste et belle, qui n'avait pas hésité à rendre à une Franque l'enfant qu'un de ses soldats lui avait enlevé ou à renvoyer dans ses rangs un vieillard capturé qui n'avait pris la croix que pour voir, avant de mourir, le tombeau du Christ. Les exemples de sa mansuétude ne manquaient pas. À ses propres fils, avides du sang des prisonniers, il avait rétorqué que rien ne remplaçait la paix sinon une vie sauvée. Non, Pierre Basile ne craignait pas le sultan. Mais il n'aurait pris le risque de lui demander pourquoi il tenait tant à mettre la main sur Loanna de Grimwald. Il comprenait pour la lame, le prince Jean convoitait bien Caliburnus. Mais cette femme n'était plus toute jeune. Et si puissante que la rende sa magie, elle était, pour lui, bien moins appétissante que sa fille.

Bah, songea-t-il, qu'il dispose des deux si cela lui sied. En sus je vais lui donner ce que je suis venu chercher. La mort du roi d'Angleterre. Et aussi celle du roi de France, pour lui prouver mon efficacité.

Il jaugea cette plaine qui s'étendait sur quatre lieues, cette vague humaine qui la recouvrait. Dès ce soir, il roulerait avec elle. Au plus près des deux rois, au plus près du danger. Il fit claquer sa langue contre son palais. Il avait assez molli ces dernières semaines. Il était temps d'agir. D'abreuver de vin soldatesque et chevaliers, réjouis de trop par l'arrivée de cette grouillante armée. Jusqu'au petit jour il veillerait à ce que les fûts soient percés, jus de treille distribué. Il détourna bride à son tour et, d'un pas tranquille, reprit le sentier qui serpentait au travers des montagnes. Saladin devait déjà être rentré et lui avait le plus subtil des poisons à préparer.

56.

Aliénor s'attarda quelques secondes à suivre la course d'une étoile filante au firmament. Elle ne put s'empêcher d'y voir heureux présage. Pour autant, elle ne devait pas perdre de vue l'essentiel. Agir. Vite. Promptement. Quoi qu'il lui en coûtât. D'amour ou de haine. Elle ne savait plus très bien en vérité ce qui occupait son cœur en cette heure, où, traversant à pied les landes de Cornouailles, elle approchait silencieusement de Tintagel avec ses soldats. Jean s'y était réfugié, menant, disait-on, grand train. À son courrier, il avait répondu par une feinte.

« *Quelle déraison m'emporterait, mère, si je ne savais me réjouir de votre retour avec enthousiasme ? De quoi m'accuse-t-on ? D'avoir trahi mon serment de fidélité à la Couronne ? Je ne puis admettre que vous ayez accordé foi à mes détracteurs. Je ne puis admettre que vous ayez douté de moi une fois encore quand vous m'avez vu si affaibli, si miné. Aurait-il fallu que je meure pour qu'enfin vous puissiez m'aimer ? Fi, Votre Majesté. Je suis votre servant et le reste. Je suis votre fils, pour votre malheur, et voudrais, pour vous en guérir, ne l'avoir jamais été.* »

Il ne lui avait fallu que quelques minutes pour lire entre les lignes, pour se regagner de colère. Elle lui avait néanmoins accordé le bénéfice du doute, s'appliquant à la vérité. Elle n'avait réussi qu'à éclairer un peu plus la charognerie de son cadet. Lors, elle avait constitué une armée de chevaliers fidèles. Trente hommes, pas davantage, pour prendre le traître à son propre jeu. Rien n'avait filtré de son entreprise. Rien. Au contraire, elle avait répondu à Jean :

« *Puissiez-vous, une fois de plus, me pardonner...* »

La seconde d'après, sous le couvert d'une nuit aussi noire que celle-ci l'était, elle avait quitté Londres avec une petite escorte. Des quatre coins de l'Angleterre, on s'était mis en marche de même.

Ce 22 juin, ils étaient tous là, pas dans son pas. Parés, par la ruse, à enlever cette place dans laquelle, repu de putains, de vin et d'agapes, Jean dormait.

Le poste de garde avancé n'était plus qu'à une dizaine de toises lorsque Aliénor laissa ses compagnons embusqués derrière les rochers qui jalonnaient le sentier. Étouffée par le souffle continu du vent sur la lande, leur marche prudente était demeurée silencieuse. Le garde de faction à l'extérieur de la poterne frottait ses mains l'une dans l'autre pour les réchauffer. Sa lance coincée dans le repli de son coude continuait de pointer vers les nuées brumeuses mais il s'inquiétait davantage de l'humidité excessive du lieu que de l'usage de son arme. Pour preuve, il réagit à peine en voyant approcher cette silhouette de femme qui claudiquait.

— Qui va là ? demanda-t-il simplement en quittant l'abri de l'encoignure pour lui barrer mollement le passage.

— La Jeannette...

— Qui ça, la Jeannette ?

— Ben, la Jeannette quoi ! continua Aliénor tout en avançant.

— Connais pas. Tu veux quoi ?

— Rejoindre mes compagnes. Tu les as vues passer tantôt.

— T'es une des catins ?

Aliénor haussa les épaules. Elle n'était plus qu'à une dizaine de pas de lui. Le visage masqué par la pénombre, il ne pouvait se fier qu'à la vulgarité de son timbre pour la jauger.

— J'suis c'que j'suis. J'm'étais détachée d'elles pour chier, mais j'me suis pris la jambe dans une ornière et j'ai basculé en dévers. Tu crois qu'elles se s'raient inquiétées d'pas m'voir rev'nir, ces charognasses ?

Il rit. Elle cracha par côté.

— T'moques pas ! J'aurais pu crever !

— La belle affaire ! À qui tu crois qu'tu manqu'rais ?

— À ton prince, pardi !

Lui interdisant d'avancer davantage du piquant de sa hallebarde, il continua de se gausser quelques secondes avant de décider.

— Fait nuit noire. Le prince a pus b'soin de tes services. Rent'chez toi.

Aliénor se mit à pleurnicher.

— Sois pas chien. J'traîne c'te cheville foulée depuis trois lieues. J'ai grand besoin de vinasse pour oublier qu'jai mal. Et pis, en attendant qu'le jour s'lève, j'pourrais t'récompenser.

— Et comment que tu f'rais ? Tu s'ras dedans et moi dehors. C'est les autres que tu régal'rais.

Trois pas. Trois seulement pour être en mesure de le menacer de ce poignard qu'elle tenait dissimulé à son poing dans un repli de sa mante.

— Y sont combien ?

— Quat'.

Moins qu'elle croyait.

— Ça m'va. Eux d'abord et toi après.

Il ricana.

— Compte pas que j'te paie.

— Le prince le f'ra pour toi. L'est toujours généreux quand on sait l'chatouiller. Et moi, tu peux m'croire, je sais...

Il hésita quelques secondes encore.

— Si c'est lui qui régale...

Il baissa sa lance. Elle grappilla la distance qui les séparait. Se colla à lui. Ce sot ne comprit son erreur qu'en sentant la lame piquer sa jugulaire. Il n'eut pas l'occasion de crier que, déjà, Aliénor lui susurrait à l'oreille :

— Plus un mot mon garçon, ou à défaut du mât, c'est par la gorge que je te fais pisser.

Moins d'une seconde plus tard, il se rendait à la raison sans broncher, entouré par les chevaliers.

Dès lors, faire ouvrir la porte et enlever la place fut un jeu d'enfant. Restait le plus difficile. Atteindre le castel de l'autre côté de la brèche. Sans lumière, par ce vent qui soufflait, descendre puis remonter sur l'autre versant les marches humidifiées par le crachin relevait de l'exploit. Aliénor ne céda pourtant à aucun de ses chevaliers le droit de la devancer. Les gardes bâillonnés et ligotés laissés à la surveillance du baron de Montfort, son poignard remisé au fourreau, elle agrippa fermement la rampe de corde, affirma son pied sur le granit et commença sa descente, refusant d'entendre le roulement féroce de la marée cent toises plus bas.

Ils mirent plus d'une heure à franchir le passage, les uns derrière les autres, se méfiant autant de la pluie qui forcissait que du courant d'air. À plusieurs reprises le pied d'Aliénor glissa. Dès lors son inquiétude s'accrut. Si l'un de ses hommes ne parvenait à se rattraper comme elle l'avait fait, au mieux il basculerait seul dans le vide, au pire, il dévalerait l'escalier taillé dans le roc, les fauchant au passage comme dans un jeu de quilles. Elle parviendrait peut-être à s'en garder, mais combien lui resterait-il de féaux fidèles à l'arrivée ? Merlin entendit-il ses craintes ? La jugea-t-il dans son bon droit ? Aucun ne chuta derrière elle. Elle parvint en haut de l'escalier, jambes et bras tétanisés, la mante trempée collant à son bliaud, mais regagnée de courage et de détermination. Laissant ses hommes se plaquer contre la paroi, dans le coude qu'offrait la falaise, elle toqua fortement à l'huis de bois. Une fois. Deux fois… À la quatrième, un soldat hirsute lui ouvrit en baillant.

— Quoi c'est ?

Aliénor lui colla à la gorge le piquant de sa lame.

— La guerre. Lors, si j'étais toi, je me rendrais avant que je n'use de son bon droit.

Suivant le mouvement qu'elle lui imposa, il recula, oscillant entre la surprise, l'incompréhension et la crainte, mais convaincu qu'elle ne plaisantait pas.

Et c'est ainsi que, suivie par ses hommes, Aliénor pénétra dans l'enceinte du castel de Tintagel, qu'avant elle nul ne viola. Ils ne furent pas longs à s'en rendre maîtres, ne trouvant pour leur résister qu'une poignée de soldats avinés ronflants sur leurs paillasses. Jean était si sûr de lui, si convaincu de la sécurité du lieu qu'il n'avait pas jugé utile d'y placer garnison nombreuse. Quelle raison en aurait-il eu ? Il se trouvait au mitan de ses terres. De plus, Aliénor y avait veillé, ses espions l'avaient convaincu qu'après lui avoir demandé pardon sa mère s'employait à retrouver grand chancelier pour le royaume. Rien ne pouvait laisser prévoir qu'elle s'inviterait.

La soldatesque bouclée, Aimery d'Ulster s'inclina avec respect devant elle dans la salle de la table ronde où elle s'était abritée.

— Que faisons-nous, Majesté ?

— Plus rien jusqu'au matin. Prenez quartiers et collation, interdisez tout départ et, si vous en dénichez, revêtez habits secs. Il se trouvera bien une servante pour faire sécher les miens. J'ai fait placer deux de vos hommes devant la chambre de Jean. Il ronfle si fort que l'étage entier en est incommodé. Aux dires des valets, mon fils est si saoul qu'il serait incapable seulement d'ouvrir un œil.

Aimery d'Ulster ne put s'empêcher de la couvrir du sien, admiratif. Elle avait prouvé ce soir ruse, bravoure et vitalité plus grandes que nombre de ses féaux. Face à ce visage fermé, ces prunelles d'orage, il ne doutait pas qu'elle serait, demain, impitoyable face à l'impertinente perversité de son cadet.

— Puisse le restant de la nuit vous accorder repos, Votre Majesté. Vous me trouverez non loin de votre porte pour y veiller.

Elle lui retourna son sourire.

— En ce cas, comte, je vais aller sombrer dans les bras de Morphée…

Elle s'approcha de lui, baissa le ton d'un cran.

— … car de vous à moi, l'âge ne fait rien à mes ardeurs guerrières. Prêtez-moi votre bras pour, cette fois, gravir l'escalier vers les chambres. Je suis exténuée.

Il arrondit son coude. Elle s'y accrocha. Il hésita une seconde, puis, tout en l'accompagnant vers les degrés, osa se pencher vers elle pour murmurer :

— Sauf votre respect, Majesté, l'âge n'est qu'un écrin supplémentaire à votre flamboyante beauté.

Aliénor en rosit de plaisir. De fait, si elle n'avait tant chéri Bernard de Ventadour, elle aurait volontiers montré à ce trentenaire qu'elle savait encore en jouer. Elle se contenta de le quitter au seuil de sa chambre, à quelques pas de celle de son fils, efficacement gardée.

Un sursis, voilà ce qu'elle consentait à ce dernier. Non par grandeur d'âme, mais parce qu'elle était sa mère. Dès qu'il serait assez vaillant pour la regarder en face, elle s'arracherait du ventre cette épine qu'Henri lui avait un jour plantée.

57.

Étendu à plat dos, Jean clappa du bec, la bouche pâteuse et amère. Comme à chacun de ses levers, son crâne avait la lourdeur et le sonnant d'une cloche. Les yeux fermés pour n'avoir pas à supporter le plein jour qu'il devinait dans la chambre, il tâtonna de part et d'autre du lit, trouva avec satisfaction la cambrure d'une hanche, l'arrondi d'un sein. Les putains dormaient encore. Il avait refusé qu'elles tirent les rideaux du lit la veille. Pour cause. Il voulait évoluer à son gré dans la pièce, les regarder se mordiller du sein ou de l'entrecuisse jusqu'aux larmes. Pour les empêcher d'en jouir, il cinglait par instants leurs fesses et leur buste de coups de fouet, grillait quelques braises ardentes sur leurs chairs avant de s'approprier bouches et culs à tour de rôle, par-devant ou par-derrière, promettant de couvrir d'or celle qui, en dernier lieu, emporterait sa semence. Du coup, ces chiennes avaient tout accepté, hurlant de douleur, étouffant, toussant, crachant parfois, mais, sitôt leur souffle retrouvé, s'étaient trouvées promptes à recommencer. Au final, elles n'avaient rien gagné. S'excitant de la venue d'un tout jeune échanson, il en avait fait son prisonnier, l'avait déculotté et sodomisé jusqu'à la garde, s'excitant de ses suppliques et de sa douleur autant que des langues des filles sur ses génitoires. Il soupira d'aise. Une bien bonne nuitée en vérité, que son père aurait largement approuvée. Dans les dernières années de sa vie, ce dernier n'avait pas mieux régalé sa pine. De manière plus conventionnelle, soit, mais à chacun ses goûts, et ceux de Jean ne pouvaient se satisfaire autrement que par des fers et des coups. Voilà pourquoi il s'escrimait si mollement entre les cuisses de son épouse. Elle n'était pas vilaine, mais il ne pouvait la molester ou l'abîmer à son aise. Il accomplissait son devoir d'époux, attentif à générer descendance, les yeux fermés, au-dessus d'elle qui restait immobile. Il lui fallait imaginer mille sentences perverses pour se délivrer en elle et, lorsque cela ne venait, invoquer les suites de sa maladie pour, ensuite, souffrir l'ardeur de sa tendre compréhension. Il en vomissait presque !

Décidé à en chasser l'image, il porta la main à son bas-ventre, chiffonna entre ses doigts, puants de semence, ce vit pendouillard qui ne l'était pas moins. Il s'escrima quelques secondes à le branler avant de renoncer. Tout ce qu'il obtenait, c'était d'exacerber son envie d'uriner. Il avait trop usé de vin. Tant pis. Il s'attarda quelques secondes encore, espérant se rendormir, mais il n'y parvint pas. Quelque chose le gênait. Une odeur. Non. Un parfum. Un parfum inapproprié à cette luxure. À cet endroit. Il passa sa langue chargée sur ses dents sales. Soupira d'agacement. Non, décidément, il ne parviendrait à rien ce matin. Autant se lever. Il ouvrit lentement les yeux pour se réapproprier la lumière. Puis, un bâillement en bouche, il s'assit sur son lit dans l'espoir d'au moins jouir du spectacle des cinq femmes qui y reposaient.

Il resta aussi gêné que stupide en découvrant qu'une sixième avait pris place dans un fauteuil, face à lui. Elle le salua d'un œil aussi glacial que le timbre de sa voix :

— Bien le bonjour, mon fils.

Pendant quelques secondes, il crut qu'un méchant rêve le retenait encore. Aliénor l'en détrompa en se dressant. Elle portait cotte de mailles et épée dans le prolongement du bras.

— Je vous attends en bas. Vous avez une heure pour vous rendre présentable et en tenue de combat. Une heure, pas davantage. Au-delà, c'est ici même que je vous livrerai bataille.

Il ne sut que dire. Elle tomba les yeux sur son corps nu.

— Et couvrez ce reptile misérable. Il ne vaut pas plus cher que votre âme. Autant dire rien.

Tandis qu'il arrachait une portion de drap de dessous une cuisse, elle quitta la pièce, aussi discrètement qu'elle s'y était invitée.

— Vous l'escorterez jusqu'à moi et veillerez à ce que les putains soient raccompagnées au village. Avant que le combat ne soit commencé, dit-elle aux gardes en faction devant sa porte.

Ensuite de quoi, elle annonça à l'écuyer de Jean, qui attendait avec deux valets de pied, que son maître était prêt à être habillé. De haubert et de heaume ainsi qu'elle en avait décidé.

Les voir paraître acheva de dégriser Jean. Il jaillit comme un diable de sa couche, écrasant les reins d'une putain qui s'éveilla en hurlant de douleur. Indifférent, il se précipita devant la fenêtre, força l'épaisseur des carreaux. Il ne rêvait pas. Non, pour sûr il ne rêvait pas. La cour du castel s'agitait de chevaliers, peu enclins à servir sa cause. Il porta machinalement un ongle crasseux à sa bouche, l'arracha, tendu.

— Voulez-vous que nous chassions les putains, sire ?

Il pivota vers son écuyer.

— Il s'agit bien des putains ! Comment ? Comment peuvent-ils être là ? Voilà ce que je demande !

Il le battit des deux mains, l'obligeant à reculer, à basculer sur les filles réveillées par la première, qui, aussitôt, à grands cris, le repoussèrent.

— Debout, debout, debout ! beugla le prince, debout sombre imbécile !

L'écuyer s'appuya sur un bout de sein, une hanche, mais obéit. Nu, le vit lui battant tristement le haut de la cuisse, Jean moulina des bras.

— N'y aura-t-il donc eu personne pour leur barrer ma porte ?

— Personne sire. Vous aviez fait distribuer du vin hier soir.

— Rhhhhaaahhhh ! beugla-t-il avant de se laisser choir dans le fauteuil abandonné par sa mère.

— Le temps s'écoule méchamment, sire, plaida encore l'écuyer qui se doutait de devoir faire les frais de celui perdu par son maître.

Jean tendit son pied. Avait-il le choix ?

— C'est bon. Habille-moi. Et chasse ces chiennes. Elles ne peuvent plus rien pour moi.

Les valets s'y empressèrent, ne leur laissant que le temps de rassembler leurs hardes. Seule l'une d'elles osa demander son dû. L'œil du prince fut si éloquent et si cruel qu'elle détourna le sien et passa la porte la première. La pièce se regagna de silence. Laissant officier ses serviteurs, Jean força son esprit à retrouver lucidité et courage. Il allait avoir besoin des deux. Mais plus encore. Car cette fois, il le sentait bien, sa mère ne se laisserait plus berner par quoi que ce soit.

Aliénor demeura sourde à la dernière tentative du baron Aimery d'Ulster pour lui faire entendre raison.

— Il est en pleine force de l'âge, Votre Majesté.

Elle le cueillit d'un sourire cynique.

— N'est-ce pas ce que vous disiez de moi hier ? Allons, rassurez-vous, baron, ce que j'ai perdu d'aisance sera compensé par les restes de sa beuverie. Je dois le combattre.

Il voulut ouvrir la bouche. Elle agita une main agacée devant son visage, blême.

— N'insistez pas. Et payez plutôt ces filles qui descendent comme si le diable lui-même était à leurs trousses. Elles ont grandement mérité leur écot si j'en juge par les souffrances du jeune échanson.

Il soupira, voulut allonger son pas pour s'accorder à ses ordres. Elle le retint par le bras.

— Comprenez-moi. Il est allé trop loin. Dans tous les domaines.

— Je comprends, Votre Majesté. Mais je n'approuve pas. Laissez-moi être votre bras.

— Ni vous ni un autre. C'est à moi de le châtier. À moi seule.

Il n'insista plus. Aliénor quitta la salle. Dehors le vent avait chassé la grisaille. Les mouettes se partageaient un ciel de traîne. L'air était vif, revigorant. Le soleil fit étinceler sa cotte de mailles. Elle changea de place pour n'être pas gênée par le reflet de celle de son fils. Un instant elle fut tentée de renoncer. Une lice. À merci, avait-elle décidé. Et s'il ne la demandait pas ? Si elle était obligée de tuer pour lui arracher la victoire ? Jean, elle le savait, était un piètre combattant. Aurait-elle le courage de le piquer au cœur ? Sa propre chair ? Elle cessa de se questionner. Il venait de paraître, le visage sombre, marqué.

On lui tendit son épée. Il la prit dans sa main gantée. Soupira.

— Êtes-vous certaine de vouloir cela, mère ?

Non, elle ne l'était pas. Pour toute réponse, elle arma son épée des deux mains et la leva.

Ils se jetèrent l'un sur l'autre en même temps. L'un trouvant là, finalement, exutoire à ses frustrations d'enfant, l'autre refusant de les entendre. Le choc des deux lames fut tel que les oiseaux de mer s'enfuirent, que les murs de Tintagel en retinrent l'écho. Pendant de longues minutes, ils se battirent, emportés d'une même rage. Et puis, alors que ni l'un ni l'autre ne faiblissait, Jean para en garde haute, chassant la lame d'Aliénor avec le quillon[1] de la sienne. Il enchaîna sur un quart de volte[2] à gauche, abaissant son coup vers les poignées d'Aliénor qui, aussitôt, s'en protégea par une quinte inversée en mettant genou à terre. Elle riposta par un couronné[3] pour mieux lui atteindre le flanc. Bien que piètre bretteur, Jean avait prévu l'esquive. Il bondit en arrière, frappa d'un coup sec l'épée adverse. Relevée d'un élan vengeur, Aliénor avança, crâne, taillant puis tranchant, forçant son fils à rompre chacun de ses

1. Chacune des deux branches de la croix dans la garde d'une épée.

2. Écart extérieur du pied arrière qui permet d'éviter le coup adverse.

3. Mouvement circulaire horizontal d'avers ou de revers au-dessus de la tête.

engagements. Il finit par lui porter un coup d'estoc en cavant[1]. Elle ne s'en laissa pas surprendre. Repoussant le fer par la gauche, elle enroula son bras gauche autour de la lame dans l'espoir de le désarmer par une prise du quillon. Il réagit en fondant sur la droite, pour casser la distance qui les séparait. Il abaissa sa poignée, tenta une clef de bras. Elle s'en désengagea en lâchant toute prise. La rage lui monta au front. Visiblement, son fils était décidé à en terminer avec elle comme elle le voulait avec lui. Nul ne bougeait dans la cour intérieure du castel, retenant son souffle, tuant le vol des oiseaux de mer. Sans prendre le temps de souffler, elle revint immédiatement à la charge, enchaînant moult moulinets puis lui portant un coup à la jambe. De nouveau, malgré ses frasques de la nuit, Jean riposta. Il prit le faible de sa lame à pleine main tout en plaçant en tierce basse le pommeau presque à terre. C'est alors qu'Aliénor buta contre un fer aux trois quarts enterré. Elle bascula de l'avant. Si Jean n'avait pas écarté la pointe au dernier instant, elle se serait empalée dessus. Elle tomba à quatre pattes derrière lui. Autour d'eux, les chevaliers dégainèrent. Jean les toisa de son mépris. Aliénor s'assit dans la poussière, y abandonnant son épée. Jean laissa tomber la sienne. Puis ses genoux.

Des larmes roulèrent sur ses joues. Il avait eu sa chance. Il ne l'avait pas saisie. Pourquoi ne l'avait-il pas saisie ? se demandait-il. La vérité tenait tout entière dans l'incompréhension de ce regard face à lui. Il en fut submergé. Soulevé de sanglots, il plongea tête première dans le jupon de sa mère.

— Je vous aime. Je vous aime, mère. Ne l'accepterez-vous donc pas ?

Dans le silence de cette place, elle posa sa paume râpée par les cailloux sur la tête de son fils.

— Si, mon fils. Si. Car je sais désormais ce que je vous dois.

1. Cassure du poignet pour mieux toucher de la pointe.

Le soir même, Jean faisait pénitence et, dans la chapelle du castel, jurait sur la Bible reconnaître souveraineté à sa mère et allégeance à son frère. Aucun n'y crut, sinon la reine. Pour les mêmes raisons que Jean fut sincère à cet instant-là. Ils étaient l'un à l'autre nécessaires. Sans qu'ils puissent s'expliquer pourquoi.

58.

En cette matinée du 24 juin, j'étais épuisée. Épuisée de courir d'une tente à l'autre, épuisée de comprendre que mes médications ne seraient pas en quantité suffisante pour apaiser l'ensemble des chevaliers touchés par l'épidémie brutale qui nous avait frappés. Eloïn, à mes côtés, agissait autant qu'elle le pouvait. Mais depuis maintenant quinze jours que les premières fièvres s'étaient déclarées, nous mobilisant toutes deux aux côtés des frères Hospitaliers Teutoniques de Notre-Dame de Sion, nous n'avions réussi qu'à soulager les deux rois, Richard et Philippe Auguste, méchamment atteints. Nous ne pouvions toujours pas affirmer qu'ils s'en sauveraient. Même Saladin avait fait porter billet, se déclarant inquiet pour les deux monarques contre lesquels il espérait victoire d'armes et non de fatalité. Pour les aider à se remettre, l'émissaire du sultan avait apporté avec lui une dizaine de gras poulets et des rafraîchissements, prenant soin d'y goûter devant nous pour nous assurer qu'ils n'étaient pas empoisonnés.

Avec Eloïn nous ne savions que penser de cette maladie. Les croisés la surnommaient « léonardie », sans que je sois parvenue à savoir pourquoi. Il en résultait des poussées ardentes, des maux de ventre insupportables, parfois les cheveux tombaient en quelques heures, quand ce n'étaient les poils ou même les ongles. Certains attribuaient cette affection aux mouches, de nouveau innombrables au-dessus du camp, d'autres aux moustiques. Mais chacun, en vérité, y allait de son explication, osant même affirmer que Saladin faisait uriner et déféquer ses milliers d'hommes en amont, dans le fleuve, pour le vicier. Du coup, ils cessaient de se laver et buvaient plus de vin que d'eau. Atteints de dénutrition à force de ne manger que des racines séchées et des chardons, ils s'affaiblissaient et sombraient encore plus vite. Des dizaines de morts se comptaient déjà dans nos rangs, qu'il avait fallu porter sur des charrois en lisière des montagnes, déposer dans des tranchées profondes avant d'y jeter du feu grégeois. Lorsque le vent tournait, la puanteur des bûchers nous prenait à la gorge.

Pour autant, malgré leur état, les deux rois ne renonçaient à leur querelle. Elle avait éclaté deux jours seulement après notre arrivée. Philippe Auguste s'était invité au matin sous la tente de Richard, s'indignant d'apprendre que ce dernier offrait quatre besants d'or au lieu des trois qu'il proposait pour ses sergents, lesquels désertaient du coup ses rangs. Richard s'était contenté de hausser les épaules et de prétendre qu'à son sens la bravoure de ces hommes ne valait pas moins. Cela avait suffi pour embraser l'orgueil du roi de France. Aussitôt il avait exigé qu'on lui remette la moitié de Chypre.

— Et de quel droit ?

— Comme Messine. Du droit de nos conquêtes. Vous l'avez prise. De par nos accords, il m'en revient une partie.

— En ce cas, comme Messine, elle sera confiée aux Templiers.

Philippe Auguste avait clappé de la bouche tel un poisson sorti de l'eau.

— Vous la vendriez pour que je ne l'aie pas ? avait-il fini par s'époumoner.

Richard avait croisé les bras sur son surcot de lin.

— Vous avez bien vendu l'Angleterre, qui ne vous appartient pas, à mon frère Jean.

Philippe Auguste s'était de nouveau étranglé.

— Comment osez-vous ?

— Allons, faudra-t-il que je vous mette de nouveau sous le nez la missive que me remit Tancrède de Lecce ?

— N'auriez-vous accepté de croire à mon innocence que pour vous défaire de votre engagement d'épousailles vis-à-vis de ma sœur ?

Le ton montant d'un cran, Richard avait roulé des yeux terribles.

— J'ai cessé de croire à votre innocence en apprenant que Caliburnus, l'épée légendaire d'Arthur de Bretagne, avait été dérobée par votre cher ami, Guillaume des Barres. Sur les conseils que dans cette missive et pour plaire à mon frère vous lui donnâtes.

Philippe Auguste avait reculé d'un pas, comme frappé en pleine poitrine.

— Vous mentez.

Richard s'était dirigé d'un pas vif vers une malle, y avait récupéré un coffret, l'avait ouvert devant le roi de France et en avait extirpé la boucle d'épaule aux armes de son vassal.

— Retrouvée à terre, devant la porte du trésor de Tancrède que ce chacal força. Et vous venez, ici, pleurer parce que j'offre un besant supplémentaire à la solde de vos soldats ? Rendez-moi ce qui m'appartient, lors nous pourrons retrouver le sens de nos engagements. Jusque-là, nous sommes compagnons d'infortune, rompus aux mêmes objectifs, soit, mais cela s'arrête là !

Philippe Auguste était devenu blême. Privé d'entendement, sa colère soufflée par celle de son rival, il avait écarté les bras en un geste d'impuissance et d'incompréhension.

— Mais je n'ai rien à vous rendre, ni à vous ni à Tancrède ! Guillaume des Barres n'est même pas là ! Comment saurais-je ce qu'il fit de l'épée ou du trésor ? Et qui me prouve que vous ne l'avez occis vous-même pour jouir de cette manne et mieux m'accuser ensuite ?

Philippe Auguste avait vu les narines de Richard frémir, son pas s'allonger vers lui, ses poings se resserrer. Il avait résisté à l'envie de reculer davantage ; au contraire, jouant de bravoure, il avait bombé le torse.

— Reconnaissez-le enfin ! Qui de nous deux possède assez de fortune pour offrir table aussi somptueuse, largesses aussi grandes ?

Richard s'était immobilisé, frappé par l'évidence que la rumeur n'abonderait pas dans son sens s'il accusait publiquement son rival. Ce dernier avait battu l'air de son index.

— Ah !... Ah !... Vous voyez !... Vous voyez !

Richard l'avait toisé de sa morgue.

— Je vois, Philippe Auguste, ce qu'en réalité vous êtes. Un illustre renard. Prêt à reconnaître mon triomphe pour profiter de ses bénéfices, et tout aussitôt à le réduire pour mieux m'accuser de vos propres crimes. Restons-en là. Je retrouverai Caliburnus, ici ou ailleurs, vous pouvez en être persuadé, lors, la vérité éclatera. Mais vous n'aurez pas Chypre. Pour cette seule et unique raison : vous ne la méritez pas !

Philippe Auguste avait tourné les talons, vexé. Le soir-même, dans son fortin, Richard pliait sous les fièvres. À trois quarts de lieue de lui, sous sa tente, Philippe Auguste aussi.

Je reposai l'aiguière de cristal sur une table basse. Alors que je croyais avoir réussi à tuer sa fébrilité, une nouvelle poussée venait d'épuiser Richard. Il était en nage, les tempes plombées de migraine que le bruit du siège, à l'extérieur, ne faisait qu'aggraver. Eloïn ne quittait son chevet que pour se rendre, avec moi, auprès du roi de France. Nous avions laissé la petite Anne en compagnie de Bérangère et d'Irène sur le navire. Afin d'éviter de les contaminer, nul n'avait plus le droit de se rendre à bord. Fort heureusement, nourriture et eau potable étaient en quantité suffisante pour permettre à nos proches ainsi qu'à l'équipage de tenir plusieurs semaines. Richard avait demandé à Camville de retourner à Chypre avec cinq galiots pour se réapprovisionner. Ainsi, matelots et soldats commis à la surveillance de la flotte pourraient garder leur indépendance nourricière. Tout était au mieux malgré l'adversité, sinon qu'Anne manquait cruellement à sa mère, déjà rongée au sang par la souffrance de Richard quand, de mon côté, je m'inquiétais pour elle, pour son frère et pour Jaufré qui menaient tous deux l'offensive des remparts, ordonnée par le roi dans un éclair de lucidité.

Richard repoussa d'une main molle le hanap que je lui tendais.

— Du vin. Je veux du vin de cannelle, grommela-t-il en détournant la tête, serrant plus fort dans la sienne la main d'Eloïn.

De l'autre, ma fille repoussa une mèche, humide de sueur, qui venait lui agacer régulièrement l'œil. Indifférente au risque qu'elle encourait, elle lui bisa le front avant de chuchoter :

— Après, mon amour. Par ces chaleurs il vous faut boire. Beaucoup.

Il soupira. Habituée au rituel, je n'avais pas bougé. Dans l'attente qu'il cède à son aimée. Je pouvais sans peine comprendre son dégoût. Je l'éprouvais de même. Bien qu'entreposée à l'ombre, dans de solides fûts, l'eau était tiède, sans saveur et passait difficilement le gosier de Richard, irrité par la maladie. J'y faisais bouillir des simples. Il tordait davantage le nez. Rien ne semblait trouver son content sinon l'hypocras, mais nos réserves s'épuisaient. Il rechigna quelques secondes encore puis accepta d'avaler deux ou trois gorgées. Sitôt qu'il m'eut rendu le récipient, me laissant le reposer, il prit appui sur ses paumes pour se rehausser contre les oreillers. Ses yeux brûlants étaient profondément enfoncés dans leurs orbites creuses. Malgré le soleil qui avait doré ses traits et incendié sa chevelure, je le trouvais blafard. Il affichait la mine la plus détestable qui soit.

— Est-ce vrai qu'il a décidé de se rendre sur place pour jauger les dégâts commis par les sapeurs ?

« Il », c'était Philippe Auguste, évidemment. Ces deux-là se menaient une guerre sournoise. À croire qu'il leur importait peu de passer pourvu que l'un surclasse l'autre.

Je commençais à en être sérieusement agacée, même si je comprenais les raisons qui poussaient Richard à préserver son orgueil. Outre celles que leur querelle avait évoquées, Philippe Auguste avait annoncé la veille qu'il renouvelait son soutien à Conrad de Montferrat contre Guy de Lusignan. Totalement insensible au malheur d'Onfroy de Toron. L'affaire avait dégénéré au point que Guy de Lusignan avait accusé publiquement Montferrat de trahison et de parjure. Refusant de se battre en duel ainsi que l'exigeait le roi déchu de Jérusalem, au motif qu'il était dans son bon droit et n'avait rien à défendre, Montferrat avait tourné les talons. Dans les heures qui avaient suivi, il quittait le siège de la ville avec ses hommes. Proclamé nouveau grand maître de l'ordre du Temple, Robert de Sablé s'était empressé de proposer son arbitrage. Nous le savions tous, et Lusignan plus que les autres qui s'enferrait sous ces murailles depuis trois années déjà : avec cette nouvelle épidémie qui fauchait à tour de bras, nous ne pouvions nous passer de soldats, fussent-ils ceux de Montferrat. Restait à trouver une solution qui satisfît l'orgueil de chacun. Pour l'heure, elle ne venait pas.

Eloïn s'embarrassa devant l'insistance de son amant. Comme moi, elle savait que lui mentir serait sans effet. Comme moi, elle aurait préféré lui voir garder la couche. Comme moi, elle savait qu'il la quitterait. Richard se renfrogna. Pour vaincre la fébricule qui le faisait trembler, il croisa ses bras sur sa poitrine.

— Silence vaut approbation. Donc, j'irai. S'il peut se déplacer en litière jusque sous les remparts, je le peux aussi.

— S'il peut être aussi borné qu'un mulet, vous l'êtes, vous, autant que cette enceinte ! lui rétorqua Eloïn en lui battant index sous le nez.

Il ne cilla pas. Prit davantage un air buté.

— C'est au roi d'Angleterre que vous parlez, Eloïn Rudel. Je vous prierais de ne point l'oublier.

Elle bondit de son siège.

— Eh bien, que le roi se débrouille. Je m'en retourne bercer l'enfant qu'il m'a faite. Elle, au moins, sourit quand je viens la border.

Elle fit mine de sortir de la pièce. Il la rattrapa avant qu'elle n'en ait atteint le seuil.

— Non ma mie, non ! ne partez pas. Ne partez pas ou j'en mourrai.

Elle pivota sur ses heuses d'homme. Le toisa d'une moue coléreuse.

— Vous y arriveriez quand bien même je resterais.

Il se rendit.

— Soit. Demain. J'irai demain quand cette fièvre sera tombée.

Il m'adressa une œillade suppliante.

— De grâce, dame Loanna. Préparez-moi du vin de sauge et de cannelle. Rien ne me ragaillardit mieux.

Dans mon for intérieur, je riais. N'en laissant rien paraître, je m'inclinai devant lui.

— Je me rends sur l'instant dans nos réserves, Votre Majesté. Mais il faudra deux jours au moins avant que je puisse le décanter. Avant, il perdrait de ses effets.

Richard soupira de nouveau.

— Deux jours. Je m'en accommoderai. Si vous persuadez Philippe Auguste de ne point sortir avant de son côté.

— Dans la mesure où cela peut favoriser votre guérison, considérez que c'est déjà fait, lui promit Eloïn, son sourire retrouvé.

Nos quittâmes la pièce ensemble sitôt que le roi, épuisé par ce simple échange, se fut recouché.

Devant l'incurie de ses médecins, Philippe Auguste avait dû reconnaître que nos soins avaient rétabli plusieurs chevaliers anglais quand, dans son camp, on les enterrait. Sacrifiant sa détestation des sorcières, il avait accepté finalement nos médications, s'en trouvait mieux, ce qui, dans le contexte de son inimitié avec le roi d'Angleterre, le gonflait d'aise. Le temps qu'il nous prenait était un peu moins que son rival recevait. Nous avions refusé, ma fille et moi, de devenir leurs otages. Notre priorité était ailleurs. Tenter de découvrir l'origine de cette épidémie. Car l'une comme l'autre nous éprouvions la même intuition. Pour s'être déclarée si soudainement et sitôt notre arrivée, en une saison où d'ordinaire les maux s'apaisaient, il fallait que quelqu'un ou quelque chose l'ait provoquée. Tant que la vérité ne serait pas établie, nous ne pouvions être assurées de guérir ceux qu'elle persécutait.

59.

Menée par un cocher bourru, soutenue à l'avant comme à l'arrière par deux percherons, la litière qui transportait Aliénor et le baron Aimery d'Ulster allait au pas. Même s'il avait cessé de pleuvoir des cordes, la route était creusée de profondes ornières qui auraient rendu le voyage inconfortable à plus grande vitesse.

Décidément, songeait Aliénor, elle ne se ferait jamais au climat détestable de cette île. L'été ne parvenait que trop peu de temps à s'y installer. Elle n'avait qu'une envie, regagner au plus tôt l'Aquitaine ! Si cette tempête n'avait tant ravagé les chemins, elle aurait enfourché destrier sitôt quitté Tintagel. À cette heure, sa promesse acquittée, elle serait déjà à Londres, donnant ses ordres pour que ses malles soient préparées.

Allons, se convainquit-elle, patience, ce ne sera plus très long. Quelques jours à peine.

Soupirant intérieurement, elle se renfonça contre le cuir du dossier de la banquette. Au moins pouvait-elle jouir de l'agréable compagnie de son nouvel ami. S'il savait se montrer discret et courtois, voire flatteur en certaines circonstances, le baron était surtout capable d'une franchise sans détours. Un trait de courage et de caractère qu'elle avait toujours apprécié. Depuis qu'ils avaient quitté les Cornouailles, il s'était abstenu de commentaires. Mais elle savait qu'il n'en pensait pas moins, espérant sans doute qu'elle aborderait le sujet. Outre que toute discussion aurait été impossible compte tenu du fracas causé par la pluie sur la toiture de bois du véhicule, elle n'était pas certaine d'en avoir envie. Qu'aurait-il pu lui apprendre qu'elle ne savait déjà ? Elle avait pardonné trop vite. Soit. Quoi qu'elle fasse, elle ne pouvait s'empêcher de revivre cette scène, de voir Jean écarter son épée à la dernière fraction de seconde. Il avait agi par réflexe, non par calcul. Et c'était ce détail qui faisait toute la différence. Quoi qu'il ait pu manigancer, il ne voulait pas la mort de sa mère. Lors, comment supposer qu'il l'ait commanditée ? Elle revoyait Caliburnus au flanc de l'homme qui avait tenté de l'assassiner à Rome. Elle revoyait la lettre tendue par Richard dans laquelle Philippe Auguste ordonnait à Guillaume des Barres de se saisir de l'épée. Autant elle avait pu apprécier autrefois les qualités de Louis de France, autant elle était capable de jauger détestable son fils. Il ne possédait pas la trempe de son père. Elle le sentait sournois, cupide. Défauts que partageait Jean, certes, mais c'était insuffisant pour affirmer que les deux hommes étaient liés. Gontran de Hautefort était présent lors du récit de Loanna concernant Saladin. C'était lui qui s'était inquiété de savoir si la réunion des trois lames donnerait l'avantage aux croisés. Il en avait forcément référé à son roi. Lequel, jaloux de cet avantage accordé à Richard et confiant en la protection de leur imposante armée de coalition, avait simplement décidé de la subtiliser. Restait à expliquer pourquoi Guillaume des Barres avait confié Caliburnus à cet inconnu. Et quel intérêt ce dernier aurait eu à sa perte. Se trouvait-il à Rome lorsqu'elle y était arrivée ? En ce cas, qu'était-il venu faire là-bas ? Remettre Caliburnus, haut symbole du paganisme, au pape ? Il était évident qu'en la détenant c'était l'âme de l'Angleterre que le Vatican enlevait, et avec elle cette rébellion farouche aux codes de l'Église dont s'étaient toujours enorgueillis les Plantagenêts. L'homme s'était-il cru suivi, avait-il agi pour le compte de Célestin III dont elle avait pu mesurer l'intransigeance ? Peu importait. Dans les deux cas, elle était devenue gênante et la tentative de son assassinat s'expliquait. Parvenue à ce constat, Aliénor s'apaisa. Jean n'avait pas assez d'envergure pour fomenter semblable complot. Il s'était contenté de répandre la rumeur de sa mort et de celle de Richard pour tenter d'enlever le trône. Aliénor avait cessé de croire qu'il était seulement capable d'y arriver. Après l'avoir aidée à se relever, dans cette cour de Tintagel, encerclé par ses détracteurs, il avait demandé à être fouetté au sang pour les actes ignominieux qu'il avait commis. Aimery d'Ulster était, sur-le-champ, allé quérir un fouet aux écuries. Aliénor avait soutenu son regard de défi lorsqu'il le lui avait tendu. Forte de cette évidence. Jean devait être corrigé. Pour sa trahison autant que pour le viol de l'échanson. Aidé par son écuyer, son fils s'était dénudé puis s'était agenouillé pour lui offrir son dos. Elle avait frappé jusqu'à ce qu'il s'écroule. La reine n'avait pas cillé. La mère en avait eu le cœur brisé. Le lendemain, debout et digne, il avait renouvelé son serment de fidélité. Elle était repartie sur la certitude que, pendant quelque temps du moins, il s'y tiendrait.

Se laissant bercer par le tangage de la voiture, comme elle avait su jouir de celui des flots tranquilles au retour de Rome, elle s'assoupit pour ne s'éveiller qu'au contact délicat d'une main sur son poignet.

— Nous sommes arrivés, Votre Majesté, lui annonça tranquillement Aimery d'Ulster.

Elle le remercia d'un sourire, lissa les pans de son bliaud de lin festonné, du temps qu'il s'extirpait de l'habitacle, puis accepta sa main pour descendre en toute sécurité les marches mouillées qu'un valet avait déroulées.

Devant elle, froide et altière, la cathédrale d'York dardait ses tours crénelées vers un ciel plombé.

Geoffrey Plantagenêt se contenta d'un hochement de tête pour la saluer. Depuis qu'il avait été nommé archevêque, il pouvait se passer des révérences outrancières. Même si c'était un piètre avantage au regard d'autres qu'il avait dû abandonner pour satisfaire à sa charge, ce jourd'hui qu'il savait par Jean les manigances de cette femme contre son père, il ne put s'empêcher de le savourer.

D'autant mieux que son demi-frère lui avait aussi appris comment en jouer.

— C'est un bien grand honneur pour mon église que de vous y recevoir, Votre Majesté. Avez-vous fait bon voyage ? lui servit-il avec une déférence qu'il était désormais loin d'éprouver.

Aliénor réfléchit quelques secondes.

— « Bon » n'est pas le terme que j'emploierais. « Mauvais » non plus. Disons... émaillé de surprises.

Il écarta ses paumes, les yeux tournés vers la croix qui ornait l'absidiole close dans laquelle, sitôt averti de sa visite, il l'avait fait conduire.

— Les voies du Seigneur...

Elle balaya l'air de sa main piquée de taches de vieillesse.

— ... sont impénétrables. Oui, je sais. Je suis venue vous apprendre que le pape a légitimé votre nomination.

Un sourire éclaira le visage de Geoffrey, y révélant sa ressemblance avec Loanna. Aliénor en fut suffisamment troublée pour détourner le regard. Au plus tôt elle s'acquitterait de sa tâche, au plus tôt elle repartirait. Malgré l'habit qu'il portait, ce jouvenceau éveillait en elle des sentiments contradictoires. Autant elle l'avait trouvé enjoué et chaleureux à Tintagel deux ans plus tôt, autant il lui apparut austère et froid. Elle frissonna de ce constat. Pour peu que la foi surpassât l'appétit de vie, comment ne pas s'étioler entre ces murs épais, les genoux constamment rivés aux carreaux du sol, les mains jointes, le nez ruiné par l'encens ? Elle éprouva de la pitié pour lui. Elle se souvint combien il lui avait raconté son plaisir de chevaucher avec Henri, d'armer l'arc à son bras ou de tendre un poing vers le ciel pour qu'un faucon vienne s'y poser. Toutes choses dont elle même avait souffert d'être privée durant sa captivité. Peut-être Richard avait-il eu tort d'emprisonner son demi-frère sous cette robe, au lieu de le laisser jouir de pleine liberté. Il avait réussi à éteindre en lui cette flamme que sa mère lui avait léguée. Elle chassa ce triste constat. Beaucoup avaient brigué cette position, on ne peut plus enviable, au sein du clergé. Son prédécesseur lui-même, un solide jouisseur, avait affiché sa vie durant table somptueuse et plaisirs voluptueux. Rien n'empêchait qu'il en fît autant. Elle n'avait pas à juger. Elle toussota derrière son poing fermé. Elle devait trouver mieux à lui dire que des banalités. Rester au moins quelques minutes en sa compagnie si elle ne voulait le froisser. Le chancelier du royaume. Voilà un bon sujet.

— J'imagine que vous êtes au fait de l'exil de l'évêque d'Ely.

— En effet. Je le déplore. Il fut de grand secours pour les Juifs en ce royaume, même s'il ne parvint pas à sauver ceux d'ici d'une fin terrible.

— J'ai eu vent de cette triste histoire. Ainsi que du vol dont la cathédrale a fait l'objet.

Geoffrey hocha la tête. Cette histoire était enterrée depuis long. La reine aurait-elle des soupçons à son sujet ? Il attendit qu'elle les exprime. Rien ne vint. Au contraire, elle semblait perdue dans ses pensées. Enfin elle s'en arracha.

— Je vous sais très proche de Jean.

Il tiqua.

— Par la volonté de notre père. Quel rapport avec la fuite de Guillaume Longchamp ?

— Aucun. Sinon que mon fils aurait pu vous confier ses griefs contre lui. Il prétend n'en avoir aucun, me laissant dans l'incapacité de ramener en Angleterre un de ses brillants sujets.

— Je n'ai pas, à ce point, les faveurs du prince, Votre Majesté.

— Vous auriez pu le confesser.

— En ce cas, j'aurais, moins encore, pu satisfaire votre curiosité.

— C'est vrai. Pardonnez-moi. À la vérité, je cherche prétexte à m'acquitter d'une tâche difficile vous concernant.

Il fronça les sourcils.

— Vous êtes dans la maison de Dieu. Que craignez-vous donc ?

— De gâter votre quiétude, Geoffrey.

Il sentit un frisson lui balayer l'échine. La voix cependant n'était pas hostile, l'œil non plus.

Elle glissa sa main dans l'échancrure d'une poche, en ramena un pli qu'elle lui tendit.

— Je sais que votre père vous présenta votre mère comme une de ses servantes. Il vous a menti. Il ne m'appartient pas de vous révéler la vérité. Cette lettre la contient. On m'a chargée de vous la remettre.

Il se troubla. La glissa dans la manche de sa chlamyde. Durant quelques secondes, le silence s'éternisa entre eux. Ils ne trouvèrent rien de plus à se dire. Lui pressé de décacheter ce pli. Elle d'être loin lorsqu'il le lirait. Prétextant d'importantes affaires à régler, elle prit congé. Il la raccompagna jusqu'à la porte.

Il ne pleuvait plus au sortir de la cathédrale. Aliénor refusa l'abri de la litière. Elle avait besoin d'air. Invitant le baron d'Ulster à chevaucher à ses côtés, elle se mit en selle au milieu de leur escorte. À l'instant où, assis sur l'un des bancs de la chapelle, Geoffrey brisait le cachet de cire, elle piquait du galop vers les portes de la ville. Sans le moindre regret.

60.

Bien que toujours fébrile, Richard était content. Mené par le grand maître du Temple, le cercle des évêques présents était parvenu à réconcilier Guy de Lusignan et Conrad de Montferrat. Le premier gardait son titre. Toutefois, comme il avait été privé de descendance par le décès de ses deux filles, c'était au second qu'après sa mort reviendrait le royaume de Jérusalem. Le seul perdant de cet accord demeurait Onfroy de Toron dont le mariage restait caduc par la volonté papale afin que Montferrat puisse valider le sien. S'il en conservait amertume et désespoir, il s'était finalement accordé au bien commun. Ainsi que Richard le lui avait soufflé discrètement, en ces périodes troubles, les chausse-trappes ne manquaient point, lors, il serait toujours temps, une fois Acre reprise, de venger Isabelle, brisée de chagrin. Pour l'heure, averti de l'imminence de l'assaut, Montferrat était revenu de Tyr avec ses hommes. Richard avait pu juger la veille, auprès de Philippe Auguste lui aussi porté en litière, que le travail de sape avait été suffisant pour ouvrir une brèche à hauteur d'homme dans la muraille. De plus, pilonnée incessamment par la Maleveisine de Richard, un des murs de la tour Maudite menaçait de s'écrouler. Les défenseurs de la cité avaient beau tirer de l'arc ou de l'arbalète, ils ne pouvaient plus rien pour empêcher les assaillants de s'approcher au plus près des soubassements, d'y creuser des galeries étayées de bois puis de les enflammer à l'aide de feu grégeois pour effondrer l'ensemble. À deux ou trois reprises, les musulmans avaient réussi à rejoindre ces tunnels pour prendre les sapeurs à leur propre piège, mais cela avait été insuffisant pour enrayer leur action, la plupart du temps menée de nuit.

Ce 2 juillet, on s'apprêtait à l'assaut final. Trop faibles pour combattre à l'épée, les deux monarques s'étaient résolus à tirer à l'arbalète, l'un depuis une cercloie[1], l'autre depuis un chat[2], fabriqués tous deux par les maîtres d'artillerie de Philippe Auguste. J'avais, de mon côté, rejoint Jaufré et Geoffroy, parés à l'attaque sur leurs destriers. Comme l'ensemble des chevaliers de Richard, nous avions revêtu haubert à triples mailles sous le long surcot blanc cousu de croix rouge et brodé de lionceaux d'or, recouvert de plaques métalliques heuses et jambières de tissu, et cerclé nos têtes d'un casque avec nasal. Guy de Lusignan protégeait l'arrière du roi d'Angleterre, nous ses flancs. Épée au poing, bouclier rejetant lances et traits, nous gardions nos chevaux, cuirassés de métal, immobiles. Face à nous, les hauts murs est de la ville accusaient des brèches de plus en plus grandes au fur et à mesure que les pierrières les ébranlaient. Une fumée épaisse sortait des galeries enflammées sous la tour Maudite, piquant nez et yeux, attaquant autant les fondations que les gorges. Mon regard parcourait les coursives, cherchant parmi les musulmans l'homme de mes cauchemars, l'assassin potentiel de Richard. Mais dans cette cohue, ce fracas, cette poussière, il m'était difficile d'identifier autre chose que des formes gesticulantes, lançant du feu grégeois à la fronde, baissant ou bandant arcs et arbalètes, basculant d'un bord ou de l'autre dans le vide quand elles ne s'envolaient pas, fauchées par la trajectoire d'un galet. L'un d'eux, d'une taille volumineuse, frappa avec violence le centre de la tour. Le sol trembla au même instant. Nous

1. Tortue circulaire de métal qui servait à la protection d'un groupe d'individus durant les assauts.

2. Abri de bois roulant à la toiture enduite de cuir lessivé au vinaigre.

la vîmes vaciller sur ses bases. La seconde d'après, les joints des pierres cédaient, emportés par la brèche géante creusée dans les fondations. C'était le signal que nous attendions tous. D'un même élan, dépassés déjà par les fantassins, nous lançâmes nos chevaux de l'avant. Droit sur la Maudite au mur crevé.

J'allais m'y engouffrer derrière mon fils et mon époux, lorsque le toit du chat qui protégeait Richard plia sous un boulet lancé par la Malecosine des Sarrasins, écrasant ses occupants. Inquiète pour le roi, je retins instinctivement ma monture, me rapprochai de l'abri pour sauter à terre. La seconde suivante, j'étais à l'intérieur. Malgré son haubert, Richard avait eu l'épaule déchiquetée par un pilier de soutien qui avait volé en éclats. Elle pendait misérablement, brisée ou démise, j'étais incapable de juger sans lui ôter ses mailles. Quel que soit son mal, adjoint à la fièvre qui ne l'avait pas quitté, il n'était plus en état de combattre. D'autres avaient eu moins de chance que lui. Là où, écrasé par le lourd bloc de roche, le toit touchait terre, deux arbalétriers gisaient, le visage en sang. Le sifflement aigu des jets de pierres ne cessait pas. Alors que nos hommes se heurtaient au corps à corps contre les Sarrasins, ces derniers continuaient de pilonner nos défenses depuis la Malecosine.

— Il faut s'écarter de là, sire, exhortai-je Richard.

Il dégagea son pied pris sous l'arbalète qui avait chu au moment de l'impact. À peine fûmes-nous dehors que je vis fondre sur nous un nouveau boulet. Je n'eus que le temps de pousser Richard de côté. Une autre pierre acheva l'ouvrage dans un craquement sinistre, projetant éclats de bois, de cuir et de fer en de multiples endroits. L'un d'entre eux se ficha dans une des mailles de ma jambe droite. Sans la percer toutefois. Richard, lui, avait été déchiré à la joue par la projection d'une grosse écharde. Il pissait le sang du visage en plus de l'épaule.

Sur notre dextre, quelqu'un gueula :

— Feu nourri grégeois, feu nourri grégeois.

Jouant ses dernières armes, l'ennemi nous grêlait de fioles. Mon cheval avait disparu, affolé par la violence des impacts. Je fonçai vers un autre dont le cavalier venait de choir, fauché par un trait. Richard m'avait suivie. Il engagea son pied dans l'étrier, une fois en selle me tendit son bras valide. Je montai en croupe derrière lui. À une trentaine de pas de là, les restes du chat venaient de s'embraser. Dans un sursaut de lucidité, comprenant qu'il ne pourrait rien dans son état, il traversa nos lignes offensives pour rejoindre le fortin Mate-Griffons. Je savais à quoi il songeait. Revenir, sitôt sa blessure pansée, au cœur de la bataille, ne pas laisser Philippe Auguste jouir de la victoire, même si sous la pression des évêques ils avaient renouvelé leur serment de partage des conquêtes et d'entraide contre les musulmans. J'étais dans le même état d'esprit, inquiète autant de lui que de mon fils et de mon époux, alors que Marmiadoise battait inutilement mon flanc droit.

Et puis soudain nous les vîmes. Un millier de cavaliers dévalant les collines en hurlant. Saladin les menait au combat. Décidé à nous empêcher d'emporter la ville. Richard accéléra l'allure, épuisant notre monture du poids de nos armures. Il me déposa devant la tente des frères Hospitaliers Teutoniques de Notre-Dame de Sion, puis sauta à terre à son tour.

— Ramenez-moi Fauvel, dame Loanna. Et prenez celui qui vous conviendra.

Je hochai la tête. Consciente que tous mes arguments seraient perdus. Richard irait au-devant du sultan. Et je me devais à ses côtés. Je filai aussi vite que me le permirent mes jambières de métal. Richard avait été inspiré en s'arrêtant là. Les écuries étaient à deux pas.

— Du vin ! hurla-t-il en passant sous le rabat.

— Votre Majesté ! s'effraya un des Germains, devant son teint blême, ce sang qui ruisselait.

Richard le repoussa du plat de sa main valide.

— Du vin, j'ai dit !

— Mais... c'est un hôpital ici... Je n'en ai pas !

— Alors trouvez-en ! Et vite !

Tandis que le chevalier filait au pas de course, Richard s'approcha d'un des piliers de la tente, y enroula son coude puis, dans un craquement sec, se remit lui-même l'épaule déchiquetée en place, étouffant un hurlement dans un serrement de mâchoires. Autour de lui les paillasses étaient couvertes de blessés. Il en arrivait d'autres, traînés par leurs camarades. Brûlés, piqués, tranchés.

— Occupez-vous d'eux, moi, je n'ai pas le temps de quitter armure, ordonna-t-il en voyant s'approcher deux des frères.

— Vous n'y pensez pas, sire, la blessure est vilaine.

— Elle attendra. Avec ceci.

Dans un flacon à portée, il récupéra une poignée de fleurs de lys fermentées, les fourra profondément dans la plaie, au-dessous de l'accroc dans son haubert, puis y ajouta une compresse.

À l'instant où je pénétrai sous l'habitacle, sa joue lavée avait cessé de saigner et on lui enroulait une bande de toile autour de l'épaule. Richard m'accueillit d'un claquement de langue à son palais.

— Ces sots me laissent crever de soif, dame Loanna. Du vin palsembleu ! Trouvez-m'en puisque le frère Anselme n'y parvient pas !

Je ressortis aussitôt, laissant un des Hospitaliers plaider la défense de son frère, sans doute appelé à l'aide avant d'avoir pu servir le roi. La baraque à fûts était de l'autre côté de l'écurie mais à seulement vingt pas. À peine quelques minutes s'étaient écoulées depuis que nous avions mis pied à terre. Les palefreniers achevaient de caparaçonner pour Richard le prodigieux destrier enlevé à Comnène ainsi qu'un autre pour moi, d'une grande vaillance, même s'il ne l'égalait pas. J'avais le temps de remplir une gourde. Richard en aurait besoin s'il faiblissait au combat, ce qui, je m'en doutais, risquait d'arriver plus tôt qu'il ne se l'imaginait. Il avait perdu beaucoup de sang tantôt. Ajouté à cela qu'il gardait le lit depuis trois semaines...

Parvenue devant l'entrepôt, je m'étonnai qu'il ne fût pas gardé. Les ordres étaient pourtant stricts à ce sujet.

La sentinelle a dû profiter de l'assaut pour se régaler, pensai-je, contrariée.

Je poussai l'huis, butai contre un corps étendu derrière. J'enrageai. Ce scélérat s'était tant aviné qu'il avait roulé à terre. Le baraquement était tenu dans l'obscurité pour que les rayons du soleil ne le réchauffent pas. Une lumière brillait cependant dans le fond. De toute évidence, l'Hospitalier dépêché par Richard. Il avait dû s'inquiéter de ce soûlard, voilà qui expliquait son retard.

— Frère Anselme ? l'appelai-je.

L'obscurité retomba. Je tiquai. Quel besoin avait-il de moucher la lanterne ?

— Frère Anselme, est-ce vous ?

Pas de réponse. J'avançai, guidée par le jour qui encadrait le seuil de la porte laissée entrouverte. Mon pied rencontra nouvelle résistance. Je suivis de ma heuse les contours de la forme à terre. Un second corps. Ce ne pouvait plus être une coïncidence. J'arrachai Marmiadoise du fourreau. Perçus aussitôt en elle une puissance accrue. Comme lorsque Durandal ou Caliburnus l'approchaient. Or, ni l'une ni l'autre ne pouvait se trouver là.

— Qui que vous soyez, je vous conseille de vous rendre, ordonnai-je, espérant qu'une voix viendrait guider mes pas.

Quelques frôlements, de-ci, de-là. Rien qui me permette d'aller à sa rencontre. Ne me restait plus qu'à ressortir, à barrer la porte puis à ramener lanterne et soldats. Je reculai. À l'instant de rabattre le battant, un homme jaillit en pleine lumière. Ma surprise fut telle que je n'eus pas la présence d'esprit de me garder de sa course. Il me bouscula violemment, me faisant choir de cul à l'extérieur de la bâtisse, sur le sol terreux. Je le regardai louvoyer entre les tentes puis se perdre à ma vue, en direction de cette horde qui, déjà, croisait le fer contre les nôtres, à trois lieues de là.

Je les aurais reconnus entre mille, lui et ce fourreau à sa ceinture. À cette différence près, l'un ne devait pas être à l'autre.

— Alors, faudra-t-il que je me serve moi-même ?

Je détournai enfin les yeux de cette place grouillante de monde mais désertée de mon cauchemar. Richard me tendait sa main valide. Je la saisis, me relevai, profondément troublée.

— Qui était-ce ? me demanda le roi.

— Je l'ignore, Votre Majesté, mentis-je, mais il a assommé le frère Anselme et le garde de faction. Je les ai trouvés tous deux à terre.

— Voilà au moins qui explique pourquoi mon vin ne venait pas. Quant au reste, nous verrons plus tard. Si personne ne dirige la contre-attaque, Saladin l'écrasera.

Il pénétra dans l'entrepôt, enjamba les malheureux, ouvrit le robinet d'un des fûts, en emplit sa bouche puis sa gourde.

Rejointe par le palefrenier, mes ordres donnés pour qu'on s'occupe des agressés, j'étais en train de monter en selle lorsqu'il ressortit de la bâtisse, les joues regagnées de couleur. Aidé par un écuyer, il enfourcha son destrier, refusa le bouclier qu'on lui tendit sous le prétexte que son bras ne le soutiendrait pas, puis s'élança. Je piquai mon cheval des talons, consciente que s'il poussait galop je resterais loin derrière. Or, je ne le pouvais. L'assassin était en ces murs. Avec Caliburnus. Prêt à son crime. Si, comme je le soupçonnais désormais, il était aussi à l'origine de l'épidémie, cela me faisait trois raisons pour le retrouver. Sitôt que Saladin aurait été mis au pas.

À l'idée d'affronter de nouveau ce dernier, une sourde angoisse étreignit mes entrailles. La refusant énergiquement, je fonçai derrière Richard qui ralliait en beuglant les hommes, illustres ou non, au combat. Quoi qu'il advînt, je devais être son bras.

61.

De son côté, Saladin galopait de bataillon en bataillon, hurlant son soutien aux musulmans qui combattaient l'ennemi de leur foi. La veille il avait été rejoint par Mojâhed ed-Dîn Berenkash avec ses contingents mésopotamiens, A'iem ed-Dîn Korji Seîf ed-Dîn Soukor avec l'armée égyptienne ainsi que par de nombreux émirs du Haurâm et de Mossoul. Il pouvait désormais sans peine affronter les trois cent mille chrétiens dressés dans la plaine. D'autant que Pierre Basile avait habilement rempli son office. Tandis qu'au soir de l'arrivée de Richard des milliers de chandelles s'allumaient au campement des croisés en signe de bienvenue, le mercenaire forçait la baraque à vin sous le prétexte, comme d'autres et sur ordre royal, d'en faire distribuer à la piétaille, empoisonnant plusieurs fûts destinés aux camps français et anglais. Pas suffisamment pour emporter les chrétiens en masse, mais assez pour donner l'illusion d'une nouvelle épidémie. Il n'avait forcé la dose que dans les barriques destinées aux tables royales. Depuis, régulièrement, il entretenait le mal par des virées discrètes dans le bâtiment. Si de nombreux chevaliers francs avaient péri, tel le comte des Flandres la veille, Richard et Philippe Auguste résistaient au poison grâce aux bons soins de la guerrière à la lame qui chante et de sa fille, fort habile en médecine, disait-on. Qu'importait, s'il refusait de le montrer, Saladin éprouvait une confiance irraisonnée en cet Anglais. Il ne pouvait s'empêcher de le voir davantage comme un envoyé d'Allah que comme celui de ce prince Jean, frère du roi d'Angleterre, qui avait refusé de le combattre, jugeant, comme Baudouin le lépreux avant lui, que la paix était seule alliée des peuples. Or, Saladin n'aspirait qu'à cela. La paix. Dût-elle être arrachée, comme ce jourd'hui, sur un champ de bataille.

J'avais réussi à ne pas perdre le roi. Dans son sillage, protégeant de Marmiadoise son flanc touché, je galopais au rythme qu'il imposait à Fauvel, rabattant les chevaliers chrétiens à l'avant des bataillons désorganisés. Malgré cela, les musulmans gagnaient du terrain, impitoyables joueurs de cimeterre, face à la piétaille éprouvée. Au lieu d'en être abattu, Richard puisait dans ce constat une force inattendue qui le poussait de l'avant, le faisait pencher de côté pour estourbir un fantassin ou croiser le fer avec un cavalier. Il dégoulinait de sueur sous son heaume, le bras carminé par le sang qui débordait de nouveau les épaisseurs de son bandage. Parant les coups de lance ou d'estoc, je ferraillais de même, le chant de Marmiadoise dans l'oreille, ouvrant autour de Richard une voie qui nous rapprochait, je le sentais, du sultan.

Et puis soudain, je le vis, objet de mes cauchemars, de mes terreurs secrètes. Le visage mangé de barbe noire et de fines cicatrices, creusé par l'âge. Le regard impitoyable. La tête couverte par son casque au bout pointu. L'armure à lattes de métal enveloppant son torse musculeux. Il exhortait ses hommes à ne pas faiblir, battant qui le provoquait de son cimeterre autant que de son long poignard à lame ondulée. Richard dut l'apercevoir lui aussi, le reconnaître grâce aux portraits que je lui en avais établis, car il tourna bride dans sa direction, s'appliquant à écarter de son chemin qui s'y dressait. Je lui emboîtai le pas, le ventre de plus en plus noué, mais regagnée dans le bras par une magie puissante. De toute évidence, Caliburnus n'était pas loin. Le mercenaire percevait-il son influence ? Ou n'était-elle pour lui qu'une épée quelconque de laquelle il ne tirait rien ? Peu importait en vérité. Le sultan venait de tourner regard vers nous et d'accrocher le mien. J'y pus lire une satisfaction intense, celle qu'avait éprouvée Henri autrefois, lorsque au moment de notre guerre, j'avais dû me rendre. Pas cette fois, décidai-je. Non, pas cette fois. Je levai mon épée puis, devançant Richard, je fondis sur lui en hurlant.

Pendant quelques secondes, maîtrisant son cheval, Saladin ne bougea pas, un sourire provocateur à ses lèvres fines, puis une lueur d'effroi traversa son œil, gonflant mon cœur d'un retour de vaillance. Au bout de mon bras levé, Marmiadoise venait d'étinceler. Il ne me laissa pas le temps de jubiler. Trop soudainement pour ne pas me surprendre, il tourna bride et disparut derrière le bouclier de ses hommes. Si je n'avais, tout aussi brutalement, constaté que Richard n'était plus auprès de moi, je me serais élancée à sa poursuite. Au lieu de cela, tout en me débarrassant des mamelouks qui encerclaient ma monture, je cherchai mon roi d'un œil inquiet. Je le trouvai plus loin, en aval, occupé à croiser lame. Avec Caliburnus. Mon sang se glaça. Et si Saladin avait voulu me duper, m'entraîner loin de ces deux combattants ? Et si ce mercenaire n'était qu'un espion du sultan ? Richard était à bout de forces, je le devinai à son visage de nouveau mangé par la fièvre. Caliburnus devait capter la magie de ma lame, car chaque coup qu'elle portait voyait la parade du roi diminuer. Un seul moyen. Distraire l'assassin de son but. M'interposer. Tranchant à bout de bras qui me barrait le passage, je fonçai pour empêcher la prophétie de la petite Anne de s'accomplir.

— À moi, ires d'Avalon ! hurlai-je, parvenue à trois toises d'eux.

Avivée par la présence de sa jumelle, Marmiadoise flamboya, écartant de terreur les musulmans, baignant de piété les chrétiens. Son éclatante lueur attira le regard de l'inconnu. Un regard sans âme qui me rappela celui d'Anselme de Corcheville[1] autrefois. Richard, lui, sembla

1. Voir *Le Lit d'Aliénor*, XO Éditions, 2002.

se ragaillardir de ma présence. Je n'étais pas arrivée à sa hauteur qu'il portait estocade. Sans effet. Habilement manœuvrée par son détenteur, Caliburnus la rejeta. Richard n'aurait pas la force d'une autre contrée.

— Laissez-le-moi, Majesté, rameutez des renforts ! hurlai-je pour mieux être entendue dans le fracas de la bataille.

Sans lui donner le temps de discuter, je m'interposai entre lui et l'inconnu dont le sourire cynique venait de me défier.

Richard n'hésita que quelques fractions de seconde avant que son orgueil ne soit vaincu par l'évidence. Il n'était plus en état de combattre. Sa vue s'obscurcissait, son corps, épuisé par le vide de sang, semblait ne plus vouloir garder selle. S'acharner signerait sa perte et celle des chrétiens qui, malgré leur courage, s'effondraient sous les coups hargneux de l'adversaire exalté par Saladin. Mourir en brave ne servirait pas les croisés. Regrettant de n'avoir pu récupérer Caliburnus, mais conscient qu'un combat de titan se préparait, il avala une gorgée de vin, tourna bride, puis lança Fauvel au grand galop. Dût-il piétiner ses propres hommes, il ramènerait les chevaliers lancés à l'assaut de la ville. La reddition d'Acre n'était pas à un jour près.

Le premier contact de Marmiadoise avec Caliburnus fut d'une telle violence qu'autour de nous la place se vida sur plusieurs toises. Au-dessus de nos têtes, un cercle se forma dans l'azur, nuage menaçant qui nous plongea tous deux dans une obscurité surnaturelle. Forgées dans le même acier, les deux épées n'étaient pas destinées à s'affronter. De blanche, la magie qui émanait d'elles risquait de basculer dans la noirceur, entraînant un chaos tel que nul ne pourrait l'arrêter. Je n'avais pas le choix cependant. Pas encore. Il me fallait attendre que Richard soit hors de portée. Ensuite, oui, ensuite, coupant court à cet homme qui semblait protégé du chant, je pourrais tourner bride et le fuir avant que la malédiction ne soit déterrée.

De leur côté, au pied de la tour Maudite hardiment défendue, les chrétiens gagnaient du terrain. Débarrassé d'un des défenseurs d'Acre, Geoffroy pivota sur ses heuses pour prêter main-forte à son père, harcelé méchamment par deux autres. Si Jaufré maniait avec autant d'habileté la mandore que l'épée, il ne possédait plus autant de vigueur qu'autrefois et compensait par la ruse et l'habileté la force brute de ses adversaires. Père et fils se complétaient. Il ne leur fallut que quelques assauts pour saigner les Sarrasins à la jointure de leurs cottes. Malgré cela ils durent reculer. Une fiole de feu grégeois venait d'exploser devant eux, répandant son mélange enflammé sur deux de leurs compagnons d'armes. Réapprovisionnés, les frondeurs tiraient de nouveau depuis les murailles éventrées.

— Repli, gueula Geoffroy à son père devant leur horizon bouché de langues galopantes.

Ils reculèrent pour aussitôt plonger de côté dans une profonde tranchée. Une seconde bordée venait d'embraser une des pierrières franques qu'il leur fallait longer. Ils se tassèrent dans l'excavation jonchée de cadavres piqués de carreaux d'arbalète. Chrétiens et musulmans mêlés. Les flammes formaient désormais rempart autour et au-dessus d'eux, dégageant une chaleur telle qu'ils n'imaginèrent pas pouvoir en réchapper. Dans la fumée noire qui montait vers le ciel, Jaufré crut percevoir le chant de Marmiadoise. Ce chant dont, malgré ses efforts, il n'était parvenu à percer le secret. Il en conclut que là s'arrêterait son chemin. À l'instant où, dégoulinant à l'intérieur du fossé, le feu grégeois rongea leur espace vital, ses pensées furent pour sa femme. Et pour ce fils tant aimé que la camarde allait, comme lui, emporter. Lors, pour le sauver d'une souffrance inhumaine, il lui cogna violemment le front avec la garde de son épée, accepta une fraction de seconde son regard d'incompréhension, puis, tandis que son fils s'effondrait dans ses bras, se coucha sur lui au milieu des cadavres, en espérant que cela suffirait.

Au même instant, tout s'embrasa à l'intérieur de moi. Cet enfer traversa ma main gantée qui lourdement et avec ténacité ferraillait, pour rejoindre la pointe de ma lame. Avec une telle violence que les deux épées s'embrasèrent simultanément d'une aura d'encre. Zébrant l'air, un éclair sombre tomba entre nous, nous rejetant en arrière sur nos montures, cabrées d'un même élan. Déjà le sol se craquelait. Dans le regard de l'inconnu, une lueur d'effroi relaya la mienne. Maîtrisant son cheval qui reculait, il tourna bride et s'enfuit au grand galop en direction des collines, comme si le diable lui-même le poursuivait. Je pris alors conscience des fantassins, chrétiens ou musulmans, qui se tordaient autour de moi, dans un rayon de deux toises, atteints par les traits de foudre que le nuage s'était mis à cracher et qui traçaient au sol un cercle maléfique. Lors, refusant de m'y laisser engloutir, je remisai Marmiadoise, brûlante, au fourreau. Tout cessa, sauf mes larmes. Elles ruisselaient comme si seules elles pouvaient éteindre le feu du ciel, mais aussi celui qui embrasait mon âme. Je piquai du galop vers la ville, refusant l'image qui était venue me hanter. Celle des miens, père et fils, au milieu du brasier.

À l'heure où le silence s'étendit sur la plaine, Richard saluait le courage de Philippe Auguste et Philippe Auguste celui de Richard. Les deux hommes avaient galopé côte à côte, épuisant leurs dernières forces pour repousser Saladin dans ses collines. Ils ne se quittèrent que pour faire soigner leurs plaies.

La mienne et celle d'Eloïn demeuraient béantes. En cette nuit du 2 au 3 juillet 1191, lanternes à la main, gelées jusque dans le cœur malgré la couverture de nos mantes, nous cheminions lentement au milieu des cadavres, jusque sous le nez des guetteurs de la Maudite. Les flammes s'étaient éteintes, les tours d'assaut dardaient leurs ruines fumantes vers un ciel étoilé au pied de ce mur d'enceinte qui ne protégeait plus qu'un donjon au ventre creux. Tout n'était que désolation et ruine. Mais si nous étions là, toutes deux, c'était parce que, au fond de nous, une lueur d'espoir continuait de briller. Jaufré et Geoffroy n'étaient pas rentrés au campement, ils n'avaient pas non plus été ramenés à l'hospital. Ils étaient donc là, quelque part, au milieu de ce carnage. Et nous voulions croire, encore et malgré tout, que la magie d'Avalon les en avait sauvés.

62.

La nuit durant nous retournâmes des cadavres, rapprochant les blessés des Hospitaliers qui, comme nous, battaient les ruines. Depuis les remparts éventrés que la garnison musulmane de la ville s'obstinait à garder, on nous regardait aller et venir dans le charnier, sans broncher. Ainsi étaient les lendemains de bataille. Une trêve pour empêcher que les défunts ne pourrissent au soleil et ne répandent une malemort plus sournoise encore. Malgré l'épuisement qui nous abattait Eloïn et moi, le besoin de vérité nous chevillait les pieds au sol. Nous ressentions de la vie en nos aimés, une vie fragile, mais cela suffisait à nous porter de l'avant, à escalader les monticules de pierres, à fourrager sous les poutres, les planches à demi calcinées, les cuirs arrachés des tours mobiles. Tant et tant gisaient. Le matin nous cueillit que nous n'avions pas couvert la moitié de l'esplanade. Je venais de répondre au gémissement d'un soldat qui avait eu la joue droite arrachée par le passage d'un boulet, lorsque Onfroy de Toron me héla depuis son cheval.

— Pardon de vous interrompre, dame Loanna, mais le roi Richard désire vous entretenir de toute urgence.

L'envie me prit de les envoyer au diable, lui et le roi, mais Eloïn posa sa main gantée sur mon épaule, le sourire confiant, la voix posée.

— Allez-y mère. Je reste...

— Si tu les trouves...

— Vous serez prévenue aussitôt, je vous le promets.

Le soleil qui dardait ses rais à l'horizon m'obligea à cligner des paupières lorsque je relevai tête vers le cavalier.

— Je n'ai pas de monture...

Onfroy de Toron dégagea son pied de l'étrier puis étendit son avant-bras vers moi.

— Si vous le permettez...

Pour toute réponse, je m'élevai dans les airs pour retomber en croupe derrière lui. Il se dégagea d'Eloïn. Garda le pas. Les mains solidement accrochées de part et d'autre de la selle, je me penchai vers lui. La voix altérée.

— Mon époux et mon fils gisent quelque part dans ces tranchées, alors de grâce, chevalier, piquez ces flancs sinon c'est moi qui le ferai.

— Pardonnez-moi, dame Loanna. Je l'ignorais...

M'arrachant à cette place dans laquelle mon cœur, resté, se consumait, le cheval nous emporta au galop en direction du Mate-Griffons.

Je trouvai Richard exténué. Il n'avait réussi à quitter sa couche. La fièvre l'avait regagné et je craignis, à le voir, que sa plaie ne se soit infectée malgré les soins qu'Eloïn lui avait prodigués la veille, avant notre échappée macabre. Sa première inquiétude malgré tout, à peine eus-je franchi le seuil de la porte, fut de savoir si nous les avions retrouvés. Il s'abattit plus encore de ma réponse, s'excusa de m'avoir prise à cette priorité.

— ... Croyez bien que je ne m'y suis résolu que parce que la nécessité le voulait, dame Loanna. Vous savez à quel point tous deux me sont chers.

La gorge nouée, prise d'angoisse pour lui aussi, j'entrepris de dérouler le bandage à son épaule. Écartai la compresse puis les fleurs de lys fermentées. Je me détendis aussitôt.

— Les coutures sont saines, Votre Majesté. La plaie a suinté mais rien que de très normal.

Il me sourit, pâle, les cernes noircis.

— Ce n'est pas la camarde que je redoute pour moi, dame Loanna. Seulement d'ajouter au chagrin, déjà profond, d'Eloïn...

— Cessez donc de vous inquiéter d'elle et activez-vous à mes conseils si vous la voulez préserver. Plus de vin. Les fûts ont été empoisonnés.

Il tiqua.

— L'homme qui vous bouscula hier ?

— Le même qui détient Caliburnus.

— Bigre !

— Je n'ai pas d'explications, Majesté et n'en veux point chercher pour l'heure. Mais il s'est enfui au cul de Saladin.

Richard passa une main moite sur son front emperlé de sueur.

— Les chiens reviennent toujours auprès de leur maître... Il semble que je doive des excuses à Guillaume des Barres.

— S'il est encore en vie, peut-être, mais rien ne nous prouve qu'il n'ait pas dérobé Caliburnus avant de se la faire prendre. Gardons-nous de conclusions trop hâtives, ajoutai-je en quittant son chevet pour récupérer sur une table proche de quoi renouveler son pansement.

Il ferma les yeux quelques secondes. Les rouvrit au contact brûlant des lys. Il darda sur moi son regard enfiévré.

— Nous débattrons de cela plus tard. Finissez votre ouvrage, donnez-moi de cette décoction de saule qui réduit la fièvre puis sauvez-vous vite. J'ai besoin de savoir, moi aussi, pour regagner sérénité.

Je hochai la tête. Profondément troublée. Était-ce cette terreur de les avoir perdus ou la prescience d'un autre malheur ? Il me sembla soudain que cette journée n'était que le commencement d'un calvaire. Pour tous ceux que j'aimais.

Eloïn s'adossa quelques secondes aux restes calcinés d'une des pierrières de Philippe Auguste, celle-là même qu'avait commandée Gontran de Hautefort. Elle venait de le trouver à son pied, le front traversé d'un carreau d'arbalète. S'il n'y avait eu que lui ! Elle couvrit du regard cet entrelacs de roches, de cadavres, de débris au milieu duquel allaient et venaient les Hospitaliers, les buses et les mouches. Il faudrait plusieurs jours avant de tout explorer. Si seulement elle pouvait utiliser la magie ! Elle s'activait pourtant, par des potions, à ses relevailles. Rien n'y faisait. Elle s'était résolue à la patience. Mais en cette heure, c'était plus douloureux que jamais.

— Vous semblez bien abattue, damoiselle Eloïn.

Surprise, elle tourna les yeux vers l'homme qui, sans qu'elle l'entende, s'était approché d'elle. Elle ne se souvenait pas de l'avoir déjà vu, mais il portait le surcot des Francs sur sa cotte de mailles. À son bouclier un écu de chevalier. Elle lui accorda un sourire triste.

— Mon père et mon frère se trouvent quelque part sous ces décombres. Morts ou vifs, je ne sais en vérité.

— Je suis navré de l'apprendre. Ce serait une grande perte pour tous si la camarde les avait fauchés.

Elle reporta de nouveau son regard sur le charnier. Quelques secondes encore à regagner des forces, puis elle se remettrait à chercher.

— Pardonnez ma curiosité, damoiselle, mais on raconte à la table du roi de France que vous auriez quelque talent de devineresse. Pourquoi ne pas l'utiliser ?

Elle ramena son regard vers lui.

— Aucun pouvoir ne résiste à une maternité. Il reviendra, mais trop tard pour eux hélas.

— J'en suis doublement attristé, croyez-le.

Elle se décolla du pilier.

— Pas autant que moi, chevalier. Allons, je vous laisse à vos affaires. Ma quête ne fait que commencer.

Il la salua courtoisement puis la regarda s'éloigner, sa mante verte frôlant les décombres. Satisfait des réponses qu'elle lui avait données. Jouant de son bouclier, Pierre Basile accrocha la lumière du soleil en direction d'une brèche, ouverte par un boulet dans la muraille. Saladin avait vu juste. Occupés à déblayer les morts, nul ne pensait que les musulmans oseraient, si tôt, lancer une offensive contre le campement des Francs. Le sultan n'avait pris cette mesure que poussé par la nécessité. À peine avait-il regagné son camp la veille qu'un pigeon lancé depuis Acre lui délivrait message alarmant. À bout de forces, de courage, de vivres et d'eau, ses occupants étaient prêts à se rendre. Par retour de courrier, il les avait exhortés à préparer leur fuite que ses mamelouks couvriraient. Pierre Basile attendit leur assaut, l'œil rivé sur Eloïn qui venait de rejoindre un géant occupé à lever d'imposantes travées. Elle serait moins difficile à prendre qu'il l'avait craint avant de l'approcher.

Irrésistiblement attirée par la tranchée que cet homme à la carrure peu commune venait de s'employer à dégager, Eloïn fouilla du regard les corps noircis par les flammes. Ils étaient nombreux, enchevêtrés ou isolés.

— Sous ces plaques, là, indiqua-t-elle en pointant son doigt sous une carapace de cuir épais prisonnière de poutrelles à demi calcinées.

— J'y vas, mam'selle.

Il s'accroupit, cala ses mains aussi larges que des battoirs sous le bois noirci puis le leva comme s'il s'était agi d'une brindille. La forme bougea. À peine. Eloïn n'eut pas le temps de se précipiter vers elle. Une flèche tomba à ses pieds dans un sifflement aigu. Surprise, elle leva la tête. Deux dizaines de Sarrasins quittaient la tour Maudite, rejoignant en courant d'autres qui tentaient de forcer le camp français. Elle arrêta le geste du géant.

— Laisse-le. Il y est en sécurité. Aide-moi plutôt à repousser les musulmans.

Le géant hocha la tête, ramassa deux grosses pierres, les cala sous ses aisselles puis partit en courant pour escalader les remparts, vite rejoint par nos soldats qui accouraient. Un cor sonna dans le campement. L'alerte venait d'être donnée. Eloïn s'approcha de la tortue de cuir, souleva un des rabats que le feu n'avait pu traverser. Son cœur manqua un battement dans sa poitrine. Son intuition ne l'avait pas trompée. Ils étaient là, tous deux, estourbis, probablement brisés en de multiples endroits, l'un recouvrant l'autre.

— Tenez bon, père, murmura-t-elle, je reviens vous chercher.

L'œil de Jaufré se referma. Elle recula, avisa un carquois et un arc abandonnés à quelques pas. Sans hésiter, elle l'enfila à son épaule, arma une flèche et s'empressa de rejoindre le géant qui repoussait, presque à lui seul, l'assaut qu'ils essuyaient. Soulagée de constater que le chevalier français la suivait de près.

Le son du cor me cueillit alors que j'achevais de me rincer les mains. Richard et moi échangeâmes le même regard affolé. Eloïn ne portait pas de haubert. Rien ne l'avait justifié à l'heure où nous nous étions mises en quête.

— Courez, me dit-il. Courez jusqu'aux écuries et prenez Fauvel.

Le laissant bouillir de ne pouvoir lui-même s'élancer, je dévalai l'escalier, convaincue comme lui qu'Eloïn était en danger.

Relayant de ses flèches les tirs de pierres du géant, Eloïn abattait sans relâche leurs assaillants avec une agilité peu commune. Dès qu'ils comprirent que, depuis le parapet qu'ils tenaient, ces deux-là leur barraient tout passage, les mamelouks en firent leur priorité. Leurs archers firent converger leur tir contre le frondeur à mains nues. En quelques secondes il fut criblé de plus d'une cinquantaine de pointes, autant de petits boulets. Rien n'y fit. Ce ne fut qu'en voyant les fioles de feu grégeois s'envoler dans sa direction qu'Eloïn comprit que, cette fois, l'homme serait éliminé. L'ayant averti du danger, elle sauta dans le vide pour se garder de l'impact. Lorsqu'elle leva les yeux, il n'était plus qu'une torche vivante qui gesticulait. Elle recula, craignant qu'il ne s'effondre sur elle. À l'instant où il basculait de l'autre côté, écrasant l'ennemi, une dizaine de mamelouks, cimeterre au poing, s'élancèrent vers elle en hurlant. Elle banda son arc, tira. Une fois, deux fois. Avant qu'elle n'ait tenté une troisième bordée, une main lui abaissa le bras.

— Ils sont trop nombreux. Venez ! hurla Pierre Basile.

Elle le vit sauter sur un destrier, lui tendre la main. Une flèche partit, puis d'autres. Elle ne portait rien qui puisse les arrêter. Elle se sentit soulevée de terre en même temps qu'atteinte par leurs impacts au bas-ventre, à la cuisse et au flanc. La maintenant contre lui d'un bras à hauteur de poitrine, le cavalier tourna bride puis lança sa monture au galop. Lors, confiante en cet homme qui l'avait sauvée, avalée par la fatigue et la douleur, elle sombra dans ce trou noir qui l'appelait.

63.

J'arrivai sur place pour voir l'armée de Saladin battre en retraite vers les collines. L'attaque avait été brève. Visiblement violente et ciblée. Sans armes ni armure comment Eloïn aurait-elle pu s'en sauver ? Poussant Fauvel jusqu'en lisière des combats, je me mis à hurler son nom. Elle ne se montra pas. Mon cœur semblait vouloir s'arracher de ma poitrine, ma raison vaciller. Avisant un des chevaliers de Philippe Auguste qui revenait vers l'intérieur du campement des Francs, je m'élançai vers lui.

— Ma fille, avez-vous vu ma fille ?

Il m'adressa un sourire rassurant.

— Un des nôtres l'a prise en croupe pour l'écarter de la place.

Ma tension retomba à peine.

— A-t-elle été blessée ?

Il secoua la tête, navré.

— Je l'ignore, dame Loanna.

Je le remerciai chaleureusement, me forçai à reprendre le contrôle de mes pensées désorganisées. Si elle tenait en selle, c'était bon signe. Pour autant, je ne l'avais pas croisée en chemin, ce n'était donc pas au Mate-Griffons qu'on l'avait ramenée. À l'hospital ? Un instant je fus prête à tourner bride pour m'y rendre, mais mon œil accrocha une forme qui tentait de se hisser hors d'une des tranchées. Même si la distance m'empêchait de le vérifier, je sus que c'était Jaufré. Lors, regagnée d'espoir dans cette tourmente, je piquai ma monture pour l'aider.

Ce qui sauva les Rudel fut le rempart inespéré des lourdes bardes de cuir longuement trempées dans du sel, que l'on appliquait sur les façades des tours mobiles pour les empêcher de brûler. Celle qui se trouvait au-dessus de leurs têtes venait de s'embraser par des tirs de côté lorsqu'ils avaient plongé dans la tranchée. Voulant s'en sauver, les soldats qui se trouvaient à l'intérieur avaient abaissé le pont-levis. C'était par lui que Geoffroy et Jaufré avaient été protégés. La structure avait brûlé, mais point les solives de support du plancher, ni, au-dessous, les peaux tannées. Pour autant, mes deux hommes souffraient de multiples contusions et brûlures. La chaleur avait été telle sous leur abri que les mailles des cottes s'étaient presque soudées. S'ils n'avaient porté chainse de lin épais sous leur haubert, le métal se serait fondu au buste, ce qui arriva à d'autres que nous avions découverts calcinés. Il fallut plus d'une heure au forgeron pour, délicatement, les débarrasser de leur armure. Et une heure de plus pour que je les examine de la tête aux pieds dans cette salle du fortin Mate-Griffons où j'avais demandé qu'ils soient transportés. Le bilan me rassura. Dans la chambre voisine, veillé inlassablement par Merchadier, Richard récupérait. Restait à espérer qu'Eloïn, dont je n'avais toujours aucune nouvelle, soit elle aussi en bonne santé. Je voulus me convaincre qu'elle était retournée dans les décombres pour rechercher son père et son frère. Mais je ne parvenais à être totalement rassurée. J'avais envoyé Guy de Lusignan la prévenir que nous nous trouvions tous à l'attendre dans le fortin. Mais le temps passait et ni l'un ni l'autre ne revenait.

Attablée avec mes hommes, je mangeais sans appétit tandis que ces deux-là s'empiffraient. Pour plus vite récupérer, avaient-ils plaidé comme je leur en faisais la remarque. Sur ordre du roi, les platées s'étaient succédé à cette table, sans qu'ils parviennent à en être rassasiés. Enfin, leur estomac gonflé semblait vouloir se taire. Tous deux venaient de se rabattre contre le dossier des chaises. Tandis qu'un soupir de contentement échappait à Jaufré, Geoffroy, migraineux, porta sa main à l'œuf de pigeon qui ornait son front.

— Quelle idée avez-vous eue, père, de si fort me cogner ?

Jaufré tordit le nez.

— Pardonne-moi. Je nous ai vus perdus, les ruisseaux de feu coulant vers nous. J'ai préféré que tu sois inconscient lorsqu'ils nous atteindraient.

Geoffroy demeura bouche bée. Il reposa le hanap qu'il venait de saisir. Par-delà l'épaisseur de la table, il recouvrit de sa main celle, croustelevée, de Jaufré.

— Si j'avais eu plus d'esprit, j'aurais agi de même. Et le premier. Il faut autant de courage que d'amour pour y avoir songé. Merci, père.

Jaufré nous enveloppa l'un après l'autre d'un regard de tendresse.

— Perdre la vie n'est rien. Vous perdre est tout. Seule cette vérité dicta mon geste. Il fut impulsif, Geoffroy. J'espère n'avoir jamais à le reproduire. Ni pour l'un ni pour l'autre. Sans parler d'Eloïn...

Il soupira, darda dans mes yeux les siens aux cils brûlés.

— Elle tarde à revenir, cela m'inquiète, Loanna.

Je repoussai ma chaise.

— Moi aussi à dire vrai. Si vous m'assurez de demeurer tranquilles tous deux, je pars au-devant d'elle.

— Vous en aurez beaucoup de mal, dame Loanna...

Je pivotai vers Guy de Lusignan, immobilisé sur le seuil de la porte. Un même tremblement nous cueillit tous les trois devant son air navré.

— ... L'homme qui la prit en croupe a été vu quitter le campement en direction des collines.

Mon cœur manqua un battement. S'il était celui auquel je songeais, alors ma fille, à cette heure, était déjà prisonnière de Saladin.

*

Ce fut un parfum de musc et de rose qui ranima Eloïn. Aussitôt des souvenirs affluèrent. Son père et son frère, laissés pour morts dans cette tranchée. La bataille. Le chevalier franc qui tendait main vers elle depuis son destrier, les flèches criblées en elle. Le vide dans lequel elle s'était laissée glisser. La chevauchée. La longue, longue chevauchée alors que l'hospital était tout près. L'étonnement, puis l'inquiétude en découvrant le dénivelé des collines que le cheval gravissait. La question. La réponse assortie d'un bras barré en travers de sa gorge lorsqu'elle avait tenté, malgré ses blessures, de plonger en contrebas. Ce campement, enfin, inimaginable de surface, de boutiquiers, d'animaux. La pression de son cou relâchée. Puis la tente. Cette tente sous laquelle le chevalier l'avait déposée avec délicatesse avant de l'abandonner aux bons soins du médecin personnel de... Saladin.

Elle ouvrit les yeux, tourna la tête en direction des émanations musquées. Comme elle s'y attendait, elle trouva le sultan assis sur un tabouret tendu de cuir, les coudes sur ses genoux repliés, le menton posé sur ses poings. À hauteur de son regard. Elle y planta le sien, se réjouit quelques secondes de le sentir troublé par la rareté de sa teinte, un violet profond pailleté d'or. Avant d'être renvoyée à sa vérité. Comme sa mère avant elle, elle était sa prisonnière et ne devait rien attendre de lui, sinon une impitoyable cruauté. Autant, en ce cas, agir comme cette dernière l'aurait fait. Elle lui adressa un léger hochement de tête.

— Je te remercie, illustre sultan, d'avoir dépêché auprès de moi les meilleurs de tes médecins. Je ne sens plus la douleur et aucune fièvre ne me tient en ses rets.

Il ne bougea pas, captivé par la profondeur de cet iris qui le fixait. Sa voix, néanmoins, relaya le contentement qu'il en éprouvait.

— Ta vie m'est précieuse. Je n'imaginais pas qu'elle fût servie de si grande beauté.

— En abuseras-tu ?

Il redressa la tête, comme piqué par une guêpe.

— Je ne prends que ce qui m'est donné.

Elle lui offrit l'éclat d'un vrai sourire.

— Je n'ai pas souvenir d'être venue à toi de mon plein gré.

Il consentit à rabattre son orgueil malmené.

— Je vois que tu possèdes la vivacité d'esprit de ta mère. C'est une qualité qui me plaît.

— Vous avez pourtant tenté de l'en priver, je crois...

De nouveau, cette lueur dans son œil. Mieux valait qu'elle cesse de le provoquer.

Il se leva. Joignit les mains puis s'inclina légèrement devant elle.

— Les actes ne se définissent pas dans ce qu'ils montrent mais dans ce qu'ils sont. Médite cela, Eloïn Rudel. Tu me verras alors peut-être avec d'autres yeux que ceux que ta mère a gardés.

— Est-ce elle que vous voulez atteindre en me détenant ici, ou le roi d'Angleterre ?

— Les deux. Mais pour des raisons égales. Je ne désire rien d'autre que la paix.

La laissant perplexe, il tourna les talons. Lorsqu'il souleva le rabat de toile, Eloïn eut la surprise de constater que la nuit était tombée.

64.

Dès le lever du jour suivant, répondant à mon angoisse par la sienne, Richard fit porter message à Saladin.

« *Illustre Sultan, lumière de l'Islam,*

Je viens quérir de toi clémence et compassion, qualités dont tes frères fleurissent ton courage et que moi-même, malade, j'ai pu apprécier au plus haut point. Au cours de ta dernière attaque, un des tiens, se faisant passer pour franc, ravit la mère d'une enfançonne de quelques mois à peine. Je ne te mentirai pas. Cette femme m'est chère et son enfant la mienne. Légitimement marié à Bérangère de Navarre, je ne peux me réclamer, auprès de toi, d'une épouse. Aux yeux de tous, donc, Eloïn Rudel est une otage dont tu ne tirerais rien. Quant à moi, même si, par la douleur que j'ai de sa capture, je voulais entendre tes revendications, face à tous, elles n'auraient aucun poids. Je te prie donc de me la rendre. Sans contrepartie. Au nom seulement de cette grandeur d'âme dont nombreux furent les témoins. »

La journée passa, puis une semaine, sans réponse. Tandis que nous nous rongions les sangs, Philippe Auguste avait repris le travail de sape, consolidé ses remparts détruits et renouvelé ses attaques contre la ville. Refusant de demeurer là inutilement, et convaincu que s'il prenait Acre il posséderait moyen de faire plier le sultan, Richard l'avait rejoint. À chaque nouvel assaut, la soldatesque de Saladin tentait une diversion. J'en profitais pour battre leurs rangs au mitan des nôtres, usant le fil de ma lame à les repousser, mais plus encore, cherchant le visage de cet homme dont j'étais désormais certaine qu'il était le ravisseur d'Eloïn. Des témoins m'avaient convaincue que, blessée par plusieurs flèches, acculée, elle n'avait eu d'autre choix que d'accepter sa main tendue. J'étais épuisée de souffrance à l'imaginer à sa merci, même si je la sentais toujours vivante, même si Jaufré prétendait que le sultan ne prendrait le risque du courroux de Richard en la maltraitant. C'était plausible. Mais en ce cas, pourquoi n'en réclamait-il pas rançon ? Pourquoi ne dirigeait-il plus lui-même ses mamelouks au moment des contre-attaques ? Était-il souffrant ? assez pour avoir eu vent des pouvoirs de guérisseuse d'Eloïn ? assez pour avoir décidé de la ravir, craignant qu'on lui refuse son aide ? Ou, plus simplement, se vengeait-il de moi ? J'avais beau chevaucher la plaine d'Acre, fureter le long des rues du camp, je ne rencontrais ni réponse ni l'inconnu à la solde du sultan. Lors, chaque jour qui passait m'abattait davantage. Si Richard, mon fils et mon époux ne m'avaient convaincue d'y renoncer au risque d'être faite prisonnière à mon tour et pour rien, j'aurais déjà battu les sentiers de ces collines pour, Marmiadoise au poing, tenter de la récupérer moi-même. La mort me semblait plus douce que cette insupportable attente, ce jeu pervers pour me briser auquel se livrait le sultan.

Le 12 de ce mois de juillet 1191, enfin, l'espoir regagna mes veines. Après une énième tentative pour arracher la ville, la garnison musulmane accepta de nous livrer la cité, forçant Saladin à accepter *de facto* les conditions édictées de longue date par les trois rois, ceux de France, de Jérusalem et d'Angleterre. Tout ce que contenait Acre nous serait rendu, des armes jusqu'aux navires, de même que mille prisonniers civils et deux cents chevaliers détenus par Saladin. Sans oublier la relique de la sainte croix dont ce dernier s'était emparé quatre ans plus tôt à la bataille de Hattin... et Eloïn.

Tandis qu'un unanime cri de joie s'envolait dans la plaine, relayé par le vent jusqu'au campement de Saladin,

Richard me couvrit d'un œil confiant. Le sultan ne pourrait demeurer sourd à ses courriers encore bien longtemps. Afin de m'en convaincre, je fus de ceux qui l'accompagnèrent dans la ville aux portes désormais ouvertes. Nous étions un vendredi. Devant nous, arrachant les étendards musulmans, Conrad de Montferrat et Guy de Lusignan plantaient les leurs auprès de ceux de Richard et de Philippe Auguste tout en haut des murailles, du minaret de la grande mosquée, des tours des Templiers, du Combat... sous l'œil éploré de l'armée de Saladin alignée au loin, le long du sentier qui barrait, presque à leur sommet, le flanc des collines. Lui-même, je le sentais, soutenait chacun de nos gestes, conscient que la reprise d'Acre par les chrétiens marquait un tournant dans sa guerre sainte.

Les jours qui suivirent, Richard et Philippe Auguste se partagèrent le butin, ravivant querelle. Le roi de France réclamait toujours la moitié des richesses de Chypre en plus de celles d'Acre. Preuve ayant été faite que Caliburnus était entre d'autres mains que celles de Guillaume des Barres, Richard ne pouvait plus user de cet argument pour discuter leurs accords. Il en trouva un autre. Puisque le comte Philippe de Flandres était mort devant Acre, ses terres, auxquelles prétendait la France, devaient être considérées comme une conquête. Philippe Auguste se buta. D'autant que depuis notre arrivée, prétextant la lassitude du voyage, puis les risques d'épidémie, Richard lui avait interdit de rendre visite à Jeanne sur son navire. Jeanne dont il était toujours profondément amoureux. Avec une amertume à peine affichée, privé de raisons réelles désormais, sinon le mauvais vouloir de Richard, il nous voyait aller et venir auprès de Bérangère et d'Irène, trompant notre attente et notre angoisse dans la douceur des vers de Jaufré et de Geoffroy, dans les babils de la petite Anne ou les étonnantes légendes navarraises, siciliennes ou chypriotes. Il en fut tant gorgé de rancœur que, le 20, il retomba malade et se prit à se réjouir intérieurement de ce que le sultan refusait toujours de nous donner la moindre nouvelle, malgré les messages et les présents luxueux que lui faisait porter quasi quotidiennement Richard. Richard que tous couvraient de louanges plus que lui. Richard qui paradait désormais, presque en maître incontesté de la ville. Il avait même réussi à vexer le duc Léopold d'Autriche, qui, pris d'enthousiasme au moment de la libération d'Acre, avait osé piquer sa bannière sur les remparts, à quelques pouces de la sienne. Si le geste était illégitime et maladroit, la riposte de Richard avait été indélicate. Il avait sur-le-champ fait abattre l'étendard. Furieux, le duc avait repris ses hommes et quitté la place avant la tombée de la nuit.

Richard l'avait-il seulement remarqué, tout occupé qu'il était à son épouse, sa fille et sa putain ? ruminait le roi de France. Le 21, après une nuit d'insomnie à ronger son venin, il réclama de son associé l'autorisation de rentrer en France. Richard refusa de le voir tel qu'il était, amaigri à l'extrême, le teint jaunâtre, atteint de calvitie partielle à cause de la maladie, les mains et les joues rongées par la gratte. Il l'exhorta à se reposer et à se reprendre, l'assurant de sa compassion et de son amitié. Il lui fit même porter platées arrachées à la somptuosité de sa table ainsi que des fruits frais, l'humiliant plus encore en lui rappelant qu'il était, lui, incapable financièrement d'assumer pareils banquets. C'en fut assez. D'autant que Philippe Auguste n'était pas dupe. Richard se moquait bien de sa santé, de ce fils de quatre ans, son unique héritier, qu'il avait laissé seul en terre de France et dont la vie ne tiendrait qu'à un fil s'il ne revenait. Sans parler de la Flandre qu'il risquait de perdre si son absence se prolongeait. Richard n'en avait cure, il ne pourrait en partager la moitié ! Voilà bien qui était le roi d'Angleterre, songeait Philippe Auguste, amer. Un pédant exécrable, ne vivant que de chères et de luxure, immoral, sans scrupule ni parole, car, à la vérité, il savait bien pourquoi il voulait le retenir là. Pour que leur coalition menaçante arrache Eloïn aux griffes de Saladin, par la force, si présents et verbiage n'y faisaient rien. Il se prit à rire tout seul dans sa couche que plus personne ne partageait depuis sa maladie. Il ne le laisserait pas une nouvelle fois se servir de lui. Il allait partir, oui. Avec ou sans son accord. Certes, Richard finirait par récupérer sa mie, dût-il, pour y parvenir, vendre son âme à l'islam, mais alors ce traître ne vaudrait plus rien pour les grands croisés. Alors, l'Angleterre ne serait plus rien. Les yeux ouverts dans l'obscurité de sa tente, Philippe Auguste frotta ses mains l'une dans l'autre, un sourire sardonique sur son visage fiévreux. Il était temps d'agir, de le punir. En lui prenant ce qu'il avait de plus cher, puisqu'il avait refusé, lui, de tout partager. Pire encore, de lui donner ce qui comptait le plus à ses yeux : la main de sa sœur. Œil pour œil, dent pour dent. Philippe Auguste ricana méchamment dans le silence. Il quitterait Acre à la fin du mois. Mais pas seul.

65.

Jean n'avait cessé, tout au long du voyage, d'anticiper cet instant. Il était de grâce et de magie. Il en jouissait le vit tendu dans ses braies, retenant une explosion de luxure. À ses côtés, chevauchant paisiblement, son demi-frère Geoffrey ouvrait des yeux émerveillés. Partout des papillons multicolores, des animaux sauvages paissant, bondissant, jouant, nullement effrayés par leur présence. L'air avait la douceur du velours, la lumière était d'or, les fleurs s'épanouissaient au milieu d'une végétation luxuriante et pourtant disciplinée. Brocéliande n'était qu'un parfum d'été.

Avant de se décider à entreprendre le voyage, Geoffrey n'avait cessé d'osciller entre le pardon et la colère. Il avait donc été heureux que Jean ait tenu à l'accompagner. La lettre de sa mère dormait contre son cœur, sous le chainse. Il n'avait pas eu besoin de la ressortir pour prononcer les incantations destinées à lui ouvrir le passage dans la forêt. Chaque mot était gravé en lui. Bon ou mauvais. Apaisant ou douloureux.

« Mon cher enfant devenu homme,

J'ignore comment la reine vous présenta ma démarche, sans doute le fera-t-elle en peu de mots, craignant de me voler les miens. À dire vrai, ils peinent à trouver le chemin de cette plume. Trop de temps a passé depuis que je vous vis sur cette plage de Tintagel, trop de temps surtout depuis que je vous mis au monde. Car là est mon secret, mon tourment et, désormais, le vôtre. Je suis votre mère. Je sais que le roi Henri vous mentit à ce sujet. Pour vous épargner sans doute l'amère vérité. Je vous ai abandonné. Sitôt votre naissance. Je n'en suis pas fière. Mais si j'en éprouve du remords, sachez que je n'ai pas de regret. Ce n'est pas vous que j'ai fui, mais votre père, qui depuis un an me tenait sous l'emprise d'une liqueur d'opium. Hagarde, mes souvenirs perdus, je lui fus une esclave, soumise à l'amour qu'il me portait et dont j'avais toujours écarté l'insistance. C'est ainsi que vous fûtes conçu. Par cette autre que j'étais devenue. Pas par celle que la vie, les choix et les actes avaient façonnée. En reprenant conscience grâce à la trahison d'Aristophane Bec, cet apothicaire qui me sevra de liqueur comme il m'en avait abreuvée, j'ai douté de tout, y compris de ma maternité. J'en avais les raisons. Votre père avait engrossé une servante, en même temps que moi, la fit accoucher aux mêmes heures, puis tua son enfant pour s'assurer de son lait, craignant que le mien ne fût vicié. Je sais que c'est difficile à envisager, mais Aristophane Bec en fut témoin. J'ignore si, par le rejet que j'eus de vous, la mère en moi ne chercha pas simplement à vous protéger du poison qui coulait en mes veines. Quoi qu'il en fût, je n'ai pas réussi à vous aimer. J'ai fui, oui. Loin. Loin de mes autres enfants. De ma terre. De ma reine. D'Henri surtout, craignant que son courroux ne s'en prenne aux miens. Mais jamais, je le jure devant Dieu, je ne vous ai oublié. Qui vous dira le contraire vous mentira. Pour autant, le mal est fait. Si le temps perdu ne peut être rattrapé, sachez que, de vous voir, je vous ai enfin accepté. Vous êtes mon fils. Et par cet aveu que je vous délivre, c'est, je l'espère, ma main à la vôtre que je veux renouer. Vous m'en voudrez certainement de tant de franchise quand des mots d'amour m'auraient, peut-être, mieux fait pardonner. Je refuse qu'ils faussent votre lucidité. Ils viendront. À mon retour de Terre sainte. Pour qu'en mes yeux seulement vous puissiez admettre leur sincérité. Jusque-là, apprenez ces incantations. Elles sont de magie et l'héritage de ma lignée. Elles vous ouvriront les portes de Brocéliande. Ma terre. La vôtre aussi. Devenu mon intendant au château du lac, Aristophane Bec vous y accueillera. Il répondra à vos questions, balayera vos doutes. De sorte qu'en quittant ce lieu vous soyez certain de n'en révéler à personne le moyen d'accès. De sorte que vous sachiez que ma confiance en vous est aussi grande que l'affection que je veux vous donner. »

Immobilisant brusquement sa monture, Geoffrey tendit le doigt dans une trouée.

— Là, Jean, regardez !

À quatre toises d'eux, une licorne mâchonnait un brin d'herbe. Elle fixa un instant sur eux ses yeux clairs, puis glissa, majestueuse, entre deux chênes multicentenaires, jusqu'à disparaître tout à fait, avalée par la futaie.

— Comment pouvez-vous demeurer muet devant tant d'insolite beauté ?

Les deux mains croisées sur sa bride, Jean haussa les épaules.

— À quoi bon m'esbaudir puisque je ne peux la rapporter en trophée ?

Geoffrey se renfrogna.

— Vous n'avez cessé de me gâter la cheminée. Allons, dites-le. Vous en mourez d'envie depuis notre départ. Vous ne parvenez à admettre qu'elle ait enfin trouvé le courage de m'écrire.

Le visage de Jean se tordit de pitié.

— Du courage ? Faut-il que vous soyez naïf !

Geoffrey perçut le piquant d'un poignard déchirer sa poitrine. Sa joie évanouie, il se referma.

— Expliquez-vous.

Le rire cynique de Jean ébranla un instant la voûte végétale de l'endroit.

— On apprend en Terre sainte que je complote et que Caliburnus a été dérobée. Excellente nouvelle, cela dit en passant, qui prouve l'efficacité, du moins sur ce point, de mon homme de main...

— Je me moque de ce dernier.

— Vous ne devriez pas, Geoffrey. Il ne ferait de vous qu'une bouchée. Mais soit. Vous voulez que je brise votre enthousiasme ? Il en faudra peu en vérité. Ma mère s'inquiète pour l'Angleterre. À qui profiterait Caliburnus en l'absence du roi et de son bâtard ? Loanna connaît la réponse mieux que personne puisque à Tintagel, elle vous a empêché d'en être l'héritier. Pour vous, la crosse ou l'épée ? Aliénor fonce chez le pape et vous voici légitimement nommé évêque d'York. Mais sera-ce suffisant pour vous convaincre de me rejeter, moi qui brigue le trône, moi qui vous ai toujours soutenu et aimé ? Peut-être pas. Alors on me corrige et, dans la foulée, on vous tend cette lettre, dégoulinante de mensonges derrière sa prétendue sincérité.

La voix se brisa dans les aigus, faussant l'harmonie ambiante. Geoffrey vacilla sur ses certitudes. Il engloba cette magie qui les entourait, ce petit rire qu'il percevait à ses oreilles chaque fois qu'une libellule l'approchait, au point qu'il s'était plus d'une fois demandé si ce n'était celui d'une fée. Il se sentait bien dans cet endroit. Et aurait voulu que Jean le partage avec lui. Un instant il regretta presque de lui avoir fait lire la lettre, de l'avoir emmené.

Impitoyable, Jean se moqua.

— Vous ne dites plus rien, mon frère ? Vous persistez à croire que cet élan du cœur ne fut pas dicté par la nécessité de préserver le royaume de nos griffes acérées ?

Il battit l'air de ses ongles repliés. Geoffrey détourna le regard.

— Peut-être. Oui peut-être cela est-il vrai. Peut-être avait-elle besoin d'un prétexte pour oser m'aborder. Celui-ci en vaut un autre à mes yeux.

Jean le toisa de condescendance.

— Il vous en faut peu... Mais c'est votre droit le plus entier.

Piqué de nouveau, le jeune évêque d'York voulut hausser le ton. Il changea son discours en plaidoirie désespérée.

— M'aurait-elle ouvert les portes de cet endroit magique si elle ne m'avait aimé ? Pitié, Jean, cessez de voir le mal partout.

Le comte de Mortain lui jeta un regard de biais.
— C'est une seconde nature, vous le savez bien… Le simple besoin de vous protéger. Allons, cessons de nous quereller. La nuit va tomber. Ce lieu vous est offert et je tiens à ce que son souvenir vous reste ardent lorsque vous le quitterez.

Aristophane Bec ne fut surpris que par la présence de Jean auprès de son demi-frère. Il n'en montra rien toutefois et accueillit les deux hommes avec chaleur, ainsi que la dame des lieux le lui avait recommandé à sa dernière visite. Il leur servit du vin de noix, s'activa à un copieux repas du temps qu'ils visitaient le château et ses abords, puis, attablé en la vaste salle de réception, et sur la demande de Geoffrey, il raconta les événements qui avaient présidé à la naissance de ce dernier. Cherchant en son for intérieur, et comme tout enfant rejeté, des excuses à sa mère, Geoffrey se montra curieux de tout. De l'origine de cette liqueur d'opium à la délivrance de sa mère en l'île des Bannis[1]. Aristophane Bec n'omit rien, aucun détail, et s'il s'étonna de l'intérêt accru de Jean à propos de cette liqueur, il ne lui prêta pas plus d'importance que son demi-frère en mettait. À l'heure du coucher, il les abandonna au seuil de leurs chambres, leur souhaita une nuit sereine, puis gagna sa propre couche, en songeant que Loanna avait eu raison finalement de guider vers lui cet enfant dont le souvenir l'avait souvent hanté.

1. Voir, *Aliénor, L'Alliance brisée*, XO Éditions, 2012.

66.

« *De Salâh ad-Dîn, chef des musulmans, au très illustre Richard Cœur de Lion, notre sincère ami, roi d'Angleterre,*

Noble vainqueur de la plaine d'Acre,

J'ai bien recueilli en mon campement la femme dont tu parles. Elle était grièvement blessée et son état si préoccupant que je me suis refusé jusque-là à te donner de faux espoirs à son sujet. Bien que ses jours ne soient plus en danger, elle n'est toujours pas transportable, voila pourquoi, dans le souci que j'ai d'elle, je me garderai de te la rendre encore. Sa mère, que j'ai bien connue, possède pouvoir plus grand que mes médecins, aussi serait-il judicieux qu'elle vienne sur place, s'enquérir de mes dires. Et lui apporter soutien. Outre que sa fille la réclame, je serais heureux d'évoquer avec elle des souvenirs communs. »

— Je crains, dame Loanna, qu'il vous garde toutes deux, se renfrogna Richard, sa lecture faite.

Malgré la tombée du jour, la chaleur demeurait plombante, l'air trop sec. Dans ce fortin de Mate-Griffons qui ne surveillait plus que les échos sereins de la ville, il me sembla étouffer davantage encore.

S'en apercevant, Richard me couvrit d'un œil bienveillant.

— Philippe Auguste part demain, à l'aube, escorté par Conrad de Montferrat jusqu'à Tyr, puis de là vers la France. Il ne sera plus une entrave à mes décisions, à mes choix. Et tout au contraire, son armée restant pour grossir la mienne, c'est une force inébranlable que je vais pouvoir opposer au sultan. Ayez confiance en moi, dame Loanna, et portez à Eloïn la chaleur de mon amour. Désormais le sort de la croisade est entre mes mains, Saladin le sait.

Je lui souris tristement.

— Je crains seulement pour vous, Majesté. Je vous l'ai avoué hier soir, cette vision de votre mort, sous les remparts d'une ville, cet assassin en liberté...

— Je veillerai sur lui, dussé-je mourir à sa place, s'interposa Merchadier qui ne le lâchait plus d'une semelle depuis l'attaque et les conséquences qui en avaient découlé.

— Moi aussi, mère, ajouta Geoffroy, adossé au montant d'une des fenêtres, ouverte sur le cliquetis des mâtures dans le port.

Richard me prit les mains.

— Croyez-le, dame Loanna. Je suis averti désormais du danger qui me guette et pas près d'oublier le visage de ce scélérat. Sans nouvelles de sa fille, des siens, Eloïn doit se ronger l'âme. Et puis, nous le savons tous deux par les témoignages que nous avons recueillis, ses blessures sont réelles. Le sang d'Avalon qui coule dans ses veines ne peut que hâter la guérison, mais à condition qu'aucun organe vital n'ait été atteint. Or, nous ne pouvons nous fier aux arguments de cette lettre pour en être certains.

— Je n'ai pas besoin d'être convaincue, Richard. Voici vingt-sept jours déjà que je tremble pour elle. Je n'en souffrirai pas un de plus. Je partirai demain. Seule. Si le sultan me veut, il m'aura, mais sans Marmiadoise, répondis-je simplement avant de m'incliner devant lui, puis de quitter la pièce, mon époux silencieux dans mon sillage.

Dans notre couche regagnée, le couvert de la nuit nous attira, dévêtus, l'un près de l'autre. Je me blottis dans ses bras, les larmes aux yeux malgré ma détermination. Fatiguée d'angoisse ainsi que Saladin l'avait sans doute espéré. Comment aurait-il pu en être autrement ? Rien n'allait. Eloïn blessée et prisonnière, Gontran de Hautefort perdu, l'assassin potentiel de Richard en possession de Caliburnus. Pour ajouter encore, nous n'avions plus de nouvelles de Philippe et de Godefroy depuis de longues semaines. Dans la dernière lettre, expédiée de Venise, ils nous annonçaient avoir retrouvé la trace de l'épée. Cela sous-entendait qu'ils la suivaient de près. En ce cas, ils auraient dû aborder nos rivages depuis longtemps et n'auraient pas manqué de venir nous rassurer. Si mon fils ne s'en inquiétait ouvertement, je savais qu'il craignait que le sien et celui du roi ne soient tombés dans quelque embuscade. Avec Richard et Jaufré, je partageais ce sentiment. Je les sentais vivants, en bonne santé, mais entravés. Caliburnus étant dans le camp de Saladin, avaient-ils été saisis en voulant la reprendre ? Le sultan n'avait rien avoué à leur sujet. Gardait-il cet atout en réserve ? Tant de questions. Tant de retard au règne des épées. Le grimoire ancien que m'avait légué le vieux Mauray de Brocéliande n'avait réussi qu'à me conforter dans l'idée que le flux s'était inversé. Que la magie noire avait ébranlé la blanche depuis que Marmiadoise avait heurté Caliburnus. Malgré la chaleur de ce corps qui me protégeait, un frisson glacé me parcourut de la tête aux pieds.

— Aime-moi… murmurai-je, espérant m'en réchauffer.

— Malgré le désir que j'en ai, je ne sais si je le pourrai, Loanna.

— Chut… Essaie…

Il plongea ses lèvres sensuelles dans mes cheveux, sur mes yeux, mes lèvres, parcourant ainsi chaque pouce de ma peau. Il ne parvint pas à ébranler cette peur de me perdre qui, pour la première fois, l'émasculait. J'étais comme lui. J'avais envie qu'il me prenne, me soude à lui, et tout à la fois ma tension nerveuse était telle que ses caresses demeuraient sans effet. Il nous fallut nous rendre à l'évidence. Forcer nos corps n'y suffisait. Nous avions besoin de la complétude de nos âmes. Or, en ces heures sombres, elle nous fuyait. Il finit par emprisonner mon visage entre ses mains.

— Je ne serai jamais loin de toi, Loanna. Surveillant chaque mouvement du sultan, chaque geste. Prêt.

— Que pourrais-tu, seul, contre deux cent mille hommes solidement armés ?

— Je trouverai. Et puis je ne suis pas seul, Loanna. Richard vient de te le confirmer. Crois-tu que notre fils, Guy de Lusignan ou Onfroy de Toron ne seraient pas dans les premiers à brandir l'épée pour vous délivrer ?

Cette foi en nous, en eux, dans son regard... J'avais tant besoin de m'en abreuver. Je nouai mes lèvres aux siennes, fondis sous l'ardeur de son baiser. Dans nos bas-ventres, le désir darda à nouveau ses aiguilles. Je ne devais pas douter. À plus forte raison si Philippe et Godefroy se trouvaient dans le camp de Saladin. Non, quoi qu'il advienne, je ne devais douter ni des miens ni de moi. J'étais redevenue la guerrière à la lame qui chante. Avec ou sans mon épée.

*

Depuis leur capture, aucune occasion n'avait été donnée aux deux cousins d'échapper aux pirates ou de récupérer Durandal. Craignant que la blessure de Philippe ne s'infecte, ils avaient énoncé leurs qualités respectives, espérant regagner le pont du navire et jouir d'un meilleur traitement. Contre toute attente, le fils maudit de Saladin avait davantage réagi au nom des Rudel qu'au fait de détenir le fils du roi d'Angleterre. Il avait penché la tête de côté, avait dévisagé Godefroy à la lumière de sa lanterne avant de lui demander, le plus directement du monde :

— J'ai connu un homme, un guerrier troubadour qui portait ce nom. T'est-il proche ?

— Il s'agit de mon grand-père.

Le visage du chef des pirates s'était aussitôt éclairé. Godefroy l'avait interrogé sur leur rencontre, mais Ben Alek lui avait rétorqué que ces souvenirs lui appartenaient. Leur sort n'en avait pas été amélioré pour autant. Tout ce qu'ils avaient obtenu fut que la plaie de Philippe soit soignée. On leur portait pitance, leur accordait de sortir pour uriner ou déféquer au-dessus des écoutilles, chaque fois sous bonne garde. Au moment des escales ou des abordages, ils étaient solidement bouclés. Ils avaient bien tenté de repousser la trappe, de nuit. Soit ces chiens bloquaient l'ouverture avec un des fûts d'eau de pluie qu'ils avaient pu voir à côté, soit ils la barraient d'une traverse, soit ils s'y postaient eux-mêmes. Quoi qu'il en fût, ils n'avaient pas réussi à quitter ce trou où ils croupissaient. Des semaines durant, ils n'avaient joui de la lumière que quelques minutes par jour, jusqu'à ce que le chebec jettât l'ancre dans une petite anse déserte. Là, le fils maudit de Saladin les avait arrachés à leur geôle pour leur apprendre qu'une fois à terre ils allaient devoir marcher.

— Vers Acre ? avait demandé Philippe en toute logique.

— Je n'ai rien à y faire.

— C'est pourtant là que tu pourrais négocier la meilleure rançon, avait insisté Godefroy.

— Je ne crois pas, non.

Un sentiment d'inquiétude les avait gagnés.

— Mon père et le tien ne s'y trouveraient-ils plus ?

Ben Alek avait haussé les épaules.

— Ce n'est pas à eux que je vous destine.

— À qui en ce cas ? s'était étonné Godefroy.

— À quelqu'un qui a un vieux compte à régler avec le troubadour et son épouse. Quelqu'un qui paiera pour toi davantage que les deux autres réunis.

Godefroy s'était mordu la langue, regrettant sa franchise des premiers jours.

— Et moi, que vaux-je à ses yeux ? s'était enquis Philippe.

— Pas même un besant. Mais il réclame ta vie en échange d'une dette. Et à cet homme-là, on ne refuse rien.

Godefroy avait tiqué.

— Il serait donc plus puissant que Saladin ?

— Plus puissant. Plus sage. Plus redoutable. Allons, assez de questions.

Sur son ordre, ils avaient été poussés de l'avant vers l'échelle de corde. Un canot descendu par deux matelots dansait déjà sur les flots cristallins. Une fois à bord, on leur avait solidement lié les mains au dos. Après avoir disparu quelques minutes, leur geôlier avait pris place dans une autre chaloupe puis avait donné l'ordre aux rameurs de souquer ferme en direction de la grève. Un instant abattus, Godefroy et Philippe s'étaient ragaillardis. Ben Alek portait Durandal à sa ceinture. D'elle viendrait leur salut. Du moins l'avaient-ils cru.

Voici plus de trois semaines qu'ils marchaient entre dunes ocres et collines de roche, ne s'arrêtant qu'aux points d'eau vers lesquels, visiblement guidé par une connaissance géographique imparable, le pirate les menait. Ils y bivouaquaient. Ligotés solidement, veillés par deux matelots aussi à l'aise sur terre que sur mer, ils oscillaient entre l'envie de fuir et la certitude que, sans eau ni vivres, sur ce territoire hostile, ils ne mettraient pas deux jours avant de passer. Ils s'étaient presque rendus à cette décision : attendre et demeurer confiants en leur destin. Ce 30 juillet, il semblait s'annoncer. Moins d'une demi-heure auparavant, alors que le soleil déclinait à l'horizon, l'ombre d'une citadelle perchée sur un éperon rocheux avait attiré leur attention. Cédant enfin à ce mutisme dans lequel il s'était enfermé depuis leur débarquement, Ben Alek avait eu la bonté de leur avouer qu'elle était toujours tenue par des chevaliers de l'Ordre du Temple. Une lueur d'espoir dans cet océan de sable. S'ils pouvaient ne pas trop s'en éloigner, l'atteindre. Mais les minutes succédaient aux minutes, la nuit tombait et l'occasion ne se présentait.

67.

Malgré la quiétude de l'endroit, Geoffrey Plantagenêt n'était parvenu à trouver le sommeil. Certes, le discours d'Aristophane Bec abondait dans le sens des révélations de sa mère, cependant, en lui, un doute persistait. Il se leva, écarta le volet intérieur pour sonder les alentours du castel à la faveur du clair de lune. Sa fenêtre dominait l'étendue calme du lac. Une brume évanescente dansait sur l'eau, traversée par instants de reflets changeants, de formes presque humaines. Autant la magie du jour l'avait enchanté, autant celle-ci le glaça. Voici, oui, ce qui le perturbait davantage que les mots, la sensation qu'il n'était pas à sa place ici, que cet endroit, entre la réalité et l'enchantement, pouvait à tout instant le retenir prisonnier. Aristophane Bec ne l'était-il pas ? S'il n'avait pas eu l'air de s'en plaindre, il leur avait avoué ne plus rien savoir du monde extérieur sinon par ce que les Rudel en visite lui en apprenaient. Il n'avait plus quitté Brocéliande depuis qu'il y était arrivé. L'œil de Geoffrey accrocha un visage au milieu de l'étang. Un visage sans consistance qui le fixait. Il rabattit le volet violemment. Et si Jean avait eu raison ? Si sa mère était une sorcière ? Si elle lui avait tendu un piège destiné à l'écarter définitivement du royaume ? Son sang se mit à pulser plus violemment dans ses veines. Il eut le sentiment d'étouffer. Nul ne savait qu'ils étaient ici et, quand bien même, personne ne pouvait traverser cette forêt sans s'y perdre, revenant sans cesse à son point de départ. Il se rhabilla en hâte et s'en fut toquer à la chambre voisine. L'aube poindrait dans une heure. Il ne fallait plus traîner.

Jean ne fut pas long à ouvrir.

— Il faut partir. Dès cette nuit, lui servit Geoffrey à peine le seuil franchi et la porte sur eux refermée.

Jean étouffa un bâillement derrière le dos de sa main.

— Pourquoi ? Vous aviez l'air content hier soir.

— C'est vrai, mais je crains que vous n'ayez raison. À propos de ma mère.

Totalement réveillé par ce simple constat, Jean sourit intérieurement. Ainsi, une fois de plus, il était parvenu à ses fins. En posant des questions insidieuses tout au long de la conversation de Geoffrey avec Aristophane Bec, il avait semé le doute au milieu des certitudes, sans même que ces deux-là s'en rendent compte.

Il choisit néanmoins de feindre la surprise.

— L'intendant vous a confirmé ses dires, pourtant.

— Oui mais... Avez-vous déjà entendu parler de cette liqueur d'opium ? Père l'a-t-il évoquée ?

Jean secoua la tête.

— Non... Et pour tout vous avouer, je ne crois pas qu'elle ait jamais existé.

Se laissant tomber de cul sur le lit défait, Geoffrey soupira.

— Moi non plus, Jean. Une telle médication... qui ferait perdre la mémoire et jusqu'aux sentiments éprouvés devant son nouveau-né. C'est tellement improbable... Sot que je suis ! Je me suis laissé bercer d'illusions.

— Vous en aviez besoin.

— Sans doute. Mais pas autant que de connaître la vérité.

— Je peux vous la dire. Père me l'a racontée.

— Vraiment ? Alors pourquoi m'avoir laissé m'abêtifier de cette lettre ?

Jean s'accroupit devant lui.

— Pardonnez-moi, j'en étais agacé, oui, j'ai tenté de vous ouvrir les yeux sur le chemin, mais vous voyant si ému par elle... J'avoue que j'espérais embarrasser suffisamment

Bec par mes questions pour que vous le confondiez vous-même.

— D'une certaine manière, vous y êtes arrivé. Racontez-moi, Jean. J'ai besoin de savoir. Maintenant.

— Vous serez déçu, amer comme je l'ai été. Est-ce vraiment ce que vous voulez ?

— Oui.

— Soit. Arrêtée par le roi pour haute trahison et craignant d'être exécutée, votre mère l'a convaincu qu'elle éprouvait du sentiment amoureux pour lui. Ce ne fut pas difficile. Cela faisait longtemps qu'il en souffrait lui-même. Jusqu'à ce qu'il finisse par comprendre qu'elle l'avait dupé. À l'heure où vous êtes venu au monde, il lui a laissé le choix. L'île des Bannis ou vous élever, captive, à ses côtés. La suite, vous la connaissez. C'est son époux qu'elle a choisi de retrouver.

Les mâchoires de Geoffrey se contractèrent de déception et de colère. Jean adoucit plus encore le timbre de sa voix :

— Elle vous a menti comme elle a menti à notre père, pour les mêmes raisons. Permettre à ma propre mère de régner. Sans vous, je ne peux rien contre elle, Geoffrey. C'est pour cela que j'ai tenu à vous accompagner. Dans ce lieu, tout peut arriver.

— Je crains que, déjà, nous n'en soyons prisonniers. J'ai remarqué des vapeurs anormales sur le lac. Un visage de brume me fixait derrière les carreaux de verre.

— Les pouvoirs d'Avalon sont incontestables, nous l'avons pu juger en Tintagel, mais ici ils n'ont pas droit de cité. Ce n'est qu'une terre enchantée, dans laquelle Loanna vient se ressourcer.

Un tremblement gagna les mains de Geoffrey.

— C'est bien assez à mon goût. Qu'allons-nous faire ?

Griffé par l'angoisse de son demi-frère, Jean se redressa, une excitation malsaine au bas-ventre.

— Arracher à Aristophane Bec le moyen de nous en échapper.

— Et s'il refuse de nous le livrer ?

Jean croisa ses mains, repoussa ses paumes de l'avant jusqu'à ce que ses doigts écartés et rejetés vers l'arrière craquent méchamment des phalanges.

— Faites-moi confiance, mon frère. Je suis né en enfer, nul n'en connaît mieux que moi les secrets.

Geoffrey frissonna, autant d'espoir que de crainte. Il avait ouï les ragots concernant Jean. Il en avait accepté certains, refusé d'en admettre d'autres, mais, dans ce regard-là, tourné vers lui, il entrevoyait cette lueur de folie par laquelle tout pouvait basculer. Il s'en navra, sincèrement, même s'il ne vit d'autre moyen, pour quitter ce lieu effrayant, que d'y céder lui-même.

— Un jour vous y perdrez l'âme, Jean, se contenta-t-il de le prévenir.

— Un jour peut-être, mais pas cette nuit. J'ai un évêque à mes côtés.

*

Philippe et Godefroy échangèrent le même regard entendu. Situé sur un petit plateau aux flancs arrondis par les tempêtes de sable, le point d'eau qu'ils avaient rallié n'était pas à plus d'une heure de marche de la citadelle du désert. Même s'ils s'écartaient de la piste, ils n'auraient aucun mal à la rejoindre. Il leur suffirait de se guider aux étoiles, selon les repères qu'ils s'étaient donnés. Pour autant, rien n'était joué. Ils avaient toujours mains liées et Durandal ne quittait la ceinture de Ben Alek. La nuit les enveloppait encore, froide et lunaire. Les chameaux qui portaient les vivres et le matériel étaient attachés à un palmier. Leur équipage en comptait cinq. Un pour chacun des pirates qui les escortaient. Eux, jusque-là, avaient cheminé à pied. Comme chaque nuit, se relayant pour dormir, les marins du chebec jouaient aux dés à quelques pas, à la faveur d'une lanterne. Ben Alek, lui, assis en tailleur à l'écart de ses hommes, contemplait les nuées. Nul ne se souciait d'eux. Même si Godefroy rechignait à abandonner sa lame, ils n'auraient pas de meilleure chance de s'échapper. Une fois les Templiers rejoints, ils reviendraient en force et la reprendraient. Tout en conservant leur posture, ils s'aidèrent de leurs genoux repliés pour peu à peu reculer et s'écarter du groupe, cessant de bouger lorsqu'un de leurs geôliers regardait dans leur direction. Aucun d'eux néanmoins, pris par le jeu, ne sembla se rendre compte de leur déplacement. Il les conduisit jusqu'en bordure de l'oasis. Lors, ils retinrent leur souffle, se laissèrent tomber en arrière, les yeux et la bouche fermés, puis basculèrent dans l'obscurité. Ils dévalèrent la pente sur plusieurs toises, tentèrent de se relever, retombèrent. Leurs mains liées au dos les empêchaient de compenser la mouvance et la déclivité du sable. Or, avant longtemps, leur évasion serait découverte.

— Par là, chuchota Philippe, après s'être repéré une dernière fois aux étoiles.

Ils se jetèrent de nouveau sur le sable, avalèrent une goulée d'air et recommencèrent à rouler. À temps. Déjà, au-dessus d'eux, on s'était mis à hurler.

Ben Alek regarda ses matelots balayer le contrebas de la dune avec leur lanterne, lancer quelques flèches hasardeuses dans cette obscurité qui, déjà, avait avalé les fuyards. Il sourit intérieurement. Son père adoptif allait être satisfait. Tout se déroulait ainsi qu'il l'avait espéré. Ces deux-là n'imaginaient plus leur salut qu'en la forteresse de Qala'at ash-Shqif[1]. Forteresse dans laquelle le « Vieux de la Montagne[2] » les attendait.

— Ils vont dans la bonne direction, lui annonça un de ses hommes arrivé au pas de course.

— Bien. Il ne nous reste plus qu'à livrer l'épée. Après-demain. Nous nous présenterons là-bas après-demain, ainsi que Chaykh al-Jabal[3] l'a ordonné. Allons, fais rassembler nos affaires. Une tempête de sable approche. Il faut nous en protéger.

1. Château de Beaufort au Liban.
2. Chef d'une importante secte religieuse libanaise.
3. « Le Vieux de la Montagne » en arabe.

Sitôt qu'il se fut éloigné, Ben Alek s'approcha du bord rocheux de l'oasis. Il plissa des yeux en direction de la citadelle. Il finit par deviner deux silhouettes en mouvement sous le clair de lune.

— Qu'Allah guide ta route, petit-fils de Rudel, chuchota-t-il dans le silence des dunes, satisfait du sort qui les attendait.

Ils seraient là-bas à l'aube, à temps pour voir les vents du désert danser.

68.

En trouvant refuge en Brocéliande, Aristophane Bec avait cessé de redouter la vengeance d'Henri Plantagenêt. Il n'aurait jamais imaginé que son fils l'arracherait, tout ensommeillé, de son lit, le ferait, en chainse de nuit, dévaler l'escalier sur le dos, tiré violemment par les cheveux et sous la menace d'une épée tenue par le jeune Geoffrey. Non. Jamais. Il continuait à ne pas comprendre pourquoi, malgré cet air épouvanté, l'enfant qu'il avait aidé à mettre au monde s'accordait à la perversité de son frère. Une fois au bas des marches, le corps tuméfié par la dureté de leurs arêtes de bois, il avait été assis de force sur une chaise, les mains entravées au dos par celles de l'évêque, puis rossé de quelques coups au visage. Ruisselant de sang, le nez brisé, il s'était enfin entendu réclamer le moyen de quitter la place en toute sécurité. Il n'avait su que dire la vérité. Nul ne les retenait. Ni homme ni magie. Ils étaient venus de leur plein gré, portés par elle, et pouvaient repartir quand bon leur semblerait. Il avait cru que cette angoisse seule les avait frappés de folie l'un et l'autre, mais Jean s'était chargé de l'en détromper. Moyennant quelques gifles supplémentaires, d'autant plus fortes qu'il avait tenté de s'en indigner, le prince l'avait exhorté à leur donner preuve de la réelle existence de la liqueur d'opium. Une fraction de seconde, il avait failli leur révéler qu'il en avait conservé un flacon, puis, se souvenant de ce qu'Henri en avait fait, il s'était ravisé. Comme autrefois à ce dernier, il avait affirmé qu'il avait été incapable d'en retrouver, d'où le fait que Loanna en avait été sevrée.

— Tu mens, tu mens, tu mens ! avait claironné le prince en lui battant de nouveau les joues.

Aristophane Bec avait alors imploré Geoffrey de le croire. Tout ce qu'il avait raconté la veille était vrai. Quel intérêt aurait-il eu à mentir, lui, le vieil homme oublié de tous ? Qu'aurait-elle gagné, elle, à le laisser pénétrer ce domaine si ce n'étaient son pardon et son amour ? Et surtout pourquoi, après cette jolie soirée qu'ils avaient partagée, s'en prenaient-ils à lui qui n'avait rien fait ?

— Rien fait ? Rien fait dis-tu ? Mais tu es le plus coupable de tous ! s'était de nouveau indigné le prince.

— Mais de quoi seigneur Jésus ? avait hoqueté Bec, effrayé par le stylet que Jean venait d'arracher de sa manche.

Jean le lui avait brandi sous le nez.

— Qui a trahi mon père ? Qui s'est allié à Jaufré Rudel ? Qui lui a révélé que son épouse avait été transportée sur l'île des Bannis ? Qui l'a aidée à s'en échapper ? Qui ? Qui ?

La lame s'était mise à courir sur son visage, vive, tailladant les chairs, le poussant à hurler.

— Moi. Moi... Que Dieu me pardonne, c'est moi.

Jean s'était reculé, un sourire mauvais aux lèvres, la pointe de la lame carminée appuyée contre l'index de sa main gauche.

— Tu vois, Aristophane Bec, avec un peu de bonne volonté.

La peur et la souffrance au ventre, il avait espéré que cela s'arrêterait.

— J'en ai, j'en ai, s'était-il mis à pleurnicher.

— Tu avoues donc avoir menti. La liqueur d'opium n'a jamais existé.

— Jamais, s'était-il entendu dire, priant pour qu'elle ne tombât entre les mains d'un pareil dégénéré.

— Bien, voilà qui est bien, s'était radouci Jean, lui laissant supposer que son calvaire était terminé.

La seconde suivante, il réclamait une corde et l'allait chercher sur ses indications dans le cellier. Aristophane Bec en avait profité pour lever la tête vers l'évêque, livide et désespérément muet.

— Je vous ai mis au monde, Geoffrey, me laisserez-vous mourir là, des mains de ce fou ?

— Vous n'aurez que ce que vous méritez, s'était-il entendu répondre d'une voix tremblante.

Geoffrey n'avait pas même daigné le regarder. Abattu, Aristophane Bec avait baissé les yeux sur ce sang qui lui dégoulinait du visage, carminant son chainse de lin.

— Jamais votre père ne se serait abaissé à de telles pratiques. Il était noble, juste et bon, seul l'amour pour votre mère dicta ses actes. J'ai craint son courroux oui, comme elle, mais j'aurais cent fois préféré mourir de sa main que de celle de ce boucher.

Geoffrey n'avait pas répondu. Jean revenait. Ayant compris ce qui l'attendait, Aristophane Bec l'avait regardé lancer la corde par-dessus la grosse poutre de bois qui traversait la salle, à une demi-toise du plafond, la rattraper de l'autre côté puis y plomber un nœud coulant.

— Allons, debout, Aristophane Bec, l'heure de ton châtiment a sonné.

Il avait obéi, avait marché jusqu'à lui, les bras toujours maintenus au dos, s'était laissé enrouler le cercle de chanvre autour du cou.

— Lâche-le Geoffrey et cours te saisir de l'autre ballant, avait ordonné Jean.

— N'allez-vous pas le pendre ?

Il avait toisé son demi-frère d'un œil vicieux.

— Juste le décoller un peu.

Voilà comment Aristophane Bec se retrouvait là, nu depuis que Jean lui avait savamment tailladé sa chemise puis ôté ses braies, les yeux exorbités, au bord de l'étouffement, les deux mains accrochées au cercle à son cou pour empêcher qu'il ne l'étrangle tout à fait. Victime pitoyable de son instinct de survie, il s'appliquait à compenser le balancer imposé à ses hanches pour ne pas décoller le bout de ses orteils du plancher, endurant de ce fait mille morts à défaut d'une. Il ne parvenait à comprendre comment Geoffrey Plantagenêt, face à lui et épouvanté, pouvait maintenir cette corde tendue pour que son frère puisse lui trousser le fondement en chantant allègrement :

— J'aime les culs, j'aime les fions,
Mais ceux d'évêques sans façon
Quitte à avoir l'âme perdue
Il vaut mieux branler un pendu...

*

L'aube venait de poindre et je n'avais pas dormi. Jaufré et moi étions restés noués l'un à l'autre, nous nourrissant de caresses. À plusieurs reprises, forçant le rempart de cette quiétude, une douleur effroyable m'avait traversée. Le temps d'en accuser la morsure, elle avait disparu. Je n'y avais pas prêté signification. Le corps n'était que le relais de l'esprit. Et le mien continuait de se torturer.

— Il est l'heure, décidai-je, ma main à plat contre le torse nu de mon époux.

Il m'y attira une dernière fois. Au soudain emballement de sa poitrine, je compris que de nouveau la peur était là. La peur de n'avoir pas le temps d'intervenir. La peur que l'ire de Saladin ne soit si violente qu'il décide de me pourfendre. Sur-le-champ.

— Je mourrai, murmura-t-il. S'il te tue, je mourrai.

Des larmes me piquèrent les yeux. Je les refoulai au plus secret de moi.

— Il veut Marmiadoise et son chant, Jaufré. Pas moi. Fais forger une copie à l'identique de l'épée. C'est celle-là que nous lui remettrons lorsqu'il la réclamera en échange de nos vies.

Regagné de confiance, il me laissa m'écarter. Je me levai. Lui aussi. Il m'aida à enfiler le haubert sur mon chainse, puis le surcot orné d'une croix rouge.

— Tu ne veux vraiment pas de mon escorte ?

— Non. C'est ici que j'ai besoin de toi. À bientôt, Jaufré de Blaye, murmurai-je sur ses lèvres.

— À bientôt, ma guerrière.

Je le quittai sur ces mots, chaque fois prononcés à l'heure des combats.

La violence colorée du levant me frappa en pleine poitrine à peine fus-je sortie du fortin. Jamais, de mémoire, je n'avais été témoin d'un tel embrasement. À l'est, les collines se détachaient en contre-jour sur un ciel de flammes. Je fis volte-face. Rendue à nos navires, la baie semblait prise dans une chape d'or liquide, les nues plus sombres dans du sang. C'était à la fois d'une beauté sublime et effrayant. Encadrée par les deux galées d'escorte de Conrad de Montferrat, celle de Philippe Auguste filait droit vers la ligne obscure de l'horizon. Je ne le regretterais pas. J'en détachai mon regard pour m'arrêter sur le petit buzze de nos dames. Depuis une bonne dizaine de jours, elles se levaient tard, épuisées par la chaleur, victimes d'un sommeil tardif et d'autant plus profond. Seule la nourrice griffonne allait et venait dès l'aube aux bons soins de la petite Anne. À l'instant de l'engager, j'avais craint qu'elle ne fût de ces personnes qui s'étaient offusquées du Mate-Griffons de Richard. Elle nous avait prouvé le contraire, discrète, efficace. Anne ne quittait ses bras que pour retrouver ceux de sa mère. Il était temps de les lui rendre, songeai-je en obliquant vers les écuries. Richard m'avait chargée d'offrir Fauvel au sultan, en gage de son amitié et de ses remerciements pour avoir pris soin de sa mie. Je trouvai l'inégalable destrier sellé, prêt au départ. Ainsi que je l'avais réclamé la veille. Geoffroy m'attendait à côté.

— Je vous aime, maman, murmura-t-il en me serrant sur son cœur.

— Moi aussi, mon fils... Prends soin de ton père.

— Et vous de ma sœur...

À l'heure où, quittant le camp des chrétiens sur cette promesse, je talonnai ma monture, un pendu enduit de graisse de porc s'enflammait dans un hurlement tel que

Geoffrey Plantagenêt crut que ses tympans allaient éclater.

Ce cri explosa avec la même violence en moi. Épouvantée, je levai les yeux vers ces collines sombres, auréolées par la fulgurance du Levant, derrière lesquelles Saladin m'attendait. À leur place, je ne vis qu'un immense brasier au milieu duquel flambaient un château et une forêt à la magie brisée. Deux hommes la quittaient. L'un était mon fils. L'autre, le diable incarné.

Alors je sus. Je sus qu'il était trop tard pour la lumière. Quoi que l'on fasse.

Les langues de l'enfer l'avaient déjà fauchée.

À PARAÎTRE

RICHARD CŒUR DE LION
Tome 2

Composé par Nord Compo Multimédia
7, rue de Fives, 59650 Villeneuve-d'Ascq

Achevé d'imprimer sur Roto-Page
par l'Imprimerie Floch à Mayenne
en février 2013

N° d'édition : 1193/01 – N° d'impression : 84408
Dépôt légal : mars 2013
Imprimé en France